ଛାୟାସୌଧର ଅବଶେଷ

ଉପନ୍ୟାସ

ଛାୟାସୌଧର ଅବଶେଷ

ଉପନ୍ୟାସ

ଗୌରହରି ଦାସ

BLACK EAGLE BOOKS
2021

BLACK EAGLE BOOKS

USA address:
7464 Wisdom Lane
Dublin, OH 43016

India address:
E/312, Trident Galaxy, Kalinga Nagar,
Bhubaneswar-751003, Odisha, India

E-mail: info@blackeaglebooks.org
Website: www.blackeaglebooks.org

First International Edition Published by
BLACK EAGLE BOOKS, 2021

CHHAYASOUDHARA ABASESHA
A Novel by **Gourahari Das**

Cover: **Gajendra Prasad Sahoo**

Interior Design: Ezy's Publication

ISBN- 978-1-64560-158-6 (Paperback)

Printed in United States of America

ମୋ ସାନ ଭାଇ **କଟିଙ୍କୁ,**
୧୯୯୬ ମେ ୬ ତାରିଖ ସଂଜଠାରୁ
ଯିଏ ଆଉ ଏ ଦୁନିଆରେ ନାହିଁ

ନୂଆ ସଂସ୍କରଣ ଅବସରରେ

ପଚିଶ ବର୍ଷ ତଳେ ଲେଖାଯାଇଥିବା 'ଛାୟାସୌଧର ଅବଶେଷ' ଥିଲା ମୋର ପ୍ରଥମ ଉପନ୍ୟାସ। ଏହି ଉପନ୍ୟାସର ନାମକରଣ କରିଥିଲେ ବିଶିଷ୍ଟ କବି ହରପ୍ରସାଦ ଦାସ। ଉପନ୍ୟାସଟି ୧୯୯୯ରେ- 'ଭୁବନେଶ୍ୱର ପୁସ୍ତକ ମେଳା ପୁରସ୍କାର' ଲାଭ କରି ପାଠକଙ୍କ ଦୃଷ୍ଟି ଆକର୍ଷଣ କରିଥିଲା। ସେତେବେଳେ ଭୁବନେଶ୍ୱରରେ ଗୋଟିଏ ମାତ୍ର ପୁସ୍ତକ ମେଳା ହେଉଥିଲା ଯାହାର ସଭାପତି ଥିଲେ ଶ୍ରୀ ସାତକଡ଼ି ହୋତା ଏବଂ ସାଧାରଣ ସଂପାଦକ ଥିଲେ ଶ୍ରୀ ବରେନ୍ଦ୍ର କୃଷ୍ଣ ଧଳ। ଏହି ପୁରସ୍କାରକୁ ସେତେବେଳେ ବେଶ୍ ମର୍ଯ୍ୟାଦା ଦିଆଯାଉଥିଲା।

ଉପନ୍ୟାସର ମୁଖ୍ୟ ଚରିତ୍ର ମିନୁ କଲିକତାର ଏକ ବାସ୍ତବ ଚରିତ୍ର ଏବଂ ଉପନ୍ୟାସର ପରିଣତି ମଧ୍ୟ ସତକଥା ଉପରେ ଆଧାରିତ। ତେବେ ମିନୁକୁ ନେଇ ଗଢ଼ିଉଠିଥିବା ଅବଶିଷ୍ଟ କାହାଣୀ ମୋର କଳ୍ପନା। ମୁଁ ଏଠି ଯୋଉ ମିନୁ କଥା ଲେଖିଛି ସେ ମିନୁକୁ ନିଜେ ଆଖିରେ ମୁଁ ଦେଖିଛି। ଉପନ୍ୟାସରେ ବର୍ଣ୍ଣିତ ତା'ର ସବୁ ନିର୍ଯାତନା ଓ ଅପମାନ ନିକଟରୁ ମୁଁ ପ୍ରତ୍ୟକ୍ଷ କରିଛି।

ବହୁଦିନ ଧରି ଏହି ଉପନ୍ୟାସଟି ବଜାରରେ ମିଳୁ ନ ଥିଲା। ମୋର ଉପନ୍ୟାସ ସମଗ୍ର- ପ୍ରଥମ ଭାଗ 'ପଞ୍ଚପର୍ବ'ରେ ଏଇଟି ସ୍ଥାନୀତ ହୋଇଥିଲେ ମଧ୍ୟ କେବଳ ଏଇଟିକୁ କିଣିବାକୁ ଚାହୁଁଥିବା ପାଠକପାଠିକା ନିରାଶ ହେଉଥିଲେ। ସେମାନଙ୍କ ମଧ୍ୟରୁ ଅନେକ ମୋତେ ଫୋନ୍ କରି ବହିଟି କେବଳ ମିଳିବ ବୋଲି ସୁଦ୍ଧା ବାରମ୍ବାର ପଚାରୁଥିଲେ। ସୁଖର କଥା ଯେ 'ବ୍ଲାକ୍ ଇଗଲ୍ ବୁକ୍ସ'ର ଶ୍ରୀ ସତ୍ୟ ପଟ୍ଟନାୟକ ଏଇଟିର ପୁନଃପ୍ରକାଶ କରୁଛନ୍ତି। ଶ୍ରୀ ସତ୍ୟ ପଟ୍ଟନାୟକ ମୁଖ୍ୟତଃ କବି। ସେ ମଧ୍ୟ ଜଣେ ଦକ୍ଷ ଅନୁବାଦକ ଓ ପତ୍ରିକା ସଂପାଦକ। ତାଙ୍କ ପରି ଜଣେ ଅଙ୍ଗୀକାରବଦ୍ଧ, ସ୍ୱାଭିମାନୀ ଓ ଜଗନ୍ନାଥପ୍ରେମୀ ବନ୍ଧୁ ବିରଳ। ମୁଁ ଆଶା କରୁଛି, ସିଏ ତାଙ୍କର ପ୍ରକାଶନ

ବ୍ୟବସାୟରେ ଖୁବ୍ ଉନ୍ନତି କରିବେ ଏବଂ ଓଡ଼ିଆ ବହିଗୁଡ଼ିକୁ ବିଶ୍ୱ ବଜାରରେ ଉପଲବ୍ଧ କରାଇବାର ଉଦ୍ୟମରେ ସଫଳ ହେବେ। ତାଙ୍କ ପ୍ରକାଶନ ସଂସ୍ଥାର ସ୍ୱାତନ୍ତ୍ର୍ୟ ହେଲା, ପ୍ରକାଶିତ ବହିଗୁଡ଼ିକ କେବେ ଦୁଷ୍ପ୍ରାପ୍ୟ ହେବେ ନାହିଁ। ଚାହିଦା ମୁତାବକ ତାହା ପାଠକଙ୍କୁ ଉପଲବ୍ଧ ହେଉଥିବ।

ଏହି ବହିଟିର ପ୍ରଚ୍ଛଦ ଆଙ୍କିଛନ୍ତି ବିଶିଷ୍ଟ ଚିତ୍ରଶିଳ୍ପୀ ତଥା ଓଡ଼ିଶା ଲଳିତକଳା ଏକାଡେମୀର ସଚିବ ଶ୍ରୀ ଗଜେନ୍ଦ୍ର ପ୍ରସାଦ ସାହୁ। ମୁଁ ତାଙ୍କୁ ମୋର କୃତଜ୍ଞତା ଜଣାଉଛି।

ଫେବ୍ରୁଆରି ୨୦୨୧ **ଗୌରହରି ଦାସ**

ଭୁବନେଶ୍ୱର, ଭାରତ

ପ୍ରଥମ ସଂସ୍କରଣର ନିଜକଥା

'ଛାୟାସୌଧର ଅବଶେଷ'ର ମିନୁ ଚରିତ୍ରକୁ ପ୍ରଥମେ ମୁଁ ଖବର କାଗଜ ପୃଷ୍ଠାରୁ ଆବିଷ୍କାର କରିଥିଲି। ଗଣିକା ଜୀବନକୁ ଗ୍ରହଣ କରି ନେଇଥିବା କଲିକତାର ମିନୁ ଦେ, ସେହି ନଷ୍ଟଗଳିକୁ ଧରାହୋଇ ଯାଇଥିବା ଯୁବତୀ ଝିଅଟିଏକୁ ମୁକ୍ତି ଦେବାକୁ ଯାଇ ଅନେକ ନିର୍ଯାତନାର ଶିକାର ହୋଇଥିଲା। ସେ ଖବରଟି ମୋ ଭିତରେ ଅନେକ ଦିନ ପର୍ଯ୍ୟନ୍ତ ବସା ବାନ୍ଧି ରହିଥିଲା। ମାତ୍ର ତାହା ଯେ ଗୋଟାଏ ଉପନ୍ୟାସର ରୂପ ନେବ ଏ କଥା ମୁଁ ସେଦିନ ଚିନ୍ତା କରି ନ ଥିଲି।

ବେଶ୍ କିଛି ବର୍ଷ ହେଲା ଗପ ଲେଖାଲେଖି କରି ଆସୁଥିଲେ ବି ଉପନ୍ୟାସ ଲେଖିବାର ସାହସ ସଂଗ୍ରହ କରିପାରୁ ନ ଥିଲି। ମୋର ଅନେକ ଶୁଭେଚ୍ଛୁ ମୋତେ ଏ ସମ୍ପର୍କରେ ଅନେକ ଥର ଉତ୍ସାହିତ କରିଛନ୍ତି, ଉପନ୍ୟାସ ଲେଖିବାର ସରଳ ସୂତ୍ର ମଧ୍ୟ ବତେଇଛନ୍ତି ଆଉ କେତେ ଜଣ; ମାତ୍ର ମୁଁ ସେମାନଙ୍କ ମତାମତକୁ ସମ୍ମାନ ଦେଇ ଶୁଣିଛି ସିନା କାର୍ଯ୍ୟକାରୀ କରିପାରି ନାହିଁ। ମୋର ମନେହୁଏ ଉପନ୍ୟାସ ଲେଖିବାର ପ୍ରେରଣା ଗୋଟାଏ ପ୍ଲାବନର ପ୍ରେରଣା, ଯେମିତି ନଈବଢ଼ି। ପ୍ଲାବନର ସେହି ତୀବ୍ରତା ନ ଥିଲେ ନଈବଢ଼ି କୂଳ ଲଂଘି ସୁଦୂର ଜନପଦ, ଟାଙ୍ଗରା ପଡ଼ିଆ ଓ ରାସ୍ତାଘାଟ ସବୁକୁ ବୁଡ଼େଇ ପାରିବ ନାହିଁ।

'ଛାୟାସୌଧର ଅବଶେଷ' ପ୍ରଥମେ ୧୯୯୫ ପୂଜା ବିଶେଷାଙ୍କ 'ଅମୃତାୟନ'ରେ ପ୍ରକାଶ ପାଇଥିଲା। ପ୍ରଥମ ଉପନ୍ୟାସ ବୋଲି ମୋ ମନରେ ଏହାର ଭବିଷ୍ୟତ ନେଇ କେତେକ ଆଶଙ୍କା ଥିଲା। ମାତ୍ର ପାଠକୀୟ ଅଭିନନ୍ଦନ ଓ ଶୁଭେଚ୍ଛାମାନ ମୋ ମନରୁ ସେ ଆଶଙ୍କାକୁ ଦୂରେଇ ଦେଲା। ବହୁ ପାଠକ ପତ୍ର ଲେଖି ଉପନ୍ୟାସଟିର ପ୍ରଶଂସା କଲେ ଓ ସେମାନଙ୍କ ଭିତରୁ ଦୁଇଜଣ ଅପରିଚିତ ପାଠକ ଉପନ୍ୟାସଟିର ପ୍ରକାଶନ ଦାୟିତ୍ୱ ନେବାପାଇଁ ସୁଦ୍ଧା ସେଚ୍ଛାକୃତଭାବେ ଆଗେଇ ଆସିଲେ। ଇଏ

ମୋ ପାଇଁ ଏକ ବିରଳ ସମ୍ମାନ। ଉପନ୍ୟାସଟିଏ ପଢ଼ି ତାହାର ପ୍ରକାଶନ ପାଇଁ ପାଠକମାନେ ଆଗେଇ ଆସିବା ଭଳି ଘଟଣାଠୁ ବଳି ଅଧିକ ଉତ୍ସାହଜନକ ଘଟଣା ଜଣେ ଲେଖକ ପାଇଁ କ'ଣ ହୋଇପାରେ ?

ଉପନ୍ୟାସର ବିୟୋଗାନ୍ତ ପରିଣତି ପାଇଁ କେତେ ତରୁଣ ପାଠକ ପାଠିକା ମୃଦୁଭର୍ତ୍ସନା କରି ମୋତେ ଚିଠି ଲେଖିଛନ୍ତି। ମୁଁ ଜାଣି ଜାଣି ମିନୁକୁ ଆହତ କରି ନାହିଁ। ଏଭଳି ପରିଣତି ହୁଏତ ତା' ପାଇଁ ଅନିବାର୍ଯ୍ୟ ଓ ଅବଧାରିତ। କୌଣସି ଦୁଆର ଖୋଲା ନ ଥିବା ତା' ଭଳି ଗୋଟେ ନାରୀ ପାଇଁ ପାଠକ ପାଠିକାଙ୍କ ହୃଦୟର ସିଂହଦ୍ୱାର ଯେ ଆପେ ଆପେ ଖୋଲି ଯାଉଛି ସେଇ କ'ଣ କମ୍ କଥା ! ଗୋଟାଏ ମିନୁ ଯଦି ମରି ହଜିଗଲା ତା' ପାଇଁ ମନଦୁଃଖ କରି ବସି ରହିବାର ଆବଶ୍ୟକତା ନାହିଁ। ଆଖି ବୁଲେଇଲେ ଏହିପରି ଶହ ଶହ ହତଭାଗିନୀଙ୍କୁ ଆପଣଙ୍କ ଚାରିପଟେ ହୁଏତ ଦେଖିବେ। ମିନୁ ପାଇଁ ନ ହେଲା ନାହିଁ, ସେମାନଙ୍କ ପାଇଁ ଯଦି କିଛି କରିପାରିବେ ତାହାହେଲେ ସେଇଟି ବହୁତ ବଡ଼ କଥା ହେବ।

ବିଶ୍ୱାସ କରନ୍ତୁ, ମିନୁର କାହାଣୀ ଲେଖିଲାବେଳେ ମୁଁ ମଧ୍ୟ ତା' ପାଇଁ କମ୍ କଷ୍ଟ ସହି ନାହିଁ। ତା' ପରି ଗୋଟେ ସାଦାସିଧା ଝିଅକୁ ଡାଆଣୀର ଆଖ୍ୟାଦେଇ ତା'ର ନରମ ଦେହରେ ଗରମ ଲୁହା ଖଡ଼ିକାର ଚେଙ୍କ ବସେଇଦେବା ବେଳେ ମୁଁ ମଧ୍ୟ କମ୍ ପରିମାଣରେ ଶିହରି ଉଠି ନାହିଁ। କିନ୍ତୁ ଏ ସବୁ ତ ଆମମାନଙ୍କର ନିତିଦିନିଆ ଅଙ୍ଗେ ନିଭା କଥା। କାହିଁ, ଆମମାନଙ୍କ ଆଖି ଲୁହ କ'ଣ ସେପ୍ରକାର ଅନ୍ଧବିଶ୍ୱାସର ନିଆଁକୁ ଲିଭେଇ ପାରିଲାଣି !

ମୋ ହାତରେ ଯେତିକି ସମ୍ଭବ ହେଲା ମୁଁ ସେତିକି କରିଛି। ଏଣିକି ମିନୁର ଦାୟିତ୍ୱ ଆପଣଙ୍କର। ତାକୁ ଯଦି ଆପଣଙ୍କର ସ୍ନେହ, ଶ୍ରଦ୍ଧା ଓ ଆନ୍ତରିକତା ଦେଇ ଜିଆଁଇ ରଖିବାକୁ ଚାହୁଁଛନ୍ତି ତାହାହେଲେ ଜିଆଁଇ ରଖନ୍ତୁ। ସେ ଆପଣମାନଙ୍କ ସ୍ମୃତିରେ ଜିଇଁ ରହୁ। ବାସ୍, ଏତିକି।

ଗୌରହରି ଦାସ

ଦୁର୍ଗାଷ୍ଟମୀ, ୧୯୯୬

"ଅନୁଭବ"
୩୭୮ ବରମୁଣ୍ଡା ଗାଁ,
ଭୁବନେଶ୍ୱର-୭୫୧୦୦୩

"Words were not given to man in order to conceal his thoughts"

José Saramago
1998 Nobel Literature Prize Winner

ଅସମୟରେ ନିଦ ଭାଙ୍ଗିଗଲା ମିନୁର। ସେ ବିଛଣାରୁ ଉଠିପଡ଼ି ବସିଲା। କିଏ ଡାକିଲା ତାକୁ ? କାହିଁକି ? ଅବଶ ପାଦ ଯୋଡ଼ିକୁ ଘୋଷାରି ଘୋଷାରି ସେ କବାଟ ପାଖକୁ ଗଲା। ଯାଉଁଳି କବାଟ ଖୋଲି ବାହାରକୁ ଉଙ୍କିମାରିଲା। ବେକଭାଙ୍ଗି ଝରକାର ଦି' ପଟକୁ ଚାହିଁଲା। କେହି କୋଉଠି ନାହିଁ। ତା'ହେଲେ କିଏ ତା'ର ନାଁ ଧରି ଡାକିଲା ? କାହିଁକି ଡାକୁଥିଲା ସେ ?

ମିନୁ ଫେରିଯାଇ ଆଉଥରେ ଆଖି ବୁଜି ଶୋଇବାର ଚେଷ୍ଟା କଲା। ସଞ୍ଜହେବାକୁ ଆହୁରି ଡେରି ଅଛି। ରାସ୍ତାର ବତିଗୁଡ଼ିକ ଜଳି ଉଠିନାହାନ୍ତି। ଫୁଲବାଲା ଆସି ନାହିଁ। ତା'ର ଉଠିବାର ବେଳ ହୋଇନାହିଁ। ସେ ଆଖିବୁଜି ଖଟଟା ଉପରେ ପଡ଼ିରହିଲା। କିନ୍ତୁ ତାକୁ ନିଦ ହେଉ ନ ଥିଲା। ଅଧାରୁ ନିଦ ଭାଙ୍ଗିଗଲେ ଆଉ ସେ ଭଙ୍ଗା ନିଦ ଯୋଡ଼ିହୁଏ ନାହିଁ।

ଆଉଥରେ, ଆଉଥରେ କିଏ ଯେପରି ଡାକିଲା ମିନୁକୁ, ତା' ନାଁ ଧରି। ଏଥରର ଡାକ ଶୁଭୁଥିଲା ପୂର୍ବ ଅପେକ୍ଷା ସ୍ପଷ୍ଟ, ପୂର୍ବଠାରୁ ଆହୁରି ନିକଟରୁ।

କିଏ ଡାକୁଥିଲା ମିନୁକୁ ରହି ରହି ?

କିଏ ଡାକୁଥିଲା ତାକୁ ? କାହିଁକି ଡାକୁଥିଲା ? କାହାର ବା କି କାମ ଥାଇପାରେ ମିନୁ ପାଖରେ ?

ନା, ଆଉ ନିଦ ହେବନାହିଁ। ଏଇ ନିଦକୁ ନେଇ ମିନୁର ଯେତେକ ସମସ୍ୟା। ଦିନେ ଦିନେ ପାହାନ୍ତା ପର୍ଯ୍ୟନ୍ତ ତା' ଆଖିକୁ

ନିଦ ଆସେ ନାହିଁ। ଯେତେ ଯାହା ଛାଟିପିଟି ହେଲେ ବି ଆଖିଯୋଡ଼ିକ ମୁଦି ହେବାର ନାଁ ଧରନ୍ତି ନାହିଁ। ତା'ର ସକଳ ଚେଷ୍ଟା ବ୍ୟର୍ଥହୁଏ। ତକିଆଟାକୁ ଜାବୁଡ଼ି ଧରି ବିଛଣାରେ କେବଳ ପଡ଼ିରହିବା ହିଁ ସାର ହୁଏ। କିନ୍ତୁ ଆଉ ଦିନେ ଦିନେ ସଂଜ ପହରୁ ହିଁ ଆଖିକୁ କାଳ ନିଦ ଘୋଟିଆସେ ଯେ ଛାଡ଼ିଯିବାର ନାଁ ଧରେ ନାହିଁ।

ବାରନ୍ଦା ଦେଇ ଏକାଥରେ ଦି' ତିନି ଜଣ ତରତର ପାଦରେ ଆସୁଥିଲା ପରି ମିନୁର ମନେହେଲା। ଶିଡ଼ି ପାହାଚରେ ସେମାନଙ୍କ ପାଦ ଘୋଷରା ଶବ୍ଦ ତାକୁ ଶୁଭୁଥିଲା। କିଏ ସେମାନେ ? ମିନୁ ମନରେ ଟିକିଏ ଉତ୍କଣ୍ଠା ଉଙ୍କିମାରି ପୁଣି ମିଳେଇ ଗଲା। ଯିଏ ବୋଲି ସିଏ ହୋଇଥାଆନ୍ତୁ, ତା'ର ସେଥିରେ ଯାଏ ଆସେ କେତେ ? ନିର୍ଲଜ୍ଜ ଗ୍ରାହକ ଦଳ ସଂଜ ନ ହେଉଣୁ କୋଠୀକୁ ଚାଲିଆସିଥିବେ ! ସେ ବିଷୟରେ ଅଧିକ କିଛି ଚିନ୍ତା କରିବାପାଇଁ ଆଜି ତା'ର ମନ ନ ଥିଲା କି କବାଟ ଖୋଲି ଗ୍ରାହକମାନଙ୍କ ବିଷୟରେ ଖୋଜଖବର ନେବାପାଇଁ ତା'ର ଇଚ୍ଛା ହେଉ ନ ଥିଲା। ଆଜି କାହିଁକି କେଜାଣି ତା'ର ଖାଲି ପଛ କଥାଗୁଡ଼ା ଗୁଡ଼େଇ ତୁଡ଼େଇ ମନେ ପଡୁଥିଲା।

ମିନୁ ଝରକା ପାଖକୁ ଯାଇ ବସିଲା। ତା'ର ଜୁଡ଼ାର ଗଣ୍ଠି ଖୋଲି ଦେଲା। ମୁଣ୍ଡର ବାଳତକ କାନ, ଆଖି ଓ ନାକ ଘୋଡ଼େଇ ଲମ୍ବିଗଲା ଆଣ୍ଠୁଯାଏ। ଦୁଇ ହାତର ଆଙ୍ଗୁଳିରେ ସେ ମୁଣ୍ଡବାଳକୁ ସାଉଁଳେଇ ଦେଇ ବାଳ କେରାକୁ ଆଗକୁ ଭିଡ଼ି ଆଣିଲା। ପାନିଆଁଟେ ହାତରେ ଧରି ସେ ମୁଣ୍ଡ କୁଣ୍ଡେଇ ବସିଲା, ଝରକା ଆଡ଼େ ଚାହିଁ ଚାହିଁ।

କିନ୍ତୁ ମୁଣ୍ଡ କୁଣ୍ଡେଇ ବସିବାଟା ଥିଲା ମିନୁ ପାଇଁ ବର୍ତ୍ତମାନରୁ ଓହ୍ଲେଇ ଅତୀତକୁ ଯିବାର ଗୋଟେ ବାହାନା। ଅନେକ ଚେଷ୍ଟା କରି ସୁଦ୍ଧା ସେ ଅତୀତର ମୁହଁ ଉପରେ ତା' ମନର କବାଟ ଆଉଜେଇ ଦେଇ ପାରୁ ନ ଥିଲା। ଯେତେଥର ଯାଇ ଦୁଆର ବନ୍ଦ କରି ଆସିଲେ ବି ଅତୀତର ସ୍ମୃତିମାନେ ପୁଣି ଆସି କବାଟ ଠକ୍ ଠକ୍ କରୁଥିଲେ। ସେମାନଙ୍କଠାରୁ ଆଜି ଆଉ ତା'ର ରକ୍ଷା ନାହିଁ !

ପାନିଆଁଟିକୁ ଖଟ ଉପରେ ରଖିଦେଇ ମିନୁ ନିଜର ଦୁଇହାତ ପାପୁଲିରେ କପାଳ ଓ ମୁହଁ ପୋଛି ଆଣିଲା। ନିଜର ଦୁଇ ହାତ ପାପୁଲିକୁ ବହିର ପୃଷ୍ଠା ମେଲେଇ ପଢ଼ି ବସିଲା ପରି ଚାହିଁଲା। ମାନଚିତ୍ରର ନଈ, ପାହାଡ଼ ଓ ରାସ୍ତା ପରି ହାତପାପୁଲିର ରେଖାଗୁଡ଼ିକ ଛନ୍ଦାଛନ୍ଦି ହୋଇ ଲମ୍ବିଯାଇଛନ୍ତି। କିଛି କିଛି ଗାଢ଼ ରେଖା ତଳେ ଅସ୍ପଷ୍ଟ ଦିଶୁଛନ୍ତି ଅସଂଖ୍ୟ ସାନ ସାନ ରେଖା। ବାଲିର ଦେହ ଉପରେ ବାଲି କଙ୍କଡ଼ାର ପାଦଚିହ୍ନ ପରି ଅସ୍ପଷ୍ଟ ସେଇ ରେଖାମାନେ କୁଆଡ଼େ ମଣିଷର ଭାଗ୍ୟକୁ ନିୟନ୍ତ୍ରିତ କରନ୍ତି !

ପିଲାଦିନେ ମାମୁଘରର ଗାଁର ଜ୍ୟୋତିଷ ମିନୁର ହାତଦେଖି କହିଥିଲେ, 'ସେ

ବଡ଼ହେଲେ ରାଜରାଣୀ ହେବ। ଖୁବ୍ ଅୟସ କରିବ। ଭାରି କପାଳିଆ ଝିଅ ମିନୁ। ତା'ର ରାଜରାଣୀ ଯୋଗ ଅଛି। ରାଜରାଣୀ!'

ନିଜକୁ ନିଜେ ହସିଲା ମିନୁ। ରାଜା କୋଉ କାଳୁ ଗଲେଣି। ରାଣୀ ବି ଗଲେଣି। ତାଙ୍କର ରାଜ ଉଆସ ସବୁ ମରାମତି ଅଭାବରୁ ଜୀର୍ଣ୍ଣଶୀର୍ଣ୍ଣ ହୋଇ ଗଲେଣି। ରାଜଅନ୍ତଃପୁର ଭିତରେ ଚେରମାଡ଼ିଲାଣି ବର ଓ ଅଶ୍ୱତ୍ଥ ଗଛ। ପାଚିରିରୁ ଖସିଲାଣି ଇଟା-ପଥର, କାନ୍ଥରୁ ଚୂନ ପଲସ୍ତରା। ଆଉ କୋଉ ରାଜା ଆସିବେ ଯେ ମିନୁ ରାଜରାଣୀ ହେବ! ଯେତେସବୁ ମନରଖା ମିଛ କଥା।

କିନ୍ତୁ ଏଭଳି ଏକ ମିଛ କଥା କହିଥିବା ଯୋଗୁ ଜ୍ୟୋତିଷଙ୍କ ଦକ୍ଷିଣା କିଛି କମ୍ ହୋଇ ଯାଇ ନ ଥିଲା ସେଦିନ। ଚାଉଳ ଓ ଟଙ୍କା ସାଙ୍ଗକୁ ଭୁରି ଭୋଜନରେ ଆପ୍ୟାୟିତ ହୋଇଥିଲେ ମାମୁ ଗାଁର ସେଇ ଜ୍ୟୋତିଷ ମହାଶୟ।

ସମୁଦ୍ରଆଡୁ ଦଲକାଏ ପବନ ଝରକା ବାଟ ଦେଇ ପଶିଆସିଲା। ମିନୁକୁ ଲାଗିଲା, ପୁଣି ଯେମିତି କିଏ ଜଣେ ତା' ନାଁ ଧରି ତାକୁ ଡାକି ଦେଇ ଚାଲିଗଲା। କିନ୍ତୁ କିଏ? କିଏ ସେ? ଝରକାରେ ଓହଳି ସେ ତଳକୁ ଚାହିଁଲା। କେହି ନାହିଁ। ନିଛାଟିଆ ସଞ୍ଜପହରର ରାସ୍ତା ତା'ର ନିଃସଙ୍ଗତାକୁ ଆହୁରି ଓଜନିଆ କରିଦେଲା।

ଆଜିକାଲି ଏମିତି ହିଁ ହେଉଛି ମିନୁର। ଦ୍ୱିପହରର ଛାଇନିଦରୁ ସେ ଉଠି ବସୁଛି। ବାରମ୍ବାର ଅନ୍ୟମନସ୍କ ହୋଇ ପଡୁଛି କଥାବାର୍ତ୍ତା କଲାବେଳେ। ଆକାଶରେ ମେଘ ଉଠେଇବାର ଦେଖିଲେ ଉଦାସ ହୋଇ ପଡୁଛି। ତା'ର ମନେହେଉଛି କୋଉଠି ଗୋଟେ ସାନ ଝିଅ ତାକୁ ହାତଠାରି ଡାକୁଛି। କହୁଛି - ଆ, ଖେଳିବା ଆ। ଆମ୍ବତୋଟା ଆଡ଼େ ବୁଲିଯିବା ଆ। ଏମିତି ସମୟରେ କ'ଣ ଘର ଭିତରେ କେହି ଶୋଇରହେ! ମିନୁ ନିଜ ଓଠରେ ହାତ ଦେଇ ସେଇ ସାନ ଝିଅଟିକୁ ଇସାରାରେ କହୁଛି, "ତୁନିପଡ଼। ମୁଁ ବାରିପଟ ଦେଇ ଆସୁଛି, ରହ।"

ମିନୁ ଫେରିଯାଏ ତା'ର ପିଲାଦିନ ଗୁଡ଼ିକୁ।

ଧୀରେ, ଅତି ସନ୍ତର୍ପଣରେ ବାଁ ହାତରେ ଲୁଣ, ଲଙ୍କା ଓ ଡାହାଣ ହାତରେ ଫ୍ରକ୍‌ର କୁଞ୍ଚକୁ ଧରି ମିନୁ ବାହାରି ଆସେ ଘର ଭିତରୁ। କବାଟର କବ୍‌ଜା କେଁ କରି ଶବ୍ଦ କରିଉଠେ। ମିନୁର ଛାତି ଧଡ଼ପଡ଼ ହୁଏ। ସେତିକିବେଳେ ଘରଭିତରୁ ଆଈବୁଢ଼ୀ ପାଟି କରିଉଠେ, "କିଏ ଯାଉଛି, ମିନୁ ନା! ଅଣ୍ଡିରାଚଣ୍ଡୀ, ଫେର୍ ତୁ ଖରାବେଳେ ବୁଲି ବାହାରିଲୁଣି! ହଇଲୋ, ଏ ମୁହଁପୋଡ଼ା ଖରା ଯେମିତି ହୋଇଛି, ଏଥିରେ ଚଢ଼େଇ ଚିରିଗୁଣୀ ବି ପଳେଇ ଆସି ବସାରେ ପଶୁଛନ୍ତି। ତୁ ଓଲଟି ଏଇ ଖରାବେଳଟାରେ ଘରୁ ବାହାରି ପଦାକୁ ଯାଉଛୁ। କୁଆଡ଼େ ଯାଉଛୁ ଶୁଣେ?"

ମିନୁର ଏ ଦୁର୍ଦ୍ଦଶାର ଖବର ଦୂରରୁ ଥାଇ ବି ସାଙ୍ଗ ଝିଅଟି ପାଇଯାଏ। ସେ ଆଉ ମିନୁକୁ ଅପେକ୍ଷା ନ କରି ଧାଇଁ ଧାଇଁ ପଳାଏ ତୋଟା ଗହଳକୁ।

ମିନୁର ପାଦ ଯୋଡ଼ିକ ବାଧ୍ୟବାଧକତାରେ ପୁଣି ଫେରିଆସନ୍ତି ଘର ଭିତରକୁ। ଆଈମା କବାଟ ଆଉଜେଇ ନେଉ ନେଉ ଧମକ ଦିଏ, "ପୁଣି ଯଦି ଘରୁ ବାହାରିଛୁ, ପିଟି ପିଟି ପିଠି ନୋଳା ପକେଇ ଦେବି।"

ନିଜର ଏ ବିଫଳତା ପାଇଁ ନିଜ ଉପରେ ରାଗ ଆସେ ମିନୁର। ବେଶି ରାଗ ଆଈମା ଉପରେ। 'ବେଶି ଦେଖେଇ ହଉଚି ବୁଢ଼ୀ!' ଦାନ୍ତ ଚିପି ବିଡ଼ିବିଡ଼େଇ ହୁଏ। ନଜରବନ୍ଦୀ ମିନୁର କଳ୍ପନାରେ ନାଚିଯାଏ ସାଙ୍ଗ ଝିଅମାନଙ୍କର ଡିଆଁକୁଦା। ଘର ଭିତରୁ ଥାଇ ବି ସେ କଳ୍ପନା କରିଯାଏ, କିଏ କେତେଟା ଆମ୍ବ ତୋଳି ସାରିବଣି ଏତେବେଳକୁ। ତା' ପାଟିରୁ ଲାଳ ବୋହିଯାଏ। ସିଏ ବି ହିସାବ କରେ କିଏ କେତେଥର ବିଫଳ ହେବଣି, କେତେଥର ସଫଳ ହେବଣି।

ଝରକା ସେପଟେ ଦିପହର ଗଡ଼ି ଗଡ଼ି ଯାଉଥାଏ, ଝରକା ଏପଟେ ମିନୁ ଆଖିର ଲୁହ ବୋହି ଶୁଖି ଶୁଖି ଆସେ। ସାଙ୍ଗମାନଙ୍କ ଉପରେ ପ୍ରଚଣ୍ଡ ଅଭିମାନ ହୁଏ। ଆଜି ଦିନକ କ'ଣ ତୋଟାକୁ ଯାଇ ନ ଥିଲେ ହୋଇ ନ ଥାନ୍ତା!

ଏମିତି ରାଗ ଓ ଅଭିମାନରେ ମିନୁ ଥରୁଥିବାବେଳେ ତା' ସାଙ୍ଗ ମାଳତୀ ଯେତେବେଳେ ତାକୁ ସଂଜ ବେଳକୁ ଆଣି ଆମ୍ବଟେ ଦେଇଯାଏ, ମିନୁ ସେଇଟାକୁ ରାଗିକି ଦୂରକୁ ଫୋପାଡ଼ି ଦିଏ। ଦୁମ୍ ଦୁମ୍ କରି ଗୋଡ଼ କଚାଡ଼ି ଘର ଭିତରକୁ ପଳାଏ। ଆମ୍ବ ଲୋଡ଼ାନାହିଁ, ସାଙ୍ଗ ଲୋଡ଼ା ନାହିଁ। ଖେଳ ଲୋଡ଼ା ନାହିଁ କି ମେଳ ଲୋଡ଼ା ନାହିଁ। କିଛି ଲୋଡ଼ା ନାହିଁ ତା'ର।

କିନ୍ତୁ ସେ ବାରଣ, ସେ ଆକଟ, ସେ ମାନ, ସେ ଅଭିମାନ, ସେ ନିଷ୍ପତ୍ତି ସବୁ ସେଇ ଦିନକ ପାଇଁ। ପରଦିନ ଦିପହରକୁ ରୋଷେଇଘର କାମ ସାରି ଆଈମା ଆସି ଦେଖେ ମିନୁ ନାହିଁ। ମିନୁ କୁଆଡ଼େ ଗଲା ? କୁଆଡ଼େ ଗଲା ଟୋକୀ ଖଣ୍ଡକ!

ମିନୁ ସେତେବେଳକୁ ଆମ୍ବତୋଟା ଭିତରେ ସାଙ୍ଗମାନଙ୍କ ମେଳରେ ବୁଲୁଥାଏ, ଗଛ ଛାଇ ବାଲି ଉପରେ ବସି ଲୁଣ, ଲଙ୍କା ମଡ଼େଇ ଆମ୍ବ ଖାଇ ଟାକରା ଫୁଟଉଥାଏ।

ଆଈମା ନିଷ୍ପତ୍ତି କରେ, କାଲିଠୁ ସେ ବାହାରପଟୁ ଛିଟିକିଣୀ ଲଗେଇ ଦେଇ ଯିବ। ନ ହେଲେ ଏ ଅଣ୍ଡିରାଚଣ୍ଡୀକୁ ସେ ପାରିବ ନାହିଁ।

ଅଣ୍ଡିରାଚଣ୍ଡୀ। ଅଣ୍ଡିରାଚଣ୍ଡୀ।

ଏଇ ଶବ୍ଦଟା କେତେ ଶହଥର ନ ଶୁଣିଛି ମିନୁ! ଲାଗୁଛି ଯେମିତି କେହି ଏ

ଶବ୍ଦଟିକୁ ତା' ଛାତି ଭିତରେ କି କପାଳରେ କୋଉଠି ହାଡ଼ର କଲମ ଓ ରକ୍ତର ସ୍ୟାହିରେ ଲେଖିଦେଇଛି !

ପିଲାଦିନେ ଏଇଟାକୁ ଗୋଟେ ଗାଳି ମାତ୍ର ଭାବି ଆଡ଼େଇ ଯାଉଥିଲା ମିନୁ। ତାକୁ କେହି ଅଣ୍ଡିରାଚଣ୍ଡୀ କହୁଥିଲେ ସେ ହସି ଦେଉଥିଲା। ଦାନ୍ତ, ଜିଭ ଦେଖେଇ ଖତେଇ ହେଉଥିଲା। ତା' ଆଡ଼କୁ ଦଉଡ଼ି ହାତ ଉଠେଇ ଯାଉଥିଲା। କିନ୍ତୁ ଟିକିଏ ବଡ଼ହେବା ପରେ ସେ ବୁଝିଥିଲା ଏ ଗାଳିଟାର ନିଷ୍କରୁଣ ଇଙ୍ଗିତ। ତାକୁ ଗଛ ଚଢ଼ିବା ମନା ହେଲା, ପାଣିରେ ପହଁରିବାକୁ ହେଲା ବାରଣ, ବେଳ ଅବେଳରେ ସାଙ୍ଗସାଥୀଙ୍କ ସାଙ୍ଗରେ ଗାଁ ଦାଣ୍ଡରେ ଧାଁ ଦଉଡ଼ କରିବାପାଇଁ ବି ଆକଟ କରାଗଲା।

ଏଣିକି ପ୍ରତି ପଦରେ ସେ ଶୁଣିଲା ଗାଳି। ତା'ର ସବୁ ପାହୁଣ୍ଡ ଉପରେ ରହିଲା ସମସ୍ତଙ୍କର ନଜର। ତା' ପାଇଁ ସବୁଆଡ଼େ ନାହିଁ ନାହିଁ, ସବୁଠି ଶୃଙ୍ଖଳ, ସବୁଠି ଅନୁଶାସନ।

ମିନୁକୁ କିନ୍ତୁ ଘର ଭିତରଟାରେ ରହିବାକୁ ଭଲ ଲାଗେ ନାହିଁ। ସେ ବାହାରକୁ ଦଉଡ଼ି ପଳେଇ ଯିବାପାଇଁ ଛାଟିପିଟି ହୁଏ। ଘର ବାହାରେ ବଉଳ ଭର୍ତ୍ତି ଆମ୍ବଗଛ, କଢ଼ଫୁଲରେ ଖୁନ୍ଦି ହେଇଥିବା ଦେଉଳ ବେଢ଼ାର ଚମ୍ପାଗଛ, ଦୋଳପୂନେଇଁର ଯାତ୍ରା, ବାହାଘରର ବାଜା ରୋଶଣି। ଏସବୁକୁ ଆଡ଼େଇ କିଏ କୋଉଠି ଘର ଭିତରେ ରହିପାରିଲାଣି ?

ଏସବୁ ସାଙ୍ଗକୁ ପୁଣି ସେଇ ଆଖଡ଼ା ଘର।

ହଁ, ଆଖଡ଼ା ଘର। ଆମ୍ବଗଛ ଓ ଡାଳମାଙ୍କୁଡ଼ି ଛାଡ଼ି ମିନୁ ପଡ଼ିଗଲା ଆଖଡ଼ା ଘରର ଜାଲରେ। ସେଇ ଜାଲର ଫାଶ ଥିଲା ଯେମିତି ନିଘନ, ତା'ର ସୂତା ଥିଲା ସେତିକି ଟାଣ। ଥରେ ପଡ଼ିଗଲାପରେ ସେ ଜାଲରୁ ମିନୁ ଆଉ ବାହାରି ପାରି ନ ଥିଲା।

ସେତେବେଳକୁ ମିନୁର ବୟସ ଦଶ କି ଏଗାର।

ତା'ର ମନେ ଅଛି, ସେ ବର୍ଷ ଦୋଳପୂନେଇଁ ଦି' ଦିନ ଥାଏ। ଗାଁରୁ ଖବର ଆସି ପହଞ୍ଚିଲା, ତା' ବାପା ମରିଗଲେ। ସେ ଖବରଟା ଶୁଣିଲାକ୍ଷଣି ଆଈମା ଭୂଇଁରେ ହାତ ବାଡ଼େଇ ଏପରି କାନ୍ଦିବାକୁ ଲାଗିଲା ଯେ ସେ କାନ୍ଦରେ ପୋଖରୀହୁଡ଼ା ଯାଏ କମ୍ପିଉଠିଲା। ପାଖ ପଡ଼ୋଶୀମାନେ ସେ କାନ୍ଦଶୁଣି ମିନୁର ମାମୁଘର ଅଗଣାକୁ ଆସି ଆଈକୁ ବେଢ଼ିଗଲେ। ଗାଁ ଦାଣ୍ଡଟା ଛୋଟକାଟର ହାଟ କି ମେଳା ପରି ଦିଶିଲା। ମିନୁ ଅନୁଭବ କଲା, ମଝିରେ ମଝିରେ ଯୋଉ ଲୋକଟି ମାମୁଘର ଗାଁକୁ ଆସି ତାକୁ ମିଠେଇ ଓ ଖେଳଣା ଦେଇଯାଉଥିଲା, ତାକୁ କାଖେଇ କୋଳେଇ ନ ହେଲେ କାନ୍ଧରେ ବସେଇ ଗାଁସାରା ଘୂରେଇ ଆଣୁଥିଲା, ତା' ନାକରେ ନାକକୁ ଘଷି ତା' ସାଥୀରେ

ଗେଲ ହେଉଥିଲା, ପଚାରୁଥିଲା ଆମ ଘର ଭଲ ନା ତୋ ମାମୁଘର ଭଲ ଓ ମିନୁଠୁ 'ଆମଘର ଭଲ' ଶୁଣିଲେ ଖୁସିରେ ନାଚି ଯାଉଥିଲା, ସେଇ ଲୋକଟି ଆଉ ନାହିଁ, ପବନରେ ମିଳେଇ ଯାଇଛି। ଘାଗଡ଼ା ଗଳାରେ 'ଇଚିକିଲି ମିଚିକିଲି ଫୁଟିଗଲା କାଇଁଚ' କି 'ଆ ଜହ୍ନମାମୁ ସରଗ ଶଶୀ' ଗୀତ ଗାଉଥିବା, ତା' ପାଇଁ ଭୂଇଁରେ ହାମୁଡ଼ି ପଡ଼ି ଘୋଡ଼ା, ଗଧ ଓ ମାଙ୍କଡ଼ ବନୁଥିବା ବାପା ନାମକ ମଣିଷଟି ସବୁଦିନ ପାଇଁ ଏ ପୃଥିବୀରୁ ବିଦାୟ ନେଇଯାଇଛି। ଏହି ଖରା ଓ ଅନ୍ଧାର ଭିତରେ ସେ ହଜିଯାଇଛି, ଆଉ ଆସିବ ନାହିଁ! ମିନୁକୁ ତା' ଆଈ ସଫା ଜାମା ଖଣ୍ଡେ ପିନ୍ଧେଇ ଦେଲା। ମିନୁ ମୁଣ୍ଡ କୁଣ୍ଡେଇଲା ନାହିଁ। ତାକୁ କୋଳରେ ପୂରେଇ ଆଈମା ତାକୁ ପୋଡ଼ାମୁହାଁ, 'ବାପଛେଉଣ୍ଡ ହେଇଗଲୁ ଲୋ' ବୋଲି କହି ବାହୁନୁ ବାହୁନୁ ମାମୁ ସାଙ୍ଗରେ ମିନୁର ଗାଁକୁ ପଠେଇଥିଲା।

ବାପା ଚାଲିଗଲା। ସଞ୍ଜୁଆ ତାରାର ଆୟୁଷ ନେଇ ସେ ଆସିଥିଲା। ଭଲକରି ଲୋକଟା ସାଙ୍ଗରେ ପରିଚୟ ହେବା ଆଗରୁ, ତା'ର ବାପାପଣକୁ ଅଙ୍ଗେ ନିଭେଇବା ଆଗରୁ ସେ ଚାଲିଗଲା। ବୋଉହାତର ପାଣିକାଚ ଟୁକ୍‌ଟାକ୍ ହେଇ ଭାଙ୍ଗିଗଲା। ତା' ମୁଣ୍ଡର ସିନ୍ଦୂର ନିଭିଗଲା। ଚାହୁଁ ଚାହୁଁ ଗୋଟେ ସଧବା କୁଳ ଭୁଆସୁଣୀ ପାଲଟି ଗଲା ନିଆଶ୍ରୀ ବିଧବା।

ବାପା ଚାଲିଯିବା ସାଙ୍ଗେ ସାଙ୍ଗେ ଆହୁରି ଅନେକ ଅନେକ ସମ୍ପର୍କ ବି ଭାଙ୍ଗିଗଲା। ପୁରୁଣା କୋଠାଟା ଭାଙ୍ଗିପଡ଼ି ଭୁଶୁଡ଼ିଗଲେ ଯେମିତି ତା' ଭିତରେ ଚାପି ହୋଇଯାଏ ଯେତେସବୁ ଇଟା, ପଥର, ବର ଅଶ୍ୱତ୍ଥର କୁଆଁ, ଦରଜାର ଜଞ୍ଜିର ଓ ଶିକୁଳି- ସେମିତି ଭାଙ୍ଗିଗଲା ମାମୁଘର ଗାଁ ଓ ସେ ଗାଁର ସାଙ୍ଗସଙ୍ଗାତଙ୍କ ସାଙ୍ଗେ ସମ୍ପର୍କ। ବାପାର ମରଣପାଇଁ ଯେତିକି, ନିଜର ସାଙ୍ଗସଙ୍ଗାତଙ୍କଠାରୁ ଦୂରେଇ ଆସିବା ଯୋଗୁ ଆଉ ସେତିକି ଦୁଃଖ ହୋଇଥିଲା ମିନୁର। ସେମାନଙ୍କଠାରୁ ବିଦାୟ ନେଇ ଆସିଲାବେଳେ ତା'ର ମନେହୋଇଥିଲା, ଯେମିତି ନିଜ ଦେହକୁ ଦି'ଟୁକୁଡ଼ା କରି କିଏ ଅଧକ ସେ ଗାଁରେ ରଖିଦେଉଛି ଓ ଆର ଅଧକ ତା' ଗାଁକୁ ପଠେଇ ଦେଉଛି। ଶୈଶବ ଓ କୈଶୋରର ଯେତେସବୁ ସ୍ମୃତି ତା'ର କାନିଆଙ୍ଗୁଠି ଧରି ତାକୁ ପଛରୁ ଭିଡୁଥିଲା। ସେ ଆଖି ଲୁହରେ ସେସବୁକୁ ଉଜେଇଁ ଦେଇ ଫେରିଥିଲା ନିଜ ଗାଁକୁ।

●

କିଏ ଜଣେ ଦୁଆର ଠକ୍ ଠକ୍ କରୁଛି। ମିନୁ ଖଟଉପରୁ ଉଠିଯାଇ ଦୁଆର ଖୋଲିଦେଲା। ଫୁଲବାଲା ହାତରେ ଫୁଲ ପୁଡ଼ାଟା ଧରି ଛିଡ଼ା ହୋଇଥିଲା। ମିନୁ ତାକୁ ଫୁଲତକ ଟେବୁଲ୍ ଉପରେ ରଖିଦେବାକୁ କହିଲା। ଫୁଲବାଲା ଫୁଲତକ ରଖିଦେଇ ଚାଲିଗଲା।

ଟେବୁଲ ଉପରୁ ଚମ୍ପାଫୁଲର ସୁଗନ୍ଧ ଭାସିଆସି ଘରସାରା ଧୂପର ବାସ୍ନା ପରି ଖେଳିଯାଉଥିଲା। ମିନୁ ଉଠିଯାଇ ଦରଜା ଓ ଝରକା କବାଟ ସବୁ ଖୋଲିଦେଲା। ଦିଇଟା ଧୂପକାଠି ବାହାରକରି ଜଳେଇଲା। ଯାଉ, ସବୁ ଦୁର୍ଗନ୍ଧ, ସବୁ ଆବର୍ଜନା ଏଇ ଝରକା ଓ ଖୋଲା ଦରଜାବାଟ ଦେଇ ଉଡ଼ି ପଳଉ। ଦରଜଳା ସିଗାରେଟ ଟୁକୁଡ଼ା, ଇଡ଼ିଯାଇଥିବା ମଦ ଟୋପା, ନେସିଯାଇଥିବା ଝାଳ ଓ ଲାଳର ଗନ୍ଧ ମିନୁକୁ ରୋଗିଣା କରିପକାଏ। ଲାଗେ, ଏଇକ୍ଷଣି ବାନ୍ତି ହୋଇଯିବ। ସେ ବଡ଼କଷ୍ଟରେ ନିଜକୁ ସମ୍ଭାଳେ। ଇଏତ ଦିନେଅଧେର କଥା ନୁହେଁ, ସାରା ଜୀବନର କଥା। ଦିନେଅଧେର କଥା ହୋଇଥିଲେ ମୁହଁରେ ଲୁଗା ଚାପି ସେ ସହି ନିଅନ୍ତା। କିନ୍ତୁ ଇଏ ତାହା ନୁହେଁ। ସେଥିପାଇଁ ଏ ଝାଳର ଗନ୍ଧ, ମଦ, ସିଗ୍ରେଟ ଓ ଗଞ୍ଜେଇର ଦୁର୍ଗନ୍ଧ, ଅଶ୍ଳୀଳ ଓ ଅସଂଲଗ୍ନ କଥାବାର୍ତ୍ତା- ଏ ସବୁ ସହ ତାକୁ ଅଭ୍ୟସ୍ତ ହୋଇଯିବାକୁ ପଡ଼ିଛି। ଆଜିକାଲି ଆଉ ସେସବୁ ଖାପଛଡ଼ା ଲାଗେନାହିଁ। ସବୁ ଦେହସୁହା ହୋଇଗଲାଣି।

ଅଥଚ ଏମିତି ଏକ ବନ୍ଦ କୋଠରି ଭିତରେ ଆସି ତା' ଜୀବନ ଛନ୍ଦି ହୋଇଯିବ, ସେକଥା କ'ଣ ମିନୁ କୌଣସି ଦିନ କଳ୍ପନା କରିଥିଲା ? କୌଣସି ଦିନ କ'ଣ ସେ କଳ୍ପନା କରିଥିଲା ତା'ର ଘରସଂସାର, ତା'ର ଶଙ୍ଖାସିନ୍ଦୂର ସବୁ ଦି' ଦିନରେ ଭାଙ୍ଗିରୁଜି ଛାରଖାର ହୋଇଯିବ ! କୌଣସି ଦିନ କ'ଣ ସେ କଳ୍ପନା କରିଥିଲା ତା' ମୁଣ୍ଡରେ ଲଦି ଦିଆଯିବ ଡାଆଣୀର ଅପବାଦ !

ସେ ଡାଆଣୀ।

କଞ୍ଚାଖାଇ ଡାଆଣୀ, ଯିଏ କଅଁଳା ଛୁଆଟେ ଦେଖୁ ଦେଖୁ ତା' ଦେହରୁ ରକ୍ତ

ଶୋଷିନିଏ। ଡଉଲ ଡାଉଲ କଅଁଳାଛୁଆ, ସବଳ ସୁନ୍ଦର ପୁରୁଷ ଦେଖିଲେ ପାଳକୁଟା, ସୂତାଖିଅ ନ ହେଲେ ଲୁଗା କାନି ପକେଇ ତା' ଦେହରୁ ରକ୍ତଯାକ ଚଁ ଚଁ କରି ଶୋଷି ପିଇଯାଏ। ତା'ପରେ ସେ ଲୋକଟା ପନ୍ଦର ଦିନ ନ ହେଲେ ମାସକ ଭିତରେ ମରିଯାଏ। ଡାଆଣି ନଜରରୁ ବର୍ତ୍ତିପାରେ ନାହିଁ!

ଅମାବାସ୍ୟା ଓ କୃଷ୍ଣପକ୍ଷ ରାତିରେ ମଶାଣି ବୁଲିଯାଏ ଡାଆଣି। ଗୋଡ଼ ଉପରକୁ ଟେକି ଓ ମୁହଁ ତଳକୁ କରି ମଶାଣିରୁ ମଇଳାତକ ଖାଏ। ମନ୍ତ୍ର ପଢ଼ି ବିଛଣାର ସ୍ୱାମୀକୁ ଅଚେତନ କରିଦେଇଯାଏ ଓ ମଶାଣିରୁ ଫେରିଲାପରେ ଓଲଟ ମନ୍ତ୍ର ପଢ଼ି ତାକୁ ପୁଣି ତା' ଚେତା ଫେରାଇଦିଏ। ସେତେବେଳେ ତା' ନଜରରେ କାଠ ବାଉଁଶ ପଡ଼ିଲେ ବି ଜଳିଯିବ, କଞ୍ଚା ଗଛ ଝାଉଁଳି ମରିଯିବ, ଜିଅନ୍ତା ମଣିଷ ଭେଟଣା ହୋଇ ମୂର୍ଚ୍ଛା ଯିବ।

ସେସବୁ ଅପବାଦ ଇଟା, ପଥର ହୋଇ ମିନୁର କପାଳରେ ବାଜେ। ମୁଣ୍ଡଫାଟି ରକ୍ତ ଝରେ। ଲୁଗାକାନିରେ ମିନୁ ତା'ର ମୁହଁ ଲୁଚେଇବାକୁ ଚେଷ୍ଟାକରେ, କିନ୍ତୁ ପାରେ ନାହିଁ। ଘରେ ସମସ୍ତେ ଦୂର୍ ଦୂର୍ କରନ୍ତି, ବାହାରେ ମାର୍ ମାର୍ କରନ୍ତି। ସେ ଘରର କି ବାହାର କୋଉଠିର ହୁଏ ନାହିଁ।

ସେସବୁ ଦୁର୍ଭାଗ୍ୟର ଦିନ ଆସିଥିଲା ଢେର୍ ପରେ।

ଏବେ ତ ମିନୁ ଗାଁରେ ଅଛି। ବିଧବା ମା'ର ଯତ୍ନ ନେଉଛି ଚଉଦ ବର୍ଷର ମିନୁ। ପାଠ ପଢୁଛି ଗାଁ ସ୍କୁଲରେ, ଆଉ ଫୁରୁସତ୍ ଟିକେ ପାଇଲେ ଆଖଡ଼ାଘରେ ଯାଇ ବସୁଛି।

ଆଖଡ଼ା ଘରେ!

ଆଖଡ଼ା ଘରେ ଯାଇ ବସୁଛି ଚଉଦ ପନ୍ଦରବର୍ଷର ଟୋକୀ ଖଣ୍ଡକ?

ଲାଜ ସରମ ବୋଲି କିଛି ଟିକେ ଅଛି ନା ନାହିଁ ତା' ମା ମୁହଁରେ? ଭଲ ହୋଇଛି, ବାପଟା ମରିଯାଇଛି। ଏ କଳଙ୍କ ଦେଖିବାକୁ ଭଲା ସେ କାହିଁକି ବଞ୍ଚିରହିଥାଆନ୍ତା?

ଚୁଲିରେ ବସିଥିବା ତତଲା ବାଲି ଉପରେ ଧାନ ମୁଠାଏ ପକେଇଦେଲେ ଯେମିତି ଚଡ଼ ଚଡ଼ ହୋଇ ଖଇ ଗଣ୍ଡାଏ ଫୁଟିଉଠେ ସେମିତି ଗାଁ ଲୋକଙ୍କ ତୁଣ୍ଡରେ ମିନୁର ଚର୍ଚ୍ଚା ଫୁଟିଉଠେ। ସେଇ ଚର୍ଚ୍ଚା ହୁଏ ଗାଧୁଆ ତୁଠରେ, ବରଗଛ ତଳ ଠାକୁରାଣୀ ମଣ୍ଡପରେ ଓ ସ୍କୁଲ ଯାଉଥିବା ସାନବଡ଼ ପିଲାଙ୍କ ମୁହଁରେ।

ଝିଅ ସାଙ୍ଗମାନେ ତା'ଠୁ ଦୂରେଇ ଦୂରେଇ ରହନ୍ତି। ପୁଅମାନେ ପାଖେଇ ପାଖେଇ ଆସିବାକୁ ଆଖିଠାର ମାରନ୍ତି। ମିନୁର ଦେହ ମୁଣ୍ଡ ଜଳିଯାଏ। ତା'ର ମନହୁଏ

ବିଧା ଚାପୁଡ଼ାରେ ଏହି ରସିକମାନଙ୍କ ଗାଲ ପିଠି ସେକି ଦିଅନ୍ତା। କିନ୍ତୁ କାହାକୁ କିଛି କହେ ନାହିଁ। ଏସବୁକୁ ସହି ବଞ୍ଚିବାର ଅଭ୍ୟାସ କରି ଶିଖେ।

ଅନ୍ଧାର ହୋଇଗଲାଣି। ମିନୁ ଘରର ଲାଇଟ୍ ଜାଳିଦେଲା। ଆଜି ଶିବ ଚତୁର୍ଦ୍ଦଶୀ। ତା'ର ଉପବାସ। ଆଉ ଟିକିଏ ସଞ୍ଜ ଗଡ଼ିଗଲେ ସେ ଗଳିମୋଡ଼ ମନ୍ଦିରକୁ ଯିବ। ଠାକୁରଙ୍କୁ ମୁଣ୍ଡିଆଟେ ମାରି ଫେରି ଆସିବ। ଆଜି ଆଉ ସେ କୌଣସି ଗ୍ରାହକ ପାଖକୁ ଯିବନାହିଁ, କାହାକୁ ଡାକିବ ନାହିଁ। ଆଜିର ସଞ୍ଜ ଓ ରାତି ଖାଲି ତା'ର।

ମିନୁ ପୁଣିଥରେ ତା' ଗାଁ ସ୍କୁଲକୁ ଫେରିଗଲା। ଫେରିଗଲା ଦେବ ସାର୍‌ଙ୍କ ସ୍ମୃତିକୁ। ବିନା କାରଣରେ ଯୋଉ ଶିକ୍ଷକଟି ବିଦା ହୋଇଗଲା ରାମପୁର ଗାଁରୁ କଳଙ୍କର ବୋଝ ମୁଣ୍ଡେଇ। ନା ମିନୁ କହି ପାରିଲା କିଛି ନା ଦେବ ସାର୍ ନିଜ ତରଫରୁ କାହାକୁ କିଛି ବୁଝେଇ ପାରିଲେ। ଓଲଟି କହିଥିଲେ, "ତୁମେ ଏଥିପାଇଁ ଦୁଃଖ କରନାହିଁ। ଏଠି କାହାର ଦୋଷ ନାହିଁ। ଦୋଷ ମୋ ଭାଗ୍ୟର। ମୁଁ ମୋ କର୍ତ୍ତବ୍ୟ କରିଛି। ତମେ ଯଦି ମୋତେ ସମ୍ମାନ ଦେଉଥାଅ, ତାହାହେଲେ ମନ ଦେଇ ପାଠ ପଢ଼, ବହୁତ ପଢ଼। କାହାରି କଥା ଶୁଣି ମଝି ବାଟରେ ଅଟକି ଯାଅ ନାହିଁ। ରାସ୍ତା ଅନେକ ଲମ୍ବା, ବେଳ ନାହିଁ।"

ସତରେ ରାସ୍ତା ଅନେକ ଲମ୍ବା। ସେ ରାସ୍ତା ସରେ ନାହିଁ। ଆୟୁଷ ସରିଯାଏ, ବାଟଚଲା ସରେନି। ଦେବ ସାର୍ ହୁଏତ ଠିକ୍ କହିଥିଲେ। ଠିକ୍ କହିଥିଲା ସେଇ ଗୋରା ନହନହକା ବଦ୍‌ରାଗୀ ମଣିଷଟି। କିନ୍ତୁ କାହିଁକି କଳଙ୍କର ବୋଝ ମୁଣ୍ଡେଇ ବିଦାୟ ନେଇଗଲେ ଦେବ ସାର୍? କି ସମ୍ପର୍କ ଏମିତି ଥିଲା ଯେ ତାଙ୍କର ମିନୁ ସହ?

ଗୋଟେ ଦୀର୍ଘଶ୍ୱାସ ମିନୁର ଛାତିଥରେଇ ବାହାରି ଆସିଲା। ତକିଆଟିକୁ ଉଠେଇ ନେଇ ସେ କୋଳରେ ଭିଡ଼ି ଧରିଲା। ଦି' ଆଖିରୁ ନିଗିଡ଼ି ଆସୁଥିବା ଲୁହମାନଙ୍କ ମଝିରେ ହିଡ଼ ପକେଇ ସେ ରୋକି ଦେବାକୁ ଚାହୁଁଥିଲା। କିନ୍ତୁ ଲୁହମାନେ କ'ଣ ମାନନ୍ତି କାହାର ବାଧା କି ବନ୍ଧନ?

ନଈପୋଖରୀ ଶୁଖିଯାଆନ୍ତି, ମିନୁର ଲୁହ ଶୁଖେ ନାହିଁ।

ମାଟ୍ରିକ ପରୀକ୍ଷା ଆଉ ମାସଟେ ବାକି। ବାପା ଯିବା ପରଠାରୁ ଦାଦାଙ୍କର ଢଙ୍ଗ ରଙ୍ଗରେ ମିନୁ ପରିବର୍ତ୍ତନ ଲକ୍ଷ୍ୟ କରିଥିଲା। ସେ ମାମୁଘରେ ଥିଲା, ଭଲ ହୋଇଥିଲା। ଦାଦା ଖୁଡ଼ୀଙ୍କର ଦିନରାତି କଟର କଟର ମଧୁପୁର ଯାଏ ଶୁଭୁ ନ ଥିଲା।

ଜମିବାଡ଼ି ଭାଗବାଣ୍ଟରେ ଅସନ୍ତୁଷ୍ଟ ତା' ଦାଦା ବରାବର ନିଜର ଯାବତୀୟ ସମସ୍ୟା ପାଇଁ ମିନୁବାପାକୁ ହିଁ ଦୋଷ ଦେଉଥିଲେ। ଯିଏ ଅନ୍ୟକୁ ହଇରାଣ କରିବାକୁ ବାହାରେ ତାଆରି ପିଲାପିଲି ଶେଷକୁ ହଇରାଣ ଭୋଗନ୍ତି ବୋଲି ବରାବର କହି କଟା ଘା'ରେ

ସେ ଲୁଣ ଛିଟା ଦେଉଥିଲେ। ମିନୁ ସେତେବେଳକୁ ସାନପିଲା ହୋଇ ରହି ନ ଥିଲା। ସବୁ ବୁଝୁଥିଲା ସିଏ, ସବୁ ଜାଣୁଥିଲା; କିନ୍ତୁ ବୋଉର ଆକଟ ମାନି ତୁନି ପଡୁଥିଲା।

ଫର୍ମ ପୂରଣ ନ ହୋଇପାରିଲେ ମାଟ୍ରିକ ପରୀକ୍ଷା ଦେଇ ପାରିବ ନାହିଁ ମିନୁ। କାହାକୁ କହିବ ସେ ଏ କଥା ? ବୋଉ ସବୁ ଜାଣେ, କିନ୍ତୁ ନାଚାର। ତାକୁ ଏକଥା କହି ଅଧିକା କଷ୍ଟଦେବାକୁ ମିନୁ ଚାହୁଁ ନ ଥିଲା। ତା'ଠୁ ବରଂ ଭଲ, ସେ ପରୀକ୍ଷା ଦେବନାହିଁ। ଘରେ ରହିଯିବ।

ମାର୍ଚ୍ଚ ମାସ। ନୂଆ ପତ୍ର ସବୁ କଅଁଳି ସାରିଥାନ୍ତି ଗଛମାନଙ୍କରେ। ମିନୁ ବହିପତ୍ର ଧରି ଘରକୁ ଫେରୁଥିଲା। କାଲିଠୁ ଆଉ ସ୍କୁଲ ନାହିଁ। ଯୋଉମାନେ ପରୀକ୍ଷା ଦେବେ ସେମାନେ ଘରେ ରହି ପଢ଼ାପଢ଼ି କରିବେ। ଯୋଉମାନେ ପରୀକ୍ଷା ଦେବେ ନାହିଁ ସେମାନେ ବି ଘରେ ରହିବେ। ମିନୁର ଛାତି ଭିତରଟା ଖାଁ ଖାଁ ଲାଗୁଥିଲା। ପାଠପଢ଼ା ଆଉ ଯାହା ହେଉ ନ ହେଉ ଜୀବନ ଜିଇଁବାର ଗୋଟେ ଅବଲମ୍ବନ ଥିଲା। ସକାଳୁ ଉପରଓଳି ଯାଏ ଛଅ ସାତଘଣ୍ଟା ସ୍କୁଲରେ ବିତିଯାଉଥିଲା। ସମୟ କଟିଯାଉଥିଲା। କାଲିଠୁ ସେ କ'ଣ କରିବ ? ଆଉ କୋଉ ବାହାନାରେ ଆସିବ ସେ ସ୍କୁଲକୁ ?

ପଛରୁ ଦେବ ସାର୍ ଡାକିଲେ- ମିନୁ ! ଶୁଣ୍।

ମିନୁ ସାର୍‌ଙ୍କ ପାଖକୁ ଗଲା। ଭଲ ଶିକ୍ଷକ ଦେବ ସାର୍। ମନଦେଇ ପଢ଼ାନ୍ତି। ପଢ଼େଇଲାବେଳେ ତନ୍ମୟହୋଇ ସେ ପଢ଼ାନ୍ତି। ପିଲାମାନଙ୍କ ସହ ସେମାନଙ୍କ ଦୁଃଖସୁଖ ବାଣ୍ଟନ୍ତି। ଅବସର ସମୟରେ ମଜା ମଜା କଥା କହନ୍ତି।

ସେହି ଦେବ ସାର୍ ମିନୁକୁ ଡାକୁଛନ୍ତି। କାହିଁକି ? ନିଛାଟିଆ ପୋଖରୀ କୂଳ। ସ୍କୁଲ ଛୁଟି ହୋଇ ଗଲାଣି। ସମସ୍ତେ ପ୍ରାୟ ନିଜ ନିଜ ଘରକୁ ଚାଲିଗଲେଣି। ମିନୁ ମୁଣ୍ଡ ତଳକୁ କରି ଦେବ ସାର୍‌ଙ୍କ ଆଗରେ ଯାଇ ଛିଡ଼ା ହେଲା।

ଦେବ ସାର୍ କହିଲେ, "ମିନୁ, ତମେ ମୋର ଛୋଟ ଭଉଣୀ ପରି। ସେ ଏ ବର୍ଷ ମାଟ୍ରିକ ପରୀକ୍ଷା ଦେଉଛି। ତମେ କିନ୍ତୁ ତା'ଠୁ ଭଲ ପଢୁଛ।"

ମିନୁ ଏହାର ବା କି ଉତ୍ତର ଦେବ ! ସେ ତଳକୁ ମୁହଁପୋତି ଛିଡ଼ା ହୋଇଥିଲା। ଯେତେ ଶୀଘ୍ର ସାର୍‌ଙ୍କ ନଜରରୁ ଚାଲିଯିବ, ସେତେ ମଙ୍ଗଳ।

ଦେବ ସାର୍ କହିଲେ, "ମୁଁ ଜାଣିଛି, ତମର କିଛି ଅସୁବିଧା ଯୋଗୁ ତମେ ଫର୍ମ ପୂରଣ କରିନାହଁ। ମୁଁ ସେ ଟଙ୍କା ଦେଇ ଦେଇଛି। ତମେ ଯାଅ ଦସ୍ତଖତ କରିଦେବ। ମନଦେଇ ପଢ଼, ତମ ଉପରେ ତ ଅନେକ ଦାୟିତ୍ୱ !"

ମିନୁ କିଛି କହିପାରିଲା ନାହିଁ। ତା' ଦେହ ହାତରେ ଝାଳ କଣ୍ଡି ହେଉଥିଲା। କଇଁଛ ତା'ର ବେକଗୋଡ଼ ସବୁକୁ ଖୋଳପା ଭିତରକୁ ଭିଡ଼ିନେଲା

ପରି ସେ ନିଜର ବେକ ଛାତି ଓ ପାଦ ସବୁକୁ ସଙ୍କୁଚିତ କରି ଆଣିଥିଲା। ଦେବ ସାର୍ ତା' ଫର୍ମପୂରଣ ଟଙ୍କା ଦେଇ ଦେଇଛନ୍ତି! ସେ ପରୀକ୍ଷା ଦେଇପାରିବ! ତା' ପାଠପଢ଼ା ବନ୍ଦ ହେବ ନାହିଁ!

ବଡ଼ ସାହସ ସଞ୍ଚୟ କରି କହିଲା, "କିନ୍ତୁ....।"

: ତୁମେ ମୋତେ ପଛରେ ଫେରେଇ ଦେବ। ମୁଁ ତୁମକୁ ଦାନ ଦେଉନାହିଁ। ଉଧାର। ଦେବ ସାର୍ ଏତକ କହି ଚାଲିଯାଇଥିଲେ।

ଫର୍ମପୂରଣ ସମସ୍ୟା ଅବଶ୍ୟ ସମାଧାନ ହୋଇଥିଲା। କିନ୍ତୁ ନୂଆ ସମସ୍ୟାଟି ଆସି ଉଭା ହୋଇଥିଲା ମିନୁ ଆଗରେ। ସ୍କୁଲ ସାରା ସମସ୍ତେ ଚୁପ୍‌ଚାପ୍ ହେଲେ, ଦେବ ସାର୍ ମିନୁକୁ ଫର୍ମ ପୂରଣ ଟଙ୍କା ଦେଇଛନ୍ତି। ସେ ମିନୁକୁ କଲେଜରେ ପଢ଼େଇବେ। ତାକୁ ସେ ଭଲ ପାଆନ୍ତି। ତାକୁ ବାହାହେବେ!

ଭଲ ପାଆନ୍ତି? ସେଇଟା ପୁଣି କି ଶବ୍ଦ? କ'ଣ ତା'ର ଅର୍ଥ? ମିନୁ ସେପର୍ଯ୍ୟନ୍ତ ଏ ଶବ୍ଦଟିର ଅର୍ଥ ବୁଝି ନ ଥିଲା। ଦେବ ସାର୍ ତାକୁ ସ୍କୁଲରେ ପାଠ ପଢ଼ାନ୍ତି, ତା' ଅସୁବିଧା ବେଳେ ତାକୁ ସାହାଯ୍ୟ କରିଛନ୍ତି। ସେଥିପାଇଁ ସେ ତାଙ୍କ ନିକଟରେ କୃତଜ୍ଞ। କିନ୍ତୁ ମଝିରେ ଏ ଭଲ ପାଇବା ଜିନିଷଟି ପୁଣି କ'ଣ? ଦେବ ସାର୍ ସେଇଟି ତା'ଠାରୁ କିପରି ପାଇଲେ? ସେ ତ କାହାକୁ କେଉଁଠି ଭଲ ପାଇନାହିଁ? କାହାପାଇଁ କିଛି ସାହାଯ୍ୟ କରିଦେଲେ କ'ଣ ଭଲ ପାଇବା ହୋଇଯାଏ?

ମିନୁ ଭଲ ପାଉ ନ ପାଉ ତା'ର ଦେହ ଏବଂ ରୂପ ଉଭୟ ଭଲ ପାଇବା ଯୋଗ୍ୟ ହୋଇସାରିଥିଲେ। ସେମାନେ ସେତିକି ଉର୍ବର ହୋଇ ସାରିଥିଲେ ଯୋଉଠି ଦୁଇ ତିନିଟା ଅପବାଦ ଖୁବ୍ ନିର୍ଭୟରେ ଡାଳପତ୍ର ମେଲେଇ ବଢ଼ି ପାରୁଥିଲେ। ଏକଥା ମିନୁ ପଛକୁ ଜାଣିଲା। ସେତେବେଳେ କେବଳ ଲୁହ ଝରେଇବା ଭିନ୍ନ ଆଉ କ'ଣ ବା ଉପାୟ ଥିଲା ତା' ପାଖରେ?

ଯୋଉଦିନ ଏ କଥା ସେ ବୁଝି ପାରିଥିଲା ସେଦିନ ତା' ମନ ଭିତରେ ସେଇ ଶିକ୍ଷକଟିର ଭାବମୂର୍ତ୍ତି ଆହୁରି ଉଜ୍ଜ୍ୱଳି ଉଠିଥିଲା। ଗୋଟେ ଗରିବ ଛାତ୍ରୀର ଦୁର୍ଦ୍ଦିନରେ ସାହାଯ୍ୟ କରିବାକୁ ଯାଇ ମିଛଟାରେ କେତେ ଅପମାନ ପାଇ ନ ଥିଲେ ବିଚରା? କ'ଣ ବା ଏଥିରେ ତାଙ୍କର ଦୋଷ ଥିଲା? ପରଝିଅଟିକୁ ସାହାଯ୍ୟ କରିବାକୁ ଆଗେଇ ଆସିବା ବି କ'ଣ ପାପ? ବଢ଼ିଲା ବୟସର ଝିଅଟେ କ'ଣ କାହାର ଭଉଣୀ ହୋଇପାରେ ନାହିଁ? କାହାର ଝିଅ ହୋଇପାରେ ନାହିଁ? ଆଉ କିଛି ସମ୍ପର୍କ ରହିପାରେ ନାହିଁ ସେମାନଙ୍କ ମଝିରେ କେବଳ ଦେହଭୋଗର ସମ୍ପର୍କ ଭିନ୍ନ? କାହିଁକି ସମସ୍ତେ ସମ୍ପର୍କକୁ ଏହିଭଳି ସଂକୀର୍ଣ୍ଣ ଦୃଷ୍ଟିରେ ଦେଖି ବସନ୍ତି?

ତା'ଠୁ ବରଂ ଭଲ ହୋଇଥାଆନ୍ତା ସତକୁ ସତ ଯଦି ସେ ସେହି ଶିକ୍ଷକଟିକୁ ଭଲ ପାଇ ପାରିଥାନ୍ତା। ହୁଏତ ତା' ଜୀବନର ଅବଶିଷ୍ଟ ବର୍ଷତକ ଏମିତି ଜଳିପୋଡ଼ି ଛାରଖାର ହୋଇଯାଇ ନ ଥାନ୍ତା। ଘଷିନିଆଁରେ କୁହୁଳିଲା ପରି ତା'ର ଯୌବନ ଓ ଜୀବନ କୁହୁଳି କୁହୁଳି ପାଉଁଶ ହୋଇଯାଇ ନ ଥାନ୍ତା।

କିନ୍ତୁ ଦେବ ସାର୍ ପ୍ରତିବାଦ କରି ନ ଥିଲେ, କାହା ପ୍ରଶ୍ନର କିଛି ଉତ୍ତର ଦେଇ ନ ଥିଲେ। କେବଳ ଗୋଟିଏ ବିଶ୍ୱାସ ଛାତିଭିତରେ ସାଇତି ସେ ଚାଲିଯାଇଥିଲେ। ଆଶା କରିଥିଲେ, ମିନୁ ପାଠ ପଢ଼ିବ, ବଡ଼ ମଣିଷ ହେବ, ଏ ଅପମାନର ପ୍ରତିବାଦ ପାଲଟିବ।

କିନ୍ତୁ କେତେ ଦୁର୍ବଳ ଥିଲା ତାଙ୍କର ସେ ଆଶା ? ଗୋଟାଏ କୋହ ମିନୁର ଛାତିଥରେଇ ବାହାରି ଆସିବାକୁ ଉଚ୍ଚାଟ ହେଉଥିଲା। ସେଭଳି କଥା ଖାଲି ଗପ କାହାଣୀରେ ହୁଏ। ଦି' ଦିନ ଭୋକ ଶୋଷରେ ବିତେଇଥିବା ଦରିଦ୍ରକୁ ତୃତୀୟ ଦିନରେ ମିଳେ ଭୁରିଭୋଜନ। ଦରିଦ୍ର ଲୋକ ଧନୀ ପାଲଟେ। ଗରିବ ଝିଅକୁ ବାହା ହୋଇ ରାଜଉଆସକୁ ନେଇଯାଏ ରାଜାପୁଅ। କିନ୍ତୁ ଜୀବନ ତ କାହାଣୀ ନୁହେଁ। ହଜାର ଲକ୍ଷ କାହାଣୀ ବି ଗୋଟିଏ ଜୀବନର ଗତି ବଦଳେଇ ପାରନ୍ତି ନାହିଁ। ଦେବ ସାର୍ଙ୍କ ଆଶା ଟିକକ ବ୍ୟର୍ଥ ହୋଇଯାଇଛି। ବ୍ୟର୍ଥ ହୋଇଯାଇଛି ସେଇ ଲୋକଟିର ସ୍ୱପ୍ନ। ମିନୁ କହିବାକୁ ଚାହୁଁଥିଲା, କେବଳ ଆଶା ଭାଙ୍ଗି ଯାଉଥିବା ଲୋକଟି ଦୁଃଖୀ ହୁଏ ନାହିଁ, ଯାହାକୁ ନେଇ ଆଶା ଦେଖିଥାଏ ସିଏ ବି ତା' ସାଙ୍ଗରେ ଭାଙ୍ଗିପଡ଼େ। ଦେବ ସାର୍ଙ୍କର ଗୋଟିଏ ସ୍ୱପ୍ନ ହୁଏତ ଭାଙ୍ଗିରୁଜି ଯାଇଛି, କିନ୍ତୁ ମିନୁର ଯେ ସାରା ଜୀବନଟା ଭାଙ୍ଗିଯାଇଛି- ସେ ଖବର କିଏ ରଖିଛି ଆଜି ?

ଇଏ ଜୀବନ ନା ମୁଠାଏ ଅପୂର୍ଣ୍ଣ ଇଚ୍ଛା ? ନା ଗୋଟେ ପ୍ରଲମ୍ବିତ ହାହାକାର !

ସେଇ ଘଟଣାପରେ ମିନୁ ରାତାରାତି ପାଲଟି ଯାଇଥିଲା ଗାଁ ଓ ସ୍କୁଲ ପାଇଁ ଏକ ଦର୍ଶନୀୟ ବସ୍ତୁ। ଯେତେ ଯାହା ଆଲୋଚନା, ଯେତେ ତର୍କ ବିତର୍କ ମିନୁକୁ ନେଇ। ମଫସଲୀ ସ୍କୁଲର ନିସ୍ତରଙ୍ଗ ଘଟଣା ପ୍ରବାହରେ ମିନୁ ହିଁ ହୋଇପଡ଼ିଥିଲା ଗୋଟେ ଉତ୍ତେଜନାପୂର୍ଣ୍ଣ ଘଟଣା। ଏକଥା ମିନୁ ଅନୁଭବ କରୁଥିଲା, ନିଜକୁ ନିଜେ ନିନ୍ଦୁଥିଲା, କିନ୍ତୁ ପ୍ରତିବାଦ କରିପାରୁ ନ ଥିଲା। ତା'ର ଆଶଙ୍କା ଥିଲା, ଏ ଧରଣର ପ୍ରତିବାଦ ସେମାନଙ୍କୁ ପରିହାସ କରିବାପାଇଁ ହୁଏତ ଆହୁରି ଉତ୍ସାହିତ କରିବ।

ସ୍କୁଲ ଯିବା ବନ୍ଦହୋଇ ସାରିଥିଲା ମିନୁର। କେବଳ ପରୀକ୍ଷାଟେ ଦେଇଦେଲେ ସ୍କୁଲ ସହ ସମ୍ପର୍କ ସରିଯିବ ତା'ର।

ରାତି ଅନ୍ଧାରରେ ମିନୁ ତା' ବୋଉର ଗଳା ଜଡ଼େଇ କାନ୍ଦେ। ପଚାରିବାକୁ

ଚାହେଁ, ଆମର ଏତେ ଦୁଃଖ କାହିଁକି ବୋଉ ? ଆମ ପାଇଁ କାହିଁକି ଖାଲି ପରିହାସ, ଟାହିଟାପରା ? ଆମ ପାଇଁ କାହିଁକି ଯେତେକ ନିନ୍ଦା ଓ ଅପବାଦ ?

କୋଳରେ ପୂରେଇ ମାଆ ଧରି ରଖିବାକୁ ଚାହେଁ ବଢ଼ିଲା ଝିଅଟିକୁ। ମିନୁ ବୋଉ କୋଳରେ ସାନ ଛୁଆଟିଏ ହେଇଯାଏ। ସେ ଆଦୌ ବଢ଼ି ନ ଥାନ୍ତା କି! ସବୁଦିନେ ସାନପିଲାଟେ ହୋଇ ରହିଥାଆନ୍ତା। କୌଣସି ଅପବାଦ, ଟାହିଟାପରା ତା'ର ପିଲାଳିଆମି ଟପି ତା' ପାଖେ ପହଞ୍ଚିପାରୁ ନ ଥାନ୍ତା।

ସେହି ଅନ୍ଧାର ଭିତରେ ମିନୁ ଅନୁଭବ କରେ ବୋଉ ତା'ର ଦେହ ହାତ ଆଉଁଶି ଦେଉଛି। ତା'ର କପାଳରେ ବୋକ ପରେ ବୋକ ଦେଉଛି। ତା'ର ଲମ୍ବା ବାଳଗୁଡ଼ାକୁ ସାଉଁଳେଇ ଦେଉଛି। ତା' ପାଦ ଓ ପାପୁଲିକୁ ସ୍ନେହରେ ଘଷିଦେଉଛି।

ବୋଉ, ବୋଉ ଲୋ....। ମିନୁର ଆଖିପତା ସଜଳ ହୋଇଉଠିଲା। ଏତେ ସ୍ନେହ, ଏତେ ଶ୍ରଦ୍ଧା, ଏତେ ଭଲପାଇବାର କିଛି ହିଁ ତ ପ୍ରତିଦାନ ଦେଇପାରିଲା ନାହିଁ ସେ! ସବୁ ଋଣ ତା'ର ଅଶୁଝା ରହିଗଲା।

ଗୋଟେ ଚିର ଖାତକର ଅଭିଶପ୍ତ ଜୀବନ ମିନୁର। ସେ କାହାର ଋଣ ଶୁଝିପାରେ ନାହିଁ। କାହାର ଭଲ ପାଇବାର ପ୍ରତିଦାନ ଦେଇପାରେ ନାହିଁ। ସେଇମାନଙ୍କୁ ସେ ସୁଖବାଣ୍ଟେ, ଯୋଉମାନେ ଜୀବନରେ କେବେ ତା'ର କିଛି ଉପକାର କରି ନ ଥାନ୍ତି। ଏଇ ତା'ର ବିଡ଼ମ୍ବିତ ଭାଗ୍ୟ।

ମିନୁ ଝରକା କବାଟ ବନ୍ଦ କରିବାକୁ ନଇଁ ପଡ଼ିଲା। କବାଟ ଆଉଜେଇ ଦେଇ ସେ ମନ୍ଦିରକୁ ଯିବ। ସେଠୁ ଫେରିବା ପରେ ସେ ଆଉ କାହାସାଙ୍ଗେ କଥାବାର୍ତ୍ତା କରିବ ନାହିଁ। ଚୁପ୍‌ଚାପ୍ ବତି ଲିଭେଇ ଶୋଇଯିବ।

ତଳ ରାସ୍ତାରେ ଯାଉଥିବା ଗୋଟାଏ ଟୋକା ମିନୁକୁ ଦେଖି ସିଟି ବଜେଇଲା। 'ହାୟ, ହାୟ, ମେରା ଦିଲ୍ କି ରାନୀ' କହି ଉପରକୁ ଅନେଇଲା। ଧଡ଼୍ କରି କବାଟ ଦୁଇଟା ଆଉଜେଇ ଆଣି ମିନୁ ଦୁଇହାତ ପାପୁଲିରେ ନିଜର ମୁହଁ ଚାପି ଖଟଉପରେ ବସି ପଡ଼ିଲା। ଲଜ୍ଜା, ଅଭିମାନ ଓ ଘୃଣାରେ ତା'ର ସମସ୍ତ ଦେହ ଜଳି ଉଠୁଥିଲା।

ପର ମୁହୂର୍ତ୍ତରେ ସେ ଅବସ୍ଥା ସଚେତନ ହେଲା। ବିଚରା ଲୋକଟାର ଦୋଷ କ'ଣ ? ସିଏ ତା' ମନରେ ଗ୍ରହଣ କରୁ ବା ନ କରୁ ସେ ବେଶ୍ୟା। ଅନ୍ୟର ଭୋକ ମେଣ୍ଟେଇବା ତା'ର କାମ। ଗ୍ରାହକର ଆମନ୍ତ୍ରଣ ତେଣୁ ତା' ପାରିଲାପଣର ପ୍ରଶଂସାପତ୍ର, ତା'ର ସ୍ୱୀକୃତି। ଏଥିନେଇ ସିନା ସେ ଖୁସିହୁଅନ୍ତା, ରାଗୁଛି କାହିଁକି ?

ଟୋକାଟାକୁ ସେ ଚିହ୍ନେ। ଅନେକ ଦିନ ହେଲା ତାକୁ ଏଇ ନିଷିଦ୍ଧ ଗଳି ଦେଇ ଯା'ଆସ କରିବାର ଦେଖୁଛି ମିନୁ। ଆଖିରେ ଡାଆଣାପଣ, ଯେମିତି ତାକୁ

ଗୋଟାପଣେ ଗିଳିଦେବ। ଶାଗୁଣା କି ଶିଆଳର ଆଖି ବି ଏତେ ଭୋକିଲା ଦିଶେ ନାହିଁ।

ସେ କବାଟ ଆଉଜେଇ ତଳକୁ ଆସିଲା। ରାତି ଢେର୍ ହୋଇଗଲାଣି। ଅପଖ୍ୟାତ ଗଳିଟାରେ ଆଜି ଭିଡ଼ କମ୍। ଶିବ ଚତୁର୍ଦ୍ଦଶୀରେ କାହିଁକି କିଏ ବେଶ୍ୟାଘରକୁ ଆସି ପାପ ଅର୍ଜିବ! ଆଜି ପୁଣ୍ୟ ଅର୍ଜିବାର ଦିନ। ପାପ ସବୁ ଅନ୍ୟଦିନମାନଙ୍କ ପାଇଁ। ଆଜି ସେମାନେ ନିଜ ନିଜ ସ୍ତ୍ରୀ ପିଲାଙ୍କୁ ନେଇ ମନ୍ଦିର ଯିବେ। ବେଲପତ୍ର ଚଢ଼େଇବେ। ଶିବଲିଙ୍ଗ ଉପରେ କ୍ଷୀର ଢାଳିବେ, ନଡ଼ିଆ ଭାଙ୍ଗିବେ।

ପୁଣ୍ୟ! ମିନୁର କ'ଣ କିଛି ପୁଣ୍ୟ ନାହିଁ? ଏତେ ଟିକିଏ ବି ପୁଣ୍ୟ ନାହିଁ ତା' ଜୀବନ ଖାତାର ହିସାବ ଫର୍ଦ୍ଦରେ? ତାହାହେଲେ କ'ଣ ସେ ନର୍କକୁ ଯିବ! ତା'ର ଉଲଗ୍ନ ଶରୀର ଛଟପଟ ହେବ ନର୍କର ତତଲା ତେଲ କଡ଼େଇରେ କଉମାଛ ପରି?

ନର୍କ ନାଁରେ ଆଉଗୋଟେ ଜାଗା ରହିଥିବା ମିନୁର ବିଶ୍ୱାସ ହୁଏ ନାହିଁ। ଯଦି ନର୍କ ବୋଲି ଦ୍ୱିତୀୟ ସ୍ଥାନଟେ କୋଉଠି ଅଛି ତାହାହେଲେ ଏଇ ପୃଥିବୀଟା ପୁଣି କ'ଣ? ସ୍ୱର୍ଗ?

ଆମ ବ୍ୟଙ୍ଗରେ ମିନୁ ମନକୁ ମନ ହସିଉଠେ।

ମନ୍ଦିରରେ ଯଥେଷ୍ଟ ଭିଡ଼ ଥିଲା। ମିନୁ ପିନ୍ଧିଥିଲା ଗୋଟେ ସରୁ ଧଡ଼ିର ସୂତା ଶାଢ଼ୀ। ଆଉ କୌଣସି ପ୍ରସାଧନ ତା'ର ସେଦିନ ଲୋଡ଼ା ପଡ଼ି ନ ଥିଲା। ଫୁଲ ଡାଲାରୁ ଚମ୍ପାଫୁଲର ମାଳାଟି ପୂଜକର ହାତକୁ ବଢ଼େଇଦେଲା ବେଳକୁ ମିନୁର ଦୁଇ ହାତ ଥରୁଥିଲା। କାଳେ ଯଦି କେହି ତାକୁ ଏଠି ଚିହ୍ନିଦିଏ! କେତେ ହଟହଟା ହେବାକୁ ନ ପଡ଼ିବ! ସେ ଓଢ଼ଣାଟିକୁ ଆଉ ଟିକେ ତଳକୁ ଭିଡ଼ିଆଣି ଭୋଗ ଡାଲାଟି ପୂଜକ ହାତକୁ ବଢ଼େଇଦେଲା। ଡାହାଣ ହାତ ଟେକି ମନ୍ଦିରର ଘଣ୍ଟା ବଜେଇଲା ବେଳକୁ ତା' ଛାତି ଭିତର ପୁଞ୍ଜିଭୂତ କୋହ ଓ ଆଖିର ଲୁହ ସବୁ ଏକାଥରକେ ଫିଟି ପଡ଼ିବାପାଇଁ ଛାଟିପିଟି ହେଉଥିଲେ। ମିନୁ ସେମାନଙ୍କୁ ଶାଢ଼ୀର କାନିରେ ଗୋଟେଇ ଧରିଲା। ଘିଅ ସଳିତାର ପୋଡ଼ା ବାସ୍ନା, ଧୂପ, ଝୁଣା, ଚମ୍ପା ଫୁଲ ଓ ବେଲପତ୍ରର ମହକରେ ସାନ ମନ୍ଦିରର ଅପ୍ରଶସ୍ତ ବେଢ଼ାଟି ମହକି ଉଠୁଥିଲା। ମିନୁ ଦୁଇ ନାକପୁଡ଼ାରେ ସେହି ଅନିର୍ବଚନୀୟ ମହକକୁ ତା' ଛାତି ଭିତରକୁ ଟାଣି ନେଉଥିଲା। କି ଦିବ୍ୟ ଆନନ୍ଦ! ଏଇ ମୁହୂର୍ତ୍ତରେ ତା'ର ଆଉ କୌଣସି କଥା ମନେପଡୁ ନ ଥିଲା।

ମହାଦୀପ ଉଠିବାକୁ ଅନେକ ବିଳମ୍ବ ଅଛି। ମିନୁ ଦକ୍ଷିଣା ବାକ୍ସରେ ଲୋଚାକୋଚା ନୋଟ୍‌ଟିଏ ଗଳେଇଦେଇ ଭୋଗଡାଲା ଧରି ଫେରି ଆସିଲା।

କୋଠୀ ପାଖରେ ପହଞ୍ଚିଲା ବେଳକୁ ରାତି ଦଶଟା। ମିନୁ ଦେଖିଲା ବଡ଼ଦେଈ

କୋଠରିର ଆଲୁଅ ଜଳୁଛି। ଏତେବେଳଯାଏ ତ ବଡ଼ଦେଈ ଚେଇଁ ରହେ ନାହିଁ। କୌଣସି ସରକାରୀ ଅଫିସର କି ଥାନା ପୁଲିସ ଆସିଥିଲେ ବାଧ୍ୟହୋଇ ସେ ଅଟକି ରହେ। ତା' ନ ହେଲେ ରାତି ନଅଟା ବାଜୁ ନ ବାଜୁଣୁ ସେ ଶୋଇବାକୁ ଚାଲିଯାଏ।

ରିକ୍ସାରୁ ଓହ୍ଲେଇ ଶିଡ଼ିରେ ପାଦଦେଉଛି, ବଡ଼ଦେଈ ଡାକିଲା, "ମିନୁ କି ଲୋ।"

ମିନୁ ଜବାବ ଦେଲା, "ହଁ ବଡ଼ ଦେଈ।"

"ଟିକେ ଶୁଣିଯିବୁ।"

ଅନ୍ୟଦିନ ହୋଇଥିଲେ ମିନୁ ସାଙ୍ଗେ ସାଙ୍ଗେ ହୁଏତ ଯାଇଥାଆନ୍ତା। କିନ୍ତୁ ଆଜି ତା'ର ଆଉ କାହାରି କଥା ଶୁଣିବାପାଇଁ ମନ ନ ଥିଲା। ସେ ସେଇଠୁ ଜବାବ ଦେଲା, "କ'ଣ ଜରୁରୀ କାମ ଅଛି କି?"

ବଡ଼ଦେଈ କହିଲା, "ଆଚ୍ଛା, ତୁ ଯା, ସକାଳେ କଥା ହେବି।"

ଝରକା ସେପଟେ ସମୁଦ୍ର ଗର୍ଜୁଥିଲା ରହି ରହି। ଅମାବାସ୍ୟାର ଅନ୍ଧାର ଭିତରେ ସୁଦ୍ଧା ଫଣାଟେକିଥିବା ସାପର ବେକ ପରି ସମୁଦ୍ରର ଲହରୀମାଳା ଚିକ୍ ଚିକ୍ କରୁଥିଲା। ଲୁଣି ଓ ଶୀତଳ ପବନ ବହି ଆସୁଥିଲା ଦୂରରୁ, ବହୁ ଦୂରରୁ।

ଖୁବ୍ ବେଶିରେ ଦି' ଘଣ୍ଟା ପାଇଁ ହୁଏତ ମିନୁର ଆଖି ମୁଦି ହୋଇଥିଲା। ତା'ପରେ ଚଟ୍ କରି ତା'ର ନିଦ ଭାଙ୍ଗିଗଲା। ସବୁଥର ପରି ଏଥର ବି ସେମିତି ସାନ ଝିଅଟେ ଆସି ତାକୁ ତା' ନାଁ ଧରି ଡାକିଥିଲା। ଏଥର ଝିଅଟି ଝରକା ସେପଟୁ ନୁହେଁ, ତା' ଖଟବାଡ଼ା ପାଖରେ ଛିଡ଼ାହୋଇ ମିନୁକୁ ଡାକୁଥିଲା। ତା'ର ସେ ଡାକରେ ମିନୁର ନିଦ ଭାଙ୍ଗିଗଲା। ଝରକା ଖୋଲିଦେଇ ଅନ୍ଧାର ଭିତରେ କାହାକୁ ଖୋଜିହେଲା ପରି ସେ ଏଣେତେଣେ ଚାହିଁଲା।

କୋଉଠୁ ଯେପରି ଶୁଭୁଥିଲା ଯୋଡ଼ି ନାଗରା ଓ ହାର୍ମୋନିୟମର ଶବ୍ଦ। କୁଆପଥର ଅଜାଡ଼ି ହୋଇ ପଡ଼ିଲା ପରି ଯୋଡ଼ିନାଗରାର ପିଠି ଉପରେ କାଠି ଦିଇଟାର ଆଘାତ ଅଜାଡ଼ି ହୋଇପଡୁଛି। କିଟି କିଟି କିଟି ହୋଇ ନାଗରାର ଚମଡ଼ା ପିଠି କମ୍ପିଉଠୁଛି। ତା' ଭିତରେ ହାର୍ମୋନିୟମର ସ୍ୱର କେତେବେଳେ ବୁଡ଼ିଯାଉଛି ତ କେତେବେଳେ ଭାସିଉଠୁଛି।

ମିନୁ ଆଖି ବୁଜିଦେଲା। ସେହି ଅନ୍ଧାର ଭିତରେ ବି ସେ ଅନୁଭବ କରିପାରୁଥିଲା ତା' ଛାତି ଭିତରେ ଅନୁରଣିତ ଏ ସଙ୍ଗୀତର ସ୍ୱର କୋଉଠୁ ଭାସି ଆସୁଛି। କୋଉଠୁ ଭାସି ଆସୁଛି ହାର୍ମୋନିୟମ ଓ ଯୋଡ଼ିନାଗରାର ଶବ୍ଦ। ସେ ଅନୁଭବକୁ ସେ କୋଉଦିନ ବା ନିଜଠୁ ଅଲଗା କରି ପାରିଛି! ସେଇ ଯେ ତା'ର ଅପୂର୍ଣ୍ଣ ଇଚ୍ଛାର ତୁଳସୀବଣ। ତା'ର ଅପବାଦ ଓ କଳଙ୍କର ସପ୍ତଫେଣୀ ବୁଦା। ଆଖଡ଼ା ଘର।

ମିନୁ ସାମ୍ନାରେ ଆଖଡ଼ାଘରର ହସହସ ଚେହେରାଟି ଝଲସିଉଠିଲା। ସେ ଶୁଣିଥିଲା ଗାଁରୁ ସେ ବିଦା ହୋଇ ଆସିଲାପରେ ତା'ର ଦାଦା ଓ ତାଙ୍କର ସମର୍ଥକମାନେ ଆଖଡ଼ାଘରଟାକୁ ଭାଙ୍ଗିଦେବାପାଇଁ ଯୋଜନା କରିଥିଲେ। କୋଡ଼ି, କୋଦାଳ ଓ ଶାବଳ

ନେଇ ଘରଟାର କାନ୍ଥଗୁଡ଼ାକୁ ଭାଙ୍ଗି ଦେଇଥିଲେ। କିନ୍ତୁ ଶେଷ ପର୍ଯ୍ୟନ୍ତ ସେମାନେ ଆଖଡ଼ାଘରଟାକୁ ସମ୍ପୂର୍ଣ୍ଣ ମାଟିରେ ମିଶେଇ ଦେଇ ପାରି ନ ଥିଲେ। ତା'ର ଖୁଣ୍ଟ ଦୋହଲିଯାଇଥିଲା। 'ଚାଳ ଛପର ଉଡ଼ିଯାଇଥିଲା', କାନ୍ଥ ବି ଦୋହଲି ଯାଇଥିଲା; କିନ୍ତୁ ବାଇଗଣ ବାଡ଼ି ପାଲଟି ନ ଥିଲା ମିନୁର ଆଖଡ଼ାଘର। ରାତି ଅନ୍ଧାରରେ ଭେଟଣା ହୋଇ ଦାଦା ତା'ର ଆଖଡ଼ାଘର ଭାଙ୍ଗିବାକୁ ଓହରି ଆସିଥିଲେ। ଗାଁରେ ପ୍ରଚାର କରିଥିଲେ, ଭୂତୁଣୀଟେ ଜଗିବସିଛି ସେହି ଆଖଡ଼ାଘରକୁ। ସେଇ ବଜଉଛି ରାତି ଅନ୍ଧାରରେ ହାର୍ମୋନିୟମ, ଡୁବି ତବଲା, ମୃଦଙ୍ଗ ଓ ବଇଁଶୀ। ସେ ଘରଟା ପାଖକୁ ଯିବା ବିପଦ।

ମିନୁ ହସିଲା। କେତେ କେତେ କଥା ଶୁଣିବାକୁ ନ ପଡ଼େ ଗୋଟାଏ ଜୀବନକାଳ ଭିତରେ! ସେ ଭୁତୁଣୀ, ସେ ଡାଆଣୀ, ସେ କଞ୍ଚାଖାଇ।

ତଥାପି ତା'ର ମନ ଖୁସିହୁଏ। ଆଖଡ଼ାଘରଟା ଯେ ମାଟିରେ ମିଶିଯାଇ ନାହିଁ, ଉପେକ୍ଷିତ ହୋଇ ରହୁ ପଛକେ ବଞ୍ଚି ରହିଛି, ସେଥିପାଇଁ ସେ ଖୁସିହୁଏ। ତା'ର ଅନୁଭବ ହୁଏ କେହି କୌଣସି ଦିନ ତା' ଆଖଡ଼ା ଘରଟାର କିଛି କ୍ଷତି କରିପାରିବ ନାହିଁ। ସେ ତା'ର ଛାତି ଭିତରେ ତାକୁ ଲୁଚେଇ ରଖିଛି। ତାକୁ ସାଇତି ରଖିଛି ନିଜ ହୃଦୟର ନିଭୃତ ନିଳୟରେ।

କିନ୍ତୁ ସେଦିନ ଆଖଡ଼ାଘରକୁ କେହି ଭାଙ୍ଗିବାକୁ ତଥାପି ଆସି ନ ଥିଲେ। ବରଂ ସଞ୍ଜପହରେ ବିଲକାମରୁ ଫେରି ଗାଁର ପିଲାଛୁଆ ଏକାଠି ହେଉଥିଲେ ଆଖଡ଼ାଘର ପିଣ୍ଡାରେ। ଭିତରେ କେଉଁ ବହିର ରିହର୍ସଲ୍ ଚାଲିଛି ଜାଣିବାକୁ ଉଚ୍ଚାଟ ହେଉଥିଲେ ବୟସ୍କ ମଣିଷମାନେ।

ମାଟ୍ରିକ ପାଶ୍ କରିବା ପୂର୍ବ ବର୍ଷ, ସରସ୍ୱତୀ ପୂଜାବେଳକୁ ଯୋଉ ନାଟକ ସ୍କୁଲ୍‌ରେ ହୋଇଥିଲା, ସେହି ନାଟକରେ ପ୍ରଥମଥର ଲାଗି ଅଭିନୟ କରିଥିଲା ମିନୁ। ତା' ନାଆଁରେ ପ୍ରଚାରିତ ନାନା ରକମର ଅପବାଦ ସତ୍ତ୍ୱେ ମିନୁର ଅଭିନୟକୁ ସମସ୍ତେ ପ୍ରଶଂସା କରିଥିଲେ। ମିନୁ ହୋଇଥିଲା ଉର୍ମିଳା, ଲକ୍ଷ୍ମଣଙ୍କ ପତ୍ନୀ। ରାମଚନ୍ଦ୍ରଙ୍କ ସହ ଲକ୍ଷ୍ମଣ ବି ଗଲେ ବନବାସରେ। ତାଙ୍କର ଭାତୃଭକ୍ତି ଓ ନିଷ୍ଠା ପ୍ରତିଷ୍ଠିତ ହେଲା ସାରା ସଂସାରରେ। ରାମଚନ୍ଦ୍ରଙ୍କ ସାଙ୍ଗରେ ଥିଲେ ତାଙ୍କର ପ୍ରିୟତମା ପତ୍ନୀ ସୀତା। ରାବଣ ଦ୍ୱାରା ଅପହୃତା ହେବାପୂର୍ବରୁ ବନବାସର ଦୁଃଖ ବାଣ୍ଟିବାପାଇଁ ସୀତା ସବୁବେଳେ ଥିଲେ ତାଙ୍କ ସ୍ୱାମୀଙ୍କର ପାଖେ ପାଖେ। ଅଥଚ ଅଯୋଧ୍ୟାର ରାଜ ଅନ୍ତଃପୁରରେ ଆଲୁଳାୟିତା କେଶା, ବିଷଣ୍ଣବଦନା ଉର୍ମିଳା କ'ଣ ପାଇଲେ? ନା ସ୍ୱାମୀର ସାନ୍ନିଧ୍ୟ ନା ପତିବ୍ରତାର ଗୌରବ? ବନବାସରେ ଯିବା ପୂର୍ବରୁ ତାଙ୍କର ସ୍ୱାମୀ ତାଙ୍କୁ ଥରଟେ ବି ଏକଥା

ପଚାରି ନ ଥିଲେ। କାରଣ ଲକ୍ଷ୍ମଣ ଅସଲରେ ଆଉ ଗୋଟେ ବ୍ୟକ୍ତି ନ ଥିଲେ। ସେ ଥିଲେ ଶ୍ରୀରାମଙ୍କ ପ୍ରତିଚ୍ଛାୟା। ଗୋଟେ ପ୍ରତିଚ୍ଛାୟାର ପତ୍ନୀ ହେବାର ଦୁର୍ଭାଗ୍ୟକୁ ମିନୁ ତା' ଅଭିନୟରେ ନିଖୁଣ ଭାବେ ଫୁଟେଇଥିଲା। ତା'ର ବିଦ୍ୟା, ବୁଦ୍ଧି, ମନ ଓ ହୃଦୟ ଦେଇ ସେ ଊର୍ମିଳା ଅଭିନୟ କରିଥିଲା। ରାମାୟଣର ସେହି ହତଭାଗିନୀ ନାରୀଟି ପାଇଁ ଅନେକ ଅଶ୍ରୁ ଓ ଦୀର୍ଘଶ୍ୱାସ ସେ ଗୋଟେଇ ପାରିଥିଲା।

ନାଟକ ସରିଗଲା। ମଞ୍ଚ ଉପରେ ପରଦା ପଡ଼ିଗଲା ଓ ସରିଗଲା ମିନୁର ଊର୍ମିଳା ପାଲଟିବାର ଅଭିନୟ। ସେଇଠି ହିଁ ଏସବୁ ସରିବାର କଥା ଥିଲା। ମୁହଁରୁ ରଙ୍ଗ ପାଉଡର ଲିଭେଇ ପୁଣିଥରେ ମିନୁ ମିନୁ ହୋଇ ବଞ୍ଚିଥାନ୍ତା। କିନ୍ତୁ ପନ୍ଦର ଦିନର ରିହର୍ସଲ ଓ ଶେଷକୁ ମଞ୍ଚ ଉପରେ ଉନ୍ନିଦ୍ର ରଜନୀର ଅଭିନୟ ଭିତରେ ମିନୁ ସତକୁ ସତ ଆଉ ଗୋଟେ ନାରୀ ପାଲଟି ଯାଇଥିଲା। ବର୍ତ୍ତମାନଠୁ ଦୂରେଇ ଆଉ ଗୋଟେ ଇଲାକାରେ ବଞ୍ଚିବାର କୌତୂହଳ ଓ ଉତ୍ତେଜନା ତାକୁ ଆଶ୍ଚର୍ଯ୍ୟଜନକ ଭାବରେ କାବୁ କରିଦେଇଥିଲା। ସେ ଗୋଟେ ନୁହେଁ, ଦି' ଦିଇଟା ପୃଥିବୀରେ ବଞ୍ଚିବାକୁ ଚାହୁଁଥିଲା ଏକ ସମୟରେ।

ସେଇଠୁ ଆରମ୍ଭ ହେଲା ଆଖଡ଼ାଘରର ଜୀବନ। ବୋଉର ବାରଣ, ଦାଦା ଖୁଡ଼ୀଙ୍କର କଲିଜା ଜାଳିଦେବା ପରି ଅପବାଦ ଓ ଅଭିଶାପ ଏବଂ ଗାଁଲୋକଙ୍କ ନାକଟେକା ଭିତରେ ସୁଦ୍ଧା ମିନୁ କେମିତି ଏତେସବୁ ସାହସ ସଂଗ୍ରହ କରିପାରିଲା ଆଜି ଭାବିଲେ ନିଜକୁ ନିଜେ ସେ ଆଶ୍ଚର୍ଯ୍ୟ ହୁଏ। ଏତେ ଦୁଃସାହସ, ଏତେ ସ୍ୱପ୍ନ ଓ ଏତେ ସମ୍ଭାବନାର ମଣିଷ ଶେଷକୁ ଏଭଳି ଅଭିଶପ୍ତ ଜୀବନ ଜିଇଁବାର ବାଧ୍ୟବାଧକତାକୁ ଗ୍ରହଣ କରିପାରେ, ଏ କଥାକୁ ମଧ୍ୟ ମିନୁ ନିଜେ ବିଶ୍ୱାସ କରିପାରେ ନାହିଁ। କିନ୍ତୁ ସେଦିନ ସମୟ ଥିଲା ଭିନ୍ନ, ସାହସ ଥିଲା ଭିନ୍ନ। ସେ ଯାହା ଠିକ୍ ଭାବୁଥିଲା ସେଇଆ କରୁଥିଲା। କେହି ତା' କଥା ମାନିଲେ ସେ କାମ କରୁଥିଲା, ନ ମାନିଲେ ବି କରୁଥିଲା। ନିଜ ଜୀବନକୁ ନିଜ ବାଗରେ ଜିଇଁବାର ସ୍ୱପ୍ନ ଦେଖୁଥିଲା।

ଆଖଡ଼ାଘର କଥା ମନେ ପଡ଼ିଲାରୁ ମିନୁର ମନେପଡୁଥିଲା ଗଙ୍ଗାଧର ମାଷ୍ଟ୍ରଙ୍କ କଥା। କୀର୍ତ୍ତନ, ସୁର, ଶୁକଦେବ, ଟିମା ଭାଇ ଓ କରୁଣିମାନଙ୍କ କଥା। ଏଇମାନଙ୍କୁ ନେଇ ପ୍ରଥମେ ଆଖଡ଼ାଘରର ନିରବ ପରିବେଶ ମୁଖରିତ ହୋଇଥିଲା। କାଠଖଣ୍ଡା, ଟିଣଢାଲ, ନକଲି ବେଶ ପୋଷାକ, ହାର୍ମୋନିୟମ, ଡୁବି ତବଲା, ଯୋଡ଼ିନାଗରା, ଢୋଲ ଓ ଘୁଙ୍ଗୁର ଭିତରେ ଆରମ୍ଭ ହୋଇଥିଲା ମିନୁ ଜୀବନର ଦ୍ୱିତୀୟ ପର୍ବ।

ସେମାନେ ଆଜି କିଏ କୋଉଠି? ମନେ ପକେଇବାକୁ ଚେଷ୍ଟା କରୁଥିଲା ମିନୁ। ଗଙ୍ଗାଧର ମାଷ୍ଟ୍ର ଆଉ ନାହାନ୍ତି। ଅଦ୍ଭୁତ ମିଜାଜର ମଣିଷ! ଢୋଲ ବଜଉଥିବେ

ତ ସେହିପରି ବଜଉଥିବେ, ରାତି ପାହିଯିବ। ହାତର ପାପୁଲି ଫାଟିଯାଏ, ମୋଟା ଟାଆଁସା ଚମଡ଼ା ଉପରକୁ ରକ୍ତ ଥୋପିଆସେ, କେତେବେଳେ ମାଡ଼ ଖାଇ ଖାଇ ଢୋଲର ଚମଡ଼ା ଛାଉଣି ଫାଟିଯାଏ, ମାତ୍ର ଗଙ୍ଗାଧର ମାଷ୍ଟରଙ୍କ ବାଜାବଜା ସରେନାହିଁ। କ୍ରୋଧ ଓ ଅସହାୟତାରେ ପାଗଳ ହୋଇ ସେ ଢୋଲଟିକୁ ଉଠେଇ ଫିଙ୍ଗି ଦିଅନ୍ତି। ଯାଉ, ଭାଙ୍ଗିଯାଉ। ତା'ପରେ ଏକମୁହାଁ ପଳାନ୍ତି ଘରକୁ, କାହା ମୁହଁକୁ ନ ଅନେଇ।

କିନ୍ତୁ ଘରେ ବା କିଏ ଲୋଡ଼ୁଥାଏ ଗଙ୍ଗାଧର ମାଷ୍ଟ୍ରଙ୍କୁ ? ସୁନ୍ଦରୀ ଦ୍ୱିତୀୟା ପତ୍ନୀ ? ଆଗ ସ୍ତ୍ରୀର ପୁଅ ନା ତାଙ୍କର ବୋହୂ ? କେହି ଲୋଡ଼ନ୍ତି ନାହିଁ ମାଷ୍ଟ୍ରଙ୍କୁ। ମାଷ୍ଟ୍ରେ ଗଞ୍ଜେଡ଼, ନିଶାପାଣିକରି ପଇସା ଉଡ଼େଇ ଦିଅନ୍ତି। ଘର ଖବର କିଛି ବୁଝନ୍ତି ନାହିଁ। କେବଳ ଢୋଲକ ବଜେଇଲେ ତ ଘର ସଂସାର ଚଳେନାହିଁ ! ଗଙ୍ଗାଧର ମାଷ୍ଟ୍ରେ ଘରର ଏକଥା କାହାକୁ କହନ୍ତି ନାହିଁ, ମିନୁକୁ ବି ନୁହେଁ। ଛାଉଣି ହୋଇଥିବା ସୁନ୍ଦର ଢୋଲ ଭିତରର ଅସୁନ୍ଦର ଫମ୍ପାପଣ ପରି ଗଙ୍ଗାଧର ମାଷ୍ଟ୍ରଙ୍କ ଗୃହସ୍ଥ ଜୀବନ ଗୋଟେ କରୁଣ କାହାଣୀ। କେହି ଲୋଡ଼େ ନାହିଁ ତାଙ୍କୁ। ଦୁଆର ପାଖରୁ ହିଁ ସେ ଫେରି ଆସନ୍ତି। ଗାଁ ଦାଣ୍ଡର ବୁଲାକୁକୁର ଚିହ୍ନି ନ ପାରି ଗୋଡ଼େଇ ଆସେ। ମଳିଛିଆ ବଉଦ କୋଳରୁ ଅଧରାତିର ଜହ୍ନ ଡିବିରି ଆଲୁଅ ଦେଖାଇବା ପରି ବାଟ ଦେଖାଏ। ଗଙ୍ଗାଧର ମାଷ୍ଟ୍ରେ ଫେରି ଆସନ୍ତି ଆଖଡ଼ା ଘରକୁ। ପରିତ୍ୟକ୍ତ ଜିନିଷପାତି ସବୁକୁ ଗୋଟେଇଗାଟେଇ ଠିକଣା ଜାଗାରେ ରଖନ୍ତି- ଘୁଙ୍ଗୁର, ଗିନି, କାଠଖଣ୍ଡା, ଟିଣର ଢାଲ ଓ ଢୋଲକ। ଗଞ୍ଜେଇ ଟିପେ ଦଳି ଚିଲମରେ ନିଆଁ ଧରାନ୍ତି। ତା'ପରେ ଢୋଲକଟିକୁ ବାପ ପୁଅକୁ କୋଳେଇ ନେଲା ପରି କୋଳେଇ ଧୀରେ ଧୀରେ ବଜେଇ ଚାଲନ୍ତି। କ୍ରମେ ଆଙ୍ଗୁଳିର ଗତି ଦ୍ରୁତ ହୁଏ। ତା'ପରେ ଦ୍ରୁତତର। ଝରକା ସେପଟେ ରାତି ପାହି ପାହିଯାଉଥାଏ। କିନ୍ତୁ ଗଙ୍ଗାଧର ମାଷ୍ଟ୍ରେ ଢୋଲକି ବଜା ବନ୍ଦ କରନ୍ତି ନାହିଁ। ରାତ୍ରିର ନିର୍ଜନ ପ୍ରହର ଭେଦି ସେ ଢୋଲକି ଶବ୍ଦ କୁଆଡ଼େ ନାହିଁ କୁଆଡ଼େ ଖେଳି ଯାଉଥାଏ। ସେଇ ମାଷ୍ଟ୍ରଙ୍କର ସଂସାର ବିରୋଧରେ ଅଭିଯୋଗ, ପୁଣି ନିଜର କୈଫିୟତ। ସେଇ ତାଙ୍କର ସାଧନା, ସାନ୍ତ୍ୱନା ବି।

କାହାରି ବିରୋଧରେ କୌଣସି ଦିନ ଅଭିଯୋଗ କରି ନ ଥିଲେ ଗଙ୍ଗାଧର ମାଷ୍ଟ୍ରେ। କୌଣସି ପ୍ରକାର ପ୍ରାପ୍ତିର ପ୍ରତ୍ୟାଶା ବି ରଖି ନ ଥିଲେ ସେ। ବେଳେବେଳେ ମିନୁ ଭାବେ, କାହିଁକି ତାହାହେଲେ ଗଙ୍ଗାଧର ମାଷ୍ଟ୍ରେ ଆଖଡ଼ା ଘରେ ପଡ଼ି ରହୁଥିଲେ, ବାଜା ବଜଉଥିଲେ, ନାଟକ ଶିଖଉଥିଲେ ? ଆଖଡ଼ାଘରକୁ ଭଲପାଇ ନା ନିଜ ସଂସାରକୁ ଘୃଣାକରି ? କେତେଥର ଭାବିଥିବ ମିନୁ, ଦିନେ ସେ ପଚାରିବ ଏ କଥା ମାଷ୍ଟ୍ରଙ୍କୁ। କିନ୍ତୁ ଗଙ୍ଗାଧର ମାଷ୍ଟ୍ରଙ୍କ ନାଲି ନାଲି ଆଖି, ସମାଧିସ୍ଥ ହେଲାପରି ଢଙ୍ଗରଙ୍ଗ ଓ

ସଦା ବ୍ୟସ୍ତ ରହିବାର ଅଭିନୟ ଯୋଗୁଁ ମିନୁ ସାହସ ସଞ୍ଚୟ କରି ସେତକ ପଚାରି ପାରି ନ ଥିଲା।

ଆଜି ଦେଖାହୁଅନ୍ତା କି ମାଷ୍ଟ୍ରଙ୍କ ସାଙ୍ଗରେ? ଦେଖା ହୁଅନ୍ତା କି ପତ୍ନୀ-ପୁତ୍ର ଉପେକ୍ଷିତ, ସେହି ନିନ୍ଦିତ ନେପଥ୍ୟ ନାୟକଟି ସାଙ୍ଗରେ? ସେ ପଚାରନ୍ତା, ଗୋଟିଏ ଢୋଲକିର ମୋହ କେମିତି ତାଙ୍କୁ କରିଦେଲା ଏମିତି ଯୋଗୀଟିଏ? କେମିତି?

ନା, ସେଭଳି ପ୍ରଶ୍ନ ପଚାରିବାର ଅବକାଶ ଆଜି ନାହିଁ। ଗଙ୍ଗାଧର ମାଷ୍ଟ୍ରେ ଅନେକଦିନ ତଳୁ ମଶାଣିର ଦୂବଘାସ ପାଲଟି ସାରିଛନ୍ତି। ଦୂବଘାସମାନେ କ'ଣ କାହା କଥାର ଉତ୍ତର ଦିଅନ୍ତି? ଦିଅନ୍ତି ନାହିଁ।

ମିନୁ କହିଥିଲା ଥରେ, "ତମେ ଏ ଆଖଡ଼ାଘରର ଆତ୍ମା। ତମ ବିନା ଏହାର ଅସ୍ତିତ୍ୱ ନାହିଁ।" ଗଙ୍ଗାଧର ମାଷ୍ଟ୍ରେ ହସିଥଲେ ହୋ-ହୋ ହୋଇ। ସେ ହସରେ ଯେମିତି ଆଖଡ଼ାଘରର ପୁରୁଣା ଚାଳ ଛାଉଣି ଖସିପଡ଼ିବ। "ମୁଁ ଆତ୍ମା ନୁହେଁ, ତୁଇ ଏହାର ଆତ୍ମା। ଆଜି ବୁଝିନୁ ସେ କଥା, କିନ୍ତୁ ଦିନେ ବୁଝିବୁ।"

ଯିଏ ସାରା ଜୀବନ ଆଉ କାହାର ଆଙ୍ଗୁଳି ଇସାରାରେ ନାଚି ଆସିଲା, ଆଉ କାହାର ଇସାରାରେ ଯିଏ ହସିଲା, କାନ୍ଦିଲା ସିଏ କେମିତି କାହାର ଆତ୍ମା ହୁଅନ୍ତା? ଆତ୍ମା କ'ଣ ଏତେ ପରାଧୀନ? ଏତେ ପରାଙ୍ମୁଖ? ମିନୁ ସେକଥା କହି ନ ଥିଲା। ଆତ୍ମତୃପ୍ତିର ହସ ହସିଥିଲା କେବଳ।

ଗଙ୍ଗାଧର ମାଷ୍ଟ୍ରଙ୍କ ସାଙ୍ଗେ ପରିଚୟ ହୋଇଥିଲା ଭାଗବତ ଗାଦି ପୁରାଣବୋଲା ବେଳେ। ଗାଦି ପାଖରେ ମୃଦଙ୍ଗ ବଜାନ୍ତି ମୁକୁନ୍ଦ ମହାପାତ୍ର। ଅସଂଖ୍ୟ ଥର ତାଳ ହୁଡ଼ନ୍ତି। ନିଜର ଦୁର୍ବଳତାକୁ ଲୁଚେଇବାପାଇଁ ପୁରାଣ ପଣ୍ଡାଙ୍କ ଗୋହି ଖୋଳନ୍ତି।

ଭାଗବତ ଗାଦିଠୁ ଦୂରଛଡ଼ା ହୋଇ ବସିଥାନ୍ତି ଗଙ୍ଗାଧର ମଳିକ। ତାଙ୍କୁ କୌଣସି ଦିନ ଗାଦି ପାଖେ ମୃଦଙ୍ଗ ବଜାଇବାପାଇଁ ଡାକରା ଆସେ ନାହିଁ। ସେ ହରିଜନ, ଅସ୍ପୃଶ୍ୟ। ଯେତେ ତାଳ ହୁଡ଼ନ୍ତୁ ପଛେ ମୁକୁନ୍ଦ ମହାପାତ୍ରେ ହିଁ ମୃଦଙ୍ଗ ବଜେଇବେ। ସେଇଟା ଉପରେ ମହାପାତ୍ରଙ୍କର ଏକଚାଟିଆ ଅଧିକାର। ମହାପାତ୍ର ଯେତେବେଳେ ତାଳ ହୁଡ଼ନ୍ତି ଓ ପୁରାଣପଣ୍ଡା ଗାଇବା ବନ୍ଦ କରି ବିରକ୍ତିରେ ମହାପାତ୍ରଙ୍କୁ ଚାହାଁନ୍ତି, ଦୂରଛଡ଼ା ହୋଇ ବସିଥିବା ଗଙ୍ଗାଧର ମାଷ୍ଟ୍ରେ ଭୂଇଁରୁ ଉଠିପଡ଼ି ରାଗରେ ହାତ ଗୋଡ଼ ଛାଟି ହୁଅନ୍ତି। ବିଡ଼ି ବିଡ଼ି ହୋଇ କେତେ କଥା ଗପି ଯାଆନ୍ତି।

ମିନୁ ସେ କଥା ଜାଣିଥିଲା। ମିନୁ ବୁଝିଥିଲା ଗୋଟେ ଉପେକ୍ଷିତ ମଣିଷର କ୍ଷୋଭ। ସେଇଥିପାଇଁ ଆଖଡ଼ା ଘରର ମାଷ୍ଟର ଦାୟିତ୍ୱ ସଅଁପି ଥିଲା ଗଙ୍ଗାଧର ମଳିକଙ୍କୁ। ତାଙ୍କଠାରୁ ଭଲ ମଣିଷ ଆଉ ସେ କୋଉଠୁ ପାଇ ନ ଥାନ୍ତା।

ପୂର୍ବ ବର୍ଷ ମିନୁ ମାଟ୍ରିକ ପାସ୍ କରିଥିଲା । ବାପ ନ ଥିଲା ଝିଅର ଏହି ସଫଳତାରେ ମାଆର ଦୁଇ ଆଖିରେ ଲୁହ ଉଛୁଳି ଆସିଥିଲା । ମିନୁକୁ ପାଖରେ ବସେଇ ତା'ର କପାଳ ପିଠି ଆଉଁଶି ଦେଇଥିଲା ବୋଉ । ମିନୁ ମୁଣ୍ଡରେ ସେତେବେଳକୁ ମଞ୍ଜି ପୋତି ହୋଇସାରିଲାଣି ଆଖଡ଼ା ଘରର ଚିନ୍ତା । ବାପା ଆଉ ଦାଦା ସେମାନଙ୍କ ଯୌବନରେ ତିଆରିଲେ ଏଇ ଆଖଡ଼ାଘର । କ୍ରମେ ସେ ଆଖଡ଼ାଘରଟା ପାଲଟିଯାଇଥିଲା ଠାକୁରାଣୀ ମନ୍ଦିରର ଭଣ୍ଡାର ଘର । ସେଇଠି ରହୁଥିଲା ମନ୍ଦିରର ହାଣ୍ଡି, କଡ଼େଇ । ଜାଳେଣି କାଠ ବି ।

ବୋଉଠୁ ମିନୁ ଶୁଣିଥିଲା, ନୂଆ ନୂଆ ବାହାହୋଇ ଆସିଲାବେଳେ ମିନୁର ବାପା, ଦାଦା ଆଉ ସେମାନଙ୍କ ସାଙ୍ଗସଙ୍ଗାତ ମିଶି ଗାଁରେ କେମିତି 'ହରିଶ୍ଚନ୍ଦ୍ର', 'ରାସଲୀଳା' ଓ 'ନଳଦମୟନ୍ତୀ' ପରି ସୁଆଙ୍ଗ କରୁଥିଲେ । ପଞ୍ଚୁଦୋଳ, ପଣାସଂକ୍ରାନ୍ତି ଓ ରଜବେଳକୁ ଠାକୁରାଣୀ ମଣ୍ଡପରେ ହେଉଥିଲା ସେସବୁ ନାଟ ସୁଆଙ୍ଗ ।

ବାପାଙ୍କ ଅଭିନୟ କଥା କହିବାବେଳେ ବୋଉର ଶୁଖିଲା ମୁହଁ ହସହସ ହୋଇଯାଏ । ପଦେ ଜାଗାରେ ତିନିପଦ କହେ ବୋଉ । ଲାଜରେ ଥରିଉଠେ ତା'ର ପତଳା ଓଠ ଓ ଚଉଡ଼ା ଆଖି । ମିନୁ ତା' ବୋଉର କଥା ଶୁଣୁ ଶୁଣୁ ଅନେକ କଥା କଳ୍ପନା କରିପକାଏ । ସେ ବି ତ ଦିନେ ଏମିତି ଆଉ କାହାର କଥା କହୁ କହୁ ପ୍ରଗଲ୍‌ଭ ହୋଇଉଠିବ ।

ଥରେ ମିନୁ ବୋଉକୁ କହିଥିଲା, "ବୋଉ, ତୁ ମୋର ଗୋଟେ ଛୋଟ କଥା ରଖିବୁ ?"

ବୋଉ କହିଥିଲା, "ହଁ । ତୁ କହିକି ଦେଖ ।" ମିନୁ କହିଥିଲା, "ବାପାଙ୍କର ଆଖଡ଼ାଘର ସାଙ୍ଗରେ ଥିଲା ଟାଣ ସମ୍ପର୍କ । ମୁଁ ସେ ଆଖଡ଼ାଘରକୁ ସଜାଡ଼ିବି । ଆମ ଗାଁର ଆଖଡ଼ାଘର ପୁଣି ନାଚ ଗୀତରେ ହସିଉଠିବ ।"

ବୋଉ ଜିଭ କାମୁଡ଼ି ପକେଇଥିଲା । କି ଅଭିଲା କଥା ସବୁ କହେ ଏଇ ଟୋକୀ ଖଣ୍ଡକ ! ସବୁବେଳେ ସେଇ ପୁଅଙ୍କ ଭଳି କଥା । ଗଛ ଚଢ଼ା, ପୋଖରୀ ପହଁରା ପରେ ପୁଣି ଥିଲା ଏଇ ନାଟ ସୁଆଙ୍ଗ ନିଶା !

: ନା, ନା, ନା, ସେ କଥା କଦାପି ହୋଇପାରିବ ନାହିଁ । ମୁଁ ବଞ୍ଚି ଥାଉ ଥାଉ ତୁ ସମସ୍ତଙ୍କ ଆଗରେ ଅଣ୍ଡିରୀପୁଅଙ୍କ ସାଙ୍ଗରେ ଅଣ୍ଟା ହଲେଇ ନାଚିବୁ, ସେ କଥା ମୁଁ କଦାପି ହେବାକୁ ଦେବି ନାହିଁ ।

ମିନୁର ସାହସ ତୁଟିଗଲା । ବୋଉର ମୁହଁକୁ ଚାହିଁ ଭାଙ୍ଗିପଡ଼ିଲା ଭିତରେ ଭିତରେ । ଅନ୍ଧାର ଭିତରେ ନିଜର କଳ୍ପନାରେ ବାପାର ମୁହଁ ଭାସିଉଠିଥିଲା । ହସ ହସ

ମୁହଁ, ନାଟୁଆ ଚେହେରା। ତେଲ ମଖା ବାଳଗୁଡ଼ିକ ପଛପଟକୁ ଲମ୍ବି ମୋଡ଼ିହୋଇ ଯାଇଛନ୍ତି। ଆଖି ଯୋଡ଼ିକ ଚଞ୍ଚଳ।

ଏମିତି ବେଳରେ ସେଇ ନାଟୁଆ ମଣିଷର ଦୁଃସ୍ଥିତି ମିନୁ ଆଖିରେ ନାଚିଯାଏ। ଖୁବ କମ୍ ବୟସରୁ ଯୋଉ ସମ୍ପର୍କକୁ ହଜେଇ ଦେଇଥିଲା ସେଇ ସମ୍ପର୍କ ଆଉଥରେ ତା' ଛାତିଭିତରେ କୁଆଁ ମେଲାଏ। ସେ ଅନୁଭବ କରେ, ବାପାର କରୁଣ ଅନୁଭବମାନଙ୍କୁ ସେ ବୁଝିପାରୁଛି। ବୁଝିପାରୁଛି ଗୋଟେ ସଂସାର ବିରାଗୀ ନାଟୁଆ ମଣିଷର ସ୍ୱପ୍ନ ଓ ସଂକଳ୍ପ। ଗୋଟେ ଅଦୃଶ୍ୟ ସମ୍ପର୍କ ଗଢ଼ି ହୋଇଯାଏ ସେଇ ମଣିଷଟି ସାଙ୍ଗରେ। ସେଠି କେହି ବାପ ନୁହେଁ, କେହି ଝିଅ ନୁହେଁ। ଅଭିନୟ, ରଙ୍ଗ, ପାଉଡର, ମଞ୍ଚ ଓ ଗୀତ ନାଚକୁ ନେଇ ସେ ଜୀବନ। ସେ ଯାଇ ପାଖାପାଖି ବସେ ସେଇ ଲୋକଟିର। ତାକୁ ପଚାରେ, "କେମିତି ଅଛ ?"

ଲୋକଟି ଉତ୍ତର ଦିଏ, "ଦେଖୁଛ ତ, ଭଲ ଅଛି।"

: ଭଲ ? ଯା' ନାଁ କ'ଣ ଭଲରେ ରହିବା ?

ଲୋକଟି ହୋ ହୋ ହୋଇ ହସିଉଠେ।

ମିନୁର ସ୍ୱପ୍ନ ଭାଙ୍ଗିଯାଏ।

ବୋଉର ଭାବପ୍ରବଣତାକୁ ବୁଝିବାକୁ ଚେଷ୍ଟାକରେ ମିନୁ। ଗୋଟେ ନାଟୁଆ ମଣିଷର ହାତଧରି ଘରକରଣା କରିଥିବା ମଫସଲୀ ସ୍ତ୍ରୀଲୋକଟିର ଦୁଃସାହସ ମାପିବାକୁ ଉଦ୍ୟମ କରେ। କିଛି କାଳପାଇଁ ନିଜେ ଆଖଡ଼ାଘର ସଜାଡ଼ିବାର ସ୍ୱପ୍ନକୁ ନିଜ ହାତରେ ଠେଲିଦିଏ ଦୂରକୁ। ନିଦମାନଙ୍କୁ ଗୋଟେଇ ଶୋଇବାର ଚେଷ୍ଟା କରେ।

କିନ୍ତୁ ସେ ଚେଷ୍ଟା ସଫଳ ହୁଏ ନାହିଁ।

ସେଇ ନାଟୁଆ ମଣିଷଟି ଆସି ପୁଣି ତା' ପାଖରେ ବସେ। ପଚାରେ, "କ'ଣ, ହାରିଗଲୁ ?" ମିନୁ ଚମକିପଡ଼େ। ସେ ହାରିଗଲା ? କୋଉଠି ହାରିଗଲା ? ମୂଳରୁ ତ ସେ ଘରୁ ପଦାକୁ ଗୋଡ଼ କାଢ଼ି ନାହିଁ।

ଆଖଡ଼ାଘରର ନିଶା ମିନୁକୁ ଛାଡ଼େନାହିଁ।

ଯୋଉ ନିଶା ତାକୁ ଦଶବର୍ଷ କାଳ ବୁଡ଼େଇ ରଖିଲା ସେ ନିଶା ଏତେ ସହଜରେ ଛାଡ଼ି ନ ଥାନ୍ତା। ସେଇ ଦଶବର୍ଷ ଧରି ଆଖଡ଼ା ଘର ହିଁ ଥିଲା ତା'ର ଜୀବନ, ତା'ର ଶ୍ୱାସ ପ୍ରଶ୍ୱାସ। ତାଆରି ରକ୍ଷଣାବେକ୍ଷଣ, ସାଜ ସରଞ୍ଜାମ କିଣା ଭିତରେ ମିନୁ ଭୋକ ଶୋଷ ଭୁଲିଥିଲା। ଈର୍ଷୁକ ଓ ନିନ୍ଦୁକଙ୍କ ସମାଲୋଚନାର ଜବାବ ଦେଉ ଦେଉ ତା'ର ସମୟ କଟି ଯାଉଥିଲା।

ତେଣିକି ପ୍ରତି ସକାଳେ, ପ୍ରତି ସଞ୍ଜେ ବୋଉକୁ ନେହୁରା ହେବା ଓ ତା'

ହାତଗୋଡ଼ ଧରିବା ହୋଇଥିଲା ମିନୁର ନିୟମିତ କାମ। ଏହା ଭିତରେ ସିନ୍ଦୁକ କୋଣରୁ ପୁରୁଣା ଚାବିକାଠିଟା ସେ ଖୋଜି ପାଇଯାଇଥିଲା। ଥରେ ଯାଇ ଆଖଡ଼ାଘରର କଳଙ୍କିଲଗା ତାଲା ଖୋଲି ଭିତରଟା ଦେଖି ଆସିଥିଲା। କବାଟ ଖୋଲିଲାକ୍ଷଣି ଚାଳରୁ ମେଞ୍ଚାଏ ଅଳିଆ କୁଟା ଦୁଲ୍‌ଦାଲ୍ ଖସିପଡ଼ିଥିଲା। ଭିତରଟା ଅନ୍ଧାର- ଚାରିଆଡ଼େ ବୁଢ଼ିଆଣୀ ଓ ମାଙ୍କଡ଼ସା ବସା। ପାରାର ପର, ଝିଟିପିଟି ଓ ସାପ ଡିମ୍ବଙ୍କ ମଇଳା ଚାରିଆଡ଼େ ଖେଳେଇ ପଡ଼ିଛି। ଅନେକଦିନ ହେଲା ଏ ଘରଟା ଭିତରକୁ ଯେମିତି କେହି ଆସି ନ ଥିଲା। ମିନୁ ମୁହଁରେ ବୁଢ଼ିଆଣୀ ସୂତା ଗୁଡ଼େଇ ତୁଡ଼େଇ ହୋଇଯାଇଥିଲା। ତା'ର ଶାଢ଼ି ଓ ବ୍ଲାଉଜ ଉପରେ ଧୂଳିର ଆସ୍ତରଣ। ସେ ଧୀରେ କବାଟ ଆଉଜେଇ ଆଣିଲା। ପୁରୁଣା କବାଟ କେଁ କରି ଶବ୍ଦ କରିଉଠିଲା। ସେଇ ଶବ୍ଦରେ ମଧ୍ୟାହ୍ନର ନିରବତା ଚହଲିଯାଇଥିଲା। ମିନୁ ତାଲାପକେଇ ଦେଇ ଘରକୁ ଫେରି ଆସିଥିଲା।

ଖରାବେଳେ ଖଟ ଉପରେ ଶୋଇ ଶୋଇ ମିନୁ ଦେଖିଥିଲା ସେ ଷ୍ଟେଜ୍ ଉପରେ ଊର୍ମିଳାର ଅଭିନୟ କରୁଛି। ଚାହୁଁ ଚାହୁଁ ସେ ପାଲଟି ଯାଉଛି ତ୍ରେତୟାର ଊର୍ମିଳା। ଧୂଳି ମାଟିର ମଞ୍ଚ ପାଲଟି ଯାଉଛି ଅଯୋଧ୍ୟାର ରାଜ ଅନ୍ତଃପୁର। ସେ ସତକୁ ସତ ହେଇ ଯାଉଛି ଲକ୍ଷ୍ମଣ-ପତ୍ନୀ ଊର୍ମିଳା। କି ବିଚିତ୍ର ସେ ଅନୁଭବ!

: ମୁଁ ପୁଅଟେ ହୋଇଥିଲେ ତୁ କେବେ ଏମିତି ମୋତେ ଆକଟ କରି ନ ଥାନ୍ତୁ। ଦିନେ ରାଗିଯାଇ ମିନୁ କହିଥିଲା ବୋଉକୁ। ଝିଅମାନେ କାହିଁ କେତେବାଟ ଆଗେଇଗଲେଣି। ମୋତେ ତୁ ଆମ ଗାଁରେ ବି ଗୀତ, ନାଚ ପାଇଁ ଛାଡ଼ୁନୁ? ତାହାହେଲେ ମୁଁ ଘରେ ବସି କ'ଣ କରିବି କହୁନୁ?

ଏ କଥାଟି ବୋଉକୁ ବାଧିଥିଲା। ସେଇ ତ କେତେଥର ମିନୁକୁ ସ୍ନେହ ଆଦର କଲାବେଳେ କହିଥିବ, ତୁ ମୋର ଝିଅ ନୋହୁଁ। ମୋର ପୁଅ ଆଉ ଝିଅ। ସେଇ କଥାକୁ ମନରେ ରଖି ଝିଅ ଉଲୁଗୁଣା ଦେଇଥିଲା।

ଶେଷକୁ ବୋଉ ରାଜିହୋଇଥିଲା। ନାନାଦି ସର୍ତ୍ତ ସହିତ ବୋଉ ଆଖଡ଼ାଘରର ଚାବି ମିନୁକୁ ଦେଇଥିଲା। ରାଗିକି କହିଥିଲା, "ବାପ ତ ନାଟୁଆ ଥିଲା, ତାଆରି ରକ୍ତ ନାଟୁଆ ନ ହୋଇ ଆଉ କ'ଣ ହୁଅନ୍ତା?" ମିନୁ ଜାଣିଥିଲା ସେ ଆଖଡ଼ା କରୁ- ସେଇଟା ବୋଉର ଆନ୍ତରିକ ଇଚ୍ଛା ନୁହେଁ। କେବଳ ତା' ଜିଦ୍ ଓ କଟାଳ ଯୋଗୁ ରାଜି ହୋଇଛି। ସେଥିପାଇଁ ସେ ବୋଉକୁ ଦୋଷ ଦେଉ ନ ଥିଲା। ସେ ଯୋଉ ପରିବେଶରେ ଜନ୍ମିଛି, ବଢ଼ିଛି ଓ ଘରସଂସାର କରିଛି ସେ ପରିବେଶରେ କୌଣସି ମା ହୁଏତ ଝିଅକୁ ଅଭିନୟ କରିବାକୁ ଅନୁମତି ଦିଅନ୍ତା ନାହିଁ।

ମିନୁ ନିମନ୍ତ୍ରଣ କରି ଆଣିଥିଲା ଗଙ୍ଗାଧର ମାଷ୍ଟ୍ରଙ୍କୁ। ମାଷ୍ଟ୍ରେ ତାଙ୍କ ସାଙ୍ଗରେ

ଡାକି ଆଣିଥିଲେ କୀର୍ତ୍ତନ ଓ କରୁଣି ଦୁହିଙ୍କୁ। ମିନୁ ଆଗରେ ଢେର୍ କାମ। ଘର ସଫା ହେବ; ସାଜସରଞ୍ଜାମ ସବୁ ବାରଘର ବୁଲୁଛି, ସେସବୁ ସଂଗ୍ରହ ହେବ। ନୂଆ ଛାଉଣି ନ ହେଲେ ଘର ଭିତରେ ବସି ହେବ ନାହିଁ। ତା'ପରେ ଯାଇ ବହି ଠିକଣା ହେବ, ରିହର୍ସଲ ଆରମ୍ଭ ହେବ।

ମିନୁର ଆଶଙ୍କା ଠିକ୍ ଥିଲା। ଆଖଡ଼ାଘର ଭାଙ୍ଗିବା ପରଠୁ କିଏ ହାର୍ମୋନିୟମ, କିଏ ଢୋଲକ ତ କିଏ ସତରଞ୍ଜି ଏମିତି ସବୁକିଛି ନେଇଯାଇ ନିଜ ନିଜ ଘରେ ରଖିଥିଲେ। ସେମାନଙ୍କଠାରୁ ସେଗୁଡ଼ା ଆଦାୟ କରୁକରୁ ସେ ଗାଁ ଗୋଟାକର ଶତ୍ରୁ ହୋଇଗଲା। ମାତ୍ର ଏସବୁ ସତ୍ତ୍ୱେ ସେ ଲୋକମାନଙ୍କ ଠାରୁ ସବୁଗୁଡ଼ିକ ଜିନିଷ ଉଦ୍ଧାର କରିପାରିଲା ନାହିଁ।

ଗୋଟେ ଦୀର୍ଘଶ୍ୱାସ ମିନୁର ଛାତି ଥରେଇ ବାହାରିଆସିଲା। ରାତି ପାହିବା ପାହିବା ହେଲାଣି। ସମୁଦ୍ର ଟିକେ ଥୟ ଧରିଛି। ତାରାମାନେ ନିଷ୍ପ୍ରଭ ହୋଇ ଆସିଲେଣି। ଦୂର ଗଛ ଶାଖାର ଚଢ଼େଇଟି ଉଡ଼ିଯିବା ଆଗରୁ କସରତ କଲାପରି ଡେଣା ଝାଡ଼ି ଗଛ ଚାରିପଟେ ଘୂରିବୁଲୁଛି।

ଏଇ ସମୟଟାରେ କୋଠିଟା ଲାଗେ ଗୋଟେ ପରିତ୍ୟକ୍ତ ମଶାଣି ପରି। ଗ୍ରାହକମାନେ ଯିଏ ଯାହା ରାସ୍ତାରେ ଫେରିଗଲେଣି। ଝିଅମାନେ ବି ଶୋଇପଡ଼ିଲେଣି କ୍ଲାନ୍ତି ଓ ଅବସାଦରେ। କୋଉଠି ଟୁଣ୍‌ଟାଣ କି ଖୁଡ୍‌ଖାଡ୍ ଶବ୍ଦ ସୁଦ୍ଧା ଶୁଭୁନାହିଁ।

ମିନୁ ଦୁଆର ଖୋଲି ଆସିଲା। ବାରନ୍ଦାରେ ଏଠି ସେଠି ପଡ଼ିଛି ସିଗାରେଟ୍ ଟୁକୁଡ଼ା, ପାନର ପାରୁଅ ଓ ବାସି ଫୁଲ। ଦି' ମହଲା କୋଠାଟାର ଉପର ମହଲାରେ ମିନୁ ରହେ। ଶିଡ଼ିଟା ଘୂରି ଘୂରି ଆସି ତଳେ ସରିଯାଇଛି। ତଳ ମହଲାରେ ଦିଇଟା ଲମ୍ବା ଲମ୍ବା ହଲ୍। ସେଇଠି କେବେ କେମିତି ଗୀତ ନାଚ ହୁଏ। ଆଗେ ବରାବର ହେଉଥିଲା। ଆଜିକାଲି କାହାର ସେସବୁ ଶୁଣିବାକୁ ସମୟ ନ ଥାଏ। ସମସ୍ତେ ଆସନ୍ତି ଭୋକିଲା ହୋଇ ହୋଟେଲକୁ ଆସିବା ପରି। ଯାହା ପାରିବେ ଗିଳିଦେବେ, କାମୁଡ଼ି ବିଦାରି ଚୋବେଇଯିବେ ଓ ଢକ୍ ଢକ୍ କରି ଦି' ତିନି ଗିଲାସ ପିଇ ଦେଇ ବେଶପୋଷାକ ସମ୍ଭାଳୁ ସମ୍ଭାଳୁ ପୁଣି ନିଜରାସ୍ତାରେ ପଳେଇଯିବେ।

ମିନୁର ଆଖିଯୋଡ଼ିକ ନଇଁ ପଡୁଥିଲେ। ଖୁବ୍ କ୍ଲାନ୍ତ ଲାଗୁଥିଲା ତା'ର ଦେହ ଆଉ ମନ। ଗତ କାଲିରୁ ସେ ସମ୍ପୂର୍ଣ୍ଣ ଉପବାସ; କିନ୍ତୁ କିଛି ଖାଇବାକୁ ଇଚ୍ଛା ହେଉ ନଥିଲା।

ପାହାଚ ପରେ ପାହାଚ ଓହ୍ଲେଇ ତଳକୁ ଆସିଲା ମିନୁ। ଆଉ କିଛି ଘଣ୍ଟା ପରେ ଏଠି କୋଳାହଳ ଆରମ୍ଭ ହୋଇଯିବ। ଜରିମଡ଼ା ଚିପାପୋଷାକ ଓ ସିଲ୍କ

ଶାଢ଼ି, ବ୍ଲାଉଜ ପିନ୍ଧି କୋଠୀର ଝିଅମାନେ ଝରକା ରେଲିଂ, ଦୁଆର ନ ହେଲେ ଛାତ ଉପରେ ଗୋଡ଼ ଲମ୍ବେଇ ବସିବେ। କାରଣ ନ ଥାଇ ହସିବେ। ପୁଣି ଗୋଟେ ଦିନର ପ୍ରସ୍ତୁତି ଆରମ୍ଭ ହେବ ରାତି ପାଇଁ।

ମିନୁ ତଳ ହଲ୍‌କୁ ଆସିଲା। କବାଟ ଦରଆଉଜା ଥିଲା। ବଡ଼ ହଲ୍‌ଟେ। ଛାତରୁ ଝୁଲୁଛି ଆଲୋକର ଝାଡ଼। କାନ୍ଥ ଓ ଝରକା ଚକ୍ ଚକ୍ କରୁଛି ପ୍ରଭାତର ଝାପ୍‌ସା ଆଲୁଅରେ। ଲୋଚାକୋଚା ହୋଇ ଦରିଟେ ପଡ଼ିଛି। ତା' ଉପରେ ଗଦି। କାନ୍ଥ ପାଖକୁ ଲାଗି ଆଠଦଶଟି ତକିଆ। ମିନୁ କାନ୍ଥ କଡ଼େ କଡ଼େ ଘୂରି ଆସିଲା ଥରେ। ଏଇ ହଲ୍‌ରେ ସେ ବି କେତେଥର ନାଚିଛି। ପ୍ରଥମେ ଖୁସିରେ, ଅନ୍ୟକୁ ଆକର୍ଷଣ କରିବାର ଝୁଙ୍କ୍‌ରେ, ତା'ପରେ ବାଧ୍ୟବାଧକତାରେ, ଅନିଚ୍ଛାରେ।

ଦୁଇଟି ଗଦି ସନ୍ଧିରେ ଲାଖିରହିଥିଲା ଗୋଟେ ଘୁଙ୍ଗୁର। ମିନୁର ପାଦବାଜି ଘୁଙ୍ଗୁରଟି ଶବ୍ଦ କରି ଉଠିଲା। ମିନୁ ପାଦ ଆଙ୍ଗୁଳିରେ ସେଇଟିକୁ ଉଠେଇ ଦୂରକୁ ଗଡ଼େଇ ଦେଲା। ସିମେଣ୍ଟ ଚଟାଣ ଉପରେ ଘୁଙ୍ଗୁରଟି ଗଡ଼ି ଗଡ଼ିଗଲା, ନିରବତାକୁ ତା'ର ନିକ୍ୱଣରେ ଚହଲେଇ ଦେଇ। ପ୍ରଭାତର ନିସ୍ତରଙ୍ଗ ନିରବତା ଚହଲିଯାଇଥିଲା ଘୁଙ୍ଗୁରର ଶବ୍ଦରେ...।

ଏବେ ଆଖଡ଼ାଘର ସଜଡ଼ା ସରିଲାଣି।

ପଣାସଂକ୍ରାନ୍ତି ଓ ବାସନ୍ତୀ ଦୁର୍ଗାପୂଜା ଉଭୟ ପାଖାପାଖି ପଡ଼େ। ସେହି ସମୟକୁ "ଚନ୍ଦ୍ରଶେଖର ନାଟମଞ୍ଚ" ତିନିରାତି ନାଟ ଦେଖେଇବେ। ଏହି ପ୍ରସ୍ତୁତି ଯୋଗୁ ମିନୁ ଆଖିରେ ଆଉ ନିଦ ନ ଥାଏ। ଗଙ୍ଗାଧର ମାଷ୍ଟ୍ରେ, କୀର୍ତ୍ତନ ଓ କରୁଣି ମଧ୍ୟ ଦିନରାତି ଲାଗିଥାଆନ୍ତି। ହାତରେ ସମୟ ନାହିଁ।

ମାଷ୍ଟ୍ରେ କହିଲେ, "କେବଳ ପୁରାଣ ନାଟକ ହେଲେ ବେଶି ଚାହିଦା ହେବ ନାହିଁ। ସେସବୁ ମରହଟ୍ଟୀ ଅମଳର ବୋଲି ଲୋକେ କହିବେ। ତା' ସାଙ୍ଗରେ ସାମାଜିକ ନାଟକ ଗୋଟେ ଅଧେ ରହିବା ଦରକାର।" କୀର୍ତ୍ତନ ଆଉ ପାଦେ ଆଗେଇ ଯାଇ କହିଲା ଯେ କେବଳ ସାମାଜିକ ନାଟକ ପାଇଁ ବି ଲୋକଙ୍କର ଆଗ୍ରହ ନାହିଁ। ସେଥିରେ ରହସ୍ୟ ରୋମାଞ୍ଚ ରହିଲେ ଭଲ ଜମିବ। କରୁଣି ଏମାନଙ୍କ ଭିତରେ ସବାସାନ। ସେ ଗୋଟେ ପ୍ରସ୍ତାବ ଦେଲା "ଖଣ୍ଡେ ପୌରାଣିକ କି ଐତିହାସିକ, ଖଣ୍ଡେ ସାମାଜିକ ଓ ଆଉ ଖଣ୍ଡେ ଡିଟେକ୍ଟିଭ୍ ନାଟକ- ଏମିତି ତିନିପ୍ରକାରର ନାଟକ ଆମେ ଶିଖିବା। ତାହାହେଲେ ଆଉ କାହାର ଆପତ୍ତି ରହିବ ନାହିଁ। ସବୁଆଡ୍ରୁ ଆମକୁ ଡାକରା ଆସିବ।"

କିନ୍ତୁ ଏତେସବୁ ଆୟୋଜନ ପାଇଁ ସମ୍ବଳ କାହିଁ? ଖାଲି ମନବଳରେ ଯଦି ଏସବୁ କରି ହେଉଥାନ୍ତା ତାହାହେଲେ ଆଖଡ଼ାଘର ବନ୍ଦ ହୋଇଥିଲା କାହିଁକି? ମିନୁର ଏ ପ୍ରଶ୍ନର ଉତ୍ତର ଗଙ୍ଗାଧର ମାଷ୍ଟ୍ରଙ୍କ ପାଖେ ନ ଥାଏ। ମିନୁ ବି ତାଙ୍କୁ ଏମିତି ପ୍ରଶ୍ନ ପଚାରି ତାଙ୍କର ଅପମାନ କରିବାକୁ ଚାହୁଁ ନଥିଲା। କରୁଣି ସାନପିଲା, ତାକୁ ଟଙ୍କା ପଇସା କଥା କହି ଲାଭ ବା କ'ଣ? କୀର୍ତ୍ତନ ତା' ସାଧ୍ୟମତେ ଯାହା କରିବାର କରୁଛି। ଲୋକଙ୍କ ଘରୁ ଆଖଡ଼ାଘରର ଜିନିଷପତ୍ର ସବୁ ଆଦାୟ କରିବାରେ ବିଚରା ନୟାନ୍ତ ହୋଇ ଗଲାଣି। ତା' ଉପରେ ସବୁ ଚାପ ପଡ଼ିଲେ ସେ ଥକି ପଡ଼ିବ।

ମିନୁ ଏମିତି ଦିନେ ଆଖଡ଼ାଘର ପିଣ୍ଡାରେ ବସିଛି, ତା'ର ନୀଳ ଶାଢ଼ିର ପଣତ ଲୋଟୁଛି ପିଣ୍ଡା ଉପରେ, ମୁଣ୍ଡବାଳ ଖେଳେଇ ହୋଇ ପଡ଼ିଛି ପିଠି ଉପରେ,

ଆଖିଯୋଡ଼ିକ ଦୂରର କୋଉ ଗଛ ଶାଖାରେ ଲାଖିଯାଇଛି, ସେତିକିବେଳେ କରୁଣି ଶୁକଭାଇଙ୍କୁ ଆଣି ପହଞ୍ଚେଇଲା। ମିନୁ ତାଙ୍କ କଥା ଆଗରୁ ଶୁଣିଥିଲା, କିନ୍ତୁ ସାମ୍ନାସାମ୍ନି ଦୁହିଙ୍କର କେବେ ଦେଖା ହୋଇ ନ ଥିଲା। ତାଙ୍କରି ଗାଁ ଆର ସାହିରେ ଶୁକ ଭାଇଙ୍କ ଘର। ଶୁକଭାଇ ଦି' ବର୍ଷ ତଳୁ ବାହାହୋଇ ସାରିଥିଲେ।

ବିନା ଉପକ୍ରମଣିକାରେ ଶୁକଦେବ କହିଲେ, "ମୁଁ ତମ ଅପେରାପାର୍ଟି କଥା ସବୁ ଶୁଣିଛି। ନିହାତି କେତେ ଟଙ୍କା ହେଲେ ଚଳିବ କୁହ, ମୁଁ ପଠେଇ ଦେବି। କରୁଣି ମୋତେ ରଖେଇ ଥୋଇ ଦେଉନାହିଁ। ହାଟକୁ ଯାଉଥିଲି, ମୋ ହାତ ଧରି ଭିଡ଼ି ଭିଡ଼ି ଆଣିଛି।"

ମିନୁ ସ୍ନେହ ଓ କୃତ୍ରିମ ବିରକ୍ତିମିଶା ଆଖିରେ କରୁଣିକୁ ଚାହିଁଲା। ଏଇ ସାନପିଲାଟିର କେତେ ଚିନ୍ତା ! ଶୁକଦେବଙ୍କ କଥାଶୁଣି ତା' ମନ ଖୁସି ହୋଇଯାଇଥିଲା। କୃତଜ୍ଞତାରେ ସେ ନଇଁ ପଡ଼ିଥିଲା। ଶୁକଦେବଙ୍କୁ ବସିବାକୁ କହି ସେ ମାଷ୍ଟ୍ରଙ୍କୁ ଡାକିଲା। ତାଙ୍କରି ମୁହେଁ ମୁହେଁ ହିସାବ।

ସେହିଦିନୁ ଶୁକଦେବ ପାଲଟି ଥିଲେ ଆଖଡ଼ାଘରର ପୃଷ୍ଠପୋଷକ। ସକାଳେ ସଂଜେ ଦି'ଥର ଆସି ବୁଲିଯାଆନ୍ତି। ରିହର୍ଲସଲ ଚାଲିଥିଲେ ଘଡ଼ିଏ ବସି ଦେଖନ୍ତି। ଗଙ୍ଗାଧର ମାଷ୍ଟ୍ରଙ୍କ ସାଙ୍ଗେ ଦୁଃଖସୁଖ ହୁଅନ୍ତି, କରୁଣି ସହ ଥଟ୍ଟାପରିହାସ। ତା'ପରେ ସେ ଉଠି ଚାଲି ଯାଆନ୍ତି।

ମିନୁ କୃତଜ୍ଞତାରେ ନଇଁଯାଏ। କିନ୍ତୁ ସେସବୁ କଥାରେ ପ୍ରକାଶ କରିପାରେ ନାହିଁ। ରାତି ଅନ୍ଧାରରେ ଆକାଶର ଉଜ୍ଜ୍ୱଳ ନକ୍ଷତ୍ରମାନଙ୍କ ଧାଡ଼ିରୁ ତା' ବାପାକୁ ଚିହ୍ନିବାର ଚେଷ୍ଟାକରେ। ତାକୁ ଲାଗେ ତା' ବାପା ତାକୁ ଆଶୀର୍ବାଦ କରୁଛନ୍ତି। ସେଇଥିପାଇଁ ଶୁକଭାଇ ଆସି ପହଞ୍ଚି ଯାଇଛନ୍ତି ତା' ପାଖରେ।

ସେମିତି ଆସି ପହଞ୍ଚିଲେ ସୁର ଓ ଟିମାଭାଇ। ସୁର ଘର ଠିକ୍ ତାଙ୍କ ଗାଁରେ ନୁହେଁ, ପାଖ ବାଲିଆପାଳରେ। ଚେହେରାଟା ଦେଖିବାକୁ ଯେତିକି ଅସୁନ୍ଦର, କଣ୍ଠଟି ସେତିକି ମଧୁର। ତାଙ୍କୁ ଆଖଡ଼ାଘରେ ଗୋଟେ ନାଁ ଦିଆଯାଇଥିଲା- କୋଇଲି। ସୁର କିଛି କାଳ ଗୋଟେ ପେସାଦାରୀ ଅପେରାପାର୍ଟିରେ କାମ କରିଥିଲା। ଘରର ଦୁଃସ୍ଥିତି ଓ ଜବରଦସ୍ତ ବାହାଯୋଗ ଯୋଗୁ ସେ ଗାଁକୁ ଆସି ନ ଥିଲେ ହୁଏତ ଆଜି ପର୍ଯ୍ୟନ୍ତ ସେ ସେଇଠି ରହିଥାଆନ୍ତା। ଆସି ନ ଥାନ୍ତା।

ଚମତ୍କାର ଗୀତ ଗାଏ ସୁର।

ଶୁଣିବା ଲୋକକୁ ଲାଗେ ଗୀତଟେ ଅବା ସ୍ୱୟଂ ନାଚି ନାଚି ଯାଉଛି।

କ୍ଳାନ୍ତି ନାହିଁ, ବିରକ୍ତି ନାହିଁ, ଅଭିଯୋଗ ନାହିଁ କି ଆପତ୍ତି ନାହିଁ। ସୁର ଆଉଗୋଟେ ପାଗଳ କଳାକାର। ସ୍ନେହରେ ମାଷ୍ଟ୍ରେ ତାକୁ ପୁଅ ବୋଲି ଡାକନ୍ତି।

କିନ୍ତୁ ଏ ସମସ୍ତଙ୍କ ଠାରୁ ଚେହେରାରେ ଓ ଚରିତ୍ରରେ ଭିନ୍ନ ଥିଲା ଟିମାଭାଇ। ଏହି ନାଁଟିରେ ସେ ଏତେ ପରିଚିତ ଯେ ତା'ର ଅସଲ ନାଁ କୃଷ୍ଣମୋହନଙ୍କୁ କେହି ମନେ ପକାଉ ନ ଥିଲେ। ଚେହେରାଟି ଯେମିତି ସୁନ୍ଦର, କଥାଗୁଡ଼ାକ ସେମିତି ମିଠା। ଗୋରା, ଡେଙ୍ଗା ଓ ସୁନ୍ଦର- ସ୍ୱାସ୍ଥ୍ୟ ଟିମାଭାଇର ନାୟକ ପାର୍ଟଟା ଯେମିତି ଥିଲା ଜନ୍ମଗତ ଅଧିକାର। ସେ ନେଇ କେହି ଆପତ୍ତି ଉଠାନ୍ତି ନାହିଁ।

ଆଖଡ଼ାଘର ଏବେ କୋଳାହଳରେ ପୂରି ଉଠିଲାଣି। ଯେମିତି ମାମୁଲି କୁଦଟେ ଅପେରା ଅଭିନୀତ ରାତିରେ ଦିଶେ ଚମତ୍କାର ମଞ୍ଚ ପରି, ସେମିତି କିଛି ମାସ ତଳେ ପରିତ୍ୟକ୍ତ ଓ ଭଙ୍ଗା ଗୁହାଳ ପରି ଦିଶୁଥିବା ଆଖଡ଼ାଘରଟା ଏବେ ସୁନ୍ଦର, ସଦାବ୍ୟସ୍ତ ଓ ଚଳଚଞ୍ଚଳ ଦିଶିଲାଣି। ସାମ୍ନାରେ ଗୋଟେ ନୀଳ ସାଇନବୋର୍ଡ। ସେଇଟା ସୁର ଓ କରୁଣିଙ୍କ କାମ। ଘରଦୁଆର ଓ ଝରକାରେ ପରଦା। ଭିତର ପଟ କାନ୍ଥରେ ଜାଗା ଜାଗା ଦେଖି ଟିଣ ଖଣ୍ଡା ଓ ଢାଲସବୁ ରାଜଉଆସ ମାନଙ୍କରେ ଢାଲ ଓ ଖଣ୍ଡା ପରସ୍ପର ଛନ୍ଦାଛନ୍ଦି ରହିଲା ପରି ରହିଛନ୍ତି। ବାଁ ପଟକୁ ବାଦ୍ୟଯନ୍ତ୍ର- ହାର୍ମୋନିୟମ, ଡୁବି ତବଲା, ଢୋଲ, ଝାଞ୍ଜ, ଘୁଙ୍ଗୁର ଓ ବିଗୁଲ। ଡାହାଣପଟକୁ ମଞ୍ଚ ପରି ବ୍ୟବସ୍ଥା। ସେଠି ଦରିଟିଏ ବିଛା ଯାଇଛି। ଘରର କାଠ ଶେଣିରୁ ଲୁହା ରଡ଼୍‌ଟିଏ ଝୁଲୁଛି, ତା'ର ଦି'ପଟ ବଙ୍କୁଲିବାଡ଼ି ପରି। ସେଇଥିରେ ପେଟ୍ରୋମାକ୍ସ ଲାଇଟ୍ ଝୁଲେ।

ଆଖଡ଼ାଘରର ଡାହାଣପଟକୁ ଗାଁ ଓ ବାଁ ପଟକୁ ପ୍ରକାଣ୍ଡ ପୋଖରୀ। ପଛପଟେ ଆମ୍ବ ତୋଟା, ଆମ୍ବତୋଟା ଶେଷକୁ ଲଙ୍କାଆମ୍ବ ବଣ। ପୋଖରୀ ହୁଡ଼ାରେ ଡେଙ୍ଗା ଡେଙ୍ଗା ନଡ଼ିଆ ଗଛ। ଗାଁକୁ ପଶିବା ଲୋକର ପ୍ରଥମେ ନଜର ପଡ଼େ ଆଖଡ଼ାଘର ଉପରେ। ସେଇଠି ରାନ୍ଧୁଣୀ ଗାଧୁଆ ବେଳୁ ଉତ୍ତୀର୍ଣ୍ଣ ସଞ୍ଜ ପର୍ଯ୍ୟନ୍ତ ଚାଲେ ଅଭିନୟ ଅଭ୍ୟାସ। ଯୋଡ଼ି ନାଗରା, ହାର୍ମୋନିୟମ, ଘୁଙ୍ଗୁର ଓ ବିଗୁଲ୍ ଶବ୍ଦରେ ଜାଗାଟି କମ୍ପିଉଠେ।

ବଡ଼ ମଣିଷମାନେ ଭିତରକୁ ଯାଇ ବେଳେ ବେଳେ ବସନ୍ତି। ସାନପିଲାମାନେ ସେତକ ଅନୁମତି ପାଆନ୍ତି ନାହିଁ। ସେମାନେ ଦଳ ଦଳ ହୋଇ ଝରକା ଫାଙ୍କବାଟେ ଭିତରେ କ'ଣ ହେଉଛି ଦେଖିବାକୁ ଉଣ୍ଡି ହୁଅନ୍ତି। କରୁଣିକୁ କୁହାବୋଲା କରି ଦି' ଚାରି ମିନିଟ୍ ପାଇଁ ଦୁଆର ମୁହଁ ପାଖରେ ଛିଡ଼ା ହେବାର ଅନୁମତି ହାସଲ କରି ଘଣ୍ଟାଏ ଛିଡ଼ା ହୁଅନ୍ତି, କରୁଣି ନିଜେ ସେମାନଙ୍କୁ ତଡ଼ି ନ ଦେବାଯାଏ।

ଏସବୁ ଭିତରେ କେତେବେଳେ ସକାଳ ଆସି ପୁଣି ଚାଲିଯାଏ ଓ କେତେବେଳେ ସଞ୍ଜ ଗଡ଼ି ରାତି ହୁଏ ତା'ର ଖୋଜଖବର ଆଖଡ଼ାଘରର ସଭ୍ୟମାନେ ରଖିପାରନ୍ତି ନାହିଁ। ଦିନରାତି ସେମାନେ ଅଭିନୟ କୌଶଳ ଆପଣେଇବା, ଦର୍ଶକଙ୍କୁ ଚମକେଇଦେଲା ଭଳି କୌଶଳ ଦେଖେଇବା କାମରେ ବ୍ୟସ୍ତ ରହନ୍ତି। ମିନୁ ବି

ଭୋକ ଶୋଷ ଭୁଲି ଆଖଡ଼ାଘରକୁ ଏକ ସ୍ୱୟଂସମ୍ପୂର୍ଣ୍ଣ ଅନୁଷ୍ଠାନ ଭଳି ଛିଡ଼ା କରେଇବାକୁ ଉଦ୍ୟମ କରେ। କ୍ରମେ ଏହି ଆଖଡ଼ାଘର ପାଲଟିଯାଏ ତା'ର ଜୀବନ ଓ ଜୀବିକା।

କିନ୍ତୁ କୁଆଡ଼େ ଗଲା ସେ ଦିନ ସବୁ...!

କୋଉଠି ପବନ ଦେହରେ ମିଳେଇଗଲା ସେସବୁ ଅନ୍ତରଙ୍ଗ ଅନୁଭବ! ସେଦିନ ଆଖଡ଼ାଘରର ପିଣ୍ଡା ମନେହେଉଥିଲା ଶ୍ରୀମନ୍ଦିରର ବାଇଶ ପାହାଚ, ତା'ର ଧୂଳି ଶରଧାବାଲି ଓ ଢୋଲ, ହାର୍ମୋନିୟମ ଆଳାପରେ ମୁଖରିତ ପରିବେଶ ରଥଯାତ୍ରାର କୋଳାହଳ। ସମୟ ସବୁ କୁଆଡ଼େ ଖସି ଯାଉଥିଲା ଆଞ୍ଜୁଳି ଫାଙ୍କରୁ ବାଲି ଝଡ଼ିଯିବା ପରି- ସେ କଥା ବିଶ୍ୱାସ କରିହେଉ ନାହିଁ।

ପଣାସଂକ୍ରାନ୍ତି ଦି' ଦିନ ଆଗରୁ ଷ୍ଟେଜ୍ ବନ୍ଧାହୋଇଥିଲା ସ୍କୁଲ ପଡ଼ିଆରେ। ବାହାରୁ ଆସିଥଲେ ଆଉରି ପାଞ୍ଚଜଣ ବାଜାବାଲା। ତିନିରାତିର ନାଟକ ପିଲାଖେଳ ନୁହେଁ। ଗାଁ ସାରା ଖବରଟା ଖେଳିଯାଇଛି ସାନ ସାନ ପିଲାଙ୍କ ତୁଣ୍ଡରେ। ସେମାନେ ଯେ ସ୍କୁଲ ଯିବା ଆସିବା ବାଟରେ ଏଇଠି ଘଡ଼ିଏ ଲେଖାଏଁ ସମୟ ଖର୍ଚ୍ଚ କରନ୍ତି ସେଇଟା ବୃଥା ଯାଇନାହିଁ।

ଶେଷ ପର୍ଯ୍ୟନ୍ତ ମିନୁ କୋଉଠି ଲୁଚେଇ ରଖିଥିଲା ଗୋଟେ ଗୋପନ ତଥ୍ୟ। ଜାଣିଜାଣି ସେ କଥାଟି କହିନାହିଁ। ତା'ର ଆଶଙ୍କା ବୋଉ ତାକୁ ସେ ପାଇଁ ଅନୁମତି ଦେବନାହିଁ।

ନିଜେ ମିନୁ ହିଁ ତିନିଟି ନାଟକର ନାୟିକା। 'ଦକ୍ଷଯଜ୍ଞ'ର ସତୀ, 'ରିଜିୟା ସୁଲତାନ'ର ରିଜିୟା ଓ 'ହସ ଲୁହ'ର ମାଳତୀ। ସେ କଥା ସେ ବୋଉକୁ କହି ନ ଥିଲା। ଏତେବଡ଼ କଥାଟା ଗୋପନ ରଖିବାର ଖୁସି ଓ ଜଣାପଡ଼ିବା ପରେ ତଜ୍ଜନିତ ଗାଳିମନ୍ଦ ଶୁଣିବାର ଆଶଙ୍କା ଯୋଡ଼ିକ ମିଶି ତାକୁ ଅସ୍ଥିର କରିଦେଉଥିଲା। ଉତ୍ତେଜନାରେ ତା'ର ଦେହ ଥରି ଉଠୁଥିଲା। 'ବାବା ଚନ୍ଦ୍ରଶେଖର ରକ୍ଷାକର' ବୋଲି ସେ ମଝିରେ ମଝିରେ ଗୁଣୁଗୁଣଉଥିଲା।

ଶୁକଦେବଙ୍କୁ ଫୁରୁସତ ନାହିଁ। ଏହି ପନ୍ଦର ଦିନ ହେଲା ସେ ତାଙ୍କ ଘରବାଡ଼ି କଥା ସମ୍ପୂର୍ଣ୍ଣ ଭୁଲିଗଲେଣି। କେତେଥର ରିହର୍ସଲ ଚାଲିବାବେଳେ ସାନଭାଇ ଆସି ଡାକେ, 'ଦୋକାନରେ କେହି ନାହାନ୍ତି, ତେଣେ ଚାଲ।' ଶୁକଦେବ ତା' କଥାକୁ ଏଡ଼େଇ ଯାଆନ୍ତି - 'ତୁ ଯା, ଅବିକା ମୋର ବେଳ ନାହିଁ।' ଏ କଥାକୁ ନେଇ ଶୁକଦେବଙ୍କ ପରିବାରରେ ମୃଦୁଝଡ଼ ଉଠିଥିବାର ଖବର ମିନୁକୁ ଅଜଣା ନାହିଁ।

କିନ୍ତୁ କୋଉଠି ଯେ ଝଡ଼ ଉଠୁ ନ ଥିଲା? ଗାଁର ପାଲା ମଣ୍ଡପରେ ବରାବର ଆଖଡ଼ାଘର ପ୍ରସଙ୍ଗ ଆଲୋଚିତ ହେଉଥିଲା। ଗଙ୍ଗାଧର ମାଷ୍ଟ୍ର ଏ ଟୋକାଗୁଡ଼ାଙ୍କର

ମୁଣ୍ଡ ବିଗାଡ଼ି ସାରିଲାଣି ବୋଲି ମୁରବିମାନେ ଅଭିଯୋଗ କରୁଥିଲେ। ଟିମାର ଭବିଷ୍ୟତ ଯେ ଅନ୍ଧାର ଓ କରୁଣି ଓଧ ସାଙ୍ଗରେ ଭୁଆଁ ବିଲେଇ ଦଶା ଭୋଗିବ ଏ ଆଶଙ୍କା ମଧ୍ୟ ସେମାନେ ପ୍ରକାଶ କରୁଥିଲେ।

ଏବଂ ଶେଷକୁ ମିନୁ କଥା। ଶେଷକୁ ତ ନୁହେଁ ବରଂ ମୂଳରୁ। ମଝିରେ ମଝିରେ କଥା ବୁଲି ଆସି ସେଇଠି ପହଞ୍ଚୁଥିଲା। ନପହଞ୍ଚନ୍ତା କେମିତି ? ଆଗରୁ ବି ଗାଁରେ ଆଖଡ଼ାଘର ଥିଲା। ଟୋକାଏ ଆଖଡ଼ା କରୁଥିଲେ। ନାଚୁଥିଲେ। ତାଙ୍କରି ଭିତରୁ ପୁଅପିଲା ଝିଅ ପାର୍ଟ କରୁଥିଲେ, ନ ହେଲେ ବାହାର ପାର୍ଟିରୁ ଦିନେ ଦି' ଦିନ ପାଇଁ କାହାକୁ ଡାକି ଆଣୁଥିଲେ। କିନ୍ତୁ ମିନୁ ପରି କିଏ ଅଣ୍ଡିରାଚଣ୍ଡୀ ନିଜେ ଯାଇ ଟୋକାଙ୍କ ମେଳରେ ନାଚି ନ ଥିଲା କି ହିଁ ହିଁ ହସି କଥା ହେଉ ନ ଥିଲା।

: ଟୋକୀଟାର ମୂଳରୁ ସେହି ଦୋଷ। ତା' ମାମୁ ଘରେ ଥିଲା। ଗଛ ଚଢୁଥିଲା, ପୋଖରୀରେ ପହଁରୁଥିଲା। କୁଆଡ଼େ ନାହିଁ କୁଆଡ଼େ ବୁଲୁଥିଲା। ମୂଳରୁ ତ ଶାସନ ଢିଲା। ନ ହେଲେ କ'ଣ ଆଉ କାହାଘରେ ଝିଅ ନାହାନ୍ତି ? ମିନୁର ଦାଦା ମୁରବିଙ୍କ ମେଳରେ କଥାରେ ଜୁଆ ଦେଲା ଭଳି କହୁଥିଲେ।

ମିନୁ ଏସବୁ ଶୁଣୁଥିଲା। ଘଡ଼ିକ ପାଇଁ ମନ ଦୁଃଖ କରି ବସି ରହୁଥିଲା। ଭାବୁଥିଲା ଲୋକମାନେ ହୁଏତ ଠିକ୍ କହୁଛନ୍ତି। ଯୋଉ ଗୁଳାପକା ରାସ୍ତା ସମସ୍ତଙ୍କ ପାଇଁ ସମାଜ ଓ ସଂସ୍କାର ପକେଇଛି ସେହି ରାସ୍ତାରେ ତା'ର ଚାଲିବା ଦରକାର। ଏମିତି ଧାରଣା ଆସିଲେ ଇଚ୍ଛା ହେଉଥିଲା ଆଖଡ଼ାଘରର ଚାଳ ଛପର ଯାଇ ଉଲାରି ପକାନ୍ତା। ଢୋଲ, ହାର୍ମୋନିୟମ ସବୁ ବାହାରକୁ କାଢ଼ି ଫିଙ୍ଗି ଦିଅନ୍ତା। ଚୁପ୍‌ଚାପ୍ ଘରକୁ ପଳେଇ ରୋଷେଇଘରେ ପଶିଯାଆନ୍ତା। ଚୁଲି ଫୁଙ୍କି ଭାତ ଗାଳନ୍ତା, ବାସନ ମାଜନ୍ତା।

ହଁ, ଚୁଲି ଫୁଙ୍କନ୍ତା ମିନୁ। ସବୁ ଝିଅ ଚୁଲି ଫୁଙ୍କନ୍ତୁ, ଏଇଆ ଚାହେଁ ସମାଜ। ଚୁଲି ପାଖର କୁହୁଳା ନିଆଁ ଓ ଧୂଆଁ ପାଖରେ ବସିଗଲେ ସମସ୍ତେ ଖୁସି ହୁଅନ୍ତି। ସେଇଠି ଛିଙ୍କି କାଶି ବେଦମ୍ ହୋଇଗଲେ ସେମାନେ ସାବାସି ଦିଅନ୍ତି। ମିନୁ ସେଇଠିକି ଯିବ, ସେଇଆ କରିବ।

କିନ୍ତୁ ଯାଇପାରେ ନାହିଁ ମିନୁ। ଆଖଡ଼ା ଘର ଭିତରେ ଗଙ୍ଗାଧର ମାଷ୍ଟ୍ରେ ପାଗଳା ସୁରକୁ ନୂଆ ସ୍ୱର ବତଉଥାଆନ୍ତି। ସୁରର ଆଙ୍ଗୁଳି ଚାଲୁଥାଏ ହାର୍ମୋନିୟମର ରିଡ୍ ଉପରେ। ଗଙ୍ଗାଧର ନଇଁପଡ଼ି ଧୀରେ ଧୀରେ ଢୋଲ ବଜଉଥାନ୍ତି। କରୁଣି କିଛି ନା କିଛି କାମ କରୁଥାଏ। କିଛି ନ ହେଲେ ଚା କେଟ୍‌ଲି ବସେଇ ଅସ୍ଥାୟୀ ଚୁଲି ମୁହଁକୁ ଜାଳ ମୁହେଁଇ ଦେଉଥାଏ।

ମିନୁ ଯାଇପାରେ ନାହିଁ। ଯିବାକୁ ମନ କରେ ନାହିଁ।

ଟିମା ପହଞ୍ଚେ। ଶୁକ ଭାଇ ବି ଆସି ପହଞ୍ଚନ୍ତି। ଏଇ ଆଖଡ଼ାଘରଟା ଯେମିତି ସେମାନଙ୍କର ସଂସାର। ଭଲମନ୍ଦ କଥା ପଡ଼େ। ମିନୁ ହସେ, ଚିଡ଼େ, ରାଗିଉଠେ। ତା' ଭିତରେ ଗାଁ ପାଲାମଣ୍ଡପର ଗାଳିମନ୍ଦ ଭୁଲି ହୋଇଯାଏ। ଯିଏ ଯାହା କହିବାର କଥା କୁହନ୍ତୁ। ସେମାନଙ୍କ କଥା ଶୁଣିଲେ ସେ କିଛି କାମ କରି ପାରିବ ନାହିଁ। କିଛି ସମୟ ଆଗରୁ ବିବ୍ରତ ମିନୁ ନିଜକୁ ନିଜେ ବୁଝାଏ। ଶାଢ଼ିର କାନି ଅଣ୍ଟାରେ ବାନ୍ଧି ଅଭିନୟ ପାଇଁ ପ୍ରସ୍ତୁତ ହୋଇଯାଏ।

ନାଚ ଶିଖେ ମିନୁ। ଓଡ଼ିଶୀ, ସମ୍ବଲପୁରୀ, ଡାଲଖାଇ, ପତର ସଉରା। ଥରେ ନାଚ ଶିଖିବାକୁ ଛିଡ଼ାହୋଇଗଲେ ତା'ର ପାଦଯୋଡ଼ିକ ଆଉ ସ୍ଥିର ହୁଅନ୍ତି ନାହିଁ। ଗଙ୍ଗାଧର ମାଷ୍ଟ୍ରଙ୍କ ପରି ଓସ୍ତାଦଙ୍କ ଆଙ୍ଗୁଳି ବି ଶେଷ ଆଡ଼କୁ ଛନ୍ଦି ହୋଇଯାଏ। ମିନୁର ତାଣ୍ଡବ ନାଚ ଦେଖିଲେ ଦର୍ଶକଙ୍କ ଆଖ ମୁଦି ହୋଇଯାଏ। ପାଦରୁ ଘୁଙ୍ଗୁର ଛିଡ଼ିଯାଉ କି ଚଟାଣର ଦରି ଗୁଡ଼େଇ ହେଇଯାଉ ମିନୁ ଥୟ ହୁଏ ନାହିଁ। ତାଳ ନ ଛିଣ୍ଡିବା ଯାଏ, ବାଜା ବନ୍ଦ ନ ହେବାଯାଏ ନାଚ ଚାଲିଥାଏ।

ଝଣଝଣ ଶବ୍ଦ କରି କ'ଣ ସବୁ ଭାଙ୍ଗି ପଡ଼ିଲା ପରି ମିନୁକୁ ଶୁଭିଲା। ଏଠି ଗ୍ଲାସ କି ବୋତଲ ଭାଙ୍ଗିବାର ଶବ୍ଦ ଅତି ପରିଚିତ। ମାତ୍ର ଏ ଶବ୍ଦ ସେଭଳି ନୁହେଁ। ଇଚ୍ଛା ନ ଥିଲେ ବି ମିନୁ ଦୁଆର ମୁହଁ ପର୍ଯ୍ୟନ୍ତ ଯାଇ ଚାରିଆଡ଼କୁ ଚାହିଁଲା।

ତଳୁ ଚମ୍ପା ଆସୁଥିଲା। ଆଖିରୁ ତା'ର ନିଦ ଯାଇନାହିଁ। ତା' ଆଖିର କଜ୍ଜଳ ଲାଞ୍ଜି ନେସି ହୋଇଯାଇଛି। ପାଉଡରତକ ଧୋଇ ହୋଇ ମୁହଁଟା ଦିଶୁଛି ଛାଉଛାଉଆ। ପାନ ପିକରେ ଓଠ ରଙ୍ଗେଇଛି। ଏସବୁ ମିଶିମାଶି ତା'ର ସୁନ୍ଦର ଚେହେରା ଦିଶୁଛି ବିକୃତ।

ମିନୁ ତା' ଚେହେରା ଉପରୁ ନଜର ଫେରେଇ ଆଣି ପଚାରିଲା, "କ'ଣ ହେଲା କି ?"

: ତଳ ଘରର ଝାଡ଼ଟା ଖସି ପଡ଼ିଲା- କହିଦେଇ ଶିଡ଼ିରେ ଉଠି ଉପରକୁ ଚାଲିଗଲା ଚମ୍ପା।

କିନ୍ତୁ ଝାଡ଼ଟା ଖସି ପଡ଼ିଲା କେମିତି ? ଆଜି ସକାଳେ ତ ସେ ହଲ୍ ଭିତରକୁ ଯାଇଥିଲା। ତା'ପରେ ଆଉ କିଏ କ'ଣ ସେଠିକି ଯାଇଥିଲା ? ଆପକୁ ଆପେ କିମିତି ଖସିପଡ଼ିଲା ଏତେବଡ଼ ଝାଡ଼ଟା ?

ମିନୁ ତରତର ପାଦରେ ତଳକୁ ଓହ୍ଲେଇ ଗଲା। ଚମ୍ପା ସତ କହିଥିଲା। କଳଙ୍କି ଲଗା ଜଞ୍ଜିରଟା ଛିଡ଼ି ଓଜନିଆ ଝାଡ଼ଟା ଖସିପଡ଼ିଛି। ଚୂନାଚୂନା ହୋଇଯାଇଛି ତା'ର କାଚ। ଟୁକୁଡ଼ା ଟୁକୁଡ଼ା କାଚ ବିଞ୍ଚି ହୋଇଯାଇଛି ଚଟାଣ ସାରା।

ମିନୁ ଫେରି ଆସିଲା। କାହାକୁ ଖବର ଦେଲେ ସେ ଆସି ଘର ଓଳେଇ ନେବ।

ଏଇ ହଲ୍‌ରେ କେତେଥର ସେ ନାଚିଛି। ଡାଆଣା ଆଖି ଓ ଓଠ ମେଳରେ ବାଧ୍ୟବାଧକତାରେ ନାଚିଛି ଘଣ୍ଟା ଘଣ୍ଟା। ଏହି ଆଲୋକର ରଙ୍ଗିନ ଆଲୁଅରେ ସେ ନିଜ ପାଖେ ଅଚିହ୍ନା ଲାଗିଛି ନାଚିଲାବେଳେ। ମିନୁ ଶିଡ଼ିଦେଇ ଉପରକୁ ଉଠୁଛି, ତେଲେଙ୍ଗା ଜଗୁଆଳି ଆଖି ମଳି ମଳି ଆସି ପଚାରିଲା, "କ'ଣ ଭାଙ୍ଗିଗଲା କି ଦେଈ !"

: ଝାଡ଼।

: ଝାଡୁ? ଆମେ ବାନ୍ଧି ଦେବା।

: ଝାଡୁ ନୁହେଁ ଝାଡ଼। ବିରକ୍ତିରେ ଏତକ କହି ମିନୁ ବଡ଼ ବଡ଼ ପାହୁଣ୍ଡ ପକେଇ ଉପରକୁ ଚାଲିଗଲା।

ନିଦରେ ତା' ଦୁଇ ଆଖି ଫାଟିପଡୁଛି। ଏମିତିରେ ସକାଳୁ ସକାଳୁ ତାକୁ ଶୋଇ ରହିବାକୁ ଭଲ ଲାଗେ। ସେ ଖଟଟା ଉପରେ ଯାଇ ଗଡ଼ିପଡ଼ିଲା। ତିନିଦିନ ହେଲା ସେ ଭଲକରି ଶୋଇନାହିଁ। ଚାରି ଛଅ ଘଣ୍ଟା ଶୋଇଗଲେ ଦେହହାତର ଘୋଳାବିନ୍ଧା କମିଯିବ।

କିନ୍ତୁ ସେତକ ଶାନ୍ତି, ସେତକ ଅବସର ଭଲା କିଏ ଦିଅନ୍ତା ମିନୁକୁ। ତାକୁ ଛାଇନିଦ ଟିକେ ଲାଗିଆସିଛି, ଦର ଆଉଜା କବାଟ ଉପରେ କିଏ ଠକ୍ ଠକ୍ କଲା।

ନିଷ୍ଫଳ ଆକ୍ରୋଶ ଓ ଅସହାୟତାରେ ମିନୁ କାନ୍ଦିପକାଏ। ଆଜି ବି ତା'ର କାନ୍ଦିବାକୁ ଇଚ୍ଛା ହେଉଥିଲା। କେତେଦିନ ହେଲା ବାରମ୍ବାର ଅତୀତର ସ୍ମୃତି ସବୁ ମନେପଡ଼ି ତାକୁ ଅବଶ ଦୁର୍ବଳ କରିଦେଉଛି। ସେ ବର୍ତ୍ତମାନକୁ ସହଜ ଭାବେ ଗ୍ରହଣ କରି ପାରୁ ନ ଥିଲା କି ଅତୀତଠୁ ମୁହଁ ବୁଲେଇ ନେଇ ପାରୁ ନ ଥିଲା। ଏମିତି ପରିସ୍ଥିତିରେ ସେ ଲୋଡୁଥିଲା ନିଘନ ନିର୍ଜନତା, ଯୋଉଠି ଛୁଞ୍ଚିଟିଏ ବି ପଶି ପାରନ୍ତା ନାହିଁ। କିନ୍ତୁ ଏ କୋଠିରେ ସେତକ ସେ ପାଇବ କୋଉଠୁ? ତାକୁ ଦେବ ବା କିଏ?

ଦୁଆର ଖଡ଼ ଖଡ଼ କରୁଥିଲା ମାଇଚିଆ ନବଘନ। ଲୋକଟିକୁ ଦେଖିଲେ ମିନୁର ବିରକ୍ତି ଆସେ। ଲୋକଟାର ରାଗ ନାହିଁ, ମାନ ନାହିଁ, ସମ୍ମାନ ନାହିଁ, କେବଳ ପୁଞ୍ଜାଏ ଆଡ଼ରୁଷା ଓ ବିକୃତିକୁ ନେଇ ବଞ୍ଚିଥାଏ।

ସେ ପଚାରିଲା, "କାହିଁକି ଦୁଆରଟା ବାଡ଼ଉଚୁ, ଆଁ?"

: ନାଇଁ ମିନୁ ଦିଦି, ବଡ଼ଦେଈ ତମକୁ ଖୋଜୁଥେଲେ...

: ହଉ ହଉ ଯା, ମୁଁ ଟିକିଏ ଛାଡ଼ି ଯିବି।

: ଟିକିଏ ଝଅଟ ଆଇବ ମିନୁ ଦିଦି....

ନବଘନ ଚାଲିଗଲା। ମିନୁ ଜୋର୍ କରି କବାଟଟା ଆଉଜେଇ ଦେଇ କିଳିଣି ଲଗେଇଦେଲା। ଯେମିତି କବାଟକୁ ନୁହେଁ ସେଇ ମାଇଚିଆ ଟୋକାଟା ଗାଲରେ ସେ ଥାପଡ଼ଟେ ଦେଉଥିଲା। ତାକୁ ବିରକ୍ତ କରିବାର ଏଇ ଶାସ୍ତି!

ଖଟ ପାଖକୁ ସେ ଫେରିଯାଇ ମୁହଁକୁ ଦୁଇ ପାପୁଲିରେ ଘୋଡ଼େଇ ବସିରହିଲା। ଆଉ ନିଦ ହେବନାହିଁ।

ପ୍ରାୟ ଦଶବର୍ଷ ବିତିଗଲାଣି ଏଇ କୋଠି ଭିତରେ। ସେଦିନର ଅନେକ ମୁହଁ

ଆଜି ମରି ହଜିଗଲେଣି। କେତେଥର ଏହା ଭିତରେ ରଙ୍ଗ ବଦଳେଇ ସାରିଲାଣି ଏଇ କୋଠାଘର, ସାଙ୍ଗ ବଦଳେଇ ସାରିଲେଣି ଗ୍ରାହକ ଓ କୋଠିର ଝିଅମାନେ। ମିନୁ ଶୁଣିଥିଲା କୋଉ ମୁସଲମାନ ନବାବ ନିଜର ରକ୍ଷିତାମାନଙ୍କ ପାଇଁ ତୋଳେଇ ଥିଲେ ଏହି କୋଠା। ସେମାନଙ୍କ ପାଇଁ ଖଞ୍ଜି ଦେଇଥିଲେ ହଳ ହଳ ଚାକରାଣୀ। ରକ୍ଷିତାମାନେ ଏହି କୋଠାଘର, ଚାକରାଣୀ ଓ ସମ୍ପତ୍ତିବାଡ଼ିକୁ ନେଇ ବଞ୍ଚୁଥିଲେ। ବେଗମ୍‌ମାନଙ୍କ ବାହୁପାଶରୁ ମୁକୁଳି ବେଳେ ବେଳେ ତାଙ୍କ ପାଖକୁ ଆସୁଥିଲେ ନବାବ। ସେଦିନ ଏହି କୋଠି ଆବେଗରେ, ଅଭିମାନରେ ଓ ଉତ୍ସବରେ ଫୁଲିଉଠୁଥିଲା।

ମିନୁ ଆଖି ସାମ୍ନାରେ ଦଶବର୍ଷ ତଳର କଥା ମନେ ପଡ଼ିଯାଉଥିଲା। ମନେ ପଡ଼ି ଯାଉଥିଲା କେମିତି ସେ ସବୁଆଡୁ ନିରାଶ ହୋଇ ଧଇଁସଇଁ ହୋଇ ଦଉଡ଼ି ଆସିଥିଲା ଏଇ ସହରକୁ। ତାକୁ ଲାଗୁଥିଲା ସମସ୍ତେ ତାକୁ ପଛରୁ ଗୋଡ଼ଉଛନ୍ତି। ତାକୁ ପାଇଲେ ଜୀବନରୁ ମାରିଦେବେ, ହାଣିଦେବେ। କିନ୍ତୁ ମିନୁ ମରିଯିବାକୁ ଚାହୁ ନ ଥିଲା। ସବୁ ନିର୍ଯାତନା, ଲାଞ୍ଛନା ଓ କଷ୍ଟ ସତ୍ତ୍ୱେ ସେ ବଞ୍ଚିବାପାଇଁ ଚାହୁଁଥିଲା। ତା' ସାମ୍ନାରେ ସେଦିନ ଥିଲା ଦିଇଟା ରାସ୍ତା। ସେ ମରିଯିବ କିମ୍ବା ଏଠୁ କୁଆଡ଼େ ଦୌଡ଼ି ପଳେଇଯିବ।

ତାକୁ କେହି ବାଧ୍ୟ କରି ନ ଥିଲେ। ଜୋରଜବରଦସ୍ତି କରି ନ ଥିଲେ। ଗୋଟାଏ ଅଲିଖିତ ବୁଝାମଣା ଭିତରେ ଏହାହିଁ ହୁଏତ ଭାଗ୍ୟ ବିଚାରି ସେ ଏଠିକାର ଜୀବନକୁ ଗ୍ରହଣ କରିନେଇଥିଲା।

ଗୋଟେ ଝୁଙ୍କରେ ସେ ପଳେଇ ଆସିଥିଲା ଏତେଗୁଡ଼ିଏ ବାଟ। ପଳେଇ ଆସିଥିଲା ମରଣ ମୁହଁରୁ ଜୀବନ ବଞ୍ଚେଇ। ସମୁଦ୍ରରେ ବୁଡ଼ି ମରିବାକୁ ପଳେଇ ଆସିଥିଲା ମିନୁ।

କିନ୍ତୁ ମରିପାରିଲା ନାହିଁ। ସେ ଦିନ ମରିବାର ନ ଥିଲା। ଗୋଟାଏ ଦିନରେ ସେ ମରିଯିବ ଏମିତି ସୌଭାଗ୍ୟ ନ ଥିଲା ମିନୁର। ଗଲା କୋଡ଼ିଏ ବର୍ଷ ହେଲା ଯେ ସେ ସବୁଦିନ ମରୁଛି ! ପ୍ରତିଦିନ ତିଳ ତିଳ ହୋଇ ମରୁଛି। ଏମିତି ମରଣ ଯାହାର କପାଳରେ ଲେଖା, ସିଏ କ'ଣ ଶାନ୍ତିରେ ନିମିଷକ ଭିତରେ ମରି ପାରିଥାଆନ୍ତା !

ଦଶବର୍ଷ ତଳର ସେହି ରାତି ମନେ ପଡ଼ିଲା। କଣ୍ଟାଝଣ୍ଟା ନ ମାନି ସେ ସେଇ ରାତିର କଳା ଅନ୍ଧାର ଭିତରେ କେବଳ ଧାଇଁଥିଲା। ସମୁଦ୍ର କୂଳରେ ଅଚେତ ହୋଇ ପଡ଼ିଥିବା ଅବସ୍ଥାରେ ଥାନା ପୁଲିସ ତାକୁ ଦେଖିଲେ। ତାକୁ ଥାନାକୁ ଧରିନେଇଥିଲେ।

ଏବେ ବି ସେହି ଥାନା ବାବୁଟିର ମୁହଁ ମନେ ଅଛି ମିନୁର। ମିଠାମିଠା ହସ

ପଛରେ ଜହରଗୋଳା ମତଲବ। ସେଇଥିପାଇଁ ତାକୁ ପାଣୁବାବୁ ଭଲ ଲାଗନ୍ତି। ବିଶ୍ୱାସରେ ବିଷ ମିଳେଇବାର ଧୂର୍ତ୍ତତା ଅନ୍ତତଃ ତାଙ୍କଠେଇଁ ନାହିଁ।

ତା'ର ଓଦା ଜଡ଼ ଜଡ଼, କ୍ଲାନ୍ତଶ୍ରାନ୍ତ ଚେହେରାରେ ବି କ'ଣ ଥିଲା ଯେ ସେହି ଥାନାବାବୁଟା ଘଡ଼ିଏ କାଳ ତାକୁ ଡାଆଣା ଆଖିରେ ଚାହିଁ ରହିଥିଲା। ଭୋକରେ ପେଟ ଜଳୁଥାଏ। ଅପମାନରେ ଆତ୍ମା ଛଟପଟ କରୁଥାଏ। ସମୁଦାୟ ଦେହଟା କଳବଳ ହେଉଥାଏ ଗୋଟାଏ ଗ୍ଲାନିମୟ ନିର୍ଯାତନାରେ। ଅଥଚ ତା'ର ଏ ଦୁର୍ଦ୍ଦଶା ଥାନାବାବୁର ମନରେ ଟିକିଏ ବି ରେଖାପାତ କଲା ନାହିଁ। ଟିକିଏ ବି ଦୟା ସୃଷ୍ଟି ହେଲା ନାହିଁ ତା' ଛାତି ଭିତରେ।

ନାରୀ ନିକେତନକୁ ପଠାଇଦେବ କହି ସେଇ ଥାନାବାବୁ ତାକୁ ଏଇ କୋଠିକୁ ପଠେଇ ଦେଇଥିଲା। ତା'ର ଅସହାୟତା ଓ ଏକଲାପଣରୁ ମନଭରି ଲାଭ ଉଠେଇଥିଲା ସେହି ପୁଲିସ ଇନିସ୍‌ପେକ୍ଟର।

ଗାଁ ପରିବାର ଓ ଶାଶୂଘର ଉପରୁ ମିନୁର ଆସ୍ଥା ତୁଟିଯାଇଥିଲା। ସହର ଓ ପୁଲିସ ଉପରୁ ବି ତାହା ତୁଟିଗଲା। ଗୋଟେ କୁଳ ଭୁଆସୁଣୀ ଚାହୁଁ ଚାହୁଁ ରାତିକ ଭିତରେ ପାଲଟିଗଲା ରୂପଜୀବୀ, ବେଶ୍ୟା, ଗଣିକା।

ଏ କୋଠିକୁ ଆସିବାପାଇଁ ଅନେକ ରାସ୍ତା ଅଛି, କିନ୍ତୁ ଯିବାପାଇଁ ଗୋଟିଏ ହେଲେ ବାଟ ନାହିଁ। ଇଏ ଏକ ଅମୁହାଁ ଗଳି ଯାହା ଭିତରକୁ ଥରେ ପଶି ଆସିଲେ ଫେରିବାର ଜୁ ନ ଥାଏ।

କେତେ ହଜାର ଥର ମିନୁ ବିଧାତାକୁ ସେଇ ଗୋଟିଏ ପ୍ରଶ୍ନ ଗୋଟିଏ ପଚାରି ବସିଛି- କାହା ଭାଗ୍ୟରେ ଏତିକି ପ୍ରତାରଣା, ଏତିକି ନିର୍ଯାତନା ଓ ଏତିକି ଲାଞ୍ଛନା ଲେଖିଦେବାକୁ ତୁମର ହାତ ଥରିଉଠେ ନାହିଁ!

ପଥର, ମାଟି ଓ କାଗଜର ମୂର୍ତ୍ତି ନିରୁତ୍ତର ରହନ୍ତି। ସେମାନେ ମିନୁର ଅଭିଯୋଗ ଶୁଣନ୍ତି, ଶୁଣୁଥିଲା ପରି ଅନ୍ତତଃ ମିନୁର ଅନୁଭବ ହୁଏ; କିନ୍ତୁ କିଛି କହନ୍ତି ନାହିଁ। ମିନୁ କାନ୍ଦି କାନ୍ଦି ଥକିଯାଏ। କେହି ଲୁହ ପୋଛି ଦେବାକୁ ଆସେ ନାହିଁ। ଆପଣା ହାତପାପୁଲିରେ ଆପଣା ଆଖିର ତତଲା ଲୁହ ପୋଛିଦେଇ ମିନୁ ପଳେଇ ଆସେ ତା' କୋଠରିକୁ। ଥଣ୍ଡା ପାଣିରେ ସାବୁନ୍ ଦେଇ ଲୁହ ପୋଛିଦିଏ। ତଉଲିଆରେ କଷିକି ରଗଡ଼ି ଦିଏ ଗାଲ ନାକ। ପଙ୍ଖା ପବନରେ ମୁହଁ ଶୁଖେଇ ପାଉଡର ଲଗେଇ ଦିଏ। ତା' ଭିତରେ ଲୁହର ଦାଗ ନିଭିଯାଏ। ପୋଛି ହୋଇଯାଏ ଶେତାପଣ। ବେଶ୍ୟା ଆଖିରେ ଲୁହ ଶୋଭାପାଏ ନାହିଁ। ଅଣ୍ଟିରୁ ଟଙ୍କା ଖର୍ଚ୍ଚକରି କେହି ବେଶ୍ୟାର କାନ୍ଦ

ଦେଖିବାକୁ ଆସେନାହିଁ। ସେ ଯଦି କାନ୍ଦିବାର କଥା କାନ୍ଦୁ, ମନଭରି କାନ୍ଦୁ, କିନ୍ତୁ ଛାତି ଭିତରେ ତା'ର ଲୁହତକ ଅଜାଡ଼ୁ। ଗାଲ ଉପରେ ନୁହେଁ।

ବେଳେବେଳେ ମିନୁ ଆଶ୍ଚର୍ଯ୍ୟ ହୁଏ। ଏମିତିକା ଜୀବନଟେ କ'ଣ ସେ କୌଣସି ଦିନ ଚାହିଁଥିଲା ? ସେ ତ ଚାହିଁଥିଲା ଗୋଟେ ହସଖୁସିର ପରିବାର। ତାଆରି ଭିତରେ ତା'ର ପୂରିଲା ଘରକରଣା। ସେ ଘରକରଣାର ଚିତ୍ରଟେ ତା' ଆଖି ସାମ୍ନାରେ ବରାବର ଝୁଲି ରହୁଥିଲା। ସ୍ୱାମୀଟେ ଥିବ, ପୁଅ ଝିଅ ଯୋଡ଼ିଏ ଥିବେ, ସ୍ୱାମୀ କାମ କରୁଥିବ କ୍ଷେତରେ, ସୁଖରେ ଦୁଃଖରେ ଦିନ ସବୁ କଟିଯାଉଥିବ। ସେ ଘରର ଚାଳ ଛପର ଉପରେ ମାଡ଼ିଥିବ ପୋଇ, କଖାରୁ ଓ ଲାଉ ଲଟା। ତା' କାନ୍ଥରେ ମିନୁ ଆଙ୍କିଥିବ ମାଣବସା ଚିତା। ଲକ୍ଷ୍ମୀପାଦ ଆଙ୍କି ଦେଇଥିବ ଗମ୍ଭୀରିଘରୁ ଦାଣ୍ଡ ଅଗଣାଯାଏ।

କିନ୍ତୁ ସେପରି ହେଲା ନାହିଁ। ତା'ର ଘର ଥାଇ ବି ଘରକରଣା କ'ଣ ସେ ଜାଣିଲା ନାହିଁ। ସେସବୁ ଜାଣିବା ଆଗରୁ ସେ ନିଜେ ଉଦ୍‌ବାସ୍ତୁ ପାଲଟିଗଲା।

ମିନୁ ଶାଢ଼ି ସଜାଡ଼ି କୋଠରି ଭିତରୁ ବାହାରି ଆସିଲା। ବଡ଼ ଦିଦି ଦି' ଦି'ଥର ଡାକିଲାଣି। ଯାଇ ଶୁଣି ଆସିବ।

ମିନୁର ଅନୁମାନ ଠିକ୍ ଥିଲା। ନୂଆ ଝିଅଟେ ଆସିଥିଲା କୋଠିକୁ। ତା'ର ବାପ ଆଉ ଗୋଟେ ବାହାହୋଇ ପଡ଼ିଥିଲା ଓ ଝିଅଟିର ସାବତ ମା'ର ଦିଇଟି ସାନ ସାନ ପିଲା ଥିଲେ। ତା' ବାପ ଗୋଟେ ମୋଚି। କିଛି ଟଙ୍କା ପାଇଁ ଝିଅକୁ ବ୍ୟବହାର କରିବାପାଇଁ ସୁଦ୍ଧା ତା'ର ସଙ୍କୋଚ ହୋଇ ନାହିଁ।

ମିନୁ ଉପରେ ଏହିଭଳି ଦାୟିତ୍ୱ ଦିଆଯାଏ। ଦାୟିତ୍ୱ ଦିଆଯାଏ, ନୂଆ ଝିଅମାନଙ୍କ ମନ ବହଲେଇବା ପାଇଁ। ମିନୁ ଭଲ ଯୁକ୍ତି କରିପାରେ। ଯୁକ୍ତିରେ ସେ ସବୁକଥା ବୁଝେଇ ଦିଏ। କହେ, ଏ ଦୁନିଆରେ କେହି କାହାର ନୁହେଁ। ନିଜର ବୋଲି ଏଇ ପେଟ ଅରାକ ଓ ପିଠି, ଏଇ ଜୀବନ। ଯାକୁ ଇ ନେଇ ବଞ୍ଚିବାକୁ ହୁଏ। କାନ୍ଦି ବସିଲେ ଅସରଣି ଦିନ ସରେ ନାହିଁ।

ଅଥଚ ଏତେ ଲୋକଙ୍କୁ ଏସବୁ ଅତି ସହଜରେ ବୁଝେଇ ପାରୁଥିବା ମିନୁ ନିଜକୁ ବୁଝେଇ ପାରେନା କାହିଁକି ? ଘରକରଣା ଓ ଗୃହସ୍ଥ ଜୀବନ ପାଇଁ ସେ ହାଇଁପାଇଁ ହୁଏ କାହିଁକି ? ଏସବୁ ସତ୍ତ୍ୱେ ଆଉ ଗୋଟେ ଝିଅର ବିପର୍ଯ୍ୟୟ ଦେଖିଲେ ପୁଣି ବିଚଳିତ ହୁଏ ନାହିଁ କାହିଁକି ? କି ବିଚିତ୍ର ନାରୀ ସେ !

ଏମିତି ପ୍ରଶ୍ନଟେ ଉଠିଲେ ମିନୁ ଚମକି ପଡ଼େ। ତାକୁ ଲାଗେ କେହି ଯେମିତି ତା' କଥା ଓ କାମ ଭିତରର ଏଇ ପ୍ରଭେଦ ବିଷୟ ଜାଣି ଦେଉଛି। ସେ ଶଙ୍କିତ ମନରେ କାନ ଡେରେ। କେହି ଜଣେ ପଚାରି ବସେ-

: ତମେ ସ୍ୱାର୍ଥପର ମିନୁ। ତମର ଘର ନାହିଁ, ସ୍ୱାମୀ ନାହିଁ, ପିଲା ନାହିଁ। ତମେ ଗୋଟେ ନଷ୍ଟଜାତକ। ସେଇଥିପାଇଁ ତମେ ଅନ୍ୟର ଶିରୀ ଦେଖିପାର ନାହିଁ। ଆଉ କାହାର ସଂସାର ହସିଉଠୁ, ତୁମେ ତାହା ସହିପାର ନାହିଁ। ତମେ ଗୋଟେ ଡାଆଣୀ।

ମିନୁ କାନରେ ହାତଦେଇ ଚିତ୍କାର କରିଉଠେ। ନା-ନା-ନା। କିନ୍ତୁ ତା'ର ଏ ଉତ୍ତର କାହାରି ପାଖେ ପହଞ୍ଚି ପାରେନାହିଁ। ସାମ୍ନା କାନ୍ଥ କି ଗଛରେ ଧକ୍‌କା ଖାଇ ତା' ପାଖକୁ ଫେରିଆସେ। ହୁଏତ ଏମିତି ଅଭିଯୋଗ କରିଥିବେ ଟିମାଭାଇର ସ୍ତ୍ରୀ, ଶୁକଦେବଙ୍କ ମା। ସେମାନେ ନିଜ ନିଜ ପତ୍ନୀ ଓ ପୁଅମାନଙ୍କର ବିପର୍ଯ୍ୟୟ ପାଇଁ ମିନୁକୁ ହିଁ ତ ଦାୟୀ କରିବେ। ମିନୁ ଗୋଟେ ଅଲକ୍ଷଣୀ, ଅଣ୍ଡିରାଚଣ୍ଡୀ, ସେ କାହାର ଶିରୀ ଦେଖିପାରେ ନାହିଁ। କିମିଆଁ କରି ଭେଣ୍ଡା ଟୋକାମାନଙ୍କୁ ତା' ଆଙ୍ଗୁଳି ଇସାରାରେ ନଚାଏ। ଘର ଭାଙ୍ଗିଦିଏ।

ଏସବୁ ଅଭିଯୋଗ ଶୁଣିଲେ ମିନୁର କଲିଜାରେ ନିଆଁ ଲାଗିଯାଏ। ରିହର୍ଲସଲ ସରିଥାଉ କି ନ ସରିଥାଉ, ସେ ହାତ ଯୋଡ଼େ, "ଟିମାଭାଇ, ତମେ ଘରକୁ ଯାଅ। ଶୁକବାବୁ, ଆପଣ ଏତେ ବେଶି ଆଖଡ଼ାଘରକୁ ଆସନ୍ତୁ ନାହିଁ। ମୁଁ ଏତେ ନିନ୍ଦା ଓ ଅପବାଦ ଆଉ ସହିପାରିବି ନାହିଁ।"

ଟିମାଭାଇ ବୁଝାଏ। ଏଥିରେ ମିନୁର ଚିନ୍ତା କରିବାରେ କିଛି ନାହିଁ। ମଫସଲ ଲୋକ, ସେମାନେ ଏସବୁ ନାଚ ଗୀତର ମହତ୍ ବୁଝନ୍ତି ନାହିଁ। ତା'ଛଡ଼ା ନିଜେ ଭଲଥିଲେ ଦୁନିଆ ଭଲ। ଏପାଇଁ ଏତେ ମୁଣ୍ଡ ପିଟିବାର କିଛି ପ୍ରୟୋଜନ ନାହିଁ ?

ମିନୁ ମୁଣ୍ଡରେ ହାତଦେଇ ବସିଯାଏ। ଆଖଡ଼ାଘରର କୋଣରେ ଗଙ୍ଗାଧର ମାଷ୍ଟ୍ରେ ବସିଥାଆନ୍ତି। ଗାଳି ଗରଳ ସବୁକୁ ଉଦରସ୍ଥ କରି ନୀଳକଣ୍ଠ ପରି ସେ ବସି ରହିଥାନ୍ତି। ମିନୁକୁ ଚାହିଁ ସାହସ ଦିଅନ୍ତି, ସାନ୍ତ୍ୱନା ଦିଅନ୍ତି। ସବୁ ଠିକ୍ ହୋଇଯିବ। ଯିଏ ପହିଲେ ନୂଆ ରାସ୍ତାରେ ବାଟ କାଟି ଯାଏ ତା'ରି ଗୋଡ଼ରେ କଣ୍ଟାପଶେ। ସେଇ ହୁଏ ଲହୁ ଲୁହାଣ। ତାକୁ ଧରି ବସିଲେ କ'ଣ କାମ ଚଳେ ? ସେମିତି ହେଲେ ଦୁନିଆରେ କୌଣସି ନୂଆବାଟ ଫିଟି ନ ଥାନ୍ତା। କଥାକୁ ଧରି ବସିଲେ କାମ ଚଳେନା।

ମିନୁ ବୁଝିଯାଏ। ଆଖିକୋଣରୁ ଲୁହଟୋପାମାନଙ୍କୁ ଗୋଟେଇ ଆଣି କାନିରେ ବାନ୍ଧିଦିଏ। ନାଟକ ହେବ, ଅଲବତ୍ ହେବ। ଏଥର ସେମାନେ ଯିବେ ଭଦ୍ରକ, ତା'ପରେ ବାଲେଶ୍ୱର। ପ୍ରତିଯୋଗିତାରେ ଭାଗନେବ ତାଙ୍କର ନାଟ ଦଳ। ସେମାନେ ନୂଆ ବହି ଶିଖିବେ। ନୂଆ ପୋଷାକ ଓ ସରଂଜାମ ଆଣିବେ।

କରୁଣି କେଟ୍‌ଲି ନିଗାଡ଼ି ସମସ୍ତଙ୍କ ଗ୍ଲାସରେ ଆଉ ଥରେ ଥରେ ଚା ଢାଳିଦିଏ। ଗଙ୍ଗାଧର ମାଷ୍ଟ୍ରେ ଲଗାନ୍ତି ଆଉ ଖଣ୍ଡେ ବିଡ଼ି। ସୁରର ଟାଆଁସା ଆଙ୍ଗୁଳିଗୁଡ଼ିକ

ହାରମୋନିୟମର ରିଡ୍ ଉପରେ ଗଡ଼ିଗଡ଼ି ଯାଆନ୍ତି। କୀର୍ତ୍ତନ ଯୋଡ଼ିନାଗରାର କାଠି ଉଠେଇ ଆଉ ଥରେ କିଟି-କିଟି-କିଟି ଶବ୍ଦରେ ବଜେଇଚାଲେ। ପୁଣି ଥରେ ସବୁ ହୋଇଉଠନ୍ତି ଚଞ୍ଚଳ, ବ୍ୟସ୍ତ।

ଲାଗେ, ଏଇ ଆଖଡ଼ା ଘରଟା ହିଁ ସତ ଜୀବନ। ଏଇଥିପାଇଁ ତାଙ୍କର ଜନ୍ମ। ଆଖଡ଼ା ଘର ସେପଟର ପୃଥିବୀ ଗୋଟିଏ ଗୌଣ ପୃଥିବୀ। ତା'ର ଜୀବନ ଗୌଣ ଅଭିନୟ। ସେ ଅଭିନୟରେ ସେମାନେ ପଛେଇଗଲେ ଚିନ୍ତା ନାହିଁ, ଦକ ନାହିଁ। ଗାଳି କି ଅପବାଦ ଶୁଣିଲେ ଖାତିର୍ ନାହିଁ।

ଏମିତି ଗୋଟେ ପୃଥିବୀରେ ବଞ୍ଚୁଥିଲା ମିନୁ। ବଞ୍ଚୁଥିଲେ ତା'ର ସାଙ୍ଗ ଓ ସହଯୋଗୀ। ନିନ୍ଦା ଓ ଅପବାଦକୁ ସହି ବଞ୍ଚି ଯାଉଥିଲେ।

କିନ୍ତୁ ମିନୁ ସହିଲେ ସହୁ ପଛକେ ଏସବୁ ମିନୁର ବୋଉପକ୍ଷେ ସହିବା ଥିଲା କାଠିକର ପାଠ। ସେ ଗାଁ ଲୋକଙ୍କର ଉଲୁଗୁଣା, ବାର ପ୍ରକାର ଅଶ୍ଳୀଳ ମନ୍ତବ୍ୟ ଆଦୌ ସହି ପାରୁ ନ ଥିଲା। ସଂଜ ପହର ଟପିଗଲା ପରେ ମିନୁ ଘରକୁ ଫେରି ଦେଖେ, ବୋଉ ଗାଲରେ ହାତଦେଇ ଆକାଶକୁ ଚାହିଁଛି। ଆଖିରୁ ଲୁହଧାର ବୋହି କଳାଦାଗ ଛାଡ଼ିଯାଇଛି। ତା'ର ବୁଝିବାରେ କିଛି ବାକୀ ରହେନାହିଁ। ସେ ବିଛଣାରେ ଶୋଇଶୋଇ ସ୍ଥିର କରେ, ଆଉ ନୁହେଁ, ଆଉ ନୁହେଁ।

ଘର ଭିତରର ନିଷ୍ପତ୍ତି ଆଖଡ଼ାଘରେ ପହଞ୍ଚିଲାକ୍ଷଣି କିନ୍ତୁ ବଦଳିଯାଏ। ଆଖଡ଼ାଘରର ସିଦ୍ଧାନ୍ତ ଘର ପିଣ୍ଡା ପାଖରେ ପାଦ ଦେଲାକ୍ଷଣି ଭୁଲ ପ୍ରମାଣିତ ହୋଇଯାଏ।

ବଡ଼ ଦିଦି ପାଖରୁ ମିନୁ ମୋଚି ଝିଅଟିର କଥା ଶୁଣୁଥିଲା। ବଡ଼ ଦିଦିର କଥା ସରିଲାପରେ ସେ ପଚାରିଲା, "ତା' ବାପକୁ ଯୋଉ ମୂଲ ଦିଆଯିବା କଥା ଦିଆଯାଇଛି ନା ନାହିଁ?" "ଦେଖ, ମିନୁର କଥା ଶୁଣ। କିଲୋ, ତୁ କ'ଣ ମୋତେ ସନ୍ଦେହ କରୁଛୁ? ଗଣିଗଣି ତିନି ହଜାର ଟଙ୍କା ଦେଇଛି, ହଁ।" ମିନୁ ବଡ଼ ଦିଦିକୁ ଅବିଶ୍ୱାସ କରେ ନାହିଁ। ତେବେ ସେ ଏ କଥାଟି ବରାବର ପଚାରେ। କାହାକୁ ଜବରଦସ୍ତି ଉଠେଇ ଆଣିବା ପ୍ରସ୍ତାବକୁ ସେ ଗ୍ରହଣ କରିପାରେ ନାହିଁ। ତା'ର ପ୍ରତିବାଦ କରେ। ଯାହାର ଆସିବା କଥା ଆସୁ, ରାଜି ଖୁସିରେ ଆସୁ। ନୂଆହୋଇ କେହିଜଣେ କୋଠିକୁ ଆସିଲେ ମିନୁର ତା' ପ୍ରତି ସହାନୁଭୂତି ହୁଏ। ତାକୁ ଲାଗେ ପୁଣି ଗୋଟାଏ ଘର ଯେମିତି ଉଜୁଡ଼ି ଯାଉଛି। ପୁଣି ଗୋଟିଏ ଜୀବନ ବଳି ପଡ଼ିବାକୁ ଯାଉଛି ନିର୍ଯାତନାର ନର୍କ କୁଣ୍ଡରେ। ମାତ୍ର ଆସ୍ତେ ଆସ୍ତେ ତା'ର ସହାନୁଭୂତି ହଜିଯାଏ। ତା' ଭିତରେ ଗୋଟେ ନିଷ୍ଠୁର ଆନନ୍ଦ ମୁଣ୍ଡ ଟେକେ। ଯାଉ, ସବୁ ଘରସଂସାର ଉଜୁଡ଼ି ଯାଉ। ସବୁ

ବିବାହିତା ନାରୀ ବେଶ୍ୟା ଓ ସବୁ ବିବାହିତ ପୁରୁଷ ମଦ୍ୟପ ଓ ଜୁଆଡ଼ି ହୋଇଯାଆନ୍ତୁ। ସବୁ ପୋଡ଼ିଜାଳି ପାଉଁଶ ହୋଇଯାଉ।

ନିଜ ଇଚ୍ଛା ଏବଂ ମର୍ଜିରେ ଆସିଥିବା ଓ ହାତରେ ଟଙ୍କାଧରି ପଛକୁ କୁଣ୍ଠିତ ହେଉଥିବା ସ୍ତ୍ରୀଲୋକଙ୍କ ପାଇଁ ମିନୁ ମନରେ ସହାନୁଭୂତି ନ ଥାଏ। ଏମାନେ ସବୁ ଜଣେ ଜଣେ କପଟ ସତୀ। ତା'ର ଅନୁମାନ ବି ଠିକ୍ ହୁଏ। ମାସେ, ଦି'ମାସ ପରେ ସେମାନେ ବେଶ୍ ସହଜରେ ପରିସ୍ଥିତି ସହିତ ଖାପଖୁଆଇ ଚଳିଯାଆନ୍ତି। ତେଣିକି ଯେତେ ଅଶ୍ଳୀଳ ମନେହେଲେ ବି ସେମାନେ ପାରାପେଟ୍ ଉପରେ ଦେହ ଅଜାଡ଼ି ତଳକୁ ଚାହାଁନ୍ତି। ଫୁଲେଇ ହେଲାପରି ବାଟଗଲା ଲୋକଙ୍କୁ ଏଣୁତେଣୁ କହନ୍ତି। ଚିକିମିକି ଜରିମଡ଼ା ଚିପା ବ୍ଲାଉସ ଓ ସିଲ୍କ ଶାଢ଼ି ପିନ୍ଧି ଇସାରା ଦିଅନ୍ତି। ନିଜକୁ ଗୋଟେ ଗୋଟେ କଣ୍ଢେଇ ପରି ସଜେଇ ବାରନ୍ଦାରେ ଛିଡ଼ା ହୁଅନ୍ତି।

ଏମିତି ମୁଦ୍ରାରେ କାହାକୁ ଦେଖିଲେ ମିନୁର ପାଦଠୁ କପାଳଯାଏ ରାଗରେ ଜଳିଉଠେ। ଛୋପରୀ କୋଉଠିକାର!!

ବଡ଼ ଦିଦିର କଥା ଶୁଣିସାରି ମିନୁ ଉଠି ଆସିଲା। ଝିଅଟା ପାଞ୍ଚ ସାତ ଦିନ ରହୁ। ଆପେ ମନ ବଦଳିଯିବ। ତା' ମନ ବହଲେଇବା ଦାୟିତ୍ୱ ମିନୁ ନେବ।

ଝିଅଟି ଦିଶୁଥିଲା ଗୋଟେ କାକୁସ୍ଥ ଚଢ଼େଇ ପରି। ଚାରିଆଡ଼କୁ ଡବ ଡବ କରି ସେ ଚାହୁଁଥିଲା। କାହାକୁ କିଛି କହି ପାରୁ ନ ଥିଲା କି ସିଧା ଚାହିଁ ପାରୁ ନ ଥିଲା କାହାର ମୁହଁକୁ।

ତା' ନାଁ ଥିଲା ଶ୍ୟାମଳୀ।

ଶ୍ୟାମଳୀ ଭିତରେ ନିଜକୁ ଖୋଜି ହେଉଥିଲା ମିନୁ। ଦିନେ ସେ ବି ଏଇ ବୟସରେ ଥିଲା। ତାକୁ ନେଇ ତା' ବୋଉ କେତେକେତେ ସ୍ୱପ୍ନ ଦେଖୁଥିଲା। ବଡ଼ କଷ୍ଟରେ ଗାଁ ଲୋକଙ୍କ ଟାହିଟାପରା, ନିନ୍ଦା, ଉଲୁଗୁଣା ସହି ଗୋଟିଏ ବୋଲି ଝିଅକୁ ବାହାଦେବ ବୋଲି ଯୋଜନା କରୁଥିଲା।

ପୁଣି ଥରେ ଆଖଡ଼ାଘରର ସ୍ମୃତିକୁ ଫେରିଯାଇଥିଲା ମିନୁ। କ'ଣ ଥିଲା ସେଇ ବଖୁରିଆ ଘରଟା ଭିତରେ କେଜାଣି, ଚମ୍ପାଫୁଲର ବାସ୍ନା ପରି ତାକୁ ସମ୍ମୋହିତ କରି ରଖୁଥିଲା। ଯିଏ ରାଜା ହେଉଥିଲା ତାକୁ, ଯିଏ ଦୁଆରୀ ହେଉଥିଲା ତାକୁ, ଯିଏ ଭିକାରୀ ହେଉଥିଲା ତାକୁ ଓ ଯିଏ ସଉଦାଗର ହେଉଥିଲା ତାକୁ। କାଠ ଓ ଟିଣ ଖଣ୍ଡା ଗୋଟଉଥିବା ସାନସାନ ପିଲାଙ୍କୁ ବି ଆଖଡ଼ାଘର କୋଳେଇ ଧରୁଥିଲା। ତାଙ୍କୁ ଶିଖେଇଦେଉଥିଲା ରଙ୍ଗ ପାଉଡର ବୋଳି ଡାଇଲଗ୍ ଘୋଷି ଅଭିନୟ କରିବାର କଳା କୌଶଳ।

ଭଲରେ ହେଉ ବା ମନ୍ଦରେ ହେଉ ଦି' ତିନି ବର୍ଷ ବିତି ଯାଇଥିଲା। ସେମାନେ ଅଠର ଅଠରଟି ଜାଗାରେ ଯାଇ ଅଭିନୟ କରି ଫେରି ଆସିଥିଲେ। ଗାଁ ପାଇଁ ସୁନାମ ନେଇ ଫେରିଥିଲେ। ପଣା ସଂକ୍ରାନ୍ତି ବେଳକୁ ତିନିରାତି ଯାତ୍ରା କରୁଥିଲେ ଗାଁ ମଣ୍ଡପରେ। କାହାଠୁ ପଇସାଟିଏ ବି ନ ମାଗି ଏସବୁ ଆୟୋଜନ କରୁଥିଲେ ଆଖଡ଼ାଘରର ପିଲାମାନେ।

ଦିନେ କିନ୍ତୁ ସବୁ ବଦଳିଗଲା। ଶୁକଦେବଙ୍କ ସ୍ତ୍ରୀ ସ୍ୱାମୀ ଉପରେ ରାଗି ବାପଘରକୁ ପଳେଇଗଲେ। ଶାଶୂଘରୁ ଡାକରା ଗଲା, ଭାର ଗଲା। କିନ୍ତୁ ଶୁକଦେବଙ୍କ ସ୍ତ୍ରୀ ଫେରିଲେ ନାହିଁ। ଶେଷକୁ ନିଜେ ଶୁକଦେବ ଯାଇ ଅପମାନିତ ହୋଇ ଫେରିଆସିଲେ। ତାଙ୍କରି ମୁହଁ ଉପରେ ତାଙ୍କ ସ୍ତ୍ରୀ ଅଭିଯୋଗ କଲେ, ସେ ଲମ୍ପଟ, ଚରିତ୍ରହୀନ। ଆଖଡ଼ାଘର ଟୋକୀଟାକୁ ସେ ରଖିଛନ୍ତି। ତାକୁ ଇ ବାହାହେଇ ପଡ଼ନ୍ତୁ।

ଶୁକଦେବ ଫେରିଆସିଥିଲେ। ଏ ଖବରଟା ବି ଫେରିଆସିଥିଲା ତାଙ୍କ ପଛେ ପଛେ। ଅନେକଦିନ ପର୍ଯ୍ୟନ୍ତ ଆଉ ସେ ଆଖଡ଼ାଘରର ଦୁଆର ମାଡ଼ିନଥିଲେ।

ମିନୁ ଅପମାନିତ ହୋଇଥିଲା। ପୁଣିଥରେ କାନ୍ଦିଥିଲା ନିଜର ଅଦୃଷ୍ଟକୁ ନିନ୍ଦା କରି। କାନ୍ଦି କାନ୍ଦି ଆଖିରୁ ପାଣି ସରିଗଲା ପରେ ହସିଥିଲା। ସେ ହସ ଥିଲା କାନ୍ଦଠୁ ଆହୁରି କରୁଣ।

ସେ ବାହା ନ ହୋଇ ବି ପାଲଟିଗଲା କାହାର ସ୍ତ୍ରୀ, କାହାର ରକ୍ଷିତା। କାରଣ ଝିଅମାନଙ୍କୁ କେବଳ ଏହି ଦିଇଟା ପରିଚୟ ଭିତରୁ ଗୋଟିଏକୁ ନେଇ ବଞ୍ଚିବାକୁ ହୁଏ। ସେମାନେ କାହାର ସ୍ତ୍ରୀ ନ ହେଲେ କାହାର ରକ୍ଷିତା। ତା'ଛଡ଼ା ଅନ୍ୟ ପରିଚୟ କିଛି ନାହିଁ।

ସେ ଦିନ ମିନୁ କିନ୍ତୁ ଏଭଳି ଦୃଷ୍ଟି ନେଇ କାହାକୁ ଦେଖି ନ ଥିଲା। ସେ ଜାଣିବାକୁ ଚେଷ୍ଟା ବି କରି ନ ଥିଲା ତାକୁ କିଏ କେଉଁ ଦୃଷ୍ଟିରେ ଦେଖେ। ତା'ର ଗୋଟିଏ ପରିଚୟ ଥିଲା, ସେ ମିନୁ। ଏ ଆଖଡ଼ାଘରର ଅଭିଭାବକ। ଆଖଡ଼ାଘର ସହ ସମ୍ପୃକ୍ତ ସମସ୍ତଙ୍କର ବନ୍ଧୁ। ତାକୁ ନେଇ ଆଉ ଯିଏ ଯାହା ଭାବିବାର ଭାବୁଥାଉ, ସେଥିରେ ତା'ର କିଛି ଯାଏ ଆସେ ନାହିଁ।

ଅନେକ ଦୁଃଖ, ଅନେକ କଷ୍ଟ ସହିଚି ଆଖଡ଼ାଘର। ତା'ର ପାଟି ଥିଲେ ସେ କହନ୍ତା, ତା' ଉପରେ ଅଜାଡ଼ି ହୋଇପଡୁଥିବା ଅଭିଶାପର ଭାର କେତେ ଓଜନିଆ ! ତା'ର ଆଖ ଥିଲେ ସେ ଲୁହଢାଳି ଅନ୍ତତଃ ଏ ସବୁର ନିରବ ପ୍ରତିବାଦ କରନ୍ତା।

ଶୁକଦେବଙ୍କର ସେଇ ଘଟଣାପରେ ସମସ୍ତେ ଅସହଯୋଗ କରିଥିଲେ ଆଖଡ଼ାବାଲାଙ୍କୁ। ନାଟତାମସା କରୁଛନ୍ତି ତ କରନ୍ତୁ, ସେ ପାଇଁ ମନା ନାହିଁ। ତା'

ବୋଲି ଅଭିଆଡ଼ୀ ଝୁଅଙ୍କୁ ନେଇ ରାସଲୀଳା କରିବେ, ଏ କଥାକୁ କିଏ କେମିତି ବରଦାସ୍ତ କରିବ? ଧର୍ମ ଫର୍ମ ବୋଲି କିଛି ଅଛି ନା ନାହିଁ? ଗାଁ ମଣ୍ଡପ ଉପରେ ଏମିତି ପ୍ରଶ୍ନର ପାହାଡ଼ ମୁଣ୍ଡ ଟେକେ।

ଗଙ୍ଗାଧର ମାଷ୍ଟ୍ରେ ଏସବୁ ଶୁଣନ୍ତି। କିନ୍ତୁ ନିରବ ରହନ୍ତି। ଗାଁରେ ଯୋଉ ଧରଣର ସଂକୀର୍ଣ୍ଣ ରାଜନୀତି; ନିଆଶ୍ରୀ ବିଧବାଙ୍କ ଘରଡିହ, କଂସା ବାସନ ହଡ଼ପ କରିବା ପାଇଁ ଧନୀଲୋକଙ୍କର ଫିସାଦ, ଅରୁଚିକର ପରକୀୟା ଓ ଜାଲିଆତି ଆଉ ଟାଉଟରି ଘଟଣା ଘଟେ ସେ ସବୁ ଖବର ବି ତାଙ୍କ ପାଖେ ପହଞ୍ଚେ। ଅଥଚ ସେଗୁଡ଼ିକର କେହି ପ୍ରତିବାଦ କରିବାକୁ ବାହାରନ୍ତି ନାହିଁ। ଗୋଚର ଅନାବାଦି ଜମି ଜବର ଦଖଲ ହେଲାବେଳେ କେହି ପାଟି ଖୋଲନ୍ତି ନାହିଁ। କୋଠ ପୋଖରୀରୁ ମାଛ ଚୋରି କରିନେବାବେଳେ, ଠାକୁର ମନ୍ଦିରରୁ ଅଳଙ୍କାର ଲୁଟିନେବାବେଳେ କୋଉ ଗାଁ ଟୋକା ପଦୁଟେ କହେ ନାହିଁ। ମାତ୍ର ଆଖଡ଼ାଘର ପିଲାଙ୍କୁ ନିନ୍ଦା କଲାବେଳେ ସଭିଏଁ ଏକମୁଖ ହୋଇଯାଆନ୍ତି।

ମାଷ୍ଟ୍ରେ ବୁଝାନ୍ତି, ଯୋଉ ଗଛ ଯେତେ ଉଚ୍ଚ ସେ ଗଛର ଛାଇ ସେତେ ଲମ୍ବା। ଯିଏ ଯେତିକି ବଡ଼, ତା'ର ନିନ୍ଦୁକମାନଙ୍କ ସଂଖ୍ୟା ସେତେ ବେଶି।

ମିନୁ ମାଷ୍ଟ୍ରଙ୍କର ଯୁକ୍ତି ଶୁଣେ। ସାଙ୍ଗେ ସାଙ୍ଗେ ଖସଡ଼ା ପ୍ରସ୍ତୁତ କରିନିଏ। କେବଳ ନାଚଗୀତ ନୁହେଁ, ଗାଁ ପାଇଁ ସେମାନଙ୍କର ବହୁତ କିଛି କରିବାର ଅଛି। ଗାଁ ଯଦି ନିଆଶ୍ରୀ ହୋଇଯାଏ ତାହାହେଲେ ସେମାନେ କାହାକୁ ନେଇ ଗର୍ବ କରିବେ?

ତା' କଥାରେ ସଭିଏଁ ରାଜି ହୋଇଥିଲେ।

ଆଜି ସେସବୁ ମନେପଡ଼ିଲାବେଳେ ମିନୁ ଭାବେ, ସେମାନେ ତା' କଥାରେ ରାଜି ହୋଇ ନ ଥାନ୍ତେ କି! ଭଲ ହୋଇ ଥାଆନ୍ତା। ଯାହା ଯୋଉଠି ଲୁଟିଯିବାର ଯାଇଥାନ୍ତା, ପୋଡ଼ିଜାଳି ଯିବାର ଜଳିଯାଇଥାନ୍ତା। ସେମାନେ ସେଥିରେ ପାଟି ଖୋଲୁଥିଲେ କାହିଁକି?

କିନ୍ତୁ ମିନୁର କଥାରେ ଥିଲା ବାରୁଦ। ତା'ର ଇସାରାରେ ଥିଲା ନିଆଁ। ସେ ସବୁ ସାଙ୍ଗେ ସାଙ୍ଗେ ବିସ୍ଫୋରଣ ସୃଷ୍ଟି କରୁଥିଲା।

ସେ ବିସ୍ଫୋରଣ ଶବ୍ଦ ଶୁଭୁଥିଲା ଯାଇ ପାଲା ମଣ୍ଡପରେ। ମାମୁଘର ମଧୁପୁର ଗାଁରେ। ପୋଖରୀ ତୁଠରେ, ହିଡ଼ମୁଣ୍ଡରେ ଓ ମିନୁର ବୋଉ ପାଖରେ।

ଆଖଡ଼ାଘର ଟୋକାଏ ପୋଖରୀ ଜଗିବେ। ଅନାବାଦୀ ଜମି ଛଡ଼େଇନେବେ। ନାଲିସ କରିବେ ପୁଲିସ ଥାନାରେ। ଏମିତି ସବୁ କଥା ଚର୍ଚ୍ଚା ହୋଇଥିଲା ଗାଁର ଚାରିଆଡ଼େ। ଯେମିତି ସେମାନେ ଦୂରରୁ ଆସିଥିବା ବର୍ଗୀ ଡକେଇତ ଦଳ। ଗାଁରେ ଆତଙ୍କରାଜ ସୃଷ୍ଟି କରିବେ।

ଶୁକଦେବଙ୍କ ବାପା ଆସି ମିନୁ ବୋଉକୁ ଶୁଣେଇ ଶୁଣେଇ କହିଥିଲେ, "ଝିଅଟାକୁ ଘରେ ବସେଇ ରଖି ଗାଁରେ ଏ ନାଟ କରିବା କ'ଣ ଶୋଭାପାଉଛି ?" ମିନୁର ଦାଦା ଏ କଥାର ପାଳି ଧରିଥିଲେ। "ଗୋଟାଏ ଝିଅପାଇଁ ସାରା ଗାଁ ବଦନାମ ହେଉଛି। ସେ ଆଉ ମୁହଁଟେକି ରାସ୍ତା ଚାଲି ପାରୁନାହାନ୍ତି।"

ମିନୁ ବୋଉର ଧୈର୍ଯ୍ୟ ତୁଟି ଯାଇଥିଲା: ବହୁତ ହୋଇଗଲା। ଆଉ ନୁହେଁ। ଏଣିକି ମିନୁ ପାଇଁ ଆଖଡ଼ାଘର ବନ୍ଦ। ଘରୁ ପଦାକୁ ଗୋଡ଼ କାଢ଼ିଲେ ସେ କନିଅର ମଞ୍ଜି ବାଟି ଖାଇଦେବେ।

ମିନୁର ଆଖଡ଼ାଘର ଯିବା ବନ୍ଦ ହୋଇଗଲା।

ମାଛକୁ ମନା ହେଲା ପାଣି, ଗଛକୁ ମନା ହେଲା ନିଃଶ୍ୱାସ। ନଈକୁ ମନା ହେଲା ମୁହାଣ।

ମିନୁର ବାହାଘର ପାଇଁ ଚାଲିଲା ବରଖୋଜା।

ଯେତେ ଶୀଘ୍ର ସମ୍ଭବ ମିନୁର ବାହାଘର ହୋଇଗଲେ ଯେମିତି ଗାଁଟା ବଞ୍ଚିଯିବ।

ଗାଁଟା ବଞ୍ଚିଗଲା ବି। କିନ୍ତୁ ଯୋଉ ନିଆଁ ମିନୁ ଲଗେଇଥିଲା ସେ ନିଆଁରେ ସେ ନିଜେ ଜଳିଗଲା। ସେ ନିଆଁ ଜାଳିଦେଲା ଗୋଟେ ବିଧବା ସ୍ତ୍ରୀର ଘରକରଣା।

●

ଚମ୍ପା ଖୁବ୍ ଖୁସି ଦିଶୁଥିଲା। ବଡ଼ ବଡ଼ ପାହୁଣ୍ଡ ପକେଇ କୁଆଡ଼େ ବାହାରିଥିଲା ବୋଧହୁଏ। ମିନୁ ପଛକଥା ଗୁଡ଼ିକରୁ ଫେରିଆସି ଡାକିଲା, "କୁଆଡ଼େ ବାହାରିଛୁ କି ଲୋ ଚମ୍ପା!"

ଚମ୍ପା ଏମିତି ଜଣେ କାହାକୁ ଖୋଜୁଥିଲା, ଯା ଆଗରେ ତା' ଖୁସିର ଖବରତକ ଶୁଣେଇପାରନ୍ତା। ଓଠଟି ଲୁଗାକାନିରେ ପୋଛିଦେଇ କହିଲା, "ସିନେମା ଯାଉଛି ପରା ମିନୁ ଦେଈ।"

: ସିନେମା ? କାହା ସାଙ୍ଗରେ ?

ଚମ୍ପା କିଛି କହିଲା ନାହିଁ। ଖାଲି ହସିଦେଲା।

ମିନୁ ଆଉ ଅଧିକା ପଚାରିଲା ନାହିଁ। ଗୋଟେ ଟୋକା ବାରମ୍ବାର ଆସେ ଚମ୍ପା ପାଖକୁ। ଘଣ୍ଟା ଘଣ୍ଟା ଧରି ଚମ୍ପା ସାଙ୍ଗରେ ଗପେ। ବେଳେବେଳେ ବଡ଼ ପାଟିରେ କ'ଣ ସବୁ ବକେ। ଚମ୍ପା କହେ, ପିଲାଟା କୁଆଡ଼େ ଖୁବ୍ ଧନୀଘରର ପୁଅ। ତାକୁ ଭାରି ଭଲପାଏ।

ବେଶ୍ୟାକୁ କ'ଣ କେହି ଭଲପାଏ ? ମିନୁ ବିଶ୍ୱାସ କରିପାରେ ନାହିଁ। ହେଇଥିବ। ପିଲାଟି ବେଳେବେଳେ ଚମ୍ପାକୁ ଗପ କହି ଶୁଣାଏ, ଗୀତ ଗାଏ। ନୂଆ ନୂଆ ଜିନିଷ ଆଣିଦିଏ। ତାକୁ ଇ ଚମ୍ପା ଭଲ ପାଉଛି।

ସ୍ତ୍ରୀର ମନଟା ବି ଅଦ୍ଭୁତ। ମିନୁ ଭାବେ। ଗୋଟାଏ ପାଉଡର ଡବା, ରିବନ୍ ଦିଗଜ କି ଖଣ୍ଡେ ଶାଢ଼ିରେ ସେଇଟି ମିଳିଯାଏ।

ଚମ୍ପା ତରତର ହେଉଥିଲା। ମିନୁ କହିଲା, "ଯା ତୋ'ର ଡେରି ହେଉଥିବ।" ଚମ୍ପା ହସି ହସି ଚାଲିଗଲା। ତା'ର ହସ ପୋଖରୀର ସାନ ସାନ ଲହରି ପରି କୋଠି ଚାରିପଟେ ଖେଳେଇ ହୋଇଯାଉଥିଲା।

ଏଇ କୋଠିଟା ଗୋଟେ ବିଚିତ୍ର ସଂସାର। କେତେ ପ୍ରକାରର ଲୋକ ଏଠିକି ଆସନ୍ତି, ମିନୁ ସେସବୁ ଖବର ରଖିପାରେ ନାହିଁ। କେହି ଆସି କିଛି ନ କହିଲେ ସେ

ନିଜ ଆଡୁ ଅଯଥା କୌତୂହଳ ଦେଖାଏ ନାହିଁ। ମାତ୍ର ସେ ଚାହୁଁ ନ ଚାହୁଁ ତା' ପାଖରେ ଖବର ଆସି ପହଞ୍ଚେ। କୋଉଠି ଘଟଣା ବଢ଼ିଗଲେ ସେ ନିଜଆଡୁ ଯାଇ ବୁଝାଶୁଝା କରିଦିଏ।

କେତେଦିନ ହୋଇଗଲାଣି। ଲକ୍ଷ୍ମୀର କୋଠରିକୁ ଗୋଟେ ଡେଙ୍ଗା ଓ କାଳିଆ ଲୋକଟେ ଆସି ତାକୁ ମାରଧର କରିଥିଲା। ଲକ୍ଷ୍ମୀ ତାକୁ ଆଗରୁ ଚିହ୍ନି ନ ଥିଲା। ଜଣାନାହିଁ, ଶୁଣାନାହିଁ କେହି ଜଣେ ଆସି ମାର୍‌ଧର୍ କରିବ, ଏମିତି କଥା ସେ ବିଚାରୀ କଳ୍ପନା କରି ନ ଥିଲା। ଲୋକଟା ଗୋଟେ ବ୍ୟବସାୟୀ। ଢେର୍ ସମୟ କେବଳ ମାରଧର କରି ଫେରିଯାଇଥିଲା। ଗଲାବେଳେ ଚଟାଣ ଉପରକୁ ଫିଙ୍ଗିଦେଇ ଯାଇଥିଲା ପୁଳାଏ ନୋଟ୍।

ଲକ୍ଷ୍ମୀ ଚାହିଁଥିଲେ ଲୋକଟାକୁ ବନ୍ଧେଇ ପାରିଥାଆନ୍ତା। ବେଶ୍ୟାର କ'ଣ ଯନ୍ତ୍ରଣା ନାହିଁ? କଷ୍ଟ ନାହିଁ? ତାକୁ ପିଟିଲେ କି ହାଣିଲେ କ'ଣ କଷ୍ଟ ହୁଏ ନାହିଁ କି? କିନ୍ତୁ ସେ କାହାକୁ ଡାକିଲା ନାହିଁ। ନବଘନକୁ ବି ନୁହେଁ। ଲୋକଟା ଚାଲିଯିବାର ଅନେକ ସମୟ ପର୍ଯ୍ୟନ୍ତ ସେ ଚଟାଣରେ ପଡ଼ିରହିଥିଲା।

ପରଦିନ ମିନୁ ଶୁଣିଥିଲା ଏ କଥା। ବହୁ ଚେଷ୍ଟାକରି କାରଣଟା କ'ଣ ଜାଣି ପାରି ନ ଥିଲା। ଜୀବନରେ ଅନେକ ଚରିତ୍ର ସେ ଭେଟିଛି। ଗୋଟେ ଗୋଟେ ପୁରୁଷ ନିରାଶ୍ରୟା ନାରୀଠୁ ବି ତାକୁ ଆହୁରି କରୁଣ ଲାଗନ୍ତି। ମନର କଥା ମୁହଁରେ ଧରିପାରନ୍ତି ନାହିଁ। ସାରା ଜୀବନ ଭିତରେ କୁହୁଳି କୁହୁଳି ପାଉଁଶ ହୋଇଯାଆନ୍ତି।

ଲକ୍ଷ୍ମୀର ସେ ଲୋକଟା ତା'ପରେ ଆଉ ଆସିନାହିଁ। ଏଥିରେ ଲକ୍ଷ୍ମୀ ଆଶ୍ୱସ୍ତ ହେବା କଥା, ଖୁସି ହେବା କଥା। କିନ୍ତୁ ସେ ସେମିତି ଜଣାପଡ଼େ ନାହିଁ। ଓଲଟି ମନ ଭିତରେ ସେ ଲୋକଟାକୁ ଅପେକ୍ଷା କରେ। ସେ ଆସନ୍ତା କି!

କାହିଁକି ଲକ୍ଷ୍ମୀ ଅପେକ୍ଷା କରେ ସେ କଳା ଓ ଡେଙ୍ଗା ବେପାରୀଟିକୁ? ତା'ର ବେଶପୋଷାକ ଖୋଲି ତାକୁ ନଙ୍ଗଳା କରି ତା'ର ଦେହ ଦେଖିବାକୁ ନା ପଣତକାନିରେ ଘୋଡ଼େଇ ଦେଇ ତା'ର ମନ ଦେଖିବାକୁ? ମିନୁ ଜାଣେନା। ଏତିକି ବୁଝେ, ଲୋକଟାର ନିଶ୍ଚୟ କିଛି ଦୁଃଖ ଅଛି, କଷ୍ଟ ଅଛି।

ଏକଥା ବି ବୁଝେ, ଯୋଉ ପୁରୁଷ ଯେତେ ଦୂର୍ ଦୂର୍ ମାର ମାର କରେ ତାକୁ ବୁଝିବାପାଇଁ ନାରୀ ସେତେ ବ୍ୟସ୍ତ ହୁଏ, ତାକୁ ଇ ପାଖକୁ ଆଣିବା ପାଇଁ ସେ ହାଇଁପାଇଁ ହୁଏ। ଅସାଧ୍ୟକୁ ସାଧ୍ୟ କରିବାପାଇଁ ତା'ର ମନ ଲୋଡ଼େ।

ଦୁଃଖର ରଙ୍ଗ କେତେ ପ୍ରକାରର। ତା' ବୋଉର ଦୁଃଖ କଥା ମନେପଡ଼ିଲେ, ତା' ମଲାବେଳର ମୁହଁ ମିନୁର ଆଖି ଆଗରେ ନାଚିଯାଏ। ଶେତା ପଡ଼ିଯାଇଥିବା

ଗୋଟେ ବାଇଗଣ ପରି ଦିଶୁଥିଲା ତା' ବୋଉର ମୁହଁ। ସ୍ୱାମୀ ଯାଇଥିଲା, ଶାଶୂ ଶ୍ୱଶୁର ଯାଇଥିଲେ। ଆଶା ଥିଲା, ମଲା ଆଗରୁ ଝିଅଟିକୁ ବାହାକରିଦେଇ ଶାନ୍ତିରେ ନିଃଶ୍ୱାସ ନେବ। କିନ୍ତୁ ସେତକ ହୋଇପାରିଲା ନାହିଁ।

ଯେତେ ଆଡୁ ଯେତେ ପ୍ରସ୍ତାବ ଆସୁଥିଲା, ସେସବୁ ମଝିରୁ ଭାଙ୍ଗିଯାଉଥିଲା। ଅନେକଥର ମିନୁ ସଫା ଲୁଗାପଟା ପିନ୍ଧି, ସ୍ନୋ ପାଉଡର ବୋଳି ଚା, ସର୍ବତ ଟ୍ରେ ଧରି ତାକୁ ଦେଖି ଆସିଥିବା ଭଦ୍ରଲୋକମାନଙ୍କ ସାମ୍ନାକୁ ଯାଉଥିଲା। ମାତ୍ର ପ୍ରସ୍ତାବ ଆଗଉ ନ ଥିଲା। ଏସବୁ ତାକୁ ଲାଗୁଥିଲା ଆଖଡ଼ାଘରର ରିହର୍ସଲ ପରି।

ସେ ଶୁଣୁଥିଲା ତାକୁ ନେଇ ନାନା ରକମର ଅପବାଦ ଗାଁ ଦାଣ୍ଡରେ, ହାଟରେ ଓ ପୋଖରୀ ତୁଠରେ ଉଠୁଛି। ସେ ସବୁ କଥା ଯାଇ କନ୍ୟା ଦେଖିବାକୁ ଆସୁଥିବା ଭଦ୍ରଲୋକମାନଙ୍କ ପାଖରେ ବି ପହଞ୍ଚିଛି। ବାହାଘର ଭାଙ୍ଗି ଯାଉଛି। କୌଣସି ଭଦ୍ରଲୋକର ଘର ଏପରି ଜଣେ ଝିଅକୁ ବୋହୂ କରି ବା ନେବ କାହିଁକି ?

ମିନୁ କାନରେ ହାତ ଦେଇଦିଏ। କ'ଣ ସେ କରିଛି ସତରେ ? କି ଅପରାଧ, କି ପାପ କରିଛି ସେ ?

ବୋଉ ମରିଗଲା ପରେ ତା'ର ଅନୁଭବ ହୋଇଥିଲା, ସେ ହିଁ ବୋଉର ମୃତ୍ୟୁଲାଗି ସମ୍ପୂର୍ଣ୍ଣ ଦାୟୀ। ବାପା- ସୁଖ କ'ଣ ସେ ଜାଣି ନ ଥିଲା। ତା'ର ଦୁଇ ହାତପାପୁଲି ସେ ସମ୍ପର୍କକୁ ଭଲକରି ଅନୁଭବ କରିବା ଆଗରୁ ବାପା ଚାଲିଯାଇଥିଲା ଆକାଶର ତାରା ହୋଇ। କିନ୍ତୁ ବୋଉକୁ ତ ସେ ସମ୍ପୂର୍ଣ୍ଣ ଭାବରେ ଅନୁଭବ କରିଥିଲା। ତା'ର ସ୍ନେହ, ଶ୍ରଦ୍ଧା ଓ ଆଶୀର୍ବାଦରେ ବଢ଼ିଥିଲା ଚବିଶ ବର୍ଷ। କିନ୍ତୁ ବୋଉକୁ ପ୍ରତିଦାନରେ ସେ କ'ଣ ବା ଦେଇପାରିଲା ? କେବଳ ଲୁହ, ନିନ୍ଦା ଅପବାଦ ଓ ଦୀର୍ଘଶ୍ୱାସ ଭିନ୍ନ ? ମଶାଣିରେ ବୋଉ ଚିତା ଜଳିଗଲା। ସେ ନିଆଁ ଧୂଆଁ ହୋଇ ମଶାଣି ପଦାରେ ମିଳେଇଗଲା। ମାଆର ପାଉଁଶ ବର୍ଷା, କାକର ଓ ନଈବଢ଼ିରେ ଧୋଇଗଲା। ପଞ୍ଚଭୂତରେ ମିଳେଇଗଲା ଗୋଟେ ମଣିଷର ଅସ୍ତିତ୍ୱ। ତେଣିକି ଯାହା ଅବଶେଷ ରହିଲା ସେ କେବଳ ବୋଉର ସ୍ମୃତି।

ମିନୁ ଲୁଗାକାନିରେ ତା' ଆଖି ଲୁହ ପୋଛିଦେଲା। ଅନେକ ଦିନପରେ ଆଜି ପୁଣି ଆଖିରେ ଏ ଲୁହ ଆସିଲା କୋଉଠୁ ?

ମା ଚାଲିଗଲା ପରେ ସେ ଛେଉଣ୍ଡ ହୋଇଗଲା। ଗୋଟେ ଚବିଶ ବର୍ଷର ଯୁବତୀ ବାପା-ମାଆ ଛେଉଣ୍ଡ ପାଲଟିଗଲା। ତାକୁ ଚାରିଆଡ଼ ଦିଶିଥିଲା ଅନ୍ଧାର ଓ ଭୟଙ୍କର। ମୁଣ୍ଡ ଉପରୁ ଛାତଟେ ଖସିଗଲେ ଯେମିତି ଲାଗେ, ସେମିତି ଅନୁଭବ ହୋଇଥିଲା ମିନୁର।

ମିନୁର ଦାଦା ସାମ୍ନାକୁ ଆସିଥିଲେ। ସେ ଝିଆରୀର ବାହାଘର କରିବେ। ମିନୁର ବାପ ନ ଥିଲେ କ'ଣ ହେଲା, ଦାଦା ଅଛି। ଦାଦା ତ ମରିଯାଇ ନାହିଁ ! ଗାଁ ଲୋକମାନେ ଧନ୍ୟ ଧନ୍ୟ କହିଲେ। ମିନୁର ଦାଦାଙ୍କୁ ପ୍ରଶଂସା କଲେ।

ସତକୁ ସତ ଦାଦା ମିନୁ ପାଇଁ ବର ଠିକ୍ କରିଦେଲେ। ତିନିବର୍ଷ ହେଲା ମିନୁର ବୋଉ ଯୋଉ କାମ କରିପାରୁ ନ ଥିଲା, ମିନୁର ଦାଦା ମାସ ତିନିଟାରେ ସେ କାମ କରି ଦେଖେଇ ଦେଲେ।

"ପୁଅଟିର ଜମିବାଡ଼ି ଅଛି। ଖୁଣ ଭିତରେ ପିଲାଟାକୁ ଟିକେ ବୟସ ହୋଇଯାଇଛି। କିନ୍ତୁ ସେ କିଛି ନୁହେଁ। ପୁରୁଷ ପୁଅର ବୟସ ମପାଯାଏ ନାହିଁ। ଦେବାନେବା ନେଇ ବେଶି କଟାଳ ନାହିଁ। ତଥାପି କିଛି ଦେବାକୁ ପଡ଼ିବ। ଦେଖୁଛନ୍ତି ତ ମୋ କଥା" ମିନୁର ଦାଦା ଗାଁ ଲୋକଙ୍କ ଆଗରେ ନିଜର ସମସ୍ୟା କହିବସନ୍ତି।

ମିନୁ ସବୁ ବୁଝିପାରେ। ଦାଦାଙ୍କର ଆନ୍ତରିକତାର ଅସଲ କାରଣ କୋଉଠି ତାହା ବି ଜାଣିପାରେ। କିନ୍ତୁ ପାଟି ଖୋଲିପାରେ ନାହିଁ। ପାଟି ଖୋଲିଲେ ତା' କଥା କେହି ଶୁଣନ୍ତେ ନାହିଁ। ଆଖଡ଼ାଘରର ପିଲାମାନଙ୍କୁ ଗାଁଲୋକେ ଏକରକମ ବାସନ୍ଦ କରିଛନ୍ତି। ଶୁକଦେବଙ୍କ ବାପା ତ ଅଛନ୍ତି ସମସ୍ତଙ୍କ ଆଗରେ। ସେ କାହାକୁ କହିବ ତା' ଦୁଃଖ ? କାହାକୁ କହିବ କିଏ ଟିକେ ଯାଇ ତା' ବରଘରର କଥା ବୁଝି ଆସି ତାକୁ କହନ୍ତା ?

ଏତେ ଦୁଃଖରେ ବି ମିନୁ ସେଦିନ ଘଡ଼ିକପାଇଁ ଗୋଟେ ସୁଖର ସ୍ୱପ୍ନ ଦେଖିଥିଲା। ଗୋଟେ ସମ୍ପୂର୍ଣ୍ଣ ସୁଖର ସ୍ୱପ୍ନ। ତା'ର ଠିକ୍ ଠିକ୍ ମନେଅଛି। ଚୁଲି ପାଖରେ ଜାଳ ମୁହେଁଇ ଦେଉଥିଲା ସେ। ଦାଦା ଖୁଡ଼ୀ ଉଭୟେ ଆସି ତା' ପାଖରେ ବସିଥିଲେ। ଦାଦା ଖଟ ଉପରେ ବସିଥିଲେ, ଖୁଡ଼ୀ ଆସି ତା' ପିଠି ଆଉଁଶି ଚୁଲିପାଖର ଖଣ୍ଡେ ଘଷିକୁ ଦି'ଖଣ୍ଡ କରି ଚୁଲି ମୁହଁକୁ ବଢ଼େଇ ଦେଇଥିଲେ।

ଦାଦା ଖୁଡ଼ୀଙ୍କୁ ଏକାଠି ଦେଖି ମିନୁ ସଙ୍କୁଚିତ ହୋଇଯାଇଥିଲା। ବୋଉର ସ୍ମୃତି ମନେ ପଡ଼ିଥିଲା। ଆଖିରୁ ତା'ର ଲୁହ ବୋହି ନିଆଁ ଧାସରେ ବାମ୍ଫ ହୋଇଯାଇଥିଲା। ଦାଦାଙ୍କ ଉପରେ ମିନୁ ଚିଡ଼ି ଉଠିଲାବେଳେ ବୋଉ ବରାବର ବୁଝଉଥିଲା, "ବାପ ଅଧା ଦାଦା, ସେ ସବୁବେଳେ ଝିଆରୀର ଭଲ ଇ ଚିନ୍ତା କରନ୍ତି। ଏମିତି ଇଆଡୁ ସିଆଡୁ କହିବା ତୋତେ ଶୋଭା ପାଏ ନାହିଁ। ବାପା ସାଙ୍ଗେ ସିନା ତାଙ୍କର ବିବାଦ, ତୋ ସାଙ୍ଗରେ ତ ନୁହେଁ!"

ଖୁଡ଼ୀ କଥା ଆରମ୍ଭ କରିଥିଲେ, "ଏସବୁ ଭଲ ହେଉନାହିଁ ମିନୁ। ତୋତେ କେହି କିଛି ନ କହିଲେ ବି ଗାଁ ଲୋକେ ଆମକୁ ଦେଖେଇ ଶୁଣେଇ ସାତରକମର

କହୁଛନ୍ତି। ଗୋଟିଏ ପିଲା ତୁ, ଆମଘରେ କ'ଣ ଦିଇଟା ଖାଆନ୍ତୁ ନାହିଁ ଯେ, ସେ ପାଇଁ ଅଲଗା ଚୁଲି ଜାଳୁଛୁ।"

ମିନୁର ଅବରୁଦ୍ଧ କୋହ ଆଉ ବୋଲ ମାନି ନ ଥିଲା। ସେ କଇଁ କଇଁ ହୋଇ କାନ୍ଦି ପକେଇଥିଲା।

ବୋଉଠୁ ଶୁଣିଥିଲା, ଏଇ ଦାଦା କେତେ ପ୍ରକାର ଛିଗୁଲେଇ ଶେଷକୁ ବାପାଠୁ ଭିନେ ହୋଇଯାଇଥିଲେ। "ନାଟୁଆଟା, ମାଇଚିଆଟା। କିଛି କାମ ଦାମକୁ ନୁହେଁ। ମୁଁ ଏକା ଖଟି ଖଟି ବୁଢ଼ାହେବି। ଏଠି ଏ ସୁଆଙ୍ଗ କରିବ!" ତା' ବାପାକୁ ବାରମ୍ବାର ଏ କଥା କହି ଶେଷକୁ ଅଲଗା ହୋଇଯାଇଥିଲେ ଦାଦା। ଭାଇର ଏଇ ନିନ୍ଦା ଓ ଆକ୍ଷେପ ବାପା ଶେଷ ପର୍ଯ୍ୟନ୍ତ ଭୁଲି ନ ଥିଲେ। ଜେଜେମାର କନ୍ଦାକଟା, ସାହିପଡ଼ିଶାଙ୍କୁ ବୁଝାଶୁଝା କୋଉଥିରେ ଦାଦା ମାନି ନ ଥିଲେ। ଆଜି ସବୁ ଭାଙ୍ଗିରୁଜି ଗଲାପରେ ପୁଣି ଏ କଥା କାହିଁକି!

ମିନୁ କହିଥିଲା, "ନା ଖୁଡ଼ୀ, ଯେତେ ଘର ସେତେ ଚୁଲି। ଏଥିରେ ତୁମକୁ କାହିଁକି କିଏ କିଛି କହିବ!"

ଖୁଡ଼ୀ ଜିଭ କାମୁଡ଼ି ପକେଇଥିଲେ। ଦାଦାଙ୍କୁ ଶୁଣେଇ ଶୁଣେଇ କହିଥିଲେ, "ଶୁଣ ମିନୁର କଥା! କହୁଛି କ'ଣ ନା ଯେତେ ଘର ସେତେ ଚୁଲି। ଆଲୋ ଘର ସିନା ପୁରୁଷ ପୁଅର। ତୁ ତ ପରଘରୀ, ଆଜି ଅଛୁ ଦି' ଦିନରେ ତୋ ନିଜ ଘରକୁ ଚାଲିଯିବୁ। ଦି' ଦିନର କୁଣିଆ। ତୁ କାହିଁକି ଫେର୍ ଗୋଟେ ଚୁଲି ଜାଳିବୁ!"

ଖୁଡ଼ୀ ମିଛ କହୁ ନ ଥିଲେ। ଝିଅ ଜନ୍ମ ଏମିତି। ଯୋଉ ଘରେ ସେ ଜନ୍ମ ହୁଏ, କୁଆଁ ରାବରେ ଯୋଉ ଘରକୁ ସେ ଦିନେ ଭରିଦେଇ ଆସିଥାଏ, ସେ ଘର ତା'ର ହୋଇ ରହେନାହିଁ। ଯୋଉ ଘର ବାବଦରେ ସେ କିଛି ଇ ଜାଣି ନ ଥାଏ, ଯୋଉ ଘରର ମଣିଷଙ୍କୁ ସେ ଜୀବନର ବାଇଶି ତେଇଶି ବର୍ଷ ଯାଏ ଥରୁଟେ ପାଇଁ ବି ଦେଖି ନ ଥାଏ, ସେଇ ଘର ହୁଏ ତା'ର ନିଜ ଘର, ସେଇମାନେ ହୁଅନ୍ତି ନିଜର ମଣିଷ।

ଦାଦା ଅଭିଭାବକ ପଣିଆ ଜାହିର କରିଥିଲେ। ସେ କଥା ହୋଇପାରିବ ନାହିଁ। କାଲିଠୁ ମିନୁ ଆମ ଘରେ ରହିବ। ସେଇଠି ଖାଇବ, ସେଇଠି ଶୋଇବ। ନ ହେଲେ ସେ ଅନ୍ନଜଳ ସ୍ପର୍ଶ କରିବେ ନାହିଁ!

ମିନୁ ଦୁର୍ବଳ ହୋଇପଡ଼ିଥିଲା। ବୋଉର କଥା ମନେପଡ଼ିଥିଲା। ବାପା ଅଧା ଦାଦା। ମଣିଷ ତୁଣ୍ଡରେ ବିଷ ଅଛି, ଅମୃତ ଅଛି। ଅନେକ ଖରାପ କଥା କହିଛନ୍ତି ଦାଦା। କିନ୍ତୁ ଆଜି ସେଇ ମଣିଷ ତ ପୁଣି ପାଖକୁ ଆସିଛନ୍ତି ସମ୍ପର୍କର ବନ୍ଧ ଯୋଡ଼ିବା ପାଇଁ! ମିନୁ ମୁଣ୍ଡ ତଳକୁ କରି ପଚାରିଥିଲା, "ସବୁ କ'ଣ ଠିକ୍‌ଠାକ୍ ସରିଲାଣି ଖୁଡ଼ୀ?"

ଖୁଡ଼ୀଙ୍କ ପାଖେ ଏହାର ଉତ୍ତର ନ ଥିଲା । ସେ ଦାଦାଙ୍କ ଆଡ଼କୁ ଅନେଇ କହିଥିଲେ, "ଶୁଣୁଛ ନା ନାଇଁ, କଳାପାଟବାଲାଙ୍କ ବିଷୟରେ ଟିକେ ମିନୁକୁ କୁହନ୍ତ ନାହିଁ ।"

ଗଳାଝାଡ଼ି ଦାଦା ଆରମ୍ଭ କରିଥିଲେ, "କ'ଣ ସିନା ସମସ୍ୟା ଥିଲେ କହନ୍ତି । ଅଯଥାରେ ପିଲାଟାର ମୁଣ୍ଡକୁ କାହିଁକି ଓଜନିଆ କରିବି ? ଘରବାଡ଼ି, ଚାଷବାସ, ଗାଈଗୋରୁ କୋଉଥିରେ ଅଭାବ ନାହିଁ । ମିନୁର କପାଳ ଜୋର୍, ଏମିତି ଘର ବର ମିଳିଛି । ଯାକୁ ହାତଛଡ଼ା କଲେ ପଛକୁ ପସ୍ତେଇବା ।" ତା'ପରେ ସେ ଖୁଡ଼ୀଙ୍କୁ ଚାହିଁ କହିଥିଲେ, "ତୁ ତ ନିଜେ ଜାଣିଛୁ, ନୂଆବୋଉ କେତେ ଆଡ଼େ କେତେ ଚେଷ୍ଟା କରି ଶେଷକୁ ହାରିଗଲା । ଝିଅ ବାହାଘର କିଛି କମି କଥା ନୁହେଁ । ତା'ଛଡ଼ା ଆମ ମିନୁ ତ ଏଇ ଆଖଡ଼ାଘର ସୁଆଙ୍ଗରେ ମିଶି...।" ଦାଦା ଏକଥାଟି ସମ୍ପୂର୍ଣ୍ଣ କରି ନ ଥିଲେ । ସମ୍ପୂର୍ଣ୍ଣ କରିବାକୁ ଚାହିଁ ନ ଥିଲେ ବି । ଏ ରକମର ବାକ୍ୟ ସମ୍ପୂର୍ଣ୍ଣ ବଦଳରେ ଅପୂର୍ଣ୍ଣ ରହିବାରେ ଲାଭ ବେଶି । କହିବାଲୋକର ଦୋଷ ଧରାଯାଏ ନାହିଁ, ଶୁଣିବାଲୋକ ସବୁ କିଛି ବୁଝି ନେଇପାରେ । ଠିକ୍ ଠିକ୍ ଯାଇ କଥାଟା ବାଜେ ତା'ର କଲିଜାରେ ।

ମିନୁର ମନ ବିଦ୍ରୋହୀ ହୋଇଉଠିଥିଲା । ଆଖଡ଼ାଘର ସାଙ୍ଗରେ ସମ୍ବନ୍ଧ ରହିଥିଲା ତ କ'ଣ କ୍ଷତି ହୋଇଥିଲା ? ସେଇ ତ ତା'ର ପରମ ଗୌରବ । ଏ ଗାଁର ଅନ୍ୟଲୋକମାନେ ଯାହା କରିପାରି ନ ଥିଲେ ସେ ତାହା କରିପାରିଥିଲା । ଏ ନେଇ ଏତେ ସଙ୍କୋଚ କାହିଁକି ?

କିନ୍ତୁ ସେ ସେକଥା କହିପାରିଲା ନାହିଁ । ତା' ନିଜର ଅଣ୍ଟା ଭାଙ୍ଗିଯାଇଥିଲା । ଶୁକଦେବଙ୍କ ଘର ଘଟଣା ପରଠୁ ତା' ମନରେ ଗୋଟେ ପ୍ରକାଣ୍ଡ ଧକ୍କା ଲାଗିଥିଲା ।

ସେ ନିରବରେ କେବଳ ସେମାନଙ୍କ କଥା ଶୁଣିଥିଲା । ଖୁଡ଼ୀ ତା'ର ହାତଧରି ତାଙ୍କ ଘରକୁ ନେଇ ଯାଇଥିଲେ । ଚୁଲିର ଜାଳ ଟାଣିଆଣି ଲିଭେଇ ଦେଇଥିଲେ । ପାଣି ଛିଞ୍ଚି ଦେଇଥିଲେ ଚୁଲି ଗର୍ଭରେ । କୁହୁଳା ଧୂଆଁରେ ଘର ଭର୍ତ୍ତି ହୋଇଯାଇଥିଲା । ଆଖି ଲୁହ ଓଟାରି ଆଣିଥିଲା ସେ ଧୂଆଁ । ମିନୁ ଖୁଡ଼ୀଙ୍କ ଘରକୁ ଚାଲି ଆସିଥିଲା ।

ସେଇ ଯେ ଚାଲିଆସିଥିଲା ସମ୍ପର୍କର ଚୋରାବାଲି ଉପରେ ନିର୍ଭର କରି ଆଉ ସେ ଫେରି ନ ଥିଲା । ନିଜ ହାତରେ ସେ ଘରର ଭୋଗଦଖଲ ଦେଇ ଆସିଥିଲା ଦାଦାଙ୍କ ହାତରେ । ଯୋଉ ଘରେ ସେ ଜନ୍ମ ନେଇଥିଲା, ଯୋଉଘରେ ତାକୁ ତେଲ ହଳଦୀ ଲଗେଇ ଦେଇଥିଲା ତା'ର ବୋଉ, ସେଇ ଘରକୁ ଦାଦା ଦଖଲ କରିଗଲେ ।

ବିନା ମୂଲ୍ୟରେ ଦୁର୍ଯ୍ୟୋଧନ ହସ୍ତିନା ଜିଣିନେଲାପରି ଦାଦା ମିନୁର ପୈତୃକ ସମ୍ପତ୍ତିର ମାଲିକ ହୋଇଯାଇଥିଲେ।

ଅଥଚ ଗାଁର ଲୋକମାନେ ଦାଦାଙ୍କୁ ଧନ୍ୟ ଧନ୍ୟ କହୁଥିଲେ। ମିନୁ ପରି ଗୋଟେ ଚରିତ୍ରହୀନା ଝିଆରୀର ବାହାଘର କରେଇବା କାଠିକର ପାଠ ବୋଲି ସେମାନେ ବଡ଼ ପାଟିରେ ସ୍ୱୀକାର କରିଥିଲେ। ମିନୁ ପକ୍ଷରେ ସେ ଏକଲା, ଆଉ ତା'ର ସଂକ୍ଷିପ୍ତ ଇତିହାସ, ସେପଟରେ ଦାଦାଖୁଡ଼ୀ ଏବଂ ସାହିଭାଇ। ମିନୁର ବାହାଘର ଠିକ୍ ହୋଇଯାଇଥିଲା। ବାହାଘରର ଖର୍ଚ୍ଚ ପାଇଁ ତାଙ୍କର ଘରଡିହ, ବାଇଗଣ ବାଡ଼ି ଓ କଳାଡ଼ିହ ମହାଜନ ପାଖେ ଦାଦା କଣ୍ଟକବଲା କରେଇ ଦେଇଆସିଥିଲେ।

ଅଥଚ ସେ ସବୁର ଭୋଗଦଖଲ ଆଜି ଦାଦା ହିଁ କରୁଛନ୍ତି। ମହାଜନ ଋଣ, କଣ୍ଟକବଲା ଏସବୁ ଥିଲା ମିଛ। ପରସ୍ୱ ଅପହରଣ ପାଇଁ ଗୋଟେ ବାହାନା। ମିନୁ ଜାଣେ, ତା' ବାହାଘର ପାଇଁ ଦାଦା କୌଣସି ଭାବେ କ୍ଷତିଗ୍ରସ୍ତ ହୋଇ ନ ଥିଲେ, ବରଂ ଲାଭବାନ ହୋଇଥିଲେ। ଦି' ଆଡୁ ଲାଭ ହୋଇଥିଲା ଦାଦାଙ୍କର। କଳାପାଟବାଲାଙ୍କଠୁ ଝିଆରୀ ବିକା ଟଙ୍କା ନେଇଥିଲେ, ମିନୁକୁ ବିଦା କରିଦେଇ ତା'ର ଘରବାଡ଼ି ମଧ ଦଖଲ କରିଥିଲେ।

ଏହି କଥାଟି ଯେତେଥର ମନେପଡ଼ିଛି, କୋଉ କାନକୋଳି କଣ୍ଟା ବୁଦାରେ ପଶିଗଲା ପରି ମିନୁର ଦେହ ଓ ମନ ଲହୁଲୁହାଣ ହୋଇଯାଇଛି। ସମ୍ପର୍କ ଭିତରେ ଲୁଚିଥିବା ଲୋଭର ସାପଫଣା ତାକୁ ଦିଶିଛି ଭୟଙ୍କର।

ସେସବୁ ଅନୁଭବ ଆସିଥିଲା ଢେର୍ ପରେ। କଳାପାଟରେ ଘରକରଣା ଆରମ୍ଭ କରିବାର କେତେଦିନ ପରେ।

ଏବେ ତ ବାହାଘର। ମଞ୍ଚ ଉପରେ କେଜାଣି କେତେ ଶହ ଥର ନବବଧୂ ସାଜିଥିବା ମିନୁ ବାହାଘର କଥା ପଡୁପଡୁ ଲାଜରେ ଝାଉଁଳି ଯାଇଥିଲା। କେମିତି ହୋଇଥିବ ସେଇ ଅଚିହ୍ନା ଲୋକଟିର ମୁହଁ, ତା'ର ନାକ, ତା'ର ଆଖି ? କିଏ କିଏ ଥିବେ ତା' ଘରେ ? କ'ଣ ଆଶା କରୁଥିବେ ସେମାନେ ସବୁ ତା'ଠାରୁ ?

ମିନୁକୁ ସେସବୁ ଖବର ଆଣି ତା' ପାଖରେ ଦେବାପାଇଁ କେହି ନାହିଁ। ଟିମା ପଳେଇଯାଇଛି କୁଆଡ଼େ। ସୁର ତା' ଗାଁକୁ। କରୁଣି ବି ଗାଁ ଲୋକଙ୍କ ଭୟରେ ଆସୁନାହିଁ। କୀର୍ତ୍ତନ ଏବେ ଦାଦନ ଶ୍ରମିକ। କାହାକୁ ପଚାରିବ ସେ ଏ କଥା ? ଗଙ୍ଗାଧର ମାଷ୍ଟ୍ରେଙ୍କୁ ତ ସେ ପଚାରି ପାରିବ ନାହିଁ।

କିନ୍ତୁ ଟିମା ଏମିତି କାହାକୁ କିଛି ନ କହି ନିରୁଦ୍ଦିଷ୍ଟ ହୋଇଗଲା କାହିଁକି ? ବରାବର ଏଇ ଲୋକଟି ମିନୁକୁ ରହସ୍ୟମୟ ଲାଗେ। ତା'ର ମନେହୁଏ ଯାହା ସେ

କହିବାକୁ ଚାହୁଁଥାଏ ସେ କଥା କହେନାହିଁ। ଯାହା ତା'ର କହିବାର କଥା ନୁହେଁ ସେଇସବୁ ହିଁ କହୁଥାଏ।

ବାହାଘର ହେଇଗଲା। ବାପ ମା ନଥିବା ଗୋଟିଏ ଛେଉଣ୍ଡ ଝିଅର ବାହାଘର। ସେଠି ଆନନ୍ଦ ଅପେକ୍ଷା ଅନୁକମ୍ପା, ସ୍ନେହ ଅପେକ୍ଷା ସହାନୁଭୂତି ଥିଲା ବେଶି। ଗଙ୍ଗାଧର ମାଷ୍ଟ୍ରେ ଆସି ମିନୁର ସବାରି ପାଖରେ ଛିଡ଼ା ହୋଇଥିଲେ। ଦୁଇ ହାତ ଉଠେଇ ଆଶୀର୍ବାଦ କରିଥିଲେ, "ଯା ମିନୁ, ସମସ୍ତଙ୍କୁ ଆପଣାର କରି ଘରସଂସାର କର। ସୁଖରେ ରହ।" ମିନୁର ଅବରୁଦ୍ଧ କୋହ ଫିଟି ପଡ଼ିଥିଲା। ସେ ମାଷ୍ଟ୍ରଙ୍କ କାନ୍ଧଉପରେ ମୁଣ୍ଡ ଅଜାଡ଼ି ଦେଇଥିଲା।

ଭିଡ଼ ଭିତରୁ କିଏ କେତେ ଟୁପୁର ଟାପର ହେଉଥିଲେ। ଅଛୁଆଁ ଲୋକଟାକୁ ମିନୁ ଛୁଇଁଦେଇଛି। ସବୁ ପୁଣ୍ୟକୁ ଧୂଳିମାଟିରେ ଲୋଟେଇ ଦେଇଛି।

ମିନୁର ସବାରି ଆଖଡ଼ାଘର ପାରି ହୋଇ ଗଲାବେଳକୁ ସେ ଆଉ ନିଜକୁ ସମ୍ଭାଳି ପାରି ନ ଥିଲା। ତା'ର ମନ ହୋଇଥିଲା, ସବାରିରୁ ତଳକୁ ଡେଇଁ ପଡ଼ିବ। ଧାଇଁଯାଇ ସେଇ ଆଖଡ଼ାଘର ଭିତରେ ପଶିଯିବ ଓ ଭିତରୁ କବାଟ କିଳିଦେବ। କୁଆଡ଼େ ବୋଲି କୁଆଡ଼େ ଯିବ ନାହିଁ। ଏଇ ଘରଟା ଭିତରେ ବିତେଇଦେବ ଜୀବନର ଅବଶିଷ୍ଟ ଆୟୁଷ।

ଘରଟା ଫାଙ୍କା ପଡ଼ିଥିଲା। କେବଳ କରୁଣି ଛିଡ଼ାହୋଇଥିଲା ରଙ୍ଗଛଡ଼ା ସାଇନବୋର୍ଡ ପାଖରେ। ଆଉ କେହି ନ ଥିଲେ। ବାହାଘର ପରର ଉପେକ୍ଷିତ ବେଦୀ ପରି ଖାଁ ଖାଁ ଦିଶୁଥିଲା ଆଖଡ଼ାଘରର ଚେହେରା। ମିନୁ ଭୋ ଭୋ ହୋଇ କାନ୍ଦି ପକେଇଲା। ତା' ଛାତି ଭିତରଟା ମକ୍ଟି ହୋଇଗଲା। ଏହି ଘରଟା ସହ ଜଡ଼ିତ ତା'ର ସବୁ ସ୍ମୃତି, ସବୁ ସ୍ୱପ୍ନ ନିମିଷକେ ତା' ଆଖି ସାମ୍ନାରେ ନାଚିଉଠିଲା। ଗଲା ସାତ ବର୍ଷ ଧରି ଏଇ ଘରଟାଇ ଥିଲା ତା' ନିଜ ଘର। ଆଜିଠୁ ଏଇ ଘର ସାଙ୍ଗେ ତା'ର ସବୁ ସମ୍ପର୍କ ଛିଣ୍ଡିଗଲା।

ସବାରି ଫାଙ୍କରୁ ଚାହିଁଥିଲା ମିନୁ। କରୁଣି କାନ୍ଦୁଥିଲା। ମିନୁର ମନ କରୁଣି ପାଇଁ ଚହଲିଗଲା। ଗୋଟେ ଭାଙ୍ଗିରୁଜି ଯାଉଥିବା ଦୁର୍ଗ ପାଖରେ ଶେଷ ନିରସ୍ତ୍ର ସୈନିକଟି ପରି ଛିଡ଼ା ହୋଇଥିଲା କରୁଣି। ତା' ଆଖିରୁ ଲୁହଧାର ନିଗିଡ଼ି ଶୁଖିଯାଇଥିଲା। କେହି ଜଣେ ତ ହେଲେ କାନ୍ଦିଲା ତା' ପାଇଁ! ଅଲକ୍ଷଣୀ, ଅଣ୍ଡିରାଚଣ୍ଡୀ, ଛେଉଣ୍ଡ ଝିଅଟେ ପାଇଁ ଆଉ କେତେଜଣ ବା କାନ୍ଦନ୍ତେ ?

ସବାରି ଗାଁ ଗୋହିରୀ ପାର ହୋଇଗଲା। ମିନୁ ଛାତିଭିତରୁ ଗୋଟେ ଦୀର୍ଘଶ୍ୱାସ ଛାତି ହାଡ଼ ଥରେଇ ବାହାରି ଆସିଲା। ଏଇ ଗାଁ, ଏଇ ଗୋହିରୀ, ତା'ର ଏଇ

ବାଲିପୋଖରୀ, କେନ୍ଦୁବଣ ଏ ସବୁ ସହ ତା'ର ସମ୍ବନ୍ଧ ତୁଟିଗଲା। କିଏ ଜାଣେ, ଆଉ କେବେ ଏମାନଙ୍କ ସାଙ୍ଗରେ ଦେଖାହେବ କି ନାହିଁ!

ସତରେ ଆଉ ସେମାନଙ୍କ ସାଙ୍ଗରେ ଦେଖାହେଲା ନାହିଁ। ଯୋଉଠି ସେ ଜନ୍ମିଥିଲା, ଯୋଉ ଗାଁ ଦାଣ୍ଡରେ ସେ ଖେଳିଥିଲା ସେଇ ମାମୁଘର ଗାଁ କି ନିଜ ଗାଁ କାହା ସାଙ୍ଗରେ ଆଉ ଦେଖାହେଲା ନାହିଁ। ସମସ୍ତେ ତାକୁ ପର କରିଦେଲେ। ସମସ୍ତେ ଭୁଲିଗଲେ ମିନୁ ପରି ଗୋଟିଏ ଝିଅ ଥିଲା। ତା'ର ବାପା ନାହିଁ, ତା'ର ମା ନାହିଁ, ତା' କଥା କେହିଟିକେ ବୁଝିବା ଦରକାର- କିନ୍ତୁ କେହି ବୁଝିଲେ ନାହିଁ। କେହି ଜଣେ ତା' ପୋଡ଼ା ଘା'ରେ ମଲମ ଲଗେଇବାକୁ ଆସିଲା ନାହିଁ।

ମିନୁର ଅଜାଣତରେ ତା' ହାତ ପାପୁଲି ବାଁ ଜଙ୍ଘଟାକୁ ଆଉଁଶି ଆଣିଲା। ସତେ କି ସେ ପୋଡ଼ା ଘା'ଟାର କ୍ଷତ ଆଜି ପର୍ଯ୍ୟନ୍ତ ଶୁଖିନାହିଁ। ସେମିତି ମନ୍ଦାର ପାଖୁଡ଼ାପରି ନାଲି ଦିଶୁଛି ସେ ଘା'।

ନା, ଘା' ଶୁଖିଯାଇଛି। ଶୁଖିଯାଇଛି କୋଉକାଳୁ। କିନ୍ତୁ ସେ ତା' ଛାତିଭିତରେ ଯୋଉ ବଡ଼ ଘାଆଟି ଖୋଳି ଦେଇଯାଇଛି ସେଇଟା ଆଜିଯାଏ ଶୁଖି ନାହିଁ। ଶୁଖି ପାରିବ ନାହିଁ। ସେ ଘା' ତା' ଆତ୍ମାକୁ କଲବଲ କରୁଥିବ ଜୀବନସାରା।

ଝରକା ଦେଇ ଚାହିଁଲା ମିନୁ। ଜିପ୍‌ଟିଏ ଘଡ଼ର ଘଡ଼ର ଶବ୍ଦକରି କୋଠି ପାଖରେ ରହିଲା। କୋଠି ସାମ୍ନାରେ କିଏ ଜଣେ ଓହ୍ଲେଇଗଲା ପରେ ଜିପ୍‌ଟି ପୁଣି ଚାଲିଗଲା। ମିନୁ ଘର ଭିତରକୁ ମୁହଁ ଫେରେଇ ଆଣିଲା।

ଏଇ କୋଠି ଉପରେ ସମସ୍ତଙ୍କର ଆଖି। ବେକାର ଗୁଣ୍ଡା ଟୋକା, ନେତା, ପୁଲିସ- ସମସ୍ତଙ୍କର ଆଖି କୋଠି ଉପରେ। ଯେ କୌଣସି ସମୟରେ ପୁଲିସ ଆସି ଏଠି ପହଞ୍ଚିଯାଏ। ବେଳ କାଳ ବୋଲି କିଛି ରହେନାହିଁ। କବାଟ ବାଡ଼ାଏ। ନିଦରେ ଶୋଇଥିବା ଲୋକଙ୍କୁ ଜିପ୍‌ରେ ବସେଇ ପୁଲିସ ଥାନାକୁ ନେଇଯାଏ। ରାତିସାରା ମଶା ଡାଆଁସମେଳରେ ବସେଇ ସକାଳକୁ ଛାଡ଼ିଦିଏ। ପାଁଶହ କି ହଜାରେ ଜୋରିମାନା ପାଇଁ ରାତିସାରା ପାଲା ଚାଲେ।

ନାରୀ ଜନ୍ମଟା କ'ଣ ଏହିପରି ? କୋଉଠି ଟିକେ ଶାନ୍ତିନାହିଁ, ନିର୍ଜନତା ନାହିଁ। ନିଜର ବ୍ୟକ୍ତିଗତ ସୁଖ ଓ ସ୍ୱାଚ୍ଛନ୍ଦ୍ୟ ବୋଲି କିଛି ନାହିଁ ? ମନକୁ ମନ ମିନୁ ପଚାରେ। ପ୍ରଶ୍ନ ସବୁ ଅନୁତ୍ତରିତ ରୁହନ୍ତି। ସେ ଅନ୍ୟକାମରେ ମନ ଦିଏ। ପୁଲିସ୍ ଜୁଲମରୁ ମିନୁ କିନ୍ତୁ ଆଜିକାଲି ବର୍ତ୍ତିଯାଏ। ଆଗେ ତାକୁ ଖୁବ୍ ହଲାପଟା ହେବାକୁ ପଡୁଥିଲା। ଏବେ ସେ ବାଘ ପୋଷି ମିରିଗ ନଚେଇବାର କୌଶଳ ଆୟତ୍ତ କରିନେଇଛି। ଆଉ ତାକୁ ମିରିଗମାନେ ନଚଉନାହାନ୍ତି।

ସେ ଗୋଟେ ଅଲଗା କାହାଣୀ।

ମିନୁ ଆଉଥରେ ଘରଟା ଭିତରକୁ ଚାହିଁଲା। କାନ୍ଥର ରଙ୍ଗଛାଡ଼ି ଠାଏ ଠାଏ ଉଠିପଡ଼ିଛି। ବେଖାପ ଦିଶୁଛି ଘରଟା। ପରଦା ବି ମଇଳା ହୋଇଗଲାଣି। ସେ ବିଛଣା ଚାଦର ଓ ତକିଆ ଖୋଳ ସବୁ ଖୋଲି ତଳେ କୁଢ଼େଇଦେଲା। ନବଘନ ଆସି ସଫା କରିବାକୁ ନେଇଯିବ।

ପରଦା ଓଲରା ଦୁଆର ଓ ଝରକା ଦିଶୁଥିଲା ଗୋଟେ ବିଧବାର ଘରକରଣା ପରି। ସବୁ ଥାଇ ବି କିଛି ନଥିଲା ପରି ଖାଁ ଖାଁ ଲାଗୁଥିଲା ଘରଟା, ମିନୁର ଆପଣା ଭାଗ୍ୟ ପରି।

●

ମିନୁ ବାହାହୋଇ, ବୋହୂ ବେଶରେ ତା' ଶାଶୂଘରକୁ ଯାଇଥିଲା । ବେଦୀ ଉପରେ ହାତଗଣ୍ଠି ପଡ଼ିବାବେଳେ ଗୋଟେ ଅଚିହ୍ନା ମଣିଷର ଟାଆଁସା ହାତର ସ୍ପର୍ଶ ଅନୁଭବ କରି ସିଏ ପୁଲକିତ ହୋଇଥିଲା । କଉଡ଼ି ଖେଳିବାବେଳେ ଆଉଥରେ ସେ ଭଲକରି ତା' ପାପୁଲି ଓ ଆଙ୍ଗୁଳିରେ ସେହି ସ୍ପର୍ଶ ଅନୁଭବ କରି ରୋମାଞ୍ଚିତ ହୋଇଥିଲା । ଘଡ଼ିକ ପାଇଁ ତା'ର ଅନୁଭବ ହୋଇଥିଲା, ସେ ଅବଶେଷରେ ଗୋଟେ ନିଦା ପୃଥିବୀ ଉପରେ ଆସି ଛିଡ଼ା ହୋଇଛି । ଏଠି ପାଦ ଧସିଯିବାର ଆଶଙ୍କା ନାହିଁ କି ଖସି ପଡ଼ିବାର ଭୟନାହିଁ । ପାଦତଳର ମାଟି ଅଛି ଦୃଢ଼, ମଜଭୁତ ।

ଏବଂ ସେଇ ଆଶାରେ ସେ ସାଜିସୁଜି ତା'ର ସ୍ୱାମୀକୁ ଅପେକ୍ଷା କରିଥିଲା ନୁଆଁଣିଆ ଚାଳଘରର ଅନ୍ଧାରିଆ କୋଠରିରେ । ଆଖି ଲୁହମାନଙ୍କୁ ବିଦାୟ ଦେଇ ଓଠର ହସମାନଙ୍କୁ ପାଛୋଟି ଆଣିବାର ସ୍ୱପ୍ନ ଦେଖିଥିଲା । ନିଷ୍ପ୍ରଭ ଦୀପର କମ୍ପିତ ଶିଖାରେ ଭବିଷ୍ୟତର ଗୋଟେ ଉଉଲ ଡାଉଲ ମାନଚିତ୍ର ଆଙ୍କି ବସିଥିଲା ।

କିନ୍ତୁ ସ୍ୱପ୍ନ ଦେଖିବାର ଏତେଟିକେ ଅବକାଶ ବି ମିଳି ନ ଥିଲା ମିନୁକୁ । ହସିବାପାଇଁ ଲିତାଏ ଅବକାଶ ବି ମିଳି ନ ଥିଲା । କେବଳ କାନ୍ଦିବାପାଇଁ ଯାହାର ଜନ୍ମ, ହସିବାର ଅବକାଶ ତାକୁ କାହିଁକି ବା ମିଳନ୍ତା ?

ସେହି ନିଷ୍ପ୍ରଭ ଆଲୋକରେ ମିନୁ ଯୋଉ ଲୋକଟିକୁ ତା' ସାମ୍ନାରେ ଆବିଷ୍କାର କରିଥିଲା ସେ ଥିଲା ଗୋଟେ କାଳିଆ, ମୋଟା ଓ ଖର୍ବକାୟ ପ୍ରୌଢ଼ । ଗଙ୍ଗାଧର ମାଷ୍ଟ୍ରଙ୍କ ବୟସଠୁ କିଛି କମ୍ ବୟସ ହୁଏତ ହୋଇଥିବ ଲୋକଟାକୁ । ସେ ଚୁପ୍‌ଚାପ୍ ଖଟ ଧାରରେ ବସି ମିନୁକୁ ଚାହିଁଥିଲା ଗୋଟେ ଅସମର୍ଥ ହେଟା ବଣଲଟାରେ ଛନ୍ଦି ହୋଇପଡ଼ିଥିବା ଠେକୁଆକୁ ଦେଖିଲା ପରି ।

ମିନୁ ଚିତ୍କାର କରି ଉଠିଲା । ତା'ର ସେ ଚିତ୍କାରରେ ଦୀପଟିର ସ୍ତିମିତ ଶିଖା, ଚାଳ ଛପର ଓ ଝରକାର ବନ୍ଦ କବାଟ ଦୋହଲି ଯାଇଥିଲେ । ସେ ବିଛଣାର ଉଠି

ଭୂଇଁରେ ଛିଡ଼ା ହୋଇ ପଡ଼ିଥିଲା। ଗୋଟେ ବିଛା କି ସାପ ଯେମିତି ତା' ଖଟର ଗଦି ତକିଆତଳେ ଆସି ପଶିଯାଇଛି !

ମିନୁର ସ୍ୱାମୀ ନାମକ ସେଇ ଲୋକଟି ମଧ୍ୟ ଏ ଚିତ୍କାରରେ ଚମକି ଉଠିପଡ଼ିଥିଲା। ସ୍ତ୍ରୀର ଚିତ୍କାରରେ ସେ ଡରି ଯାଇଥିଲା। ମିନୁ କ'ଣ ପାଗଳୀ ? ତା' ନ ହେଲେ ଏମିତି ଚିତ୍କାର କରିଥାନ୍ତା କାହିଁକି ? କିଛିକାଳ ଏପଟ ସେପଟ ବୁଲାଚଲା କଲାପରେ କବାଟ ଖୋଲି ବାହାରକୁ ପଳେଇଯାଇଥିଲା ମିନୁର ସ୍ୱାମୀ।

ଢେର୍ ସମୟ ସେଇ ଘରଟା ଭିତରେ କାନ୍ଥକୁ ଆଉଜି ଛିଡ଼ା ହୋଇଥିଲା ମିନୁ। ତା' କପାଳରେ ବୁନ୍ଦା ବୁନ୍ଦା ଝାଳ। ଛାତି ଭିତରେ ଅସ୍ୱସ୍ତିକର ଉତ୍ତେଜନା। ତା'ର ହାତପାଦ କମ୍ପୁଥିଲା ଝଡ଼ବତାସ ରାତିରେ କଦଳୀ ବାହୁଙ୍ଗା କମ୍ପିଲା ପରି। ହୁଏତ ଆଉ କିଛି ସମୟ ସେ ସେହିପରି ଛିଡ଼ାହୋଇ ରହିଥିଲେ ତଳେ ପଡ଼ିଯାଇଥାନ୍ତା। ସାମ୍ନାରେ ଚଉଡ଼ା ଖଟ। ଖଟ ଉପରେ ଧଳାଚାଦର ବିଛା ବିଛଣା। କିନ୍ତୁ ମିନୁର ସେ ଖଟ ପାଖକୁ ଯିବାପାଇଁ ଟିକିଏ ବି ଇଚ୍ଛା ହେଉ ନ ଥିଲା। ଯେମିତି ସେଇ ସାପ କି ବିଛା ଏପର୍ଯ୍ୟନ୍ତ ସେଇ ଖଟସନ୍ଧିରେ କୋଉଠି ଥିଲା। ସେ ଲୁଗାକାନି ବିଛେଇ ମାଟି ଚଟାଣ ଉପରେ ଲୋଟି ପଡ଼ିଲା।

ମିନୁର ଆଖିକୁ କେତେବେଳେ ନିଦ ଘୋଟିଆସିଥିଲା ତାକୁ ଜଣାନାହିଁ। ଶୋଇ ଶୋଇ ସେ କେବଳ ସ୍ୱପ୍ନ ଦେଖୁଥିଲା। ଚାରିଆଡ଼େ କୃଷ୍ଣଚୂଡ଼ା ଫୁଲର ପାହାଡ଼। ଆକାଶରେ କଳାହାଣ୍ଡିଆ ମେଘ ଘୋଟି ଆସିଛି। କଳା ବାଦଲ ଘେରରେ ନାଲିରଙ୍ଗ କୃଷ୍ଣଚୂଡ଼ାର ସମାହାର ଦିଶୁଛି ଚମତ୍କାର। ସରୁ ଜଙ୍ଗଲୀ ରାସ୍ତା ଦେଇ ମିନୁ ଦୌଡ଼ି ଦୌଡ଼ି ଯାଉଛି। ଶୀତଳ ଝଡ଼ ପବନରେ ତା'ର କେଶବାସ ଅସ୍ତବ୍ୟସ୍ତ ହୋଇପଡୁଛି। ଅନେକ ବାଟ ଧାଇଁ ଧାଇଁ ଯିବା ପରେ ଗୋଟେ କାଳିଆ ଗଛ ଦେଖି ତା' ଛାଇରେ ଥକ୍କା ମାରୁଛି ମିନୁ। ଦେହମୁଣ୍ଡରୁ ସରସର ଝାଳ ବୋହିପଡୁଛି। ଛାତି ଉଠୁଛି ପଡୁଛି। ଶାଢ଼ିର କାନି ଲୋଟୁଛି ଭୂଇଁ ଉପରେ। ହଠାତ୍ ନିଜର ଲୁଗା କାନି ଉପରେ ଆଖି ପଡ଼ିଯିବାରୁ ମିନୁ ଚିତ୍କାର କରି ଉଠୁଛି। ନାଲି ରଙ୍ଗର ଶାଢ଼ିଟା ଏହା ଭିତରେ କେତେବେଳେ ପାଲଟି ଯାଇଛି ଧୋବ ଫରଫର କସ୍ତା। ତା'ର ଦେହ ହାତ ଦିଶୁଛି ଫୁଙ୍ଗୁଳା, କୋଉଠି ଟିକେ ରଙ୍ଗ ନାହିଁ। ସେ ଆକ୍ରାମାକ୍ରା ହୋଇ ଆକାଶକୁ ଅନଉଛି। କୃଷ୍ଣଚୂଡ଼ା ସବୁ ଝଡ଼ିପଡ଼ିଛନ୍ତି ଗଛ ଶାଖାରୁ। ଚାରିଆଡ଼ ଖାଁ, ଖାଁ। ରୁକ୍ଷ ଉଦାସ। ଧୂ ଧୂ ଜଳୁଛି ମଧ୍ୟାହ୍ନର ଟାଙ୍ଗରାଭୂଇଁ।

ନିଦ ଭାଙ୍ଗିଯାଇଥିଲା ମିନୁର। ଖୁବ୍ ଜୋର୍‌ରେ ପାଟିକରି କାନ୍ଦିବାକୁ ମନ ହୋଇଥିଲା। ବାରଂବାର ମନେପଡ଼ିଥିଲା ବୋଉର କଥା। ତା'ର ସ୍ନେହ ଆଦର କଥା।

ବାରମ୍ବାର ମନେପଡ଼ିଥିଲା ମିନୁକୁ ନେଇ ବୋଉ ଦେଖିଥିବା ଯେତେସବୁ ସ୍ୱପ୍ନମାନଙ୍କର କଥା। କିନ୍ତୁ ସେ ପାଟିକରି କାନ୍ଦି ପାରି ନ ଥିଲା। ଗୋଟେ ଅଜଣା ଗାଁରେ, ଅଚିହ୍ନା ଲୋକଙ୍କ ମେଳରେ କାନ୍ଦିବାର କିଛି ମୂଲ୍ୟ ହୁଏ ନାହିଁ। ସମ୍ପର୍କହୀନ ପୃଥିବୀରେ ଅଭିମାନର ଅର୍ଥ କ'ଣ ?

ନିଜକୁ ନିଜେ ସାନ୍ତ୍ୱନା ଦେଇଥିଲା ମିନୁ। ଆଖିରେ ଲୁହକୁ ହାତର ପାପୁଲିରେ ପୋଛିଦେଇଥିଲା। ତାକୁ ଲାଗିଥିଲା, ଏବେ ଯାକୁ ଇ ନେଇ ତାକୁ ବଞ୍ଚିବାକୁ ପଡ଼ିବ। ଏଇ ତା'ର ଜୀବନ।

ରାତିର ଧକ୍କାକୁ ଦିନ ଆଲୁଅରେ ସହିନେବାର ଅଭ୍ୟାସ ସେଇଦିନୁ ଆପଣେଇଥିଲା ମିନୁ। ଯାହା ହେବାର ହେଉ ପଛକେ ପଦାରେ କାହାକୁ ସେ କିଛି ଜାଣିବାପାଇଁ ଦେଉ ନ ଥିଲା। ବାହାର ଲୋକଙ୍କୁ କହି ଲାଭ କ'ଣ ? ମିଛ ସହାନୁଭୂତି ଦେଖେଇବା ନାଁରେ ଉପରକୁ ବ୍ୟଗ୍ରତା ଦେଖେଇବେ ସିନା ଭିତରେ ଭିତରେ କିନ୍ତୁ ଖୁସିହେବେ।

ନିଜ ବାପଘରକୁ ଫେରିଯିବା କଥା ଥରେ ମନକୁ ଆସିଥିଲା ତା'ର। କିନ୍ତୁ ସେଠି ବା କିଏ ଅଛି ? ସିଏ ଏମିତି ଏକ ଚଢ଼େଇ, ଯିଏ ବସା ଛାଡ଼ି ଚାଲିଆସିବା ପରେ ପରେ ସେ ବସା ଖାଲି ନୁହେଁ, ବସାଟିକୁ ଧରି ରଖିଥିବା ଗଛ ବି ଉପୁଡ଼ିପଡ଼େ। ବୋଉ ମରିଯାଇଛି, ବାପା ଆଗରୁ ଯାଇଥିଲେ। ବାପା ବୋଉଙ୍କୁ ଛାଡ଼ି ବାପଘର ଆସିଲା କୋଉଠୁ ? କୋଉଠିକୁ ବା ସେ ଫେରିଯିବ ?

ଅନେକ ସମୟରେ ମିନୁ ଭାବେ, ବିଧାତା ତା' ସାଙ୍ଗେ ଏଭଳି ନିଷ୍ଠୁର ପରିହାସ କରେ କାହିଁକି ? ଏଇ କ'ଣ ରାଜକନ୍ୟା ହେବାର ଭାଗ୍ୟ ? ଯାକୁଇ କହନ୍ତି ସୌଭାଗ୍ୟ ?

ପିଲାଦିନର ସେ ଜ୍ୟୋତିଷଟିର କଥା ମନେପଡ଼େ। ହୁଏତ ସତକଥାଟା ଜାଣିଥିଲା ଜ୍ୟୋତିଷ, କିନ୍ତୁ କହି ନ ଥିଲା ସେ। କହି ନ ଥିଲା ଅପ୍ରିୟ ହେବା ଆଶଙ୍କାରେ। କିଏ କାହିଁକି ବିନା କାରଣରେ ଅପ୍ରିୟ ହେବ ଏଠି ? ଏଠି ସମସ୍ତେ ସମସ୍ତଙ୍କର ପ୍ରିୟ ହେବାପାଇଁ ବ୍ୟାକୁଳ।

କାହାର ଅପ୍ରିୟ ହେବାକୁ ମିନୁ ବି ଚାହିଁ ନ ଥିଲା। ଶାଶୂଘରର ମଣିଷ, ଗାଈ, ବଳଦ, କୁକୁର, ବିଲେଇ, ଗଛ, ଲତା ସଭିଙ୍କୁ ଆପଣାର କରିବାକୁ ଚାହୁଁଥିଲା ମିନୁ। ଏପରିକି ତା'ର ସେଇ ଦରବୁଢ଼ା ମୋଟା ଓ କାଳିଆ ମଣିଷଟିକୁ ବି। କିନ୍ତୁ ପାରିଲା କେଉଁଠି ?

ସେସବୁ ଦିନର ଅଭିଜ୍ଞତା ମନେ ପଡ଼ିଲେ ମିନୁ ଭିତରେ ଭିତରେ ଡରିଯାଏ। ତାକୁ ହଠାତ୍ ଦିଶେ ଗୋଟେ ତାତିଲା ଲୁହା ଖଡ଼ିକା। ତା'ର ଓସାରିଆ ପାତ ଲାଲ

ଟକଟକ୍ ଦିଶୁଛି, ଅନ୍ଧାର ଭିତରେ ଡାହାଳ କୁକୁରର ଜିଭ ପରି। ସେ ଭୟରେ ଦୁଇ ହାତପାପୁଲିରେ ନିଜର ଆଖି ବୁଜିଦିଏ। ଶାଶୂଘରର ଲେଖାଯୋଖା ଯାଆ ଓ ନଣନ୍ଦମାନେ ସେତେବେଳେ କହୁଥିଲେ ମିନୁ ବଡ଼ ଭାଗ୍ୟବତୀ। ଘରେ ବାହାରେ ଚାରିଆଡ଼େ ସମ୍ପତ୍ତି। ଅଳ୍ପ କୁଟୁମ୍ବର ପରିବାର। ରାଣୀ ହୋଇ ବସିବା କଥା।

ମିନୁ ଶୁଣେ। ଇଚ୍ଛା ନ ଥାଇ ବି ପଦେ ଦି' ପଦ କହେ। ବେଳେବେଳେ ହସେ। କାହାକୁ ଶାଶୂଘରର ଗୁମର ଫିଟେଇ କହେନା। ଶୀଘ୍ର ଶୀଘ୍ର ଗାଧୁଆ ସାରି ପୋଖରୀ ତୁଠରୁ ଉଠିଆସେ। ଚୁଲିରେ ନିଆଁ ଧରାଏ। ଚଉଁରାମୂଳେ ମୁଣ୍ଡିଆ ମାରେ। ବାଡ଼ି କି ଖଳାରେ ବୁଲୁଥିବା ଶାଶୂଙ୍କ ନଖବୁଡ଼ା ପାଣି ପିଇସାରି ବାଇଗଣ ଭରତା ନ ହେଲେ ବଡ଼ି କି ଆମ୍ବୁଲ ଲଗେଇ ପଖାଳ ଖାଏ। ପରିବା କଟା, ବେସର ବଟା, ଲୁଗା ଧୁଆ, ବାସନ ମଜା ଓ ପୁଣି ମୂଳରୁ ଆଉଥରେ ରାତିବେଳା ପାଇଁ ରୋଷେଇବାସ, ଖିଆପିଆ ଏମିତି କାମ କରୁ କରୁ ଦିନ ବିତିଯାଏ। ତଳୁ ମୁହଁ ଉଠେଇ ଆକାଶକୁ ଅନେଇବା ପାଇଁ ଫୁରୁସତ ନ ଥାଏ ମିନୁର। ଇଏ ଭଲ। ଫୁରୁସତ ପାଇଲେ ବା ସେ କ'ଣ କରନ୍ତା? କାହା କଥା ଭାବନ୍ତା ବସି ବସି? ଯୋଉ ସବୁ କଥା ମନେପଡ଼ନ୍ତା ସେସବୁ ଖାଲି ତାକୁ ଦିନରାତି କନ୍ଦାନ୍ତା। ତା' ଆଖି ଲୁହ ଓଟାରି ଆଣନ୍ତା।

ଦିନଟା କୌଣସିମତେ ବିତିଯାଏ ମିନୁର। କିନ୍ତୁ ରାତି ବିତେ ନାହିଁ। ଅସରଣି ଲାଗେ ଖରାଦିନର ସଂକ୍ଷିପ୍ତ ରାତି। କାହାର ଉଷ୍ମ ସାନ୍ନିଧ ପାଇଁ ମନ ତା'ର ଭିତରେ ଭିତରେ ଲୋଡ଼ିହୁଏ। କାହାର ଛାତି ଉପରେ ମୁଣ୍ଡରଖି ଲୁହସବୁକୁ ହସରେ ବଦଳେଇଦେବାକୁ ମନକହେ। ଆକାଶର ତାରାମାନଙ୍କୁ ଚାହିଁ ଚାହିଁ ସ୍ୱପ୍ନ ଦେଖିବାକୁ ଇଚ୍ଛା ହୁଏ। କିନ୍ତୁ ସେସବୁ ଇଚ୍ଛା ତା'ର ପୂରଣ ହୁଏନାହିଁ। ସବୁଥର ସେଇ ବିଛାଟି କୋଉଠି ଥାଏ କେଜାଣି ଠିକଣା ସମୟକୁ ଆସି ତା' ବିଛଣା ସନ୍ଧିରେ ପଶିଯାଏ। ତା'ର ସ୍ୱାମୀ ତାକୁ ଥରେ ଦି'ଥର ଭିଡ଼ାଓଟରା କରି ନିସ୍ତେଜ ହୋଇ ଶୋଇଯାଏ ନିଘୋଡ଼ ନିଦରେ। ଘୁଙ୍ଗୁଡ଼ିର ବିରକ୍ତିକର ଶବ୍ଦଭିତରେ ନା ଶୋଇପାରେ ମିନୁ, ନା ଚେଇଁପାରେ!

ଏମିତି ରାତିଗୁଡ଼ିକ ବିତେ। ଗୋଟେ ବୟସ୍କ ଓ ଅସଂପୃକ୍ତ ପୁରୁଷ ସାଙ୍ଗରେ ରତି ବିତାଏ ମିନୁ, ଅଧରାତି ପର୍ଯ୍ୟନ୍ତ ଅପେକ୍ଷାରେ ଓ ଅବଶିଷ୍ଟ ରାତି ଉପେକ୍ଷାରେ।

ଧୀରେ ଧୀରେ ସବୁକଥା ତା' ଆଗରେ ପରିଷ୍କାର ହୋଇ ଆସେ। ସଫା ଦିଶେ ଉଦାସ ପାହାଡ଼। ଜାଣିପାରେ ଯେ ସେ ପ୍ରତାରିତ ହୋଇଛି। ତା' ବାପାର ଘରଡ଼ିହ, ବାଇଗଣବାଡ଼ି ଓ ଚାରିମାଣ ଜମିର ଭୋଗ ଦଖଲ ପାଇଁ ବ୍ୟଗ୍ର ତା'ର ଦାଦା ଖୁଡ଼ୀ ତାକୁ ଜାଣି ଜାଣି ଗୋଟେ ଦରବୁଢ଼ା ଓ ଅଣପୁରୁଷା ସାଙ୍ଗରେ ଛନ୍ଦି ଦେଇଛନ୍ତି। ତାକୁ ବିକି ଦେଇଛନ୍ତି ନିଜର ସ୍ୱାର୍ଥପାଇଁ।

ମିନୁର ମନହୁଏ ଖୋଜି ଖୋଜି ଏ ଗାଁର ସବୁ ବିଛା ଓ ସାପମାନଙ୍କୁ ଆଣି ତା' ନିଜ ଦେହ ଉପରେ ଛାଡ଼ିଦିଅନ୍ତା। ନିର୍ବସ୍ତ୍ର ହୋଇ ସେ ଶୋଇ ରହନ୍ତା ମାଟିଉପରେ ଓ ଛାତି, ପେଟ, ହାତ, ପାଦ ସବୁଠି ଚରିଯାଆନ୍ତେ ବିଛା ଓ ବିଷାକ୍ତ ସାପ। ସେମାନଙ୍କ ବିଷରେ ନୀଳ ପଡ଼ିଯାଆନ୍ତା ତା'ର ସମଗ୍ର ଶରୀର ଓ ସେ ମରିଯାଆନ୍ତା। ସେ ମରିଯାଆନ୍ତା ହଜାରେ ବର୍ଷ ପାଇଁ। ଆଉ ଉଠନ୍ତା ନାହିଁ। ଯିଏ ଯେତେ ଝାଡ଼ିଲେ କି ଫୁଙ୍କିଲେ ସେ ବିଷ ଝଡ଼ନ୍ତା ନାହିଁ।

ରାତି ଅନ୍ଧାରରେ ସେ କିଛି ଗୋଟେ ଘଟିବାକୁ ଅପେକ୍ଷାକରି ହାଇଁପାଇଁ ହୁଏ। ତାକୁ ଘନ ଘନ ଶୋଷ ଲାଗେ। ବିଛଣାରୁ ଉଠିଯାଇ ସେ କଳସୀରୁ ପାଣି ନିଗାଡ଼ି ପିଏ। ଚେଇଁଛି ବୋଲି କାହାକୁ ଜଣଉଥାଏ। ଥଣ୍ଡା ପବନ ବାଜିଲେ ତା' ଦେହରେ ନିଆଁ ଚରିଯାଏ। ଖଟ ଉପରକୁ ଚାହେଁ, ନିଶ୍ଚେଷ୍ଟ ହୋଇ ପଡ଼ି ରହିଛି ତା'ର ସ୍ୱାମୀ, କାଠ ଓ ପଥରର ମୂର୍ତ୍ତିଟେ ପରି। ଖାଲି ଯାହା ଘୁଙ୍ଗୁଡ଼ି ମାରୁଛି ଓ ଛାତିଟା ତା'ର ଉଠୁଛି ପଡୁଛି। ତା' ନ ହେଲେ ଜିଅଁନ୍ତା କି ମଲା ଜାଣି ହୁଅନ୍ତା ନାହିଁ।

ଏମିତି ଅପେକ୍ଷାରେ ରାତିଟା ବିତିଯାଏ। ଦିନେ ଦିନେ ସାରାରାତି ଆଖି କଷା ପଡ଼ି ନ ଥାଏ ମିନୁର। ଗୋଟାଏ ଦୀର୍ଘଶ୍ୱାସ ଛାଡ଼ି ବିଛଣାରୁ ଉଠେ ମିନୁ। ରାତି ପାହି ପାହି ଆସୁଥାଏ। ଘର ଅଗଣାକୁ ଓହଳି ଆସିଥିବା ତେନ୍ତୁଳି ଗଛର ଡାଳରେ କାଉଟେ ଉଡ଼ିଆସି ରାବୁଥାଏ କା-କା। ମିନୁର ଛାତି ଭିତରଟା ହା-ହାକାର କରିଉଠେ।

ପୁଣି ଦିନସାରାର ଘରକରଣା। ରନ୍ଧାବଢ଼ା, ପରିବା କଟା, ବେସର ବଟା, ଶାଶୂଙ୍କ ଗୋଡ଼ ଘଷିଦେବା, ସ୍ୱାମୀଙ୍କୁ ଖାଇବାକୁ ଦେବା ଓ ନିଜେ ଡେକ୍‌ଚି କଡ଼େଇ ପୋଛାପୋଛି କରି ରୋଷେଇଘର ବନ୍ଧ ପାଖରେ ବସି ଦି' ଚାରିଗୁଣ୍ଡା ନାକ ଓ କାନରେ ଗୁଞ୍ଜିଦେବା। ଏହାପରେ ପୁଣି ସେଇ ପୁନରାବୃତ୍ତି ଘରଧୁଆ, ବାସନମଜା...

ଏଇ କ'ଣ ଘରକରଣା ? ଏଇ ଶାଶୂଘର ଜୀବନ ?

ନା, ମିନୁ ଏଇଟାକୁ ଗ୍ରହଣ କରି ପାରି ନ ଥିଲା। କୌଣସି କଥାକୁ ସହଜରେ ଗ୍ରହଣ କରିନେବା ଥିଲା ତା'ର ଅଭ୍ୟାସ ବିରୁଦ୍ଧ। ଗୁଳାପକା ରାସ୍ତାରେ ଚାଲିବାକୁ ତା'ର ମନହୁଏ ନାହିଁ।

ସେଦିନ ଥିଲା ପୂର୍ଣ୍ଣମୀ। ଆକାଶରେ ତୋଫା ଜହ୍ନ। ମିନୁ ଗାଧୋଇ ପାଧୋଇ ନୂଆଲୁଗା ପିନ୍ଧିଲା। ଯେତେ ଯାହା ଆଖଡ଼ାଘରୁ ସେ ଶିଖିଥିଲା ବେଶପୋଷାକ, ସବୁ ତା'ର ସୀମିତ ଆୟଅଳଙ୍କାର ସହଯୋଗରେ ସାଜିହେଲା। ନିଜର ଆତ୍ମବିଶ୍ୱାସକୁ ଦୃଢ଼କଲା।

ସେଦିନ ସେ ତା'ର ସ୍ୱାମୀକୁ ଚୁପ୍‌ଚାପ୍ ଶୋଇଯିବାକୁ ଛାଡ଼ିଦେଲା ନାହିଁ। ଆହତ ଅଭିମାନରେ କଡ଼ ବୁଲେଇ ନିଜେ ଶୋଇବାର ଅଭିନୟ କଲା ନାହିଁ।

କିନ୍ତୁ ଦିନଯାକର କାମପରେ ଦାମୋଦର ଥକି ପଡ଼ିଥିଲା । ଶୋଇବା ଘରକୁ ଆସୁ ଆସୁ ସ୍ତ୍ରୀର ଏ ବେଶ ପୋଷାକ ଦେଖି ସେ ଶଙ୍କିଗଲା । ଇଏ ତା' ସ୍ତ୍ରୀ ନା କୌଣସି ଅପ୍ସରା ? ଏତେ ସୁନ୍ଦରୀ ସ୍ତ୍ରୀ ସେ ତା' ଗାଁରେ କେବେ ଆଗରୁ ଦେଖି ନ ଥିଲା ।

ସବୁଥର ପରି ଗୋଟେ ଇଚ୍ଛା ହୁଏତ ଦାମୋଦର ଭିତରେ ମୁଣ୍ଡ ଟେକୁଥିଲା । ମାତ୍ର ବାରମ୍ବାର ସେ ଭିତରେ ଭିତରେ ଭାଙ୍ଗିରୁଜି ଖେଳେଇ ହୋଇ ଯାଉଥିଲା । କୋଉଠି ଗୋଟେ କ'ଣ ଅଭାବ ରହିଯାଉଥିଲା ଓ ସେହି ଅଭାବ ତା'ର ଭାଙ୍ଗି ଖେଳେଇଯାଉଥିବା ପାରିଲାପଣକୁ ଗୋଟେଇ ଧରିପାରୁ ନ ଥିଲା ।

ଅବଶେଷରେ ସେ ଆଖିବୁଜି ଶୋଇବାକୁ ଚେଷ୍ଟାକରିଥିଲା । କିନ୍ତୁ ମିନୁ ଏତେଶୀଘ୍ର ଶୋଇବାକୁ ଚାହୁଁ ନ ଥିଲା । ତା' ପାଇଁ ରାତି ଢେର୍ ବାକି ଅଛି, ଢେର୍ ବାକି ଅଛି ଆଶା ଓ ଅଭିଳାଷ ।

ସେ ଖଟ ଉପରକୁ ଚଢ଼ିଆସିଲା । ଦରଚିଆଁ ଲଣ୍ଠନଟିକୁ ତେଜିଦେଲା । ଘର ଭିତରେ ଆଲୁଅ । ସେ ନିଜକୁ ନିର୍ବସ୍ତ୍ର କରିଦେଇ ତା'ର ସେହି କାଳିଆ ଓ ମୋଟା ସ୍ୱାମୀର ପେଟ ଉପରେ ଯାଇ ବସିଗଲା । ତା' ନାକକୁ ସ୍ୱାମୀର ନାକରେ ଘଷିଲା । ତା'ର ଅଣ୍ଟା କୁତୁକୁତୁ କଲା । ଦାମୋଦରର କଳା କିଟି କିଟି ପଥୁରିଆ ଛାତି ଉପରେ ହଳଦିଆ ସାପଟେ ପରି ସେ ଗୁଡ଼େଇ ହୋଇଗଲା । ତା' ଦେହରେ ସାତ ସମୁଦ୍ରର ଶୋଷ । ତା'ର ତଣ୍ଟି ଅଠା ଅଠା ହୋଇଯାଉଛି । ଛାତି, ବାହୁ ଓ ଜଙ୍ଘସନ୍ଧି ଶିରଶିରେଇ ଯାଉଛି । ଏବେ ଦାମୋଦର ଉଠି ପଡ଼ିବ । ତାକୁ ଦଳିମକଚି ତା'ର ଏ ଶୋଷ ମେଣ୍ଟେଇଦେବ । ତାକୁ କୋଳରେ ପୂରେଇ ଶୁଆଇଦେବ । ଅବଶିଷ୍ଟ ରାତି ବିତିଯିବ ନିଷିଦ୍ଧ ଓ ମଧୁର ଗପ ଗପି ଗପି । ସେ ଅଣ୍ଟା ଉପରୁ ଦାମୋଦରର ଛାତିଯାଏ ଚଢ଼ିଆସିଲା ।

ଦାମୋଦରର ଛାଇନିଦ ହଠାତ୍ ଭାଙ୍ଗିଗଲା । ସେ ହାଉଳି ଖାଇ ଖଟ ଉପରୁ ଡେଇଁପଡ଼ିଲା । ମିନୁ ଛିଟିକିଯାଇ ପଡ଼ିଗଲା ବାଁ କଡ଼କୁ । କ'ଣ ହେଲା, କ'ଣ ହେଲା ବୋଲି ଧୀର ଗଳାରେ ମିନୁ ପଚାରିବାବେଳକୁ ଦାମୋଦର ଜଞ୍ଜିର ଖୋଲି ପହଞ୍ଚିଲାଣି ବାହାର ଅଗଣାରେ । ମିନୁ ହାତଗୋଡ଼ ଆଉଁଶି ଢେର୍ ସମୟ ଛିଡ଼ାହେଲା । ବୁଝିବାକୁ ଚେଷ୍ଟା କଲା, ତା'ର ଭୁଲ ରହିଲା କେଉଁଠି । ନିଜ ଉପରେ ଖୁବ୍ ରାଗହେଲା । ଲାଜ ଓ ଅଭିମାନରେ ସେ ଖଟତଳେ ପଡ଼ିଥିବା ତା' ଲୁଗାପଟା ଗୋଟେଇ ଚଟାପଟ ପିନ୍ଧି ପକେଇଲା ।

ମାତ୍ର ସକାଳକୁ ଏତେବଡ଼ ଅପବାଦଟେ ଆସି ତାକୁ ବିଛଣାରୁ ଉଠେଇବ ବୋଲି ଆଦୌ କଳ୍ପନା କରି ନ ଥିଲା ମିନୁ ।

ସାରା ଗାଁରେ ପ୍ରଚାରିତ ହୋଇଯାଇଥିଲା, ମିନୁ ଗୋଟେ ଡାଆଣୀ। କଞ୍ଚାଖାଇ। କାଲି ରାତିରେ ସେ ତା' ବରର ଛାତି ଉପରେ ବସି ବେକ ପାଖରେ ଦାନ୍ତ ଲଗେଇ ଦେଇଥିଲା। ଦାମୋଦରର ନିଦ ଭାଙ୍ଗିଗଲାରୁ ହିଁ ସେ ବଞ୍ଚିଗଲା। ନ ହେଲେ ସକାଳ ଆଲୁଅ ଦେଖି ନ ଥାନ୍ତା ଦାମୋଦର। ବିଚରାର ଭାଗ୍ୟ ତେଜ୍, ବଞ୍ଚିଗଲା!

ମିନୁ ଡାଆଣୀ।

କଞ୍ଚାଖାଇ ଡାଆଣୀ!

ସେ ଅମାବାସ୍ୟା ଓ କୃଷ୍ଣପକ୍ଷ ରାତିରେ ମଶାଣିକୁ ଯାଏ। ଗଲା ପୂର୍ବର ମନ୍ତ୍ର ପଢ଼ି ସ୍ୱାମୀକୁ ତା'ର ନିଘୋଡ଼ ନିଦରେ ଶୁଆଇ ଦେଇଯାଇଥାଏ। ସେ ନିଦ ସହଜରେ ଭାଙ୍ଗେ ନାହିଁ। ନିଜେ ଡାଆଣୀ ଫେରି, ଗାଧୋଇ ସାରି ଓଲଟମନ୍ତ୍ର ନ ପଢ଼ିବାଯାଏ ସେ ନିଦ ଭାଙ୍ଗେ ନାହିଁ। ମଶାଣିକୁ ଯିବା ବାଟରେ ଯାହାର ଡାଆଣୀ ସାଙ୍ଗରେ ଭେଟଣା ହୁଏ, ସେ ଗାଈଗୋରୁ ହେଉ କି ମଣିଷ ହେଉ, ମରିଯାଏ। ସେ ବେଶ ଦେଖିଲେ କଂସେଇ କଲିଜା ବି ଫାଟିଯିବ!

ସେଇ ସକାଳଠୁ ମିନୁର ପରିଚୟ ବଦଳିଗଲା। ବଦଳି ଗଲା ତା' ଜୀବନର ସ୍ୱାଭାବିକତା। ରାତାରାତି ସେ ପାଲଟିଗଲା ଗୋଟେ ଅଦ୍ଭୁତ ଡାଆଣୀ। କଞ୍ଚାଖାଇ ଡାଆଣୀ।

ଗାଁ ମୁଣ୍ଡରେ ଓ ଧାନକ୍ଷେତରେ ଦାମୋଦର ମଧ୍ୟ ପାଲଟିଗଲା ଗୋଟେ ଦର୍ଶନୀୟ ବସ୍ତୁ। ଡାଆଣୀ କବଳରୁ ସେ ଜୀବନ ବଞ୍ଚେଇ ଫେରିଛି। ନିଜ ଆଖିରେ ଦେଖିଛି ଡାଆଣୀର ନଙ୍ଗଳା ବେଶ। ସେ କେମିତି ଦାଉ ଦାଉ ଜଳୁଥିଲା, ତା' ଜିଭଟା ଦିଶୁଥିଲା ଲାଲ୍ ଟକ୍‌ଟକ୍- ସେ କଥା ବନେଇ ଚୁନେଇ ଦାମୋଦର ସମସ୍ତଙ୍କୁ କହୁଥିଲା। ଲୋକମାନେ ସ୍ତବ୍ଧ ହୋଇ ତା' କଥା ଶୁଣୁଥିଲେ।

: ତା'ର ଛାତିର ମଝାମଝି ନିଶ୍ଚୟ ଥିବ ଗୋଟେ କଳାଜାଇ। ଗୋଇଠିର ଠିକ୍ ଉପରକୁ ଥିବ କଳାମନ୍ଦା। ଯଦି ଏ ଚିହ୍ନ ଦିଇଟା ଥିବ ତାହାହେଲେ ଜାଣିବୁ ସେ କଞ୍ଚାଖାଇ। ଜାଣିବା ଶୁଣିବା ଲୋକମାନେ ଦାମୋଦରକୁ ପରାମର୍ଶ ଦିଅନ୍ତି।

: ମିଛରେ ଶୋଇବାର ଛଳନା କରୁଥିବୁ। ଶୋଇ ଶୋଇ ରାମ ରାମ ମନ୍ତ୍ର ଜପୁଥିବୁ। ଏ ମନ୍ତ୍ର ଜପିଲେ ଡାଆଣୀର କୌଣସି ମନ୍ତ୍ର କାମ କରିବ ନାହିଁ। ତୋ ସ୍ତ୍ରୀ ଲୁଗାପଟା ଖୋଲି ମଶାଣି ଚରିବାକୁ ବାହାରିଗଲା ପରେ ତା' ପଛେ ପଛେ ଯାଇ ତା'ର ଲୁଗାପଟା ଉଠେଇ ନେଇ ଆସିବୁ ଓ ନିଆଁରେ ପୋଡ଼ିଦେବୁ। ଦେଖିବୁ, ସେ ଡାଆଣୀ ଆଉ ଫେରିବ ନାହିଁ। ଆଉ ଜଣେ ପରାମର୍ଶ ଦିଏ।

ଦାମୋଦର ଆସି ଏକଥା ତା' ମାଆକୁ ଶୁଣେଇ ଶୁଣେଇ କହେ।

ଲୋକମାନଙ୍କ କଥା ସବୁ ଅକ୍ଷରେ ଅକ୍ଷରେ ମାନେ। ରୋଷେଇଘରୁ ମିନୁର ହାତଧରି ଭିଡ଼ିଭିଡ଼ି ନେଇଯାଏ। ଶୋଇବା ଘରର କବାଟ ଆଉଜେଇ ଦେଇ କହେ, "ଖୋଲ, ଶାଢ଼ି ଖୋଲ। ବ୍ଲାଉଜ ଖୋଲ।"

ଲାଜରେ ମିନୁ ଏତେଟିକେ ହୋଇଯାଏ। କିନ୍ତୁ ଦାମୋଦର କ୍ରୋଧ ଓ ଘୃଣାରେ ପାଗଳ ହୋଇଯାଇଥାଏ। ତା'ର ନାକପୁଡ଼ା ଫୁଲି ଫୁଲି ଉଠୁଥାଏ। ମିନୁ ଡରିଡରି ଶାଢ଼ି ଓ ବ୍ଲାଉଜ ଖୋଲିଦିଏ। ଦାମୋଦର କ'ଣ ଅଣ୍ଡାଳିଲା ପରି ତା' ଦେହସାରା ଅଣ୍ଡାଳିଯାଏ ଓ ହଠାତ୍ କହିଉଠେ, "ତୁ ଡାଆଣୀ, ନିଶ୍ଚେ ଡାଆଣୀ। ହେଇ, ଏଇଠି ଅଛି କଳାଜାଇ" ଓ କହୁ କହୁ ଦୁଆର କବାଟ ଖୋଲି ଦଉ ଦଉ ପଳେଇ ଯାଏ। ଦଉଡ଼ିଯାଏ ସମସ୍ତଙ୍କ ଆଗରେ ତା' ସ୍ତ୍ରୀର ଗୋପନ ଅଂଶରେ ଥିବା କଳାଜାଇଟିର ରହସ୍ୟ ଖୋଲିଦେବାକୁ। ହାଟ ଭିତରେ ନିଜ ସ୍ତ୍ରୀର ସ୍ତନ ଓ ଜାନୁର କଳାଜାଇ ପ୍ରସଙ୍ଗ ପ୍ରଚାର କରିବାକୁ!

ଲୁଗାଟା ପିନ୍ଧି ସାରିବା ପର୍ଯ୍ୟନ୍ତ ବି ଅପେକ୍ଷା କରେନା ଲୋକଟା। ମିନୁର କିଛି କଥା ଶୁଣେନା। ଅଥଚ ଏଇ ତା'ର ସ୍ୱାମୀ! ଏଇ ତା'ର ଇହକାଳ ଓ ପରକାଳର ଦେବତା। ଶାଢ଼ିର କାନିକୁ ଆଖିରେ ଚାପିଧରି ମିନୁ କାନ୍ଦିପକାଏ। ତତଲା ଲୁହ ସବୁ ବୋହିଆସି ତା' ପତଳା ଶାଢ଼ିର କୁଞ୍ଚ ଭିଜେଇ ଦିଅନ୍ତି।

ମିନୁର ଜୀବନଧାରା ବିଲକୁଲ୍ ଓଲଟ ପାଲଟ ହୋଇଯାଇଥିଲା। ତାକୁ ସିଧାସଳଖ ତା' ଶାଶୂ କିଛି ନ କହିଲେ ବି ତାଙ୍କ ପାଖକୁ ଆଉ ଯିବାପାଇଁ ଦେଉ ନ ଥିଲେ। ପାଣି ଗିନାରେ ଆଉ ସେ ଆଗପରି ନଖ ବୁଡ଼ଉ ନ ଥିଲେ। ମିନୁକୁ କାହାର ନଖବୁଡ଼ା ପାଣି ପିଇବାକୁ ଭଲ ଲାଗେ ନାହିଁ। ଶାଶୂଙ୍କର ଏଇ ନିଷ୍ପତ୍ତିଟା ତେଣୁ ତା' ପାଇଁ ଆଦୌ ଅସ୍ୱସ୍ତିକର ନ ଥିଲା। କିନ୍ତୁ ସବୁବେଳେ ଛାଡ଼ ଛାଡ଼ ଓ ଦୂର୍ ଦୂର୍ ଭାବ ଦେଖିଲେ ସେ ଚିଡ଼ିଯାଉଥିଲା।

ଦାମୋଦର ରାତିରେ ଆଉ ମିନୁ ପାଖେ ଶୋଉ ନ ଥିଲା। ସେ ସ୍ଥିର ନିଶ୍ଚିତ ହୋଇଯାଇଥିଲା ଯେ ତା' ସ୍ତ୍ରୀ ଗୋଟେ ଡାଆଣୀ। ସେଥର ତା'ର ନିଦ ଭାଙ୍ଗିଗଲା ବୋଲି ସେ ଜୀବନ ଫେରି ପାଇଲା। ତା' ନ ହେଲେ ସେ ସକାଳର ସୂର୍ଯ୍ୟୋଦୟ ଦେଖିଥାନ୍ତା କି ନାହିଁ ସନ୍ଦେହ। ଦିନରେ ତିନି ଚାରିଥର ଦାମୋଦର ନିଜର ପାଦ ଓ ପାପୁଲି ତନ୍ନ ତନ୍ନ କରି ଦେଖୁଥିଲା। ସେ ଶୁଣିଥିଲା ପାଦ କି ପାପୁଲି ଖଣ୍ଡିଆ କରି ସେଇବାଟେ ଡାଆଣୀ ରକ୍ତ ଶୋଷିନିଏ। କେଉଁଠି କିଛି ଜନ୍ଦା କି ପିମ୍ପୁଡ଼ି କାମୁଡ଼ିଲା ପରି ଦିଶିଲେ ସେ ସତର୍କ ହୋଇଯାଉଥିଲା।

ମିନୁପାଖେ ନିଜର କର୍ମକୁ ନିନ୍ଦିବା ଛଡ଼ା ଆଉ କୌଣସି ଚାରା ନ ଥାଏ।

ଦିନସାରା ସେ ଅଧିକରୁ ଅଧିକା କାମରେ ବ୍ୟସ୍ତ ରହିବାକୁ ଚାହେଁ। ଘରଟା ଯାକର ଲୁଗାପଟା ସଫା କରିବା, ମସିଣା ଓ ସତରଞ୍ଜି ହକାଳିବା, କୂଅରୁ ପାଣି କାଢ଼ି ଲଙ୍କାବାଡ଼ି ପାଣିରେ ବୁଡ଼େଇବା ଓ ଦିନରେ ଦି'ଥର ଘର, ପିଣ୍ଡା ଅଗଣା ଓଳେଇ ଲିପାପୋଛା କରିବାରେ ତା'ର ସମୟ ବିତିଯାଏ। ସେ ଚାହେଁ, ସେ ଥକିଯାଉ, ଅବଶ ହୋଇଯାଉ ତା'ର ଦେହହାତ। ବିଛଣାକୁ ଗଲା କ୍ଷଣି ନିଦ ଓହ୍ଲେଇଆସୁ ଆଖିଯୋଡ଼ିକୁ। ଶୋଇପଡ଼ୁ ସେ। ଅନ୍ଧାର ରାତିରେ ଦୁଇଆଖି ଖୋଲାରଖି ନ ଘଟୁଥିବା ଘଟଣାମାନଙ୍କୁ ଅପେକ୍ଷା କରିବା ଭାରି କଷ୍ଟ। ଗୋଟେ ଗୋଟେ ମୁହୂର୍ତ୍ତ ବି ଗୋଟେ ଗୋଟେ ଦିନ ପରି ଲାଗେ। ସମୟ ଆଦୌ ବିତେ ନାହିଁ।

ଦେହହାତର ଏତେ କ୍ଲାନ୍ତି ସତ୍ତ୍ୱେ ମିନୁ ଶାନ୍ତିରେ ଶୋଇପାରେ ନାହିଁ। ତା' ଆଖି ସାମ୍ନାରେ ଜାଲୁଜାଲୁଆ ହୋଇ କେତେ ଘଟଣାର ଚିତ୍ର ଭାସିଯାଏ। ସେ ଚିତ୍ର ଭିତରେ ନିଜର ଛାଇ ବି ଦେଖିପାରେ ମିନୁ। ଭାତଖିଆ ଲୁଗା ପିନ୍ଧି ଶୋଇପଡ଼ିଛି କି ଭାବି ବିଛଣାରୁ ଉଠିଯାଏ। ଅନ୍ଧାରରେ ଲୁଗା ବଦଳାଏ। ଚୁଡ଼ି ଝମ୍ ଝମ୍ ହେବ ବୋଲି ଧୀରେ ଲୁଗାର ଗଣ୍ଠି ଖୋଲେ। ଧୁଆ ଲୁଗା ପିନ୍ଧିସାରି ପୁଣି ଯାଇ ବିଛଣାରେ ଶୋଇପଡ଼େ।

ତଥାପି ନିଦ ହୁଏ ନାହିଁ। ସେହିସବୁ ସ୍ୱପ୍ନ ଆସି ତା'ର ନିଦ ଭାଙ୍ଗି ଦିଅନ୍ତି। ମିନୁ ଆଉଥରେ କୂଅମୂଳକୁ ଯାଏ। ଗୋଡ଼ହାତ ଧୋଇ ହୁଏ। କାଳେ ଆଙ୍ଗୁଳି ସନ୍ଧିରେ ଭାତଟେ ଲାଗିଥିବ ଆଶଙ୍କା କରି ଭଲକରି ପୋଛିପାଛି ହୁଏ।

ସେଦିନ ରାତିରେ କିନ୍ତୁ ଆଦୌ ନିଦ ହୋଇ ନ ଥିଲା ମିନୁର। ଖଟ ଉପରେ ଦାମୋଦର ନିଘୋଡ଼ ନିଦରେ ଶୋଇ ଘୁଙ୍ଗୁଡ଼ି ମାରୁଥିଲା। ଯେମିତି ସେ ଅନେକ ରାତି ହେଲା ଶୋଇନି। କିନ୍ତୁ ମିନୁ ଶୋଇପାରୁ ନ ଥିଲା। ଦାମୋଦରର ଝାଳୁଆ ଦେହଗନ୍ଧ ଓ ଘୁଙ୍ଗୁଡ଼ି ତା'ର ନିଦମାନଙ୍କୁ ଅଧାବାଟରୁ ଫେରେଇ ଦେଉଥିଲା।

ଚିତ୍ ହୋଇ ଶୋଇଥିଲା ମିନୁ। ହାତ ଦିଇଟି ଛନ୍ଦିହୋଇ ପଡ଼ିଥିଲା ଛାତିଉପରେ। ହାତର ଦୁଇ ପାପୁଲି ନିଜର ଦୁଇ ସ୍ତନ ଉପରେ। ଏବେ ବି ନିଦା ଓ ଟାଣପଣ ଓହ୍ଲେଇ ଯାଇନାହିଁ ତା'ର ଛାତିରୁ। ଗୋଟାଏ ଦୀର୍ଘଶ୍ୱାସ ତା'ର ଛାତିହାଡ଼ ଥରେଇ ପଦାକୁ ବାହାରି ଆସିଥିଲା। ସେ ନିଜ ହାତପାପୁଲିରେ ନିଜର ମୁହଁ ଲୁଚେଇ କଇଁ କଇଁ ହୋଇ କାନ୍ଦି ଉଠିଲା।

କି ଅଦ୍ଭୁତ ଏ ଦେହର ଭୋକ! ଯେତେ ଯାହା ଖାଇଲେ କି ପିଇଲେ ବି ଏ ଭୋକ ମେଣ୍ଟେ ନାହିଁ। ମିନୁ କବାଟ ଖୋଲି ଅଗଣାକୁ ଆସିଲା। କୂଅ ପାଖ ଦରଜା ଖୋଲି ବାଡ଼ିକୁ ଚାଲିଗଲା। ଦୁଇପଟେ କଦଳୀ ଗଛ। ପାଚିରି କଡ଼ ନଡ଼ିଆଗଛର

ବାହୁଙ୍ଗାରେ ଝୁଲିରହିଛି କାଳିଜହ୍ନ। ଚାରିଆଡ଼ ଅଧା ଆଲୁଅ ଅଧା ଅନ୍ଧାର। ପବନରେ କଦଳୀପତ୍ର ଗୁଡ଼ିକ ଦୋହଲି ଯାଉଛନ୍ତି। ମିନୁ ଧୀରେ ଧୀରେ କବାଟ ଆଉଜେଇ ଦେଲା। ଶାଶୂ କି ଦାମୋଦର ଯେମିତି କେହି ନ ଉଠନ୍ତି।

ବାଡ଼ିପଟର ଖୋଲା ଆକାଶ ଚାରିପଟେ ସବୁଜ ଆନ୍ତରିକତା। କାଳିଜହ୍ନର ମାୟାମୟ ସାନ୍ନିଧ୍ୟରେ ମିନୁ ନିଜର କ୍ଲେଦାକ୍ତ ଅନୁଭବମାନଙ୍କୁ ଭୁଲିଯିବାକୁ ଚାହୁଁଥିଲା। ଆକାଶ ସାରା ଅସଂଖ୍ୟ ତାରା କୁଲାରୁ ଖସିପଡ଼ିଥିବା ଖୁଦକଣା ପରି ବିଞ୍ଚି ହୋଇଛନ୍ତି। ନଡ଼ିଆଗଛ ପାଖକୁ ଧୀରେ ଧୀରେ ଆଗେଇଲା ମିନୁ। ଗୋଟେ କାଳି ବିଲେଇ ଚଟ୍ କରି ସେଇବାଟେ ପଳେଇ ଗଲା। ମିନୁ ଟିକେ ଡରିଗଲା। ନଡ଼ିଆଗଛକୁ ପିଠି ଭରାଦେଇ ଛିଡ଼ା ହେଲା।

ଘରଟା ଭିତରେ ସେ ରୁଦ୍ଧଶ୍ୱାସ ହୋଇଯାଏ। ଶାଶୂ ଓ ଦାମୋଦରଙ୍କର ଚାରି ଚାରିଟା ଆଖି ଚାରିହଜାର ଆଖି ହୋଇ ତାକୁ ବରାବର ଅନୁସରଣ କରୁଥାଏ। କୂଅ ପାଖରେ ଗାଧୋଇବାବେଳେ ବି ଶାଶୂ ସବୁ ଜାଣି ନ ଜାଣିଲା ପରି ଆସି ଶାଗପଟାଳିରୁ ଶାଗ ତୋଳନ୍ତି। ଶାଗ ତୋଳିବା ମିଛ। ମିନୁ ଉପରେ ନଜର ରଖିବା ମୁଖ୍ୟ କାମ। ମିନୁ ନିଜ ପାଇଁ ଏତେଟିକେ ଗୋପନୀୟତା ସଂଗ୍ରହ କରିପାରେ ନାହିଁ।

କିନ୍ତୁ ଏଇ ରାତିରେ ମିନୁ ସମ୍ପୂର୍ଣ୍ଣ ଏକଲା। ଦାମୋଦରର ନିଦ ସହଜରେ ଭାଙ୍ଗିବ ନାହିଁ। ସେ ସକାଳ ପୂର୍ବରୁ କେବେ ଉଠେ ନାହିଁ। ମିନୁ ଧୀରେ ଶାଢ଼ିର କାନି କାନ୍ଧ ଉପରୁ ଖସେଇ ଦେଲା। ନିଜର ବ୍ରା ଓ ବ୍ଲାଉଜ ଖୋଲି ଗଛ ଗଣ୍ଡିରେ ଝୁଲେଇ ଦେଲା। ନିଜର ଦେହକୁ ନିଜେ ଚାହିଁଲା ମିନୁ। ଅଙ୍ଗପ୍ରତ୍ୟଙ୍ଗମାନଙ୍କର ସ୍ପର୍ଶାତୁରତାକୁ ଅନୁଭବ କଲା ସେ। ନିର୍ବସ୍ତ୍ର ମିନୁ ପବନ ଓ ଜହ୍ନଆଲୁଅକୁ ଆଲିଙ୍ଗନ କରିବାକୁ ଦୁଇହାତ ପ୍ରସାରିଦେଲା। ଶୀତଳ ପବନର ଏଇ ସ୍ପର୍ଶରେ କେତେ ଶାନ୍ତି ! ଛାୟାଛନ୍ନ ଏଇ ରାତ୍ରିର ନିର୍ଜନତା କେଡ଼େ ଅନ୍ତରଙ୍ଗ !

ନଇଁ ପଡ଼ିଥିବା ନଡ଼ିଆଗଛକୁ ଦୁଇ ହାତରେ ଜଡ଼େଇ ଧରି ମିନୁ ତା' ଉପରେ ଶୋଇଯିବାକୁ ଚାହୁଁଥିଲା। ଦମକାଏ ପବନରେ ତା'ର ଧଳା ଲୁଗାଟା ଗଛ ଗଣ୍ଡିରୁ ଖସି କଦଳୀ ବଣ ଆଡ଼କୁ ଘୁଞ୍ଚିଗଲା। ମିନୁ ଶାଢ଼ିଟା ଗୋଟେଇ ଆଣିବାକୁ ଧାଇଁଗଲା।

ସେତିକିବେଳେ କଳା ବିଲେଇଟା ତା' ହାବୁଡ଼ରୁ ଗୋଟେ ମୂଷା କି କ'ଣ ଖସିପଳାଇବାର ଅବସୋସରେ ମ୍ୟାଉଁ ମ୍ୟାଉଁ କରିଉଠିଲା।

ବାଡ଼ି କବାଟ ଖୋଲିବାର ଶବ୍ଦ ଶୁଣି ତା' ଶାଶୂର ନିଦ ଭାଙ୍ଗିଯାଇଥିଲା। ବିଲେଇର ରଡ଼ି ଶୁଣି ସେ ବିଛଣାରୁ ଉଠିପଡ଼ିଲେ। ବାଡ଼ିପଟ କବାଟ ଖୋଲା। କଦଳୀ

ବଣ ପାଖରେ ବାଳମୁକୁଳା କରି ଛିଡ଼ା ହେଇଛି ଗୋଟେ ସାଢ଼େ ପାଞ୍ଚହାତର ସ୍ତ୍ରୀଲୋକ। ସେ ହାଉଳି ଖାଇଲା ପରି ପୁଅକୁ ଡାକ ପକେଇଲେ 'ଦାମ, ଦାମରେ...।'

ମିନୁ ନିଜର ଶାଢ଼ିଟାକୁ ଓଲଟପାଲଟ କରି ପିନ୍ଧି ସାରିଥିଲା। ସେ ଆଦୌ ଭାବିପାରି ନ ଥିଲା ଯେ ଅବେଳରେ ମା ପୁଅଙ୍କ ନିଦ ଭାଙ୍ଗିଯିବ। ପାଟିକରି କହିଲା, "ମୁଁ ବୋଉ। ବାଡ଼ିପଟକୁ ଆସିଥିଲି।"

ମିନୁ ଝଟ୍‌କରି ଘର ଭିତରକୁ ଯାଇ ନିଜ ବିଛଣାରେ ଶୋଇପଡ଼ିଲା। ସେ ରାତିରେ ତାକୁ ବେଶ୍ ଭଲ ନିଦ ହେଲା। ବାଡ଼ିପଟ ଶୀତଳ ପବନର ଅନୁଭବ ଅନେକ ସମୟ ପର୍ଯ୍ୟନ୍ତ ତାକୁ ଆଚ୍ଛନ୍ନ କରି ରଖିଥିଲା।

କିନ୍ତୁ ଦାମୋଦର ଓ ମିନୁର ଶାଶୂ ଦିହେଁ ଶୋଇବାକୁ ଯାଇ ପାରି ନ ଥିଲେ। ଘଡ଼ିଏ କାଳ ମା ପୁଅକୁ ଓ ପୁଅ ମାଆକୁ ଚାହିଁ ଛିଡ଼ାହୋଇଥିଲେ। ସେମାନଙ୍କର ଆଉ ସନ୍ଦେହ ନ ଥିଲା ଯେ ମିନୁ ଗୋଟେ କଞ୍ଚାଖାଇ ଡାଆଣୀ। ସବୁଦିନ ରାତିରେ ସେ ବାଡ଼ି ଦରଜା ଦେଇ ବିଲମାଳକୁ ପଳାଏ। ଆଜି ଯୋଗକୁ ଧରାପଡ଼ିଗଲା।

ଦାମୋଦର ଗୋଟେ ବଳଦ ବିକ୍ରୀ କଥାକୁ ନେଇ ସେଦିନ ସକାଳୁ ବ୍ୟସ୍ତ ଥିଲା। ଚାରିପାଣିଆ ବଳଦଟାକୁ ଟଙ୍କା ସାତଶହରେ ମୂରୁଛି ଦେବାକୁ ସେ ଚାହୁଁ ନ ଥିଲା। ମୂଳଚାଲରେ ଏଇଠି ବିକ୍ରି ନ କରିପାରିଲେ ସେ ବଳଦକୁ ଗୋରୁହାଟ ନେଇଯିବ ବୋଲି ସ୍ଥିର କରୁଥିଲା। ମାତ୍ର ନିଜ ସ୍ତ୍ରୀର ଏହି ହାଲ ହରକତ ଦେଖି ତା' ମୁଣ୍ଡରୁ ବଳଦ ବିକ୍ରୀ କଥା କୁଆଡ଼େ ଚାଲିଯାଇଥିଲା। ସବୁ କାମଛାଡ଼ି ସେ ପରମେଶ୍ୱର ଗୁଣିଆ ପାଖକୁ ଧାଇଁଥିଲା।

●

ମିନୁକୁ କେନ୍ଦ୍ରକରି କଳାପାଟରେ କେତେ କେତେ କାହାଣୀ ଗଢ଼ିଉଠି ନ ଥିଲା ! ସେ ଦେଖୁ ଦେଖୁ କାଳେ ଛୁଆଙ୍କ ରକ୍ତ ଶୋଷିନିଏ । ମଶାଣିରେ ଗୋଡ଼ ଉପରକୁ ଓ ମୁଣ୍ଡ ତଳକୁ କରି ଗୁହ ମୂତ ଚରେ । ଗଛ ଡାଳରେ ଗୋଡ଼ ଫରକଟା କରି ବସେ ଓ ଗଲା ଆଇଲା ଲୋକଙ୍କ ରକ୍ତ ପିଇଯାଏ । ପରମେଶ୍ୱର ଗୁଣିଆ ଗୋଟେ ଶାଢ଼ି ଉପରେ ବିଡ଼ି ଝୁଲ ପକେଇ ଦେଖିଛି, ମିନୁର ଲୁଗା ଥିଲା ସେଇଟା । ନିଜେ ଦାମୋଦର ଯାଇ ସକାଳେ ତାକୁ ଖବର ଦେଇଆସିଥିଲା । ତା' ସ୍ତ୍ରୀ ଶାଢ଼ିରେ ବିଡ଼ି ଝୁଲ ପଡ଼ି ସେ ଜାଗା କୁଆଡ଼େ କଣା ହୋଇଯାଇଥିଲା ।

ପରମେଶ୍ୱର ଗୁଣିଆ ଆସେ । ଚନ୍ଦା କପାଳକୁ ଆଉଁଶି ଆଉଁଶି ଚାରିଆଡ଼କୁ ଚାହେଁ । ଗର୍ବ ଓ ପାରିଲା ପଣିଆରେ ତା'ର ଅସ୍ଥିକଙ୍କାଳସାର ଛାତି ବି ଫୁଲିଉଠେ । ଯେମିତି ସେଇ ହିଁ ରକ୍ଷା କରିଛି କଳାପାଟ ଗାଁକୁ । ସେ ନ ଥିଲେ ଏ ଗାଁଟା କୋଉକାଳୁ ଅପଦେବତା ମାନଙ୍କ ରୋଷ ଦୃଷ୍ଟିରେ ପଡ଼ି ଜଳିପୋଡ଼ି ଯାଆନ୍ତାଣି ।

ମିନୁର ଶାଶୂ ଓ ଦାମୋଦର ଦୁହେଁ ଯାଇ ଶରଣ ପଶିଥିଲେ ପରମେଶ୍ୱର ଗୁଣିଆର । ସେମାନେ ଗାଁ ରାସ୍ତାରେ ଚାଲି ପାରୁନାହାଁନ୍ତି । ସାନପିଲା ଓ ଗାଁର ଝିଅ ବୋହୂମାନେ ତାଙ୍କ ଘର ବାଟ ଦେଇ ଯା-ଆସ ବନ୍ଦ କରିଦେଲେଣି । ଏକ ରକମର ବାସନ୍ଦ ହୋଇପଡ଼ିଲେଣି ସେମାନେ । ଏ ଡାଆଣୀ କବଳରୁ କେବଳ ପରମେଶ୍ୱର ହିଁ ସେମାନଙ୍କୁ ରକ୍ଷା କରିପାରିବ ।

ପରମେଶ୍ୱର ଗୁଣିଆ ଚିଠା ଲେଖିଦିଏ । ପୂଜା ସାମଗ୍ରୀର ଚିଠା । ତା' ଭିତରେ ଝାଡ଼ୁ, ପାଣି ବାଲଟି, ନୂଆ ଶିଳ, ସାଙ୍କୁଚ ଲାଙ୍ଗୁଡ଼, ଲୁହା ଖଡ଼ିକା ଓ ଲୁହାକଣ୍ଟା ବି ଥାଏ ।

ବନ୍ଦ ଘର ଭିତରେ ଭୋକ ଓ ଉପବାସରେ ଶଢ଼ୁଥାଏ ମିନୁ । ମା ବାପ ଛେଉଣ୍ଡ ଗୋଟେ ପଚିଶ ଛବିଶ ବର୍ଷର ଯୁବତୀ ଝିଅ ଆକାଶକୁ ଚାହିଁ ଚାହିଁ କେବଳ ଲୁହ ଗଡ଼ଉଥାଏ । ନିଜର ଭାଗ୍ୟକୁ ନିନ୍ଦୁଥାଏ ଓ ଏତେ ଏତେ ଦୁଃଖ ଓ ଅପମାନକୁ କେମିତି ସେ ସହିଚି ଭାବି ଆଶ୍ଚର୍ଯ୍ୟ ହେଉଥାଏ ।

ଘର ବାରନ୍ଦାରେ ଖରା ଖେଳୁଥାଏ ଦାୟିତ୍ୱହୀନ କିଶୋରୀଟେ ପରି । ଗାଁ ଦାଣ୍ଡରେ ସ୍ୱାଭାବିକ କୋଳାହଳ । କିଏ ପୋଖରୀରୁ ପାଣିନେଇ ଫେରୁଛି ତ କିଏ ଫେରୁଛି ମନ୍ଦିରରୁ । କିଏ କ୍ଷେତରୁ ଫେରୁଛି ତ କିଏ ଯାଉଛି ହାଟକୁ । ପିଲାଏ ସ୍କୁଲରୁ ଫେରିଆସନ୍ତି । ଗାଈଗୋରୁ ଫେରନ୍ତି ଗୋଠରୁ । ଗହଳ ଚହଳ କ୍ରମେ ତୀଖକୁ ଉଠି ପୁଣି ଓହ୍ଲେଇ ଆସେ । ମଣିଷ, ଗାଈଗୋରୁ, ମେଣ୍ଢା, ଛେଳି, କୁକୁଡ଼ା, ବତକ, ବିଲେଇ, କୁକୁର, ପାରା, ବଣି ଓ ବଗମାନଙ୍କର କୋଳାହଳ କ୍ରମେ ନିରବି ଆସେ । ଗାଁ ଦାଣ୍ଡରେ ସାଇକେଲ ଟିଣ୍ଟିଣ୍, ଶଗଡ଼ର କେଁ କଟର, ବଳଦଙ୍କର ଘଣ୍ଟି ଶବ୍ଦ ବି ବନ୍ଦ ହୋଇଯାଏ । ସବୁର ଆରମ୍ଭ ଅଛି, ବିକାଶ ଅଛି, କ୍ଷୟ ଅଛି, ବିଲୟ ଅଛି । ଚଢ଼ା ଉତରା ଅଛି ଜୀବନରେ, ଶବ୍ଦରେ । ମିନୁ ଘର ଭିତରେ ଥାଇ ଏ ଲୟ ବିଲୟର ଖେଳଦେଖେ, ଶବ୍ଦ ଶୁଣିପାରେ । ତା' ମନର ଟୁବି ଗାଡ଼ିଆରେ ଛୋଟ ଗୋଡ଼ିଟେ ଆଉଗୋଟେ ସାନ ଭଉଁରି ଖେଳେଇ ଧୀରେ ଧୀରେ ନିଶ୍ଚିହ୍ନ ହୋଇଯାଉଥାଏ । ଚାହୁଁଚାହୁଁ ସେ ଦେଖେ, ରାତି ଆକାଶରେ ତାରା ଭର୍ତ୍ତି । କୃଷ୍ଣପକ୍ଷର ଆକାଶ ପରି ତାକୁ ଅନ୍ଧାରିଆ ଦିଶେ ତା'ର ଭବିଷ୍ୟତ । ତା'ର ଅପୂର୍ଣ୍ଣ କାମନା ଓ ଇଚ୍ଛାମାନେ ଅସଂଖ୍ୟ ତାରା ପରି ଆଖି ମିଟିମିଟି କରି ବିକଳରେ ଚାହାଁନ୍ତି । ଚୁଲିମୁହଁକୁ ଜାଳ ମୋହିଁ ଦେଉ ଦେଉ ସେ ଅନ୍ୟମନସ୍କ ହୋଇପଡ଼େ । ପେଜ ଉତୁରି ଚୁଲିରେ ପଶିଯାଏ । ଜାଳ ନିଭି ଧୂଆଁ ହୁଏ । ମିନୁର ଅନ୍ୟମନସ୍କତା ଭାଙ୍ଗିଯାଏ ।

ତା' ସାଙ୍ଗରେ ଦୁଃଖ ସୁଖ ହେବାକୁ, କଥା ଯୋଡ଼ିବାକୁ ସାଇପଡ଼ିଶାର କେହି ଆସନ୍ତି ନାହିଁ । ଶାଶୂଙ୍କ ପାଖକୁ କେହି କାମରେ ଆସିଥିଲେ ଚାଣ୍ଟେ ଚାଣ୍ଟେ ଫେରିଯାଏ । ମିନୁ ଉପରେ ନଜର ପଡ଼ିଲେ କୋଳର ପିଲାଙ୍କୁ ଲୁଗାକାନିରେ ଘୋଡ଼େଇ ଦେଇ ମା ମାନେ ଚାଲିଯାଆନ୍ତି । କେହି ଘଡ଼ିଏ ଅଟକି ତା' ସାଙ୍ଗରେ ଗପି ବସେ ନାହିଁ ।

ଅନେକ ଅକୁହାକଥାର ସମୁଦ୍ର ଏଣେ ମୁଣ୍ଡ ପିଟୁଥାଏ ମିନୁର ଛାତିଭିତରେ । କେତେକେତେ କଥା କହିବାର ଥାଏ ତା'ର । ମାମୁଘର କଥା, ଗଛଚଢ଼ା ଓ ପୋଖରୀ ପହଁରାର ଅନୁଭୂତି । ଆଖଡ଼ାଘରର ସ୍ମୃତି ତ ତାକୁ ବାରମ୍ବାର ଅଥୟ କରିଦେଉଥାଏ । ସେସବୁ ସେ କାହାପାଖରେ ବସି କହନ୍ତା ?

ଦିନର ଅନୁଭବଠୁ ରାତିର ଅଭିଜ୍ଞତା ଆହୁରି କଷ୍ଟଦାୟକ ହୋଇପଡ଼େ । ପ୍ରତାରଣା ଓ ନିର୍ଯାତନାର ଗୋଟିଏ ଗୋଟିଏ ମୁହୂର୍ତ୍ତ ତାକୁ ଗୋଟେ ଗୋଟେ ଯୁଗ ପରି ଲାଗେ । ଦାମୋଦର ଅଲଗା ଖଟିଆରେ ଶୋଇ ଘୁଙ୍ଗୁଡ଼ି ମାରୁଥାଏ । ତା'ର ଶୋଷ ନାହିଁ, କାମନା ନାହିଁ, ଯୁଝିବାର ବଳ କି ଆଗ୍ରହ କିଛି ନାହିଁ । ଖାଲି ଗୋଟେ ବଳଦ ପରି ସେ ଖଟିବ, ଖାଇବ ଆଉ ଶୋଇବ । ମିନୁର ଇଚ୍ଛା ହୁଏ ତା' ପାଦରୁ ବେଡ଼ି

ଖୋଲିଦିଅନ୍ତା। କବାଟ ଖୋଲି ଧାଇଁ ଧାଇଁ ପଳେଇ ଯାଆନ୍ତା କୁଆଡ଼େ। ସବୁଦିନିଆ ନିର୍ଯାତନାଠୁ ସେଇ ବରଂ ଭଲ ହୁଅନ୍ତା।

କିନ୍ତୁ ଯାଇପାରେ ନାହିଁ। ଗୋଡ଼େ ଗୋଡ଼େ ଜଗିଥାଆନ୍ତି ଶାଶୂ ଓ ସନ୍ଦେହୀ ସ୍ୱାମୀ। ଭୟାର୍ତ୍ତ ପଡ଼ୋଶୀ ଓ କୌତୂହଳୀ ଗ୍ରାମବାସୀ। ଏଠି ଜିରାଟେ ଫୁଟିଲେ ସେଠି ତାଳଫୋଟକାଟେ ଫୁଟେ। ମିନୁର ଢଙ୍ଗରଙ୍ଗ, ଆଚାର ବ୍ୟବହାରକୁ ନେଇ ସେମାନଙ୍କର ଦିପହର ଚର୍ଚ୍ଚା ବେଶ୍ ଜମିଉଠେ।

ଡାଆଣୀ ଝାଡ଼ିବାପାଇଁ ଆସିଥିଲା ପରମେଶ୍ୱର ଗୁଣିଆ। ଲୋକଟା ଦିଶେ ସିନ୍ଦୂର ପିନ୍ଧିଥିବା ଗୋଟେ ଶିଆଳ କି ଶାଗୁଣା ପରି। ସେଦିନର କଥା ମନେ ପଡ଼ିଲେ ମିନୁର ଦେହ ହାତ ଭୟରେ କମ୍ପିଉଠେ। ତା'ର ହାତ ଗୋଡ଼ ଝାଳେଇଯାଏ। ସେ କନକନ ହୋଇ ରାସ୍ତା ଖୋଜେ ପଳେଇଯିବାପାଇଁ, ଯେମିତି ବିଲେଇ ଓ ଗୃହସ୍ୱାମୀ ଉଭୟଙ୍କ କବଳରୁ ଖସିଯିବାପାଇଁ ବାଟ ଖୋଜୁଥାଏ ଭୟାଳୁ ମୂଷାଛୁଆ।

ଝୁଣା ଓ ଧୂପକାଠିର ଗନ୍ଧ। ନାଲିକନ୍ତା, ନାଲି ମନ୍ଦାର ଓ ସିନ୍ଦୂର ପାଖରେ ନୂଆଝାଡୁ, ଶାଙ୍କୁଚ ଲାଙ୍ଗୁଡ଼, ଶିଳ ଓ ଶିଳପୁଆ। ଗାଧୋଇ ପାଧୋଇ ନୂଆ ଲୁଗା ପିନ୍ଧି ମିନୁ ଆସି ପିଢ଼ା ଉପରେ ବସିଥିଲା। ତା'ର ମୁକୁଳା ବାଳରୁ ଟୋପାଟୋପା ପାଣି ନିଗିଡ଼ି ପଡୁଥାଏ। ଧୂଆଁ ଭର୍ତ୍ତି ଘର ଭିତରର ଭୌତିକ ପରିବେଶ ତାକୁ ଭୟଭୀତ କରୁଥାଏ। ସାହସ ବାନ୍ଧି ତଥାପି ବସିଥାଏ ମିନୁ ମୁଣ୍ଡ ତଳକୁ କରି ଅପରାଧୀଟେ ଗାଁ ପଞ୍ଚାୟତ ସାମ୍ନାରେ ବସିବାପରି।

ମନ୍ତ୍ର ପଢ଼ିସାରି ପରମେଶ୍ୱର ଗୁଣିଆ ପଚାରିଲା: "ତୁ କିଏ ?"

ଉତ୍ତର ଶୁଣିବାପାଇଁ ଘର ସାମ୍ନାରେ, ଅଗଣାରେ, ଦାଣ୍ଡରେ ଓ ରାସ୍ତାରେ ଛିଡ଼ା ହୋଇଥିବା ପିଲା, ସ୍ତ୍ରୀ, ବୁଢ଼ା ବୁଢ଼ୀ, ପୁରୁଷ ଓ ମର୍ଦ୍ଦମାନେ କାନ ଡେରିଲେ।

ମିନୁ ପ୍ରଶ୍ନଟାର ଅର୍ଥ ବୁଝିପାରିଲା ନାହିଁ। ସେ କ୍ଷୀଣ କଣ୍ଠରେ ଖାଲି କହିଲା "ମିନୁ ?"

: ମିଥ୍ୟା, ମିଥ୍ୟା। ଘୋର ମିଥ୍ୟା। ଆମ୍ଭ ସାଙ୍ଗେ କପଟାଚାର ଚଳିବ ନାହିଁ ଡାକିନୀ, ପ୍ରେତିନୀ। ଆମ୍ଭେ ଷୋଳକଳା ସାଧକ ଗୁଣିଆ। କେତେ ବ୍ରହ୍ମ ରାକ୍ଷସ, ନରପିଶାଚଙ୍କୁ ସାବାଡ଼ କରିଛୁ। କେତେ ଡାଆଣୀଙ୍କୁ ମଶାଣି ଚଣ୍ଡୀ ପଡ଼ିଆର ବରଗଛରେ କଣ୍ଟା ପିଟି କିଳି ଦେଇଛୁ। ଆମପାଖରେ ପୁଣି ମିଥ୍ୟା ? ସତ ସତ କରି କହିଦେ ତୁ କିଏ। ତା' ନ ହେଲେ ଏଇ ସାଙ୍କୁଚ ଲାଙ୍ଗୁଡ଼ରେ ପିଟିପିଟ ସାବାଡ଼ କରିଦେବି - ପରମେଶ୍ୱର ଚିତ୍କାର କରି ଉଠିଥିଲା।

ସାଙ୍କୁଚ ଲାଙ୍ଗୁଡ଼ ନାଁ ଶୁଣି ମିନୁ ଆହୁରି ଡରିଗଲା। ଶୁଖିଲା କଣ୍ଟାଳିଆ ଲାଙ୍ଗୁଡ଼ଟା

ଗୋଟେ ଖଣ୍ଡା ପରି ପିଢ଼ା ଉପରେ ଥୁଆହୋଇଥିଲା। ସାଙ୍କୁଚ ଲାଙ୍ଗୁଡ଼ରୁ ମାଂସତକ ଯାଇ ରହିଛି ହାଡ଼ ଓ କଣ୍ଟା। ମିନୁ ଅସ୍ଫୁଟ ଗଳାରେ କହିଲା: ମୁଁ ସତ କହୁଛି।

: ମି-ଥ୍ୟା। ଘୋର ମିଥ୍ୟା। ଚିତ୍କାର କଲା ଗୁଣିଆ। ମିନୁର ମୁଣ୍ଡରେ ମନ୍ଦାର ଫୁଲ ଛୁଆଁଇ ଦେଇ ପରମେଶ୍ୱର କଣ୍ଟାଝାଡୁଟା ଉଠେଇନେଲା ଓ କଷିଦେଇଗଲା ଗଣି ଗଣି ସାତ ପାହାର। ଏ ଧରଣର ଅତ୍ୟାଚାର ପାଇଁ ମିନୁ ପ୍ରସ୍ତୁତ ନ ଥିଲା। ତା'ର ଗୋରା ଦେହ ସାରା ରକ୍ତ ଥାପି ଥୋପି ହୋଇଉଠିଲା। କଣ୍ଟାଝାଡୁର ପାହାର ବାଜି ପୋଡୁଥିଲା ବାହା ଓ ପିଠି। ସେ ବିକଳରେ ଚିତ୍କାର କରି ଉଠିଲା, "ବୋଉଲୋ! ମରିଯିବି ଲୋ। ମୋତେ ମାର ନା...।"

ପରମେଶ୍ୱର ଗୁଣିଆ ହସି ଉଠିଲା। ତା'ର ସେ ହସରେ ଧୂଆଁଳିଆ ଘରଟା ଫାଟିପଡ଼ିବ ପରା! "ଯିବ, ଯିବ। ନିଶ୍ଚୟ ଛାଡ଼ିକି ଯିବ।" କହିଲା ଓ ପୁଣି ମନ୍ତ୍ର ପଢ଼ିବାକୁ ଲାଗିଲା।

ମିନୁ ବେକଭାଙ୍ଗି ତଥାପି ବସିରହିଥିଲା। କଣ୍ଟାଝାଡୁର ପାହାର ତା'ର ଦେହ ଉପରେ ଯେତେ, ତା'ଠୁ କେଇଗୁଣ ଆଘାତ ତା' ମନ ଉପରେ ରଖି ଦେଇଥିଲା। ଘୃଣା ଓ କ୍ରୋଧରେ ସେ ଚାହୁଁଥିଲା ଦାମୋଦରଙ୍କୁ। ଯାହାକୁ ବାହାହୋଇ ସେ କଳାପାଟ ଗାଁକୁ ଆସିଥିଲା।

କଳାପାଟ ଗ୍ରାମବାସୀଙ୍କ ପାଇଁ ଏଇ ଅବକାଶ ଥିଲା ନାଟତାମସା ଦେଖିବାର ଅବକାଶ। ସେମାନେ ଆଖି କାନ ଟେକି ଅପେକ୍ଷା କରୁଥିଲେ, କେତେବେଳେ ଡାଆଣୀ ନାଆକ ଘର ବୋହୂକୁ ଛାଡ଼ି ପଳେଇବ।

ପରମେଶ୍ୱର ଗୁଣିଆ ଆଉଥରେ ସେହି ପ୍ରଶ୍ନ ଦୋହରାଇଲା। ଆଉଥରେ ଆଘାତ ପାଇଁ ସତର୍କ ଓ ସନ୍ତ୍ରସ୍ତ ହୋଇପଡ଼ିଲା ମିନୁ। ସେ ଜାଣିପାରୁ ନ ଥିଲା ତା'ର କ'ଣ କହିବା ଦରକାର। କ'ଣ କରିବା ଦରକାର ଏହି ମୁହୂର୍ତ୍ତରେ। ସେ କେବଳ ମୁଣ୍ଡ ତଳକୁ କରି ଦାନ୍ତ ଚିପି ବସିରହିଥିଲା। ମାର, ପିଟ, ହାଣ, କାଟ ଯାହା କରିବାର କର। ତା'ର ଜୀବନ ଲୋଡ଼ାନାହିଁ, ବଞ୍ଚିବା ଲୋଡ଼ାନାହିଁ। ଯେତେଶୀଘ୍ର ତା'ର ଆତ୍ମାପକ୍ଷୀ ଏ ଦେହ ଛାଡ଼ି ଚାଲିଯିବ, ସେତେ ଭଲ।

ପରମେଶ୍ୱର ଗୁଣିଆ ଥକିପଡ଼ିଥିଲା। ନାକ କାନରେ ଧୂଆଁ ପଶି ଯାଇଥିବାରୁ ସେ କାଶୁଥିଲା ଖୁଁ ଖୁଁ। ନିଜର ପତିଆରା ଖସିଯାଉଥିବାରୁ ତା'ର ରାଗ ବି ବେଳୁ ବେଳ ବଢୁଥିଲା। ସେ କ୍ଲୀଂ ହ୍ଲୀଂ କହି ଉଠିପଡ଼ିଲା ଓ ସାଙ୍କୁଚ ଲାଙ୍ଗୁଡ଼ରେ ପିଟି ପକେଇଗଲା ମିନୁକୁ।

ସାଏଁ ସାଏଁ କରି ସାଙ୍କୁଚ ଲାଙ୍ଗୁଡ଼ ଉପରକୁ ଉଠୁଥାଏ ଓ ପଡୁଥାଏ ମିନୁର

ପିଠିରେ, ମୁଣ୍ଡରେ, ଜଙ୍ଘରେ, କାନ୍ଧରେ। ମିନୁ ତଳେ ଶୋଇପଡ଼ି ଛାଟିପିଟି ହେଉଥାଏ, "ମୋତେ ମାର ନାହିଁ। ମୋତେ ମାର ନାହିଁ। ମୁଁ ମରିଯିବି। ମୋତେ ଛାଡ଼ିଦିଅ। ମୁଁ ପଳେଇ ଯିବି। ମୋତେ ଛାଡ଼ିଦିଅ...।"

ସେ ଅବସ୍ଥା ଦେଖି ଦାମୋଦରର ଆଖି ବି ଖୋସିହୋଇ ଯାଇଥିଲା। ସାନ ସାନ ପିଲାମାନେ ଧାଇଁ ପଳେଇ ଯାଇଥିଲେ ଯେ ଯାହାର ଘରକୁ। ଘରର ଭୁଆସୁଣୀମାନେ ଓଢ଼ଣାରେ ନିଜ ନିଜ ମୁହଁଟି ମାନ ଜାକି ଦେଇଥିଲେ। ପରମେଶ୍ୱର ଗୁଣିଆର ହାଡୁଆ ଦେହରୁ ଝାଳ ବୋହୁଥାଏ। ସିନ୍ଦୂର ଧୋଇ ହୋଇ କପାଳ ଦିଶୁଥାଏ ଲାଲ ଲାଲ। ଗୋଟେ ରକ୍ତମୁଖା ଶିଆଳ ପରି ଦିଶୁଥାଏ ତା'ର ଚେହେରା। ସେ ମିନୁକୁ ପିଟିବା ବନ୍ଦ କରି ବସିଗଲା ଓ କହିଲା, "ଯା-ଯା ଏଠୁ।"

ମିନୁ ଲୁଗାପଟା ସମ୍ଭାଳି ଦଉଡ଼ିଲା ଏକମୁହାଁ। ବାଡ଼ିପଟ ନଡ଼ିଆଗଛ ଯାଏ ଯାଇ ସେଇଠି ପଡ଼ିଗଲା ଓ ଚେତା ହରେଇ ଦେଲା।

●

ନବଘନ ଆସି କହିଲା; "ଦିଦି, କାଲି ଇନିସ୍‌ପେକ୍ଟର ବାବୁ ଆପଣଙ୍କୁ ଖୋଜୁଥିଲେ।"

ମିନୁ ମୁଣ୍ଡ କୁଣ୍ଡେଇବା ବନ୍ଦ କରି କହିଲା, "ମୋତେ ଡାକିଲୁ ନାହିଁ କାହିଁକି ?"

: ଡାକିବାକୁ ଆସିଥିଲି। ତମେ ତ କ'ଣ ଭୁଟୁରୁ ଭୁଟୁରୁ ହେଉଥିଲ ଯେ ଡାକି ଡାକି ଶୁଣିଲ ନାହିଁ। ଇନିସ୍‌ପେକ୍ଟର ବାବୁ କହିଲେ, 'ଥାଉ। ଡାକନା। ପଛକୁ ଆସିବି।"

: କାହିଁକି ଆସିଥିଲେ ?

: ଜାଣିନେଇ। ତେମେ ଦିଦି ଜାଣିଥିବ ନା...

କିଛି ଗୋଟେ ଇଙ୍ଗିତ କରି ଜଣେଇବାକୁ ଚାହୁଁଥିଲା ନବଘନ। ସବୁବେଳେ ତା'ର କଥା ସେହିପରି। ଆଗେ ମିନୁ ଚିଡ଼ି ଉଠୁଥିଲା। ଆଜିକାଲି ସେ ଚିଡ଼େନାହିଁ।

: ହଉ ହଉ ତୁ ଯା। ନବଘନ ଚାଲିଗଲା। କିଛି ସମୟ ତାକୁ ଚାହିଁ ବାଟ ମିନୁ କବାଟ ଆଉଜେଇ ନେଲା। ପାଣ୍ଡୁ ବାବୁ ଯଦି ଆସିଥିଲେ ତାହାହେଲେ ତାକୁ ନ ଡାକି ଫେରିଗଲେ କାହିଁକି ?

କେତେ ପ୍ରକାରର ଲୋକ ଆସନ୍ତି କୋଠିକୁ। କେହି ଲୁଚି ଛପି, କେହି ଦିନ ଆଲୁଅରେ ବେଶ ବଦଳେଇ। କେହି ଦେହ କିଣିବାକୁ, କେହି ମନ କିଣିବାକୁ। ମିନୁକୁ ହସମାଡ଼େ। କୋଉ ପୁରୁଷ ଅଣ୍ଟିରେ ଭଲା ଏତେ କଉଡ଼ି ଅଛି ଯେ ସ୍ତ୍ରୀ ଲୋକର ମନ କିଣିବ! ତଥାପି ପୁରୁଷ ଚେଷ୍ଟା କରେ। ମିଛରେ ମନ ଭୁଲାଣିଆ କଥା କହେ- 'ତମକୁ ଭଲ ପାଏ।' ସେଇକଥା ଦିନ ଆଲୁଅରେ କିନ୍ତୁ କହିବାକୁ ଡର। ହାତପାଦ କନକନ। ଇଆଡ଼େ ସିଆଡ଼େ ଚାହୁଁଥିବେ। କାଳେ ତାଙ୍କୁ କିଏ ଦେଖିଦେବ ପରା !

ଯୋଉମାନେ ରାତି ଅନ୍ଧାରରେ ପତଳା ସିଲ୍‌କ ପଞ୍ଜାବୀ ଓ ମଠା ଚାଦର ପକେଇ, ଦେହମୁଣ୍ଡରେ ଅତର ଓ ହାତରେ ଗଜରା ହାର ଗୁଡ଼େଇ ଏଠିକି ଆସନ୍ତି ସେଇମାନେ ବି ଦିନ ଆଲୁଅରେ କୋଠିକୁ କେତେକେତେ ଭାଷାରେ ନିନ୍ଦା କରନ୍ତି। ଏଇଟା ସିଫିଲସ, ଗନେରିଆ ଓ ସବୁପ୍ରକାର ଭୟଙ୍କର ରୋଗର ଉତ୍ପତ୍ତିସ୍ଥଳ ବୋଲି

କହନ୍ତି। ମ୍ୟୁନିସିପାଲିଟି ଏ କୋଠିକୁ ଏଠୁ ଉଠେଇ ବାହାରେ ଫିଙ୍ଗି ଦେଉ ବୋଲି ପିଟିସନ ଲେଖନ୍ତି। ପତିତାମାନଙ୍କୁ ନାରୀ ନିକେତନରେ ଆଶ୍ରୟ ଦିଆଯାଉ ବୋଲି ସହାନୁଭୂତି ପ୍ରକାଶ କରି ଭାଷଣ ଦିଅନ୍ତି। କିନ୍ତୁ ସଞ୍ଜ ନଇଁ ଆସିଲେ, ସେମାନଙ୍କର ଭାଷଣ ଓ ପ୍ରତିଶ୍ରୁତି ସବୁ ଅନ୍ଧାର ଭିତରେ ମିଳେଇ ଯାଏ। ସକାଳ ମନେ ରଖେନାହିଁ ସଞ୍ଜର ସଂକଳ୍ପ କି ସଞ୍ଜ ମନେରଖେ ନାହିଁ ସକାଳର ପ୍ରତିଶ୍ରୁତି।

କୋଠିକୁ କୌଣସିଦିନ ତୀର୍ଥ ଭାବି ବସିନାହିଁ ମିନୁ। ଯୋଉଦିନ ସେ ଏସବୁ କିଛି ଜାଣିବା ଆଗରୁ ଏଇ ଦେହ ବ୍ୟବସାୟରେ ପଶିଯାଇଥିଲା ସେଦିନ ବି ତୀର୍ଥ ବୋଲି ଭାବି ନ ଥିଲା କି ଆଜି ବି ସେପରି ଭାବି ବସି ନାହିଁ। କିନ୍ତୁ ଏଇ ଜାଗାଟା ଯେ ପୃଥିବୀର ନର୍କ, ସେଭଳି କଥାଟାକୁ ସେ ଗ୍ରହଣ କରିପାରେ ନାହିଁ। ନର୍କ ତ ଚାରିଆଡ଼େ ଅଛି। ସେଥିପାଇଁ କୋଠି କି ବେଶ୍ୟାକୁ ଦାୟୀ କରିବାର କାରଣ କ'ଣ?

ସେଦିନ ତା'ର ଦେହ, ମନ ଓ ଆତ୍ମା ଜଳୁଥିଲା। ସେ ନିଜେ ଇ ଜଳୁଥିଲା ଉହ୍ମେଇର ରଢ଼ ନିଆଁଭଳି। ସେ ଜ୍ୱଳନ ତାକୁ ଯେମିତି ପୋଡ଼ିଜାଳି ପାଉଁଶ କରିଦେବ। ସେ ଧାଇଁ ପଳେଇ ଆସିଥିଲା ଜୁଇ ଉପରୁ ଜୀବନ ବଞ୍ଚେଇ। କୁଆଡ଼େ ଯାଉଛି, କ'ଣ କରୁଛି, ଭଲ କରୁଛି କି ମନ୍ଦ କରୁଛି ସେ ସବୁ ଚିନ୍ତା କରିବା ଆଗରୁ ସେ ବେଶ୍ୟା ପାଲଟି ଯାଇଥିଲା। କିନ୍ତୁ ବେଶ୍ୟା ହୋଇ ମିନୁ କୌଣସିଦିନ ଅନୁତାପ କରିନାହିଁ। ବେଶ୍ୟାର ବି ଏତେଟିକେ ସ୍ୱାଧୀନତା ଅଛି, କିନ୍ତୁ କଳାପାଟ ନାୟକ ଘର ବୋହୂର ସେତିକି ଅଧିକାର ନ ଥିଲା।

ପରମେଶ୍ୱର ଗୁଣିଆ ନଡ଼ିଆ ଗଛ ମୂଳେ ବେହୋସ ହୋଇପଡ଼ିଥିବା ମିନୁର ମୁହଁ ଉପରେ ଥଣ୍ଡାପାଣି ଛାଟି ସାଷ୍ଟମ କରେଇଥିଲା। ଆଖି ଖୋଲିଲାପରେ ମିନୁ ସେହି ନୃଶଂସ ଗୁଣିଆଟିକୁ ସାମ୍ନାରେ ଦେଖି ଏତେ ଡରିଯାଇଥିଲା ଯେ ତା' ପାଟିରୁ ଶବ୍ଦଟେ ବି ବାହାରି ନ ଥିଲା। ଆଖି ଦୁଇଟା ତା'ର ବଡ଼ ବଡ଼ ହୋଇ ଯାଇଥିଲା। ଦେହ ସାରା ଯନ୍ତ୍ରଣା ଓ କଷ୍ଟ। ଗୋଡ଼, ହାତ, ପେଟ, ବାହା ସବୁଠି ନୋଳା ଫାଟି ଯାଇଛି। ସର୍ବାଙ୍ଗ ପୋଡୁଛି କଟା ଘା'ରେ ଲଙ୍କା କି ଲୁଣ ଲାଗି ପୋଡ଼ିଲା ପରି। ସେ ହାତ ଯୋଡ଼ି ଖାଲି କହିଥିଲା, "ମୋତେ ମାର ନାହିଁ। ମୁଁ ଡାଆଣୀ ନୁହେଁ। ମୁଁ ମିନୁ। ମୋତେ ମାରିଦିଅ ପଛେ ଏମିତି ମାର ନାହିଁ।"

କେତେଥର ଭାବିଛି ମିନୁ, ବିଷଟିକେ ଯୋଗାଡ଼ କରି ପିଇବ ଓ ଠାକୁରଙ୍କୁ ମୁଣ୍ଡିଆଟେ ମାରି ଶୋଇଯିବ। କିନ୍ତୁ ବିଷ ଟିକେ ଯୋଗାଡ଼ କରିବା ଯେ ଢେର୍ କଷ୍ଟ! ଭାବିଛି ବି, ପୋଖରୀରେ ବାଲିକଳସୀ ବାନ୍ଧି ବୁଡ଼ିଯିବ, ନ ହେଲେ ଘରର ଶେଣିରୁ ଶାଢ଼ିରେ ଦଉଡ଼ି ଦେଇ ଓହଳି ପଡ଼ିବ। କିନ୍ତୁ ଏ ସବୁ ସେ କିଛି କରିପାରି ନାହିଁ। ସବୁଠୁ

ଦୁଃଖ ଓ କଷ୍ଟକର ମୁହୂର୍ତ୍ତରେ ବି କିଏ ଜଣେ ତାକୁ ବଞ୍ଚିବାପାଇଁ ଲୋଭ ଦେଖେଇଛି। କହିଛି, ଦୁଃଖର ଦିନ ଦିନେ ନା ଦିନେ ସରିଯିବ। ଆତ୍ମହତ୍ୟା କରି ଜନ୍ମ ଜନ୍ମକୁ ପାପ କରି ବସିବୁ କାହିଁକି ?

ପରମେଶ୍ୱର ଗୁଣିଆ ଘୋଷଣା କରିଦେଲା, ମିନୁ ଉପରେ ଦାମୋଦରର ପ୍ରଥମ ସ୍ତ୍ରୀ ସବାର ହୋଇଛି। ସଉତୁଣୀ ଈର୍ଷା ଯୋଗୁ ଏମିତି ସବୁ ହେଉଛି। ସେ ଦାମୋଦରର ଘରଦ୍ୱାର ନଷ୍ଟଭ୍ରଷ୍ଟ ନ କଲାଯାଏ ଛାଡ଼ି ଯିବ ନାହିଁ।

ନିଜର ବିବାହିତା ସ୍ତ୍ରୀର ଦୁର୍ଭାଗ୍ୟ ପାଇଁ ଦାମୋଦରର ଦୁଃଖ ନ ଥିଲା। ଦୁଃଖଥିଲା ମିନୁ ତା' ପରିବାରର ସର୍ବନାଶର କାରଣ ହୋଇ ଆସିଛି। ସତେ କି ମିନୁ ଜାଗାରେ ଆଉ କେହି ଥିଲେ ତା' ଆଗ ସ୍ତ୍ରୀର ଆତ୍ମା ତା' ଉପରେ ସବାର ହୋଇ ନ ଥାନ୍ତା। ଦୋଷଟା କେବଳ ମିନୁର, ମିନୁ ଛଡ଼ା ଆଉ କାହାର ନୁହେଁ।

ଏ ଖବର ଶୁଣି ମିନୁ ଚମକି ପଡ଼ିଥିଲା। ଦାମୋଦର ତାକୁ ବାହା ହେବା ଆଗରୁ ଆଉ ଗୋଟେ ସ୍ତ୍ରୀକୁ ଯେ ବାହା ହୋଇଥିଲା ଏ କଥାଟା ତା' ଦି' ଖୁଡ଼ୀ ତା'ଠୁ ଲୁଚେଇ ରଖିଥିଲେ। ସେ ମନେ ମନେ ତାଙ୍କ ଉପରେ ରାଗିଥିଲା। କିନ୍ତୁ ସେମାନେ ତ ଅନେକ ଦୂରରେ। ତାଙ୍କ ପାଖେ ତା' ରାଗର ଖବର ଯାଇ ପହଞ୍ଚିବା ଅସମ୍ଭବ।

ଦାମୋଦରକୁ ଅଠେଇଶ ବର୍ଷ ବୟସ ବେଳେ ପାଟପୁରର ସାବିତ୍ରୀ ଆସିଥିଲା ଏ ଘରର ବୋହୂ ହୋଇ। ଚାରିଟା ବର୍ଷ ଘର ସଂସାର ବି କରିଥିଲା। କିନ୍ତୁ ଦିନେ ସକାଳୁ ଦେଖିବା ବେଳକୁ ମଠ ପୋଖରୀରେ ସାବିତ୍ରୀର ମଲା ଦେହ ଭାସୁଥିଲା।

: କିନ୍ତୁ କାହିଁକି ? ଅନେକଙ୍କୁ ମିନୁ ଏ ପ୍ରଶ୍ନଟି ପଚାରିଛି। କେହି କେହି ଆଡ଼େଇ ଯାଆନ୍ତି, ଆଉ କେହି ଗାଳିମନ୍ଦ ଦେଇ ଉଠି ପଳାନ୍ତି। ସାବିତ୍ରୀ କୁଆଡ଼େ ମଲାବେଳକୁ ଗର୍ଭବତୀ ଥିଲା। ତା' ପେଟରେ ଥିଲା ଛଅ ମାସର ପିଲା। ଦାମୋଦରର ସ୍ତ୍ରୀ ଗର୍ଭବତୀ ? ଏମିତିକା ପ୍ରଶ୍ନଟିରୁ ହିଁ ମିନୁ ସାବିତ୍ରୀର ଆତ୍ମହତ୍ୟାର କାରଣ ପାଇଯାଏ। ପାପଗର୍ଭା ସାବିତ୍ରୀ। ଲୋକ ନିନ୍ଦାକୁ ଡରି ମରିଗଲା।

ଡରିଯାଇଥିଲା ସାବିତ୍ରୀ। ତା'ର ଇଚ୍ଛା ଓ କାମନାମାନଙ୍କୁ ମେଣ୍ଟେଇ ନିଜ ଇଚ୍ଛାରେ ସେ ଆତ୍ମହତ୍ୟା କରିଦେଇଥିଲା। ଦାମୋଦର ପରି ଲୋକର ପତ୍ନୀ ହୋଇ ବଞ୍ଚିବାଠାରୁ ମରିଯିବା କୋଉଗୁଣେ ତ ଖରାପ ନୁହେଁ!

ସେଇ ପାପଗର୍ଭା ସାବିତ୍ରୀର ଅତୃପ୍ତ ଆତ୍ମା କାଳେ କଳାପାଟ ଗାଁରେ ଘୂରି ବୁଲୁଥିଲା। ଘୂରି ବୁଲୁଥିଲା ଦାମୋଦରର ଘର, ବାଡ଼ି ଓ ଖଳା ଚାରିପଟେ। ମିନୁ ସାବିତ୍ରୀର ଜାଗା ମାଡ଼ି ବସିଥିବାରୁ ସାବିତ୍ରୀ ମାଡ଼ିବସୁଥିଲା ମିନୁକୁ। ସଉତୁଣୀ ଡାଆଣୀର ଅହନ୍ତା ଖୁବ ବେଶୀ। ମରିବ କି ମାରିବ। ଛାଡ଼ି ପଳେଇବ ନାହିଁ।

ମିନୁ ବୁଝିପାରେ ନାହିଁ ଏମିତି କାହାଣୀସବୁ କେମିତି ରାତାରାତି ତିଆରି ହୋଇଯାଆନ୍ତି। ବୁଢ଼ିଆଣୀର ଜାଲପରି ଏହି ଅପପ୍ରଚାରର ଜାଲରୁ ସେ ନିଜକୁ ମୁକୁଳେଇ ନେଇପାରେ ନାହିଁ। ତା'ର ସବୁ ଆପତ୍ତି, ଅଭିଯୋଗ, ଅନୁନୟ ବିନୟ, ରାଗ ଅଭିମାନ, ଲୁହ ଏବଂ କୋହ ଅର୍ଥହୀନ ହୋଇପଡ଼େ। ସେ ସବୁ ସେମାନଙ୍କୁ ଦିଶେ ଆତ୍ମରକ୍ଷାର ଗୋଟେ ଗୋଟେ ବାହାନା। ସେ ଧୈର୍ଯ୍ୟ ହରେଇ ନିରବରେ ବସେ। ତା'ର ଆଉ କିଛି କହିବାର ନ ଥାଏ।

ବେଳେ ବେଳେ ଭାବେ ଲୁଚି ଲୁଚି ଗାଁକୁ ପଳାନ୍ତା। କେହି ନ ବୁଝିଲେ ବି ମାଷ୍ଟ୍ରେ ବୁଝନ୍ତେ ତା'ର ମନକଥା। ତାକୁ ଯେ ସେ ପିଲାଟି ଦିନୁ ଜାଣନ୍ତି! ସେ କ'ଣ କହନ୍ତେ ମିନୁ ଡାଆଣୀ, ଗୋଟେ ଦୁଶ୍ଚରିତ୍ରା?

କିନ୍ତୁ ଯାଇପାରେ ନାହିଁ। ବହି, ଖବର କାଗଜ ଓ ବଡ଼ ବଡ଼ ମଣିଷଙ୍କ ଭାଷଣ ସବୁ ଅର୍ଥଶୂନ୍ୟ ମନେହୁଏ। ନାରୀର ଭାଗ୍ୟ ପଥର ତଳେ, ସେ ଗୋଟେ ପାପୋଛ, ଗୋଟେ ଚଉତରା, ଯୋଉଠି ସମସ୍ତେ ପାଦର ମଳି ଓ ମଇଳା ଛାଡ଼ିଯାଆନ୍ତି। ତା'ଠୁ ବେଶି କିଛି ନୁହେଁ।

କେତେଟା ବର୍ଷ ବା ସେ ବିତେଇଥିଲା ଶାଶୂଘରେ? ଗଣି ଗଣି ପାଞ୍ଚଟା ବରଷ। ଅଥଚ ସେଇ ପାଞ୍ଚ ବର୍ଷ ତାକୁ ଲାଗିଥିଲା ପାଞ୍ଚ ଜନ୍ମ ପରି। ଗୋଟେ ଗୋଟେ ଦିନ ଗୋଟେ ଗୋଟେ ଯୁଗ। ଅନାଦର, ଉପେକ୍ଷା, ସନ୍ଦେହ ଓ ଅଦଉତିର ଘନ ଘନ ଅତ୍ୟାଚାରରେ ମିନୁର ଦେହ ଅସ୍ଥି ଚର୍ମସାର ହୋଇଯାଇଥିଲା। ତା'ର ଖାଇବାକୁ କି ପିନ୍ଧିବାକୁ, ଶୋଇବାକୁ କି ପିଇବାକୁ ଆଗ୍ରହ ରହୁ ନ ଥିଲା। ଯୁଆଡ଼େ ଯାଉଥିଲା ତା' ପଛେ ପଛେ ଗୋଡ଼ଉଥିଲା ଗୋଟ ଅପନିନ୍ଦାର ପାଗଳା କୁକୁର।

ସେ ଡାଆଣୀ।

ସେ ଦୁଶ୍ଚରିତ୍ରା।

ସେ ଆଣ୍ଠୁକୁଡ଼ୀ!

ମିନୁର ମୁଣ୍ଡଉପରେ ପାହାଡ଼ ଭାଙ୍ଗି ଖସିପଡ଼େ। ଆଣ୍ଠୁକୁଡ଼ୀର ଅପବାଦ ତାକୁ ଗୋଡ଼େଇ ଗୋଡ଼େଇ ହାଲିଆ କରିଦିଏ। ସେ ବୁଝିପାରେ, କୋଉ ଦୁଃଖରେ ସାବିତ୍ରୀ ବୁଢ଼ି ମରିଗଲା।

ହୁଏତ ବୁଢ଼ି ନ ମରିଥିଲେ ତାକୁ ଏହିଭଳି ତିଳ ତିଳ କରି ମାରିଥାଆନ୍ତେ ଏମାନେ।

ଥରେ ସାହସ କରି ସେ ଶାଶୂଙ୍କ ପାଖରେ ଯାଇ ଛିଡ଼ା ହୋଇଥିଲା। ଜ୍ୟେଷ୍ଠ ମାସ। ଖଳାରୁ ଧାନ ଉଡ଼ା ତଦାରଖ ସାରି ଶାଶୂ ଫେରିଥିଲେ। ସଞ୍ଜବତି ଦେଇ ଚଉଁରା ପାଖରୁ ଫେରିଥିଲା ମିନୁ। ଗଳା ସଫା କରି କହିଥିଲା –

: ମୋତେ ଦୋଷ କାହିଁକି ଦେଉଛନ୍ତି ବୋଉ !

: ଆଉ କା ଦୋଷ ?- ଶାଶୂ ଚିହିଙ୍କି ଉଠିଥିଲେ ।

: ସେ କଥା ମୁଁ କେମିତି କହିବି ? – ମିନୁ କାହା ଉପରେ ସିଧାସଳଖ ଅଭିଯୋଗ ଆଣିବାକୁ ଚାହୁଁ ନ ଥିଲା ।

କିନ୍ତୁ ଶାଶୂ ଭୁଲ୍ ବୁଝିଥିଲେ । "କହିବୁ ନାହିଁ କହିବୁ ନାହିଁ କହି ତ ବେଶ୍ କହୁଛୁ । ବଡ଼ି ବଡ଼ି କହିବା ତୋ ଆଦତ । ସେଇଥିପାଇଁ ବାପଘର ଶାଶୂଘର ଦି' କୁଳରେ କଳଙ୍କ ଲଗେଇ ଆଉରି ମନଶାନ୍ତି ହୋଇନାହିଁ ।"

ଆହତ ମିନୁ ଫେରି ଆସିଥିଲା ଦଉଡ଼ି ଦଉଡ଼ି । ଘର ଭିତରେ ପଶିଯାଇ କବାଟ କିଲି ଦେଇଥିଲା । କଇଁ କଇଁ ହୋଇ କାନ୍ଦିଥିଲା ଅଭିମାନତକ ଲୁହ ହୋଇ ବୋହି ଯିବା ପର୍ଯ୍ୟନ୍ତ ।

କାହାକୁ କହିବ ସେ ତା' ମନର କଥା । କାହାକୁ କହିବ, "ଦେଖ, ଏଇଠି ଦେଖ । ମୁଁ ସମର୍ଥ ମାଟି । ମୋ'ଠି ବି ଇଚ୍ଛା ଅଛି, କାମନା ଅଛି । ଛୁଆଟେକୁ କୋଳରେ ଜାକି ମା ଡାକ ଶୁଣିବାର ବାସନା ଅଛି । ମୁଁ ମା ହେବାକୁ ଚାହେଁ । ଆଣ୍ଟୁକୁଡ଼ୀ ହୋଇ ମରିବାକୁ ଚାହେଁନା ମୁଁ । ମୁଁ ମା ହେବାକୁ ଚାହେଁ ।"

ତା' ଭିତରୁ କେହି ଯେମିତି ପରିହାସ କରିଉଠେ । ପରିହାସ କରିଉଠେ ତା'ର ଭାଗ୍ୟ ।

ମିନୁ ଅଖିଆ ଅପିଆ ପଡ଼ିରହେ ନିଜର ବିମର୍ଷ ଭାଗ୍ୟକୁ ନେଇ । ଅସମର୍ଥ ପୁରୁଷର ସ୍ତ୍ରୀ ହୋଇ । ଡାଆଣୀ ଓ ଆଣ୍ଟୁକୁଡ଼ୀର ଅପଯଶ ନେଇ ।

କିନ୍ତୁ ଦାମୋଦର ନିରବରେ ବସେ ନାହିଁ । ତା'ର ନିନ୍ଦା ଓ ଅପଯଶକୁ ସେ ସହଜରେ ଗଡ଼େଇଦିଏ ମିନୁର ମୁଣ୍ଡ ଉପରେ । ତା'ର ଭାଗ୍ୟ, ଦି' ଦି'ଥର ସ୍ତ୍ରୀ ବଦଳରେ ସେ ମୁଣ୍ଡେଇଛି ଦିଇଟି ବାଞ୍ଝ ନାରୀ । ଦିଇଟି ଟାଙ୍ଗରା ପଡ଼ିଆ ।

ଗାଁ ଲୋକମାନେ ଦାମୋଦରଠୁ ପାନ ବିଡ଼ି ଖାଇ ତା' ପ୍ରତି ସହାନୁଭୂତି ପ୍ରକାଶ କରନ୍ତି । ସାନ୍ତ୍ୱନା ଦିଅନ୍ତି, "ଆଉ କିଛି ଦିନ ଅପେକ୍ଷା କର । କିଛି କୁଆଡ଼େ ନହେଲେ ସାଆଡ଼ା ଗଛକୁ ବାହାହୋଇ ଆଉଗୋଟେ ସ୍ତ୍ରୀ ଆଣିବୁ ।"

ପୁଅ ପାଇଁ ଯେତେ ଭାର୍ଯ୍ୟା ଆଣିଲେ ବି ଦୋଷନାହିଁ – ପଣ୍ଡିତ ଶାସ୍ତ୍ର ବାହାର କରି ଶ୍ଳୋକ ପଢ଼ି ଶୁଣାନ୍ତି । ଦାମୋଦର ହାଲୁକା ଦିଶେ । ଶାଶୂ ଚାଉଳ ଓ ଟଙ୍କା ପଣ୍ଡିତଙ୍କ ଝୁଲାରେ ଅଜାଡ଼ି ଦିଅନ୍ତି । ପଣ୍ଡିତ ଖୁସି ମନରେ ପୋଥିବିଡ଼ା କାଖରେ ଜାକି ଚାଲିଯାଆନ୍ତି ।

ଏଭଳି ଚାଟୁକାର ବ୍ରାହ୍ମଣକୁ ଅଭିଶାପ ଦେବାକୁ ଇଚ୍ଛା ହୁଏ ମିନୁର । ପୁଣି

ଗୋଟେ ଝିଅ ଆସିବ ଏଠିକି ଜଳିପୋଡ଼ି ମରିବାପାଇଁ? ଆଉଗୋଟେ ହତଭାଗିନୀ ପୁଣି ବନ୍ଧାଯିବ ଏଇ ବଳିକାଠରେ? ଗୋଟେ ନପୁଂସକର ସ୍ତ୍ରୀ ହୋଇ ଦୁନିଆଯାକର ଅପନିନ୍ଦାକୁ ବୋହି ବଞ୍ଚିବ ସେ ସାରା ଜୀବନ?

କିନ୍ତୁ ସେସବୁ ହେବାପାଇଁ ତଥାପି ଡେରି ଥିଲା। ମିନୁ ତଥାପି ବଞ୍ଚିଥିଲା। ନାୟକ ଘରର ବୋହୂ ହୋଇ।

ପରମେଶ୍ୱର ଗୁଣିଆର ସୁପାରିସରେ ବତିଶକଳା ଗୁଣିଆ ଜଣେ ଆସିଥିଲା ଦୂର ସହରରୁ। "ଅମାବାସ୍ୟା ରାତିରେ ମଶାଣିର ମନ୍ତ୍ର ବୋଲି ବୋଲି ସେ ଆସିବ ଓ ଏକାଥରକେ ଡାଆଣୀ ଛଡ଼େଇ ପୁଣି ସେଇ ମଶାଣିରେ ନେଇ କିଳିଦେଇ ଆସିବ। ତା'ର ମନ୍ତ୍ର ଅବ୍ୟର୍ଥ। ତିନିପୁରରେ ଯୋଉଠି ଲୁଚି ରହିଥିଲେ ବି ସେ ଡାଆଣୀ ଖସିଯାଇ ପାରିବ ନାହିଁ।

ମିନୁର ଭାଗ୍ୟରେ ପୁଣି ଥରେ ଆସିଥିଲା କାଳ ରାତି। ଏ ରାତିର କାଳିମା ଥିଲା ଆଗର ସବୁ ରାତିଠୁ ଅଧିକ ଗାଢ଼, ଅଧିକ ଭୟଙ୍କର।

ନୂଆ ଗୁଣିଆ ଦିଶୁଥିଲା ଗୋଟେ ଗଣ୍ଡାପରି। ତା'ର ନିଶ ଓ ଦାଢ଼ିର ଜଙ୍ଗଲ ଭିତରେ ଓଠ ଓ ଆଖି ଦିଓଟି କୁଆଡ଼େ ଲୁଚିଗଲା ପରି ଦିଶୁଥିଲା। ଦେହରେ ଗୋଟେ କଳାଚାଦର ସେ ବେଢ଼େଇ ହୋଇଥିଲା। ତା' ବେକରେ ରୁଦ୍ରାକ୍ଷ ମାଳା, ଗୋଲ ଓ ଚେପଟା ଡେଉଁରିଆ, ହାଡ଼ ଓ ଶାମୁକା ଗୁନ୍ଥା ଚାରିଟି ମାଳ ପଡ଼ିଥିଲା। ଦେହମୁଣ୍ଡ ଚାରିଆଡ଼େ ସିନ୍ଦୂର ଚିହ୍ନ ଦାଉ ଦାଉ ଜଳୁଥିଲା। ତା'ର ଏ ଚେହେରା ସାଙ୍ଗକୁ ଲାଲ ଆଖି ଯୋଡ଼ିକ ଏତେ ଭୟଙ୍କର ଦିଶୁଥିଲା ଯେ କେବଳ ବୟସ୍କ ମଣିଷମାନଙ୍କ ବ୍ୟତୀତ ଆଉ କେହି ତା' ପାଖକୁ ଯିବାପାଇଁ ସାହସ କରୁ ନ ଥିଲେ।

ପୁଣି ଥରେ ଗାଧୋଇ ପାଧୋଇ ନୂଆ ଲୁଗା ପିନ୍ଧି ଆସିଥିଲା ମିନୁ। ଚାରିଆଡ଼ ଶୂନ୍‌ଶାନ୍। କଳାପାଟ ଗାଁ ଶୋଇପଡ଼ିଥିଲା ଭାତ ନିଦରେ। ନଡ଼ିଆଗଛ ପତ୍ର ସନ୍ଧିରୁ କେବଳ ଅର୍କ୍ଷିତ ତାରା କେଇ ପୁଞ୍ଜାଙ୍କୁ ଛାଡ଼ିଦେଲେ ଆଉ କେହି ଦିଶୁ ନ ଥିଲେ। ଗୁଣିଆ ମଶାଣିରୁ ମନ୍ତ୍ର ବୋଲି ବୋଲି ଆସିଥିଲା ଓ ତା' ଆସ୍ଥାନ ଉପରେ ଯାଇ ବସିଥିଲା।

ମିନୁ ଗୁଣିଆକୁ ଦେଖୁ ଦେଖୁ ଡରିଯାଇଥିଲା। ପରମେଶ୍ୱର ଗୁଣିଆ ପରି ଏ ଗୁଣିଆର ହାତ ପାଆନ୍ତାରେ ବି ଥିଲା ଗୋଟେ ଲମ୍ବା ସାଙ୍କୁଚ ଲାଙ୍ଗୁଡ଼। ଗୋଟେ ଲୁହା ଖଡ଼ିକା କାଠ କୋଇଲା ଜଳୁଥିବା ପଲମରେ ତାତି ଲାଲ ଦିଶୁଥିଲା।

ମିନୁ ଅଚେତ ହୋଇଗଲା।

ତା'ର ଶୀର୍ଣ୍ଣ ଦେହ, ଉପେକ୍ଷିତ ମନ ଓ ପ୍ରତାରିତ ଆତ୍ମା ଏଭଳି ଦୃଶ୍ୟକୁ ଗ୍ରହଣ

କରିପାରୁ ନ ଥିଲା। ଆଉ କେତେଥର ଏଭଳି ଜିଅନ୍ତା ମୃତ୍ୟୁକୁ ସାମ୍ନା କରିବାକୁ ପଡ଼ିବ, ସେ ଜାଣି ନ ଥିଲା।

ତା' ମୁହଁରେ ପାଣି ଛିଞ୍ଚି ସେଇ ଗୁଣିଆ ତା'ର ଚେତା ଫେରେଇ ଆଣିଥିଲା। ବଡ଼ ପାଟିରେ ମନ୍ତ୍ର ପଢ଼ିଥିଲା ଓ କୌତୂହଳୀ ଶାଶୂ ଓ ଦାମୋଦରଙ୍କୁ ସେ ଘରୁ ବାହାର କରିଦେଇ ପଚାରିଲା, "କହ ତୁ କିଏ ?"

ମିନୁ କିଛି କହିଲା ନାହିଁ। ଗୁଣିଆ ଡାହାଣ ହାତରେ ସାଙ୍କୁଚ ଲାଙ୍ଗୁଡ଼ଟା ଉଠେଇ ଆଣି ସାଏଁ କରି ପିଟିଦେଲା ପାହାରେ। ମିନୁର ମାଂସ ଓ ହାଡ଼ ଯେମିତି ସେଇ ପାହାରରେ ଚୂନା ଚୂନା ହୋଇ ଖସିପଡ଼ିଲା ! ସେ ଦାନ୍ତକାମୁଡ଼ି ଯନ୍ତ୍ରଣାକୁ ସହିନେଲା। ତା'ର ଧାରଣା ହୋଇସାରିଥିଲା ଯେ ସେ ଯେତେଥର ନିଜର ସତ ପରିଚୟ ଦେଉଥିବ ସେତେଥର ତାକୁ ଏହିଭଳି ନିର୍ଯାତନା ସହିବାକୁ ପଡ଼ିବ। ଏଥିରୁ ତା'ର ମୁକ୍ତି ନାହିଁ। ତା' ଭିନ୍ନ ଅବଶିଷ୍ଟ ପୃଥିବୀ ତାକୁ ଡାଆଣୀ ଘୋଷଣା କରିସାରିଛି। ତାକୁ ସାବିତ୍ରୀର ଆତ୍ମା ଗ୍ରାସ କରିଛି, ଏକଥା ପରମେଶ୍ୱର ଗୁଣିଆ ପ୍ରମାଣ କରିଦେଇ ଯାଇଛି। ସେ ସେହି ପରିଚୟରୁ ନିଜକୁ ମୁକ୍ତ କରିପାରିବ ନାହିଁ। ସେ ମାନୁ ବା ନ ମାନୁ ସେ ଡାଆଣୀ। ସେ ମିନୁ ନୁହେଁ, ସାବିତ୍ରୀ। ଗୁଣିଆ ଆଉଥରେ ଜେରା କଲା, "ତୁ କିଏ ?"

: ସା-ବି-ତ୍ରୀ।।

ଗୁଣିଆର ଆଖି ଖୋସି ହୋଇଗଲା। ସେ ଉତ୍ସାହିତ ଦିଶିଲା। ପାଟି କରି ଦାମୋଦର ଓ ତା'ର ମାଆକୁ ଡାକ ପକେଇଥିଲା। ଆସ, ଦେଖ, ବତିଶକଳା ଗୁଣିଆର କରାମତି।

ମିନୁ ଅଭିନୟ ଆରମ୍ଭ କରିଦେଇଥିଲା। ଆଖଡ଼ାଘରର ଯୋଉ ଅଭିନୟ ତାକୁ ଅବଶେଷରେ ଆଣି ଏମିତି ନର୍କର ଦ୍ୱାର ମୁହଁରେ ପହଞ୍ଚେଇ ଦେଇ ଯାଇଥିଲା ସେଦିନ ସେହି ଅଭିନୟ ବଳରେ ସେ ସେଠାରୁ ମୁକ୍ତି ଚାହିଁଥିଲା। ସେ ଆଖିବୁଜି ମନ ଭିତରେ କେବଳ ଗୋଟାଏ ପ୍ରାର୍ଥନା କରିଥିଲା, "ମୋତେ ମୁକ୍ତି ଦିଅ ପ୍ରଭୁ ! ମୁକ୍ତି ଦିଅ।"

ଦୁଇ ଦୁଇଥର ସେ ପଚାରିବା ପ୍ରଶ୍ନର ଉତ୍ତର ନ ମିଳି ଥିବାରୁ ପୁଣିଥରେ ଗୁଣିଆ ସାଙ୍କୁଚ ଲାଙ୍ଗୁଡ଼ ଉଠେଇ ଧରିଥିଲା। ମିନୁ ଚମକିପଡ଼ି କହିଲା, "ମୁଁ ପଳେଇଯିବି, ମୋତେ ଛାଡ଼ିଦିଅ।"

: ବଦମାସ୍, ତୁ ସହଜରେ ଯିବୁ ନାହିଁ। ପାଞ୍ଚବର୍ଷ ହେଲା ନାଟ କରୁଛୁ। ଦାମୋଦରକୁ ଡାକିଲା ଗୁଣିଆ, "ଏଠିକି ଆ, ଧର୍ ତା' ଦୁଇ ହାତ। ଭିଡ଼ି ଧର।"

ଦାମୋଦର ଆଜ୍ଞା ପାଳନ ପାଇଁ ଧାଇଁ ଆସିଲା। ତା'ର ଦୁଇ ପଞ୍ଝାରେ ଭିଡ଼ିଧରିଲା ମିନୁର ଦୁଇବାହା।

ମିନୁ ଚିତ୍କାର କଲା। ଗୋଡ଼ କଚାଡ଼ିଲା। ତା'ର ସବୁ ଶକ୍ତି ପ୍ରୟୋଗ କରି ଦାମୋଦରର କବଳରୁ ମୁକୁଳି ଯିବାକୁ ଚେଷ୍ଟା କଲା। କିନ୍ତୁ ପାରିଲା ନାହିଁ। ସେହି ଗଣ୍ଡା ପରି ଦିଶୁଥିବା ନୃଶଂସ ଗୁଣିଆଟା ତତଲା ଲୁହା ଖଡ଼ିକାକୁ ଆଣି ମିନୁର ଲୁଗାଟେକି ତା' ଜଂଘରେ ମାଡ଼ିଦେଲା। ମିନୁର ବାଁ ଜଂଘ ତତଲା ଲୁହାର ଧାସରେ ସିଝିଗଲା। ସେ ଚିତ୍କାର କରି ଉଠିଲା ତା'ର ସବୁ ଶକ୍ତି ଓ ସାମର୍ଥ୍ୟ ଲଗେଇ। ମରିଗଲି... ମରିଗଲି ବୋଉ।

ସେ ଚିତ୍କାରରେ କଳାପାଟର ନିସ୍ତବ୍ଧତା ବିଦୀର୍ଣ୍ଣ ହୋଇଥିଲା। ତେନ୍ତୁଳିଗଛର ଚଢ଼େଇମାନେ ଫଡ୍‌ଫାଡ୍ ହୋଇ ଉଡ଼ିଗଲେ। ଦାମୋଦର ଭୟରେ ମିନୁର ହାତ ଛାଡ଼ିଦେଇ ଛିଡ଼ା ହୋଇ ପଡ଼ିଲା।

ଗୁଣିଆ ଚିତ୍କାର କଲା, "ଯା, ପଳା। ପଳା ଏଠୁ।"

ମିନୁ ଉଠିପଡ଼ିଲା। ଥରୁଟେ ବି କାହା ଆଡ଼କୁ ଚାହିଁଲା ନାହିଁ। ଆଖିର ଲୁହକୁ ପୋଛି ଦେଲା ନାହିଁ। ବାଁ ଗୋଡ଼ଟି ଟେକି ଟେକି ସେ ଦଉଡ଼ିଲା। ଦଉଡ଼ିଲା ଏକ ମୁହାଁ ହୋଇ।

ତା' ପଛେ ପଛେ ସେଇ ମୋଟା ଗଣ୍ଡାପରି ଦିଶୁଥିବା ଗୁଣିଆଟି ଲୁହା ଖଡ଼ିକା ଧରି ଅନୁସରଣ କରୁଥିଲା। କିନ୍ତୁ ମିନୁ ସେତେବେଳକୁ ଅନେକ ବାଟ ଦଉଡ଼ି ଯାଇଥିଲା। କଳାପାଟ ଗାଁ, ଗୋହିରୀ, ନାଳିମାଟି ରାସ୍ତା ଏସବୁ ରହିଯାଇଥିଲା ଢେର୍ ପଛରେ। ରାତି ଅନ୍ଧାରରେ ତା'ର ଛାଇ କୁଆଡ଼େ ହଜି ଯାଉଥିଲା, ସେ ନିଜେ ବି ଜାଣି ନ ଥିଲା।

ମିନୁ ବାଁ ଜଂଘର ସେଇ ଗରମ ଲୁହା ଖଡ଼ିକାର ଦାଗଟା ଆଜି ବି ସେଇଠି ଅଛି। ଠିକ୍ ଆଣ୍ଠୁ ଉପରକୁ ଚାରି ଆଙ୍ଗୁଳି ଚଉଡ଼ାର ସେ ଦାଗଟା ଜୀବନ ସାରା ତା' ସାଙ୍ଗରେ ରହିବ। ମଲାପରେ ତା' ସାଙ୍ଗରେ ଯିବ ଗାତକୁ। ସେଠି ଆଉ ଲୋମ ଉଠି ନାହିଁ।

କେମିତି ସେ ଧାଇଁ ଧାଇଁ ଚାଲିଆସିଥିଲା ଏତେଗୁଡ଼ାଏ ବାଟ ଆଜି ସେ କଥା ମନେ ପକେଇପାରେ ନାହିଁ ମିନୁ। କେବଳ ସେ ଜାଣିଥିଲା ଜୀବନ ବିକଳରେ ସେ ଧାଉଁଛି। ଯଦି ଏମାନଙ୍କ କବଳରୁ ସେ ବର୍ତ୍ତିଯାଏ ତାହାହେଲେ ହୁଏତ ବର୍ତ୍ତିଯିବ। ବର୍ତ୍ତିଯିବ ନିଜ ଇଚ୍ଛାରେ ମରିବା ପାଇଁ, ତା' ନ ହେଲେ ତାକୁ ଟିକିଟିକି କରି ହାଣିଦେବେ, ତା'ର ଦେହ ମୁଣ୍ଡ ଜିଅଁନ୍ତା ପୋଡ଼ି ସିଝେଇ ଦେବେ।

ରାତି ପାହି ସାରିଥିଲା। ମିନୁ ଚାହିଁଥିଲା ତା'ର ବେଶ ପୋଷାକକୁ। ଏତେ ଦୁଃଖରେ ବି ତାକୁ ହସ ଲାଗିଥିଲା। ଶୁଖିଲା ହସ। ଏଇ ତା'ର ଦେହ, ତା'ର ଯୌବନ,

ତା'ର ମନ ଓ ଆତ୍ମା। ଗୋଟେ ଭିକାରୁଣୀ ବି ଦିଶୁଥିବ ତା'ଠୁ ଅଧିକ ସୁନ୍ଦର, ଅଧିକ ସ୍ୱାସ୍ଥ୍ୟବତୀ।

ରାତି ଅନିଦ୍ରା, ପଥଶ୍ରମ, କ୍ଷୁଧା, ତୃଷା ଏବଂ ଜଂଘର ସେଇ ପୋଡ଼ା ଘା' ତାକୁ ଅଥୟ କରିଦେଇଥିଲା। ମିନୁ ସେହି ମୁହୂର୍ତ୍ତରେ ସ୍ଥିର କରିନେଇଥିଲା, ସେ ସମୁଦ୍ର କି ନଈକୁ ଡେଇଁପଡ଼ି ଜୀବନ ହାରିଦେବ। ତା'ର ମା ନାହିଁ, ବାପ ନାହିଁ, ଘର ନାହିଁ, ବର ନାହିଁ, ନାହିଁ, ନାହିଁ ବୋଲି କିଛି ତା'ର ନାହିଁ। ଏମିତିକା ମଣିଷ ଜିଇଁ ରହି ଲାଭ କ'ଣ ?

କିନ୍ତୁ ମରିପାରିଲା ନାହିଁ ମିନୁ। ସମୁଦ୍ର କୂଳରେ ଦରମଲା ହୋଇ ଆସି କଚାଡ଼ି ପଡ଼ିଥିଲା, ତା'ପରେ ତା'ର ଭାଗ୍ୟ ତାକୁ ଆଣି ଏଇଠି ପହଞ୍ଚେଇ ଦେଇ ଚାଲି ଯାଇଥିଲା।

●

ସଞ୍ଜ ହୋଇ ଯାଇଥିଲେ ବି ଆକାଶରେ ଅସମ୍ଭବ ଧରଣର ନାଲି ରଙ୍ଗ ତଥାପି ନେସି ହୋଇ ରହିଥିଲା । ଅନ୍ଧାରର କଳା ରଙ୍ଗ ଅନେକ ଚେଷ୍ଟା କରି ଲିଭେଇ ପାରୁ ନ ଥିଲା ଆକାଶର ଲାଲିମା । ଏମିତିକା ନାଲି ଆକାଶ ଦେଖିଲେ ଆଶଙ୍କା ହୁଏ, କିଛି ଗୋଟେ ବିପଦ ଆସିବ । ଝଡ଼ବର୍ଷା, ନ ହେଲେ ବାତ୍ୟା ।

ମିନୁ ଆକାଶର ପଡ଼ିଆରୁ ଆଖି ଆଞ୍ଜୁଳାରେ ତାରା ସାଉଣ୍ଟୁ ଥିଲା । ଗୋଟିକିଆ ତାରା ଦେଖିବା ଅଶୁଭ- ପିଲାଦିନେ ବୋଉ କହିଥିଲା । ସଞ୍ଜୁଆ ତାରାର ଉପରକୁ ଟିକି ତାରାଟିଏ । ମିନୁ ଆଶ୍ୱସ୍ତ ହେଲା । ଖୁବ୍ ଗୋଟାଏ ବିପଦରୁ ଯେମିତି ସେ ମୁକ୍ତି ପାଇଗଲା ।

ବେଳେବେଳେ ଆକାଶକୁ ଚାହିଁବାପାଇଁ ତାକୁ ଭଲ ଲାଗେ ! ବଉଦମାନଙ୍କର ବେଶ ବଦଳ ଦେଖି ସେ ଖୁସିହୁଏ । ତାରାମାନଙ୍କ ଭାଗ୍ୟ ସାଙ୍ଗରେ ନିଜର ଭାଗ୍ୟକୁ ଯୋଡ଼ି ସେମାନଙ୍କୁ କେତେ କଥା ଶୁଣାଏ । ଅଳସ ଆଖିପତା ଯୋଡ଼ିକ ମୁଦିହୋଇ ନ ଆସିଲା ଯାଏ ସେ ଝରକା ଉପରେ ଆଉଜିଲା ପରି ମୁହଁ ଗଳେଇ ଦେଖେ ସମୁଦ୍ର, ଦେଖେ ଆକାଶ ।

କିନ୍ତୁ ସବୁ ରାତି ତା' ନିଜର ଦଖଲରେ ନ ଥାନ୍ତି । ଗୋଟେ ଗୋଟେ ରାତିରେ ସେ ଥରୁଟେ ପାଇଁ ବି ସମୁଦ୍ରକୁ ଦେଖିପାରେ ନାହିଁ । ଦେହ ଏତେ କ୍ଳାନ୍ତ ଓ ମନ ଏତେ ଉଦାସ ହୋଇ ଯାଇଥାଏ ଯେ ସେ ଚୁପ୍‌ଚାପ୍ ମୁହଁ ଘୋଡ଼େଇ ଶୋଇପଡ଼େ । ସକାଳକୁ ବିଛଣା ଛାଡ଼ିବା ବେଳକୁ ଅନେକ ଡେରି ହୋଇ ଯାଇଥାଏ । ଆଉ ଆକାଶକୁ ଚାହିଁ ହୁଏ ନାହିଁ ।

ନବଘନ ଆସି ଖବର ଦେଲା, "ପାଣ୍ଡୁ ବାବୁ ଅଫିସ୍ ଘରେ ଅପେକ୍ଷା କରୁଛନ୍ତି । ତାଙ୍କର କ'ଣ ଜରୁରୀ କାମ ଅଛି ।"

ମିନୁ ପଙ୍ଖା ସ୍ୱିଚ୍ ବନ୍ଦ କଲା । କବାଟ ଆଉଜେଇ ଅଫିସ୍ ଘରକୁ ଗଲା ।

ପାଣ୍ଡୁବାବୁ ସାଙ୍ଗେ ତା'ର ପରିଚୟ ଚାରିବର୍ଷର । ଚାରିବର୍ଷ ହେଲା ଟାଉନ ଥାନାର ଇନିସ୍‌ପେକ୍ଟର ଅଛନ୍ତି ପାଣ୍ଡୁବାବୁ । ଆଗରୁ କେହି ଏତେ ଦିନ ଏଇ ଥାନାରେ ରହିପାରି ନ ଥିଲେ । ଖୁବ୍ କାମିକା ଲୋକ ପାଣ୍ଡୁବାବୁ ।

ଆକସ୍ମିକ ଭାବରେ ଦେଖା ହୋଇଥିଲା ପାଣ୍ଡୁ ବାବୁ ସାଙ୍ଗେ । ମିନୁ ଆଖିବୁଜି ଅନିବାର୍ଯ୍ୟକୁ ଅପେକ୍ଷା କରୁଥିଲା । ସେଇ ମୁହୂର୍ତ୍ତ, ଯେତେବେଳେ ଗୋଟେ ଅପରିଚିତ ହାତ ତାକୁ ନିର୍ବସ୍ତ୍ର କରିଦିଏ ଓ ତା'ର ଉଲଗ୍ନ ଦେହକୁ ନେଇ ଶିକାରୀ ବାଘ ମଢ଼ ସାଙ୍ଗରେ ଖେଳ ଖେଳିବାପରି ହଲାପଟା ଆରମ୍ଭ କରିଦିଏ ।

ସେଦିନ କିନ୍ତୁ ପାଣ୍ଡୁ ବାବୁ ସେମିତି କିଛି ଚାହିଁ ନ ଥିଲା । ମିନୁକୁ ଦେଖି ସେଦିନ ତା' ଭିତରେ ଆଉ ଗୋଟେ ଭାବ ଅବା ସୃଷ୍ଟି ହୋଇଯାଇଥିଲା । କିନ୍ତୁ କାହିଁକି ? ତା'ର ବୟାଳିଶ ବର୍ଷର ଜୀବନରେ ସେ ତା' ପରି ଗୋଟେ ବେଶ୍ୟାକୁ କ'ଣ ଆଗରୁ ଭେଟି ନ ଥିଲା ?

ମିନୁ କହିଥିଲା, "ବସି ରହିଲେ ଯେ ! ଆପଣଙ୍କର ଡେରି ହେଉଥିବ । ଆସନ୍ତୁ ।"

ଇନିସ୍‌ପେକ୍ଟର ପ୍ରାଣକୃଷ୍ଣ ଚମକି ପଡ଼ିଥିଲା । ଏମିତି କ'ଣ କୌଣସି ବେଶ୍ୟା କାହାକୁ ନିମନ୍ତ୍ରଣ ଜଣାଏ । ଏଥିରେ ତ ଅଶ୍ଳୀଳତାର କାମୁକ ଆମନ୍ତ୍ରଣ ନାହିଁ ! ଯେମିତି ଗୋଟେ ପ୍ରଚ୍ଛନ୍ନ ଧମକ । ଅନୁରୋଧ ମୁଦ୍ରାରେ ଗୋଟେ ଆଦେଶ । ରୋକ୍‌ଠୋକ୍ କଥାବାର୍ତ୍ତା ।

ପ୍ରାଣକୃଷ୍ଣ କହିଥିଲା, "ଆସ । ଏଇଠି ଟିକିଏ ବସ । ମୁଁ ତରତର ନାହିଁ । ଟିକେ କଥାହେବା ।"

ମିନୁ ପ୍ରସନ୍ନ ହୋଇ ନ ଥିଲା । ଏଭଳି ଦୀର୍ଘ ଆଳାପ କିମ୍ବା ସମୟ ତା'ର ନ ଥିଲା । ବରଂ ଯେତେ ଶୀଘ୍ର ତା'ର କାମ ସରିଯିବ ସେତେ ଭଲ । ନିଜ ବିଛଣାକୁ ଯାଇ ସେ ଟିକିଏ ଶାନ୍ତିରେ ଶୋଇ ପାରିବ, ସ୍ୱାଧୀନତାର ସହ କାନ୍ଦିପାରିବ ।

ପ୍ରାଣକୃଷ୍ଣ କିନ୍ତୁ ଶୀଘ୍ର ଉଠିବା ଭଳି ଲାଗୁ ନ ଥିଲା । ମିନୁ ଉଠିପଡ଼ି ଉଜ୍ଜ୍ୱଳ ଲାଇଟ୍‌ଟି ଜଳେଇ ଦେଇଥିଲା । ଘର ଭିତରେ ଖେଳେଇ ହୋଇ ପଡ଼ିଥିଲା ଆଲୁଅ । ସେହି ଆଲୋକରେ ଦେଖିଲା, ସବଳ ସୁସ୍ଥ ମଣିଷଟିଏ । ମୁଣ୍ଡରେ ସାନ ସାନ ବାଳ । ବାଘ ପରି ନିଶ । ନିଶ ଓ ମୁଣ୍ଡବାଳରୁ ଗୋଟେ ଗୋଟେ ପାଚି ଆସିଲାଣି । ସଫା ଇସ୍ତିକରା ଧଳାଜାମା ଓ ପ୍ୟାଣ୍ଟ୍ ପିନ୍ଧିଛି । ଗୋଟାକ ପରେ ଗୋଟାଏ ସିଗ୍ରେଟ ଟାଣୁଛି ।

ଅନେକ ପ୍ରକାରର ମଣିଷଙ୍କୁ କୋଠିରେ ଦେଖିଛି ମିନୁ । ସେମାନଙ୍କ ଆଚାର ବ୍ୟବହାର ଓ ଚରିତ୍ରକୁ ନେଇ ସେ ସେମାନଙ୍କୁ ଗୋଟେ ଗୋଟେ ପଶୁ କି ପକ୍ଷୀର ନାଁ ଦେଇଛି । କାହାର ନାଁ ମଇଁଷି, କାହାର ନାଁ ଘୁଷୁରି, କାହାର ନାଁ କୁକୁର ଓ କାହାର ନାଁ କାଉ । ଏଭଳି ଭାବି ସେମାନଙ୍କୁ ନିରୀକ୍ଷଣ କରିବାରେ ତାକୁ ଶିଶୁସୁଲଭ ଆନନ୍ଦ ମିଳେ । ଅଶ୍ଳୀଳ ଓ ଅସୁନ୍ଦର ସମୟତକ ବିତିଯାଏ ଏମିତି ଭାବିବା ଭିତରେ । ଗୋଟେ

ରବର କଣ୍ଢେଇ ପରି ସେ କେବଳ ବିଛଣାରେ ପଡ଼ି ରହେ। ତା'ର ଦେହ ସହିତ ମନ କିମ୍ବା ମନ ସହିତ ଆତ୍ମାର ଯେପରି କୌଣସି ସମ୍ବନ୍ଧ ନ ଥାଏ।

ବେଳେବେଳେ ତାକୁ ଏଭଳି ଜୀବନ ଖୁବ୍ ଲଜ୍ଜାଜନକ ମନେହୁଏ। ଭାବେ, ଦିନେ ରାତିରେ କେହି ଦେଖିବେ ନାହିଁ କି ଅଟକେଇବେ ନାହିଁ, ସେ ଉଠି ପଳେଇଯିବ, କୁଆଡ଼େ ବୋଲି କୁଆଡ଼େ। ଅତୀତଟା ଖାଁ ଖାଁ କରି ଗୋଡ଼ାଏ। ଗୋଟାଏ ତାତିଲା ଲୁହା ଖଡ଼ିକା ଧରି ନୃଶଂସ ମଣିଷଟେ ତାକୁ ଗୋଡ଼ଉଥିବାର ଦୃଶ୍ୟ ସେ ଦେଖିପାରେ। ତାକୁ ଧରି ପକେଇଲେ, ସେ ଲୋକଟି ସେହି ତାତିଲା ଲୁହାରେ ତା' ଦେହସାରା ଚେଙ୍କ ଦେଇଯିବ। ତା' ଦେହ ହାତ ସବୁଠି ଚେଙ୍କ ଦେଇ ଲେଖିଦେବ- ଇଏ ଡାଆଣୀ, ଇଏ ଚରିତ୍ରହୀନା।

ଆଖି ପତା ଉଛୁଳି ଲୁହ ଗଡ଼ି ଆସେ। କୁଆଡ଼େ ଯିବ ସେ ? ଗୋଟେ ଝିଅପାଇଁ କୋଉଠି ଏତେ ଟିକେ ଜାଗା ନାହିଁ ଏ ପ୍ରକାଣ୍ଡ ପୃଥିବୀରେ। ଏକଲା ହୋଇ ରହିବାକୁ ତା'ର ଅଧିକାର ନାହିଁ, ସ୍ୱାଧୀନତା ନାହିଁ। ନା ସେ ଫେରି ଯାଇପାରିବ ଶାଶୂଘରକୁ, ନା ବାପଘର ବୋଲି ତା'ର କିଛି ଅଛି ! ସେ ଜାଣିଥିଲା, ତାକୁ କେହି ଗ୍ରହଣ କରିବେ ନାହିଁ। ଶାଶୂଘରୁ ପଳେଇଯାଇଥିବା ସ୍ତ୍ରୀ ଲୋକକୁ କେହି କ୍ଷମାଦେବେ ନାହିଁ। ଯଦି ତା'ର ରହିବାର ଥିଲା, ତାହାହେଲେ ସେଇଠି ରହିଥାଆନ୍ତା। ସେହି କଳାପାଟରେ। ଡାଆଣୀ ଓ ଦୁଶ୍ଚରିତ୍ରାର ଅପଯଶ, ଗୁଣିଆମାନଙ୍କର ଅତ୍ୟାଚାର, ଶାଶୂ ଓ ସ୍ୱାମୀର ଯେତକ ଗଞ୍ଜଣା, ସେ ସବୁକୁ ନିର୍ବିବାଦରେ ମୁଣ୍ଡ ପାତି ସହିଥାଆନ୍ତା। କିନ୍ତୁ ସେ ସୁଯୋଗକୁ ସେ ହାତଛଡ଼ା କରି ସାରିଛି। ଆଉ ସେ ସେଠିକି ଫେରିଯାଇ ପାରିବ ନାହିଁ। ତା'ପାଇଁ କଳାପାଟର ଦୁଆର ବନ୍ଦ।

ଅଥଚ ଶାଶୂଘରର କଳ୍ପିତ ଚେହେରାଟି କେତେ ସୁନ୍ଦର ନ ଥିଲା ମିନୁ ଆଖିରେ ! କୋଳରେ ପୂରେଇ ତାକୁ ଖୁଆଇ ଦେଉ ଦେଉ ବୋଉ କହୁଥିଲା ମିନୁର ଶାଶୂଘର କଥା ପିଲାଦିନେ। ମିନୁ ପାଇଁ ରାଜାପୁଅ ପରି ସୁନ୍ଦର ଚେହେରାର ବର ଖୋଜି ଆଣିବେ ତା' ବାପା। ମିନୁ ଅହ୍ୟ ସୁଲକ୍ଷଣୀ ହୋଇ ଘରକରଣା କରିବ ଶହେ ବର୍ଷ। ତା' ପୁଆଣିରେ ସେ ଖଞ୍ଜିଦେବେ ଯାଉଁଳି ଷୋଳ ଭାର ଓ ବେଭାର।

ମିନୁ ବି ତା' ନିଜର କିଛି ସ୍ୱପ୍ନକୁ ସେଥିରେ ମିଳେଇ ଦେଖୁଥିଲା। ପଡ଼ିଶା ଘରର ଭାଉଜ ଓ ମାଉସୀଙ୍କଠାରୁ ତାଙ୍କର ଅନୁଭୂତି ଶୁଣି ଶୁଣି ସିଏ ବି କିଛି କିଛି କଳ୍ପନା କରୁଥିଲା। କେମିତି ଅଚିହ୍ନା ଘରକୁ ନିଜର କରିବାକୁ ହୁଏ ଓ ପର ମଣିଷଙ୍କୁ କରିବାକୁ ହୁଏ ନିଜର- ସେହି ସୂତ୍ର ସେ ଶିଖିଥିଲା। କେମିତି ପୁଆଣି ହୋଇଗଲାବେଳେ ଚୁଲିର କ୍ଷୀର ଆଟିକାକୁ ଉତୁରେଇ ଦିଆଯାଏ ଧନଜନ ଗୋପଲକ୍ଷ୍ମୀରେ ଘରକରଣା

ଭରି ଉଠିବାର କାମନାରେ, ସେସବୁ ସେ ମନଦେଇ ଶୁଣୁଥିଲା। ସେଭଳି ଜୀବନଟିଏ ଜିଇଁବାର ମାନସିକ ପ୍ରସ୍ତୁତି କରୁଥିଲା।

ଅଥଚ କୋଉ ଗୋଟାକ ସ୍ୱପ୍ନ ବି ତାରୁ ସଫଳ ହେଲା ନାହିଁ। କଳ୍ପନାର କୋଉ ଗୋଟାଏ ଚିତ୍ର ବି ମିଶିଲା ନାହିଁ ଅସଲ ଜୀବନ ସାଙ୍ଗରେ। ଅଥଚ ଯାହା କେବେ ସେ ସ୍ୱପ୍ନରେ ବି ଭାବି ନ ଥିଲା, କେହି କେବେ ତା' ପାଇଁ ଆଶଙ୍କା କରି ନ ଥିଲା, ସେଇସବୁ ଦୁର୍ଘଟଣା ହିଁ ତା' ଜୀବନରେ ଘଟିଲା। ସେ ପାଲଟିଗଲା ଗୋଟେ ବେଶ୍ୟା!

ପ୍ରାଣକୃଷ୍ଣ ଢେର ସମୟ ନିଜ କଥା କହିଥିଲା। ମିନୁକୁ ପଚାରିଥିଲା ତା' ଘର ଓ ପରିବାର କଥା। ମିନୁ ସେସବୁ ଭୁଲିଯିବାକୁ ଚାହୁଁଥିଲା, ଆଦୌ ମନେ ପକେଇବାକୁ ଚାହୁଁ ନ ଥିଲା ସେ। କାହାର ସହାନୁଭୂତି ତା'ର ଲୋଡ଼ା ନ ଥିଲା। ସେ ସବୁଦିନ ସକାଳୁ ନୂଆ ସିଲଟରେ ପାଠ ଆରମ୍ଭ କରୁଥିବା ଚାହାଳୀ ଶିଶ ପରି। ନୂଆ କରି ଜୀବନ ଆରମ୍ଭ କରୁଥିଲା। ତା'ର ଅତୀତ ନାହିଁ, ଭବିଷ୍ୟତ ନାହିଁ। ସେ ବର୍ତ୍ତମାନକୁ ନେଇ ହିଁ ଜୀବନ ଜିଏଁ। ଗତକାଲି ସହ ତା'ର କୌଣସି ସମ୍ବନ୍ଧ ନାହିଁ।

: ତମେ ଖୁବ୍ ଭଲ ପରିବାରର ଝିଅ ବୋଲି ଜଣାପଡୁଛ। ପ୍ରାଣକୃଷ୍ଣ ଇନିସ୍‌ପେକ୍ଟର କହିଥିଲା।

ମାତ୍ର ତା'ର ଉତ୍ତର ମିନୁ ଦେଇ ନ ଥିଲା। ଏପ୍ରକାର କଥାର କିଛି ଉତ୍ତର ଦିଆଯାଏ ନାହିଁ। ଲୋକଟା ଉପରେ ତା'ର ଭୀଷଣ ରାଗ ଆସିଥିଲା। ସେ କ'ଣ ତାର ପ୍ରେମିକା ଯେ ଘଣ୍ଟା ଘଣ୍ଟା ଧରି ତା' ସାଙ୍ଗରେ ପ୍ରେମାଳାପ କରୁଥିବ?

ଅଥଚ ପ୍ରାଣକୃଷ୍ଣର କଥାତକ ଶୁଣିବାପରେ ତା'ର ସେ ରାଗ ଉଭେଇଯାଇଥିଲା। ଲୋକଟିକୁ ସ୍ନେହ କରିବାକୁ ଇଚ୍ଛା ହେଉଥିଲା। କାହିଁକି ତା' ଉପରେ ରାଗିଲା ବୋଲି ପଶ୍ଚାତ୍ତାପ ଆସିଥିଲା।

ସାତ ବର୍ଷ ତଳୁ ପ୍ରାଣକୃଷ୍ଣ ଇନିସ୍‌ପେକ୍ଟରର ସ୍ତ୍ରୀ ତାକୁ ଛାଡ଼ି ଚାଲିଯାଇଥିଲା। ମା ହେବାକୁ ଚାହୁଁ ନ ଥିଲା ପ୍ରାଣକୃଷ୍ଣର ସ୍ତ୍ରୀ। ସେ ଲୋଡୁଥିଲା ଅବାଧ ସ୍ୱାଧୀନତା ଓ ପ୍ରାଚୁର୍ଯ୍ୟ। ପ୍ରାଣକୃଷ୍ଣର ପୋଲିସ୍ ଚାକିରିର ଉପୁରି ଉପାର୍ଜନ ବି ତା' ସ୍ତ୍ରୀର ସବୁ ଚାହିଦାକୁ ପୂରଣ କରିପାରୁ ନ ଥିଲା।

ଗୋଟେ ସ୍ତ୍ରୀର ଇଚ୍ଛା ଓ ଚାହିଦାର ଆଞ୍ଜୁଳା କେତେ ଅନନ୍ତ ହୋଇପାରେ?

ଏଇ ପର୍ଯ୍ୟନ୍ତ କଥାଟାକୁ ଶୁଣି ମିନୁ ମନେ ମନେ ଖୁସି ହୋଇଥିଲା। ଯାଉ, ସବୁ ଘରକରଣା ଭାଙ୍ଗିଯାଉ। ସବୁ ସ୍ତ୍ରୀମାନେ ସ୍ୱାମୀମାନଙ୍କୁ ଛାଡ଼ି ଚାଲିଯାଆନ୍ତୁ। ସବୁ ସ୍ୱାମୀମାନେ ପ୍ରତିଦିନ ପିଟିପିଟି ଦରମଲା କରି ଦିଅନ୍ତୁ ନିଜ ନିଜର ସ୍ତ୍ରୀମାନଙ୍କୁ। ସବୁ ଘରସଂସାର ଅଶାନ୍ତିର ନିଆଁରେ ଜଳିପୋଡ଼ି ଧ୍ୱଂସ ହୋଇଯାଉ। ପାଉଁଶ ହୋଇଯାଉ।

ଅବଶିଷ୍ଟ ପୃଥିବୀ ଉପରେ ମିନୁର ଭୟଙ୍କର କ୍ରୋଧ। ଏଠି ଦୟା ନାହିଁ, ମାୟା ନାହିଁ, କରୁଣା ନାହିଁ, ସ୍ନେହ ନାହିଁ, କେବଳ ଅଛି ସଂକୀର୍ଣ୍ଣ ସ୍ୱାର୍ଥ, ଈର୍ଷା ଓ ସନ୍ଦେହ। ଏମିତି ଏକ ପୃଥିବୀ ରହିବା ନ ରହିବାରେ ମିନୁର ଯାଏ ଆସେ କେତେ ?

କିନ୍ତୁ ପୁଲିସ ଚେହେରାର ପୋଷାକ ଭିତରେ ପ୍ରାଣକୃଷ୍ଣ ଥିଲା ଗୋଟେ ଅଦ୍ଭୁତ ମଣିଷ। ସେ ପର୍ଯ୍ୟନ୍ତ ବି ସେ ତା' ସ୍ତ୍ରୀର ସ୍ମୃତିକୁ ଝୁରି ହେଉଥିଲା। ଆଶା କରୁଥିଲା, ତା' ସ୍ତ୍ରୀ ଦିନେ ଫେରିବ। ସେହି ଅପେକ୍ଷାରେ ସେ ବିତଉଥିଲା ତା'ର ନିଃସଙ୍ଗ ବିବାହିତ ଜୀବନ।

ପ୍ରାଣକୃଷ୍ଣର କଥା ଶୁଣି ମିନୁର ଛାତି ଭିତରଟା ସେଦିନ ଓଜନିଆ ହୋଇଯାଇଥିଲା। ତା' ନିଜର ଜୀବନ କେତେ ଅଲଗା ଏଇ ଲୋକଟିର ଜୀବନଠାରୁ! ଏହାର ଶହେ ଭାଗରୁ ଭାଗେ ଯଦି ତାକୁ ଭଲ ପାଇପାରିଥାନ୍ତା ଦାମୋଦର! ସେ କଳାପାଟ ଛାଡ଼ି କାହିଁକି ବା ରାତି ଅନ୍ଧାରରେ ଅର୍କ୍ଷିତ ଛୁଆଟେ ପରି ଧାଇଁ ଧାଇଁପଳେଇ ଆସିଥାନ୍ତା ?

ଅସହାୟ ହେବାଠାରୁ ଅସହାୟବୋଧ ଢେର୍ କଷ୍ଟକର। ନିଜର କେହି ବୋଲି କେହି ନାହିଁ, ଏତେଟିକେ ଆଶ୍ରୟ ନାହିଁ କୋଉଠି- ଏଇ ଅସହାୟବୋଧ ମିନୁକୁ ଏତେଟିକେ କରିଦିଏ।

ଅପରିଚିତ ପୃଥିବୀରେ ପ୍ରାଣକୃଷ୍ଣ ସାଙ୍ଗେ ସେଦିନ ହୋଇଥିଲା ସାମାନ୍ୟ ପରିଚୟ। ଆଶା ହୋଇଥିଲା, ବିପଦବେଳେ ହୁଏତ ଲୋକଟି ଟିକେ ସାହାଯ୍ୟ କରିବ।

ସେହି ପ୍ରାଣକୃଷ୍ଣ ଏବେ ପୋଲିସ୍ ପୋଷାକରେ ହିଁ ଥିଲା। ମିନୁ ତାକୁ ୟୁନିଫର୍ମରେ ଦେଖି ଆଶ୍ଚର୍ଯ୍ୟ ହେଲା। ସଞ୍ଜ ପହରଟାରେ ପ୍ରାଣକୃଷ୍ଣ ଏ ବେଶରେ ଆସିବାର କାରଣ କ'ଣ ? ଯଦି ବା ଆସିଲା, ତା' ପାଖରେ ପୁଣି କି କାମପଡ଼ିଲା ? ସେ ତ ନିଜେ ଉପରକୁ ଯାଇ ପାରିଥାଆନ୍ତା !

ପ୍ରାଣକୃଷ୍ଣ ମିନୁକୁ ଦେଖିଲାକ୍ଷଣି ଚଉକୀରୁ ଉଠିପଡ଼ିଲା। ଚାଲିଲା ଚାଲିଲା ହୋଇ ସେ ଦୁଆର ଯାଏ ଚାଲିଆସିଲା।

ମିନୁ ପ୍ରାଣକୃଷ୍ଣଙ୍କୁ ଦେଖି ଶଙ୍କିଗଲା। ଅଦ୍ଭୁତ ମଣିଷ ଏହି ପ୍ରାଣକୃଷ୍ଣ। ପରିଚୟର ଫାଇଦା ଉଠେଇବାପାଇଁ କାହାକୁ ଅନୁମତି ଦିଏନା। ପୁଲିସ ପୋଷାକରେ ଥିଲେ ଦୟା, ମାୟା, ଉପ୍ରୋଧ କିଛି ଶୁଣେନା ସେ। ବେଳେ ବେଳେ ଖୁବ୍ ଅବୁଝା ଲାଗେ ଏହି ଲୋକଟା।

ତା'ର ପ୍ରଥମ ସାକ୍ଷାତ ବେଳର କଥା ମନେ ପଡ଼ିଲା। ଦୀର୍ଘ ସମୟର ଆଲୋଚନା ପରେ ପ୍ରାଣକୃଷ୍ଣ ତା' କୋଠରିରୁ ବାହାରିଗଲା ବେଳେ ଲୋଚାକୋଚା କିଛି ନୋଟ୍ ମିନୁକୁ ଯାଚିଥିଲା।

ମିନୁ ଦଇହାତ ପଛକୁ କରି ନିର୍ଭୟରେ ଉତ୍ତର ଦେଇଥିଲା, 'ବିନା କାମରେ ମୁଁ କାହାଠୁ କିଛି ଟଙ୍କା ନିଏ ନାହିଁ।'

ପ୍ରାଣକୃଷ୍ଣ ଟିକେ ଆଶ୍ଚର୍ଯ୍ୟ ହୋଇଥିଲା। ମିନୁ ତା' ପ୍ରତି ଗୁରୁତ୍ୱ ଦେଲା ନାହିଁ। ହାତ ଯୋଡ଼ିକ ପଛକୁ କରି ସେ ଛିଡ଼ା ହୋଇଥିଲା।

ତମେ ତମର କାମ କରିଛ। ଇଏ ତମର ପାରିଶ୍ରମିକ...। ମିନୁ ତଥାପି ଗମ୍ଭୀର ରହିଥିଲା। କହିଥିଲା, ଗୋଟେ ବେଶ୍ୟାକୁ ଆପଣ କେତେ ଅସହାୟ ଭାବେ ଦେଖିବାକୁ ଚାହାନ୍ତି ସତରେ! ପ୍ରଥମେ ଆପଣ ଯାହା କହିବେ ସେ ସେଇଆ କରିବ। ତା'ପରେ ସେ ଯାହା କରିବାକୁ ଚାହିଁବ ନାହିଁ ସେ ପାଇଁ ମଧ୍ୟ ଆପଣ ତାଙ୍କୁ ବାଧ୍ୟ କରିବେ? କିଛି କାମ ନ କରି ନିଜର ଇଚ୍ଛା ବିରୋଧରେ କାହାଠୁ ଦାନ ବା ଦକ୍ଷିଣା ଗ୍ରହଣ କରିବାର ଅସହାୟତା ଅର୍ଥ ବୁଝନ୍ତି ଆପଣ? ବୁଝୁଥିଲେ କାହାକୁ ଏଭଳି ଅପମାନ ଦିଅନ୍ତେ ନାହିଁ।"

ମିନୁର ମନେ ଅଛି, ଲୋକଟା ଗୋଟେ ଦୁର୍ଦ୍ଦାନ୍ତ ପୁଲିସ ଅଫିସର ବୋଲି ତା'ର ଖିଆଲ ନ ଥିଲା।

ପ୍ରାଣକୃଷ୍ଣ ହାତର ନୋଟଗୁଡ଼ା ପୁଣିଥରେ ତା' ପକେଟ୍‌କୁ ଫେରି ଯାଇଥିଲା। ସେ ଚୁପ୍‌ଚାପ୍ ତଳକୁ ଓହ୍ଲାଇ ଚାଲି ଯାଇଥିଲା।

ଅଥଚ ତା'ର କଡ଼ା କଥା ସାମ୍ନାରେ ହାରିଯାଇଥିବା ପ୍ରାଣକୃଷ୍ଣ ଏତେ ନିର୍ଦ୍ଦୟ ଓ ନୃଶଂସ ହୋଇପାରେ, ସେ କଥା ମିନୁ ନିଜ ଆଖିରେ ଦେଖି ନ ଥିଲେ ବିଶ୍ୱାସ କରିପାରି ନ ଥାନ୍ତା।

ସେ ଅନେକ ଦିନ ତଳର କଥା। ବଡ଼ ଦିଦି ଗୋଟେ କମ୍ ବୟସର ଝିଅକୁ ଦଲାଲଙ୍କ ଜରିଆରେ ଉଠେଇ ଆଣିଥିଲା। କଥାଟା କିନ୍ତୁ ପହଞ୍ଚି ଯାଇଥିଲା ପ୍ରାଣକୃଷ୍ଣର କାନରେ। ଏକଲା ପ୍ରାଣକୃଷ୍ଣ ଜିପ୍‌ରେ ଆସି କୋଠି ଉପରେ ଚଢ଼ଉ କରିଥିଲା। ତା'ର ସେ ଯେ କି ଦୁର୍ଦ୍ଦାନ୍ତ ରୂପ!

ବଡ଼ଦିଦି ପ୍ରାଣକୃଷ୍ଣକୁ ବସିବାକୁ ନେହୁରା ହୋଇଥିଲା। ଆଉ କେହି ନ ଜାଣିଲେ ବି ମିନୁ ଜାଣିଛି, ପ୍ରାଣକୃଷ୍ଣ ଗୋଡ଼ତଳେ ବଡ଼ ଦିଦି ସେଦିନ ରଖିଥିଲା ପଚାଶ ହଜାର ଟଙ୍କାର ନୋଟ୍। ପ୍ରାଣକୃଷ୍ଣ ତା' ରୁଲ୍ ବାଡ଼ିରେ ସେ ଟଙ୍କା ବିଡ଼ାଟା ଫିଙ୍ଗିଦେଇଥିଲା ମେଞ୍ଚାଏ ଗୋବର ପରି। ଅପହୃତା ଝିଅ ସାଙ୍ଗରେ ବଡ଼ ଦିଦିକୁ ଆରେଷ୍ଟ କରି ନେଇଯାଇଥିଲା।

ସେହି ତିନିଦିନ କାଳ କୋଠିର କେହି ଶାନ୍ତିରେ ଆଖି ବୁଜି ପାରି ନ ଥିଲେ। ବଡ଼ ଦିଦି ବିକଳରେ ମିନୁକୁ କହିଥିଲା, 'କିଛି କର। ନ ହେଲେ ଏଇ ନିଆଁଲଗା ପୁଲିସ ମୋତେ ଜେଲକୁ ପଠେଇ ଦେବ।'

ପ୍ରାଣକୃଷ୍ଣର ଦୁର୍ଭାଗ୍ୟ, ଯୋଉ ଟଙ୍କାବିଡ଼ାକୁ ସେ ତା' ପାଦତଳୁ ଉଠେଇ ଫିଙ୍ଗି ଦେଇଥିଲା, ସେଇ ବିଡ଼ାକ ନେଇ ଝିଅର ବାପା ବୟାନ ବଦଳେଇ ଦେଲା। ପ୍ରାଣକୃଷ୍ଣର ସେଦିନର ଚେହେରା ଦେଖିବା କଥା। ଗୋଟେ ଘାଇଲା ବାଘ ପରି ସେ ଖାଲି ଚାରିଆଡ଼ ମନ୍ଥି ପକଉଥାଏ। ଝିଅର ବାପକୁ ଦେଖିଲାକ୍ଷଣି ସେ ତା' ଆଡ଼କୁ ମାଡ଼ି ଯାଉଥାଏ।

ସେଇ ପ୍ରାଣକୃଷ୍ଣ। ଉପରକୁ ଗମ୍ଭୀର ଓ ଭିତରେ ଗୋଟେ ଅଶାନ୍ତ ସମୁଦ୍ର। ଥିବ ଥିବ, ହଠାତ୍ ନିଆଁପରି ତେଜି ଉଠିବ। କଲର ଧରି କଚାଡ଼ି ଦେବ, ନ ହେଲେ ଗୋଗଛ- ବାଡ଼ିଆ ପିଟିପକେଇବ।

ପ୍ରାଣକୃଷ୍ଣ କୋଠିକୁ ଆସିବା ସେମାନଙ୍କ ପାଇଁ ଯେତିକି ଭଲ, ସେତିକି ଖରାପ। କିଏ ଜାଣେ କେତେବେଳେ ସେ କ'ଣ କରି ବସିବ। ତା'ର ସେ ଯୋଡ଼ାକ ଆଖି, ଆଖି ତ ନୁହେଁ ଜିପ୍‌ର ହେଡ୍‌ଲାଇଟ୍। ଛୁଞ୍ଚିଟିଏ ବି ଛପି ରହିପାରିବ ନାହିଁ ତା' ଦୃଷ୍ଟିରୁ।

ମାତ୍ର ମିନୁ ଜାଣେ, ପ୍ରାଣକୃଷ୍ଣ ତାକୁ ଶ୍ରଦ୍ଧାକରେ। ସେ ଶ୍ରଦ୍ଧା କେବଳ ଗରାଖ ଓ ବସ୍ତୁ ଭିତରର ଶ୍ରଦ୍ଧା ନୁହେଁ। ତେବେ ତାକୁ ଆଳକରି ମିନୁ କିଛି ଅଧିକ ସୁବିଧା ଖୋଜେନାହିଁ। ପ୍ରାଣକୃଷ୍ଣଠୁ ଅଧିକ ଆତ୍ମୀୟତା ଦାବି କରେ ନାହିଁ।

କିନ୍ତୁ ପ୍ରାଣକୃଷ୍ଣ ସଞ୍ଜ ପହରଟାରେ ୟୁନିଫର୍ମରେ ଆସିବାର କାରଣ କ'ଣ? ସେମିତି କିଛି ଜରୁରୀ କଥା ହୋଇ ନ ଥିଲେ ସେ ତ ତାକୁ ଥାନାକୁ ଡକେଇ ନେଇ ପାରିଥାନ୍ତା !

ସେ ଟିକେ ଶଙ୍କିଗଲା ସ୍ୱରରେ ପଚାରିଲା, "କ'ଣ ହେଇଛି ?" ପ୍ରାଣକୃଷ୍ଣ ପଚାରିଲା: "ତମେ ଚମ୍ପାକୁ ଚିହ୍ନ ?"

: ଚମ୍ପା ?

: ହଁ ଚମ୍ପା।

ମିନୁ ଏ ରକମର ପୋଲିସ୍ ଜେରା ପାଇଁ ପ୍ରସ୍ତୁତ ନ ଥିଲା। ପ୍ରାଣକୃଷ୍ଣର ଆଖି, ଓଠ ଓ ତା' କଥା କହିବାର ଢଙ୍ଗ ସବୁ ତାକୁ ଅପରିଚିତ ଅପରିଚିତ ଲାଗୁଥିଲା। ସେ ଅଙ୍ଗ ଥଙ୍ଗ ଗଳାରେ କହିଲା, 'ହଁ ଜାଣେ।'

ପ୍ରାଣକୃଷ୍ଣ ଅତି ସହଜ ଭାବରେ କହିଲା, "ସେ କାଲି ରାତିରେ ମରିଯାଇଛି। ତା'ର ଶବ ସିଟି ହସ୍‌ପିଟାଲରେ ଅଛି। ତମକୁ ସେଠିକି ଯାଇ ଚିହ୍ନଟ କରିବାକୁ ପଡ଼ିବ। ଶୀଘ୍ର ଆସ।"

•

ମିନୁ ଏଭଳି ଏକ ଖବର ଶୁଣିବ ବୋଲି ଆଦୌ ଚିନ୍ତା କରି ନ ଥିଲା। ସେ ଭାବିଥିଲା ବୋଧହୁଏ କଳାପାଟ ଗାଁର ଲୋକମାନେ ତା'ର ନିଖୋଜ ହେବାର ଖବର ପୁଲିସକୁ ଦେଇଥିବେ ଓ ସେହି ରିପୋର୍ଟ ଯୋଗୁ ପୁଲିସ ତାକୁ ଖୋଜି ଖୋଜି ଏଠିକି ଆସିଥିବ। ତା' ଛାତି ଭିତରୁ ଗୋଟେ ଦୀର୍ଘଶ୍ୱାସ ବାହାରିଗଲା। କ୍ଷଣକ ପାଇଁ ସେ ଟିକେ ଆଶ୍ୱସ୍ତ ହେଲା ଓ ତା'ପରେ ପୁଣି ବିଷଣ୍ଣ ହୋଇଗଲା। ସେ ମଲା କି ଗଲା, କେହି ଟିକିଏ ବି ଖୋଜଖବର ନେଲେ ନାହିଁ। ଏତେ ଅଲୋଡ଼ା ଜୀବନ ମିନୁର!

କିନ୍ତୁ ଚମ୍ପାର ମୃତ୍ୟୁ ଖବର ତା' ନିଜର ଦୁଃଖଠୁ ତାକୁ ଆହୁରି ଅଧିକ କଷ୍ଟ ଦେଇଥିଲା। ଏକା ଛାତ ତଳେ ରହୁଥିଲେ ବି ଚମ୍ପାର ଏହି ଅପମୃତ୍ୟୁ ଖବର ସେ ପର୍ଯ୍ୟନ୍ତ ତା' ପାଖରେ ପହଞ୍ଚି ନ ଥିଲା। ପ୍ରାଣକୃଷ୍ଣ ଏ ଖବର ଶୁଣୁ ଶୁଣୁ ତା' ଆଗରେ ଚମ୍ପାର ହସିଲା ମୁହଁଟି ନାଚିଗଲା।

କେତେ ମାସ ହେଲା ଚମ୍ପା ପାଖକୁ ରୋଜ୍ ରୋଜ୍ ଗୋଟେ ଟୋକା ଆସୁଥିଲା। ଚମ୍ପା ତାକୁ ଭଲ ବି ପାଉଥିଲା। ଟୋକାଟି ତାକୁ ସାଙ୍ଗରେ ସିନେମା ଦେଖେଇ ନେଉଥିଲା। ସମୁଦ୍ର କୂଳେ ବୁଲି ବୁଲି ଦୁହେଁ ସଞ୍ଜ ବିତଉଥିଲେ। ଚମ୍ପା ବରାବର ଟୋକାଟିର ପ୍ରଶଂସା କରୁଥିଲା। ସେ ଦୁହିଁଙ୍କ ବାବଦରେ ଅଧିକ କିଛି ଖବର ଆଉ ମିନୁ ରଖିପାରି ନାହିଁ।

ପ୍ରାଣକୃଷ୍ଣ କହିଲା, "ତମେ ପ୍ରସ୍ତୁତ ହୋଇ ଶୀଘ୍ର ଆସ। ଅର୍ଜେଣ୍ଟ୍ କେସ୍। ମୁଁ ଚାଲିଲି।"

ରିକ୍ସାରେ ବସି ସିଟି ହସ୍‌ପିଟାଲ ଯାଉଥିବା ବେଳେ ମିନୁ ପ୍ରାଣକୃଷ୍ଣର କଥାକୁ ମନେ ମନେ ଗୁଣି ହେଉଥିଲା। ବେଶ୍ୟାର ମୃତ୍ୟୁଟା ଯେ ଗୋଟେ ଅର୍ଜେଣ୍ଟ୍ କେସ୍ ହୋଇପାରେ, ଏଇଟା ତା' ପାଇଁ କିଛି କମ୍ ସାନ୍ତ୍ୱନା ନ ଥିଲା। ବଞ୍ଚିଥିବା ବେଳେ ଯେଉଁମାନେ ପତିତା, ନିର୍ଯାତିତା ଓ ଲାଞ୍ଛିତା ଭାବେ ଜୀବନ କାଟିଥାନ୍ତି, ମୃତ୍ୟୁ ହିଁ କେବଳ ସେମାନଙ୍କୁ ଏପ୍ରକାର ଗୌରବ ଆଣିଦେଇପାରେ।

ସେ ରିକ୍ସାରୁ ଓହ୍ଲେଇପଡ଼ି ପୁଲିସ ଜିପ୍ ଥିବା କାଜୁଆଲ୍‌ଟି ଆଉଟ୍ ଡୋର୍‌କୁ ଗଲା। ହସ୍‌ପିଟାଲରେ ପ୍ରାଣକୃଷ୍ଣ ଇନିସ୍‌ପେକ୍ଟର ତାକୁ ଅପେକ୍ଷା କରୁଥିଲା।

ଇନିସ୍‌ପେକ୍ଟର କହିଲା, "ଝିଅଟା ଗର୍ଭବତୀ ଥିଲା। ଛ'ମାସର ଗର୍ଭ ଥିଲା ତା' ପେଟରେ। କୋଉଠି ଆବର୍ସନ କରେଇବାକୁ ବୋଧହୁଏ ଯାଇଥିଲା। ବିଚାରୀ ସେଇଠି ହିଁ ମରିଯାଇଛି। ତା'ପରେ ତା'ର ଡେଡ୍‌ବଡିକୁ ହସ୍‌ପିଟାଲ ପାଚେରି କଡ଼ରେ ପକେଇ ସେମାନେ ପଳେଇ ଯାଇଛନ୍ତି। ତା' ହାତରେ ଚିତାକୁଟା ହୋଇ ଚମ୍ପା ବୋଲି ଲେଖାଥିଲା। ତା'ଛଡ଼ା.." ଡ୍ରାଇଭରର ଉପସ୍ଥିତିକୁ ଏଡ଼ିବାପାଇଁ ପ୍ରାଣକୃଷ୍ଣ ଅନୁଚ୍ଚ ସ୍ୱରରେ କହିଲା, "ମୁଁ ଥରେ ଦି'ଥର ଏଇ ପାଖାପାଖ ଅଞ୍ଚଳରେ ତାକୁ ଦେଖିଥିଲି ତ...। ସେଥିପାଇଁ ଚିହ୍ନି ପାରିଲି।"

: ତାହାହେଲେ... ମିନୁ ପଚାରିଲା ?

: ଆଉ ଜଣେ କେହି ଚିହ୍ନିବା ଦରକାର। ତା'ପରେ...

: ତା'ପରେ ?

: ତା'ର ସମ୍ପର୍କୀୟଙ୍କୁ ଡେଡ୍‌ବଡି ହସ୍ତାନ୍ତର କରିଦିଆଯିବ।

: ସମ୍ପର୍କୀୟ ? ଚମ୍ପାର ପୁଣି ସମ୍ପର୍କୀୟ କୋଉଠୁ ଆସିବେ ? - ମିନୁ ସ୍ୱରରେ ହତାଶ ଭାବ ଫୁଟି ଉଠୁଥିଲା।

: ନହେଲେ ବେୱାରିସ ଶବ ପଠେଇ ଦିଆଯିବ ମାଲଖାନାକୁ।

ମିନୁ କ୍ଷଣକ ପାଇଁ ଚୁପ୍ ହୋଇଗଲା। ପ୍ରାଣକୃଷ୍ଣର ଏହି କଥାଟାର ନିଷ୍ଠୁର ଇଙ୍ଗିତ ତାକୁ ସ୍ତବ୍ଧ କରିଦେଲା। ମାଲ୍‌ଖାନା ? ସେ ଶୁଣିଛି ମେଡିକାଲ ହତାରୁ ବେୱାରିସ୍ ଶବଗୁଡ଼ିକ ଚୋରି ହୋଇଯାଏ। ଚାଲାଣ ହୋଇଯାଏ ରାତାରାତି। ଏସିଡ୍ କଡ଼େଇରେ ମାଂସ, ଚମ, ଲୋମ ଓ ଚର୍ବି ଧୋଇ ହୋଇ ଯାଏ। ଅବଶିଷ୍ଟ ହାଡ଼, ଖପୁରୀ ଚାଲାଣ ହୋଇଯାଏ ବେପାରୀମାନଙ୍କ ହାତକୁ। ହୁଏତ ଚମ୍ପାର ମଲା ଦେହଟାର ବି ସେଇ ଦଶା ହେବ। ତା'ର ଯେ କେହି ନାହାନ୍ତି !

ଗୋଟେ ହସହସ ମୁହଁ ମିନୁ ଆଗରେ ବରାବର ନାଚିଯାଉଥିଲା। ତିନି ବର୍ଷ ତଳେ ଚମ୍ପା ଆସିଥିଲା କୋଠିକୁ। ତା' ବାପ ମଦ ଓ ଟଙ୍କା ନିଶାରେ ତାକୁ ଦଲାଲ ହାତରେ ଟେକି ଦେଇଥିଲା। ଯୁବତୀ ଝିଅର ଦାମ୍ ମାଂସ ବଜାରରେ ବେଶୀ। ଝିଅ କହି, ବୋହୂ କହି, ଭଉଣୀ କହି ଲୋଡ଼ିବାକୁ ହୁଏତ କେହି ଆଉ କେହି ଆସିବେ ନାହିଁ, କିନ୍ତୁ ତାକୁ ଲଙ୍ଗଳା କରି ରାତିକ ପାଇଁ କିଛି ଟଙ୍କା ଫୋପାଡ଼ି ମର୍ଦ୍ଦପଣିଆ ଦେଖେଇବାକୁ ପିମ୍ପୁଡ଼ି ପରି ପୁରୁଷ ମାଡ଼ି ଆସିବେ।

ଚମ୍ପା ଆସିଥିଲା ସେହି ବଜାରର ନୂଆ ସାମଗ୍ରୀ ହୋଇ। ଅନେକ ଦିନ ଚୁପ୍‌ଚାପ୍

ରହିଥିଲା, କାହା ସାଙ୍ଗେ କଥାଭାଷା ହେଉ ନ ଥିଲା; ଯେମିତିକି ସେ ଏ ଜୀବନକୁ ଗ୍ରହଣ କରିପାରୁ ନ ଥିଲା ।

ସେଦିନ ବି ମିନୁ ନେଇଥିଲା ସେଇ ଘୃଣିତ ଦାୟିତ୍ୱ । ଚମ୍ପାକୁ ବେଶ୍ୟାବୃତ୍ତି ସହ ପରିଚିତ କରାଇବାର ଦାୟିତ୍ୱ ।

ନିଜ ଉପରେ ଭୟଙ୍କର କ୍ରୋଧ ଆସିଥିଲା ମିନୁର । ଲଜ୍ଜା ଆସିଥିଲା, ଗ୍ଲାନି ବି । ତା' ଭିତରର ଈର୍ଷା ଓ ଅସୂୟା ହିଁ ତାକୁ ସେଦିନ ଏପରି କାର୍ଯ୍ୟ କରିବାକୁ ପ୍ରବର୍ତ୍ତାଇଥିଲା । ସମସ୍ତେ ବେଶ୍ୟା ହୋଇଯାଆନ୍ତୁ, ସମସ୍ତେ ହୋଇଯାଆନ୍ତୁ ତା' ପରି ନିଃସଙ୍ଗ ଓ ନିର୍ଯାତିତ । ଯଦି ତା' ନିଜର ଦିନ ଭଲରେ ବିତିଲା ନାହିଁ, ଆଉ କାହାର ଦିନ ବି ଭଲରେ ନ ବିତୁ !

ଏତେ ସ୍ୱାର୍ଥପର ସେ କିପରି ହୋଇପାରୁଥିଲା ? କିପରି ହୋଇପାରୁଥିଲା ଏତେ ନିଷ୍ଠୁର ? ମିନୁକୁ ଲାଗିଲା ତା' ଭିତରେ ଅବଶେଷ କିଛି ମଣିଷପଣିଆ ଯେମିତି ନାହିଁ । ସବୁ ଏଇ ଦଶ ବର୍ଷ ଭିତରେ ଜଳିପୋଡ଼ି ପାଉଁଶ ହୋଇଯାଇଛି । ତା'ର ଆବେଗ, ସ୍ପର୍ଶାତୁରତା, ସୂକ୍ଷ୍ମ ଅନୁଭବ ସବୁ ସମୁଦ୍ର କୂଳର ଲୁଣି ପବନ ବାଜି ଲୁହାରେ କଳଙ୍କି ଲାଗିଲାପରି କଳଙ୍କି ଲାଗିଯାଇଛି । ଯଦି ସେ ସେଦିନ ଚମ୍ପାକୁ ବେଶ୍ୟାବୃତ୍ତିରେ ପଶିବାକୁ ଏକରକମ ବାଧ୍ୟ କରି ନ ଥାନ୍ତା, ତାହାହେଲେ ଆଜି ତା'ର ଏ ଦଶା ହୋଇ ନ ଥାନ୍ତା । ହୁଏତ ଚମ୍ପା ମରି ନ ଥାନ୍ତା ।

କିନ୍ତୁ ଚମ୍ପା କ'ଣ ସତରେ ବେଶ୍ୟା ହୋଇ ଯାଇଥିଲା ? କୌଣସି ଦିନ ମିନୁ ଚମ୍ପାର ଆଖିରେ ଅର୍ଥ ପାଇଁ ସେ ଲାଳସା ଦେଖି ନାହିଁ । ବରଂ କାହାକୁ ଜଣକୁ ଭଲ ପାଆନ୍ତା, ତା' ସାଙ୍ଗରେ ହସନ୍ତା, ଖେଳନ୍ତା, ମନ କଥା ବଖାଣି ବସନ୍ତା ଜହ୍ନରାତିରେ, ନିରୋଳା ପାର୍କରେ, ସେମିତି ମନଟେ ସେ ଖୋଜୁଥିଲା । ନା, ଟଙ୍କା ପାଇଁ ସେ କାହା ପାଖରେ ନିଜର ଦେହ ଅଜାଡ଼ି ଦେଉ ନ ଥିଲା ।

ମିନୁ ଜାଣି ପାରୁଥିଲା, ଚମ୍ପା ପ୍ରତାରିତା ହୋଇ ଯାଇଛି । ସ୍ନେହ ଓ ସରାଗ ଖୋଜୁଥିବା ତା'ର କିଶୋରୀ ମନ ପ୍ରତାରିତ ହୋଇଛି । ଭଲ ପାଇବାର ବାହାନା କରି ତାକୁ ସେଇ ଟୋକାଟି ହିଁ ସର୍ବନାଶର ଦୁଆର ମୁହଁରେ ପହଞ୍ଚେଇ ଦେଇଛି ! ହୁଏତ ସେ ତାକୁ ବାହାହେବ ବୋଲି ମିଥ୍ୟା ପ୍ରତିଶ୍ରୁତି ଦେଇଛି କିମ୍ବା ଚମ୍ପା ଟୋକାଟା ଉପରେ ଅଯଥା ଭରସା ରଖି ନିଜେ ହିଁ ମାତୃତ୍ୱକୁ ଆବୋରି ବସିଛି । ଘର ବାନ୍ଧିବାର ନିଶା ଓ ମା ହେବାର ଅନ୍ଧପଣ ପାଇଁ ବିଚାରୀକୁ ଏଇ ମୂଲ୍ୟ ଦେବାକୁ ପଡ଼ିଥିବ ।

ମା !

ବେଶ୍ୟାପଡ଼ାରେ କିଏ କାହାର ମା, କିଏ କାହାର ଝିଅ !

ଏଠି ମାତୃତ୍ୱ ଥାଏ କେବଳ ମନରେ, କଳ୍ପନାରେ। କିନ୍ତୁ ଗର୍ଭରେ ତାକୁ ଧାରଣ କରିବା ମନା। ଯିଏ ସେ ଲୁହା ଶିକୁଳି ଆଣି ତହିଁରେ ନିଜ ହାତକୁ ଛନ୍ଦିବ ସେଇ ହିଁ ଶେଷକୁ ମୁଣ୍ଡ ପିଟି ପିଟି ମରିବ।

କିନ୍ତୁ ଏସବୁ ସତ୍ତ୍ୱେ କ'ଣ ମା ହେବାର ଇଚ୍ଛା କେବେ ମିନୁକୁ ଅଥୟ କରି ନାହିଁ? ଅଥୟ କରି ନାହିଁ ତା'ର ପ୍ରାଣ ଓ ଆତ୍ମାକୁ? ଏଡ଼େ ବକଟେ ଛୁଆକୁ କୋଳରେ ଧରି ରାତି ରାତି ଅନିଦ୍ରା ରହିବାର ମଧୁର ଇଚ୍ଛାଟେ କ'ଣ ତାକୁ ବରାବର ଅଧୀର କରିନି?

କରିଛି। ଅନେକ ବାର ଅଥୟ କରିଛି ସେ ମଧୁର ଇଚ୍ଛା। ବରାବର ତାକୁ ପାଗଳ କରିଛି। ରାସ୍ତାରେ, ପଡ଼ିଆରେ, ହାଟରେ କି ବାଟରେ ମା କୋଳରେ ଲଟକିଥିବା ସାନ ପିଲାଟେକୁ ଦେଖିଲେ ମିନୁର ଛାତି ଭିତରଟା ହାହାକାର କରିଉଠିଛି। ନିଜ ଦୀର୍ଘଶ୍ୱାସର ଉପରେ ନିଜର ଅଭିମାନ ଝାଉଁଳି ଯାଇଛି।

ଅନେକ ବାର ସେ ମାତୃତ୍ୱକୁ ତଣ୍ଟି ଚିପି ହତ୍ୟା କରିଛି। ଅନେକ ବାର ଜରାୟୁ ଭିତରର ସେହି ସୃଷ୍ଟି ଉନ୍ମୁଖ ଅନୁଭବମାନଙ୍କୁ ବିଷ ବଟିକା ଓ ତରଳ ଔଷଧର ବିଷ ପିଆଇ ହତ୍ୟା କରିଛି। ସେମାନଙ୍କୁ ସାମ୍ନାକୁ ଆଣିବାପାଇଁ ନା ସେ ସଞ୍ଚୟ କରିପାରିଛି ଏତେଟିକେ ସାହସ ନା ସାମର୍ଥ୍ୟ! ଆଜି ସେସବୁ ଭାବି ଆଉ କିଛି ଲାଭ ନାହିଁ। ଆଜି ଆଉ ଧାରା ଶ୍ରାବଣ ବି ତା'ର ଊଷର ମରୁଭୂଇଁରେ ଦୂବଘାସଟିଏ କଅଁଳେଇ ପାରିବନି। ସୃଷ୍ଟି କରିପାରିବନି ଫୁଲ କି କଢ଼ଟେ ଧରିବାର ସମ୍ଭାବନା।

ମିନୁ ଜାଣି ଜାଣି ପାଲଟି ଯାଇଛି ବନ୍ଧ୍ୟାଭୂଇଁ, ଅନେକଦିନ ତଳୁ। ବେଶ୍ୟାବୃତ୍ତିକୁ ଜୀବିକା କରି ବଞ୍ଚିବାର ନିଷ୍ପତ୍ତି ନେବା ପରଠାରୁ। ସେ ନିଜେ ସ୍ଥିର ଓ ସୁସ୍ଥ ମସ୍ତିଷ୍କରେ ଏପରି କାମ କରି ବସିଛି। ଏଣିକି ସେ ଖାଲି ଗୋଟେ ବେଶ୍ୟା, ରକ୍ତମାଂସର ଗୋଟେ ଖେଳଣା। ମା ନୁହେଁ, ମାତୃତ୍ୱର ସମ୍ଭାବନା ରଖୁଥିବା ନାରୀ ସେ ନୁହେଁ।

ବିଚାରୀ ଚମ୍ପା କାହିଁକି ଏ ଭୁଲ୍ କରିବାକୁ ଯାଇଥିଲା? କେଉଁ ମୋହରେ। କେଉଁ ମାୟାରେ? ପୁଅଟେ କି ଝିଅଟେ ହୋଇଥିଲେ କ'ଣ ତା' ଭାଗ୍ୟ ବଦଳି ଯାଇଥାନ୍ତା? ଫେରି ଆସିଥାନ୍ତା ତା'ର ପ୍ରତାରିତ ଯୌବନ ଓ କୈଶୋର? ନା ଏମିତି କିଛି ଇ ହୋଇ ନ ଥାନ୍ତା। କିଛି ଇ କୋଉଠି ବଦଳିଯାଇ ନ ଥାନ୍ତା। ସବୁ କିଛି ଏମିତି ହିଁ ଚାଲିଥାନ୍ତା ଠିକ୍‌ଠାକ୍। ବରଂ ଆଉଗୋଟେ ଅପବାଦକୁ ମୁଣ୍ଡରେ ମୁଣ୍ଡେଇ ବୁଲିଥାନ୍ତା ସେ ସାରା ଜୀବନ। ସେ ଅପବାଦରେ ଭାଗୀ ହୋଇଥାନ୍ତା ନିରପରାଧ ପିଲାଟା। ଜାରଜ ସନ୍ତାନର ପରିଚୟ ନେଇ ବଞ୍ଚିବାକୁ ବାଧ୍ୟ ହେଇଥାନ୍ତା ଯୋଉ ପୁଅ କି ଝିଅ, ସେ କ'ଣ ତା'ର ଜନ୍ମ ପାଇଁ ମାଆକୁ କୃତଜ୍ଞତା ଜଣାଇଥାନ୍ତା?

ଧିକ୍କାର କରିଥାନ୍ତା ନିଜର ସୃଷ୍ଟି। ଧିକ୍କାର କରିଥାନ୍ତା ସମାଜ। ସମସ୍ତେ ମିଳିମିଶି ତାକୁ ତା'ରି ମୁହଁ ଉପରେ କହିଥାଆନ୍ତେ, ବେଶ୍ୟା, ବେଶ୍ୟା, ବେଶ୍ୟା।

ସେମାନେ ବେଶ୍ୟା। ବେଶ୍ୟା ହୋଇ ଜନ୍ମି ନ ଥିଲେ କ'ଣ ହେଲା, ବେଶ୍ୟା ହୋଇ ମରିବେ। ତାଙ୍କ ପାଇଁ କେହି ଲୁହ ଢାଳିବ ନାହିଁ। କେହି ଯିବ ନାହିଁ ସେମାନଙ୍କ କୋକେଇ ସାଙ୍ଗରେ ଖଇ କଉଡ଼ି ବିଞ୍ଚି ବିଞ୍ଚି। ସେମାନଙ୍କ ଚିତା ଉପରେ କାଠ ସଜାଡ଼ି ଦେବ ମଶାଣିର ଦରମା ଖିଆ ମଡ଼ାଚଣ୍ଡିଆ। ସେଇଠି ପୋଡ଼ି ପାଉଁଶ ହୋଇଯିବ ସେମାନଙ୍କର ଦେହ ଓ ପରିଚୟ।

ଯୋଉମାନେ ଅତୀତରେ, ସଞ୍ଜ ଓ ପାହାନ୍ତିରେ ଆସି ଅନେକ ମଧୁର ପ୍ରତିଶ୍ରୁତିର କୋଠାଘର ତୋଳିଦେଇଥିବେ, ଯୋଉମାନେ ନାଚଗୀତ ଦେଖି ବାହାବା କହିଥିବେ ସେମାନଙ୍କ ଭିତରୁ କେହି ସେମାନଙ୍କର ଚିତା ପାଖେ କଦାପି ନ ଥିବେ। ସେମାନେ ବଜାରକୁ ଆସିଛନ୍ତି, ପରିବା, ଫଳ କି ଫୁଲ କିଣିବା ପରି ଜିନିଷ କିଣିଛନ୍ତି। ଫଳ ଖାଇ ଚୋପା ଫୋପାଡ଼ି ନିଜ ବାଟରେ ଚାଲିଯାଇଛନ୍ତି।

ପରିତ୍ୟକ୍ତ ଖୋଳପାକୁ ନା ପଚାରେ ଫଳ ଖାଇଥିବା ମଣିଷ ନା ଚିହ୍ନେ ପରିଚିତ ଗଛର ଶାଖା ! କେହି ଚିହ୍ନେ ନାହିଁ, କେହି ଲୋଡ଼େ ନାହିଁ। ତା'ର ସବୁ ଆଦର, ଆବେଦନ, ସବୁ ଗର୍ବ ଓ ଗୌରବ ନର୍ଦ୍ଦମାରେ ଶଢ଼ି ଶଢ଼ି ମାଟିରେ ମିଶିଯାଏ।

ଚମ୍ପାର ଦେହ ସେମିତି ମାଲଖାନା ଭିତରେ ଶଢ଼ିବ। ଏସିଡ୍ କଡ଼େଇରେ କେହି ଗୋଟେ ସିଝେଇ ତାହାକୁ ବିକିଦେବ। ଦେହ ବିକା ହୋଇଥିଲା ବଞ୍ଚିଥିବାବେଳେ, ମଲାପରେ ହାଡ଼ ବି ସେହିପରି ବିକା ହୋଇଯିବ।

ଅତୃପ୍ତ ଆତ୍ମା ହୋଇ ଚମ୍ପା ଘୂରି ବୁଲିବ ଏଇ ପୃଥିବୀରେ। ତାକୁ ଟୋପାଏ ପାଣି ବି କେହି ଦେବ ନାହିଁ।

ମିନୁର ଆଖି ଏପଟ ସେପଟ ହୋଇ ଘୂରି ବୁଲୁଥିଲା। କୋଉଠି ଦେଖା ହୋଇ ଯାଆନ୍ତା କି ସେହି ଟୋକାଟା ସାଙ୍ଗରେ। ସେ ତା'ର ଚୁଟି ଝିଙ୍କିନେଇ ତା'ର ଦୁଇ ଗାଲରେ ଦି' ଚାପଡ଼ା କଷି ଦିଅନ୍ତା। ଦେଖନ୍ତା ତା'ର ନାଗରପଣ। ତା'ର ମର୍ଦ୍ଦପଣିଆ। ଭଲ ପାଇବାର ନାଟକ କରି କଂସେଇ ପରି ଗୋଟେ ଅନାଥିନୀ ଝିଅକୁ ମାରିଦେବାର ନୃଶଂସପଣ ସେ ଦେଖନ୍ତା।

ଚମ୍ପାର ନିସ୍ତେଜ ଦେହଟା ପଡ଼ିଥିଲା ଷ୍ଟ୍ରେଚର ଉପରେ। ତା'ର ପେଟ ଛାତି ଚିରାଯାଇ ପୁଣି ସିଲେଇ କରିଦିଆଯାଇଥିଲା। ଯେମିତି ସେଇଟି ଗୋଟେ ମଣିଷର ଦେହ ନୁହେଁ, ଚାଉଳ କି ଗହମର ବସ୍ତା।

ଭୋ ଭୋ କରି କାନ୍ଦି ପକେଇଲା ମିନୁ।

ତା’ ଆଖିର ଲୁହ ବାଧା କି ବନ୍ଧନ ମାନୁ ନ ଥିଲା।

କେଡ଼େ ଅସହାୟ ଭାବରେ ପରିତ୍ୟକ୍ତ ହୋଇ ପଡ଼ିଥିଲା ଚମ୍ପାର ଦେହ! ଏଇ ସେ ଚମ୍ପା, ଯିଏ ହସିଲେ ତା’ ଚାରିପାଖର କାନ୍ଥ ପାଚେରି ବି ହସି ଉଠୁଥିଲେ। ଯିଏ କଥା କହୁଥିଲେ ଉଦାସ ମଣିଷର ମନ ଚହଲିଯାଉଥିଲା। ସେଇ ସାମ୍ନାରେ ପଡ଼ିଛି ମେଞ୍ଚାଏ ମାଂସ ଓ ହାଡ଼ର ବୁଜୁଳିଟିଏ ହୋଇ। ମିନୁ ନିଜର ଦୁଇ ହାତ ପାପୁଲିରେ ମୁହଁ ଘୋଡ଼େଇ ଦି’ ପାଦ ପଛକୁ ଫେରି ଆସିଲା। ଚମ୍ପାର ମୁହଁ ଉପରୁ ପୁଲିସ କାଢ଼ି ଦେଇଥିବା ଧଳାଚାଦରଟା ଆଉଥରେ ଘୋଡ଼େଇ ଦେଲା।

ପ୍ରାଣକୃଷ୍ଣ ପଚାରିଲା, “କେହି ୱାରିସ ଡେଡ୍‌ବଡି ନେବାକୁ ଆସିଛନ୍ତି ?”

ହସ୍‌ପିଟାଲର ବେହେରା ଓ କନେଷ୍ଟବଳ ଆଶୁଚିକିତ୍ସା କାଉଣ୍ଟର ଆଡ଼େ ଚାହିଁଲେ। ପ୍ରାଣକୃଷ୍ଣ ସିଆଡ୍ରୁ ଦୃଷ୍ଟିଫେରେଇ ମିନୁକୁ କହିଲା, “ଏବେ ତମେ ଯାଇପାର।”

ମିନୁ ଆଖିର ଲୁହକୁ ଲୁଗା କାନିରେ ପୋଛିଦେଇ କହିଲା, “ମୁଁ ଚମ୍ପାର ସମ୍ପର୍କୀୟ। ମୁଁ ତା’ର ଡେଡ୍‌ବଡି ନେବି। ମୋତେ ଟିକେ ସାହାଯ୍ୟ କରନ୍ତୁ।”

ପ୍ରାଣକୃଷ୍ଣ ଆଶ୍ଚର୍ଯ୍ୟ ହେଲା। ଭାବପ୍ରବଣତା ବଶତଃ ଯାହା ମିନୁ କହୁଛି ସେଥିପାଇଁ କେବଳ ଅର୍ଥ ନୁହେଁ, ଅନେକଗୁଡ଼ିଏ ଅପନିନ୍ଦା ବରଦାସ୍ତ କରିବାକୁ ପଡ଼ିବ। ଏଇଟା ପୁଲିସ କେଶ୍। ଅପମୃତ୍ୟୁ କେଶ୍ ସାଙ୍ଗରେ ସଂଶ୍ଳିଷ୍ଟ ହୋଇପଡ଼ିଲେ ବରାବର ଥାନା ଓ କଚେରି ଧାଇଁବାକୁ ପଡ଼ିବ। ପୁଣ ସଂଜ ଅନ୍ଧାରଟାରେ ଏକାକୀ ଏ ଶବଟାକୁ ନେଇ ମିନୁ ଯିବ କୁଆଡ଼େ ?

ମିନୁ କିନ୍ତୁ ଡେଡ୍‌ବଡି ନେଇକି ଯିବ। “ସେ ମୋର ସାନଭଉଣୀ, ଆଉ କେହି ଆସିନାହାନ୍ତି ଯେତେବେଳେ ମୁଁ ତାକୁ ନେଇ ଯିବି। ତା’ର ଶବଦାହ କରିବି। ନ ହେଲେ ତା’ର ଆତ୍ମା ମୋକ୍ଷ ପାଇବ ନାହିଁ।”

ପ୍ରାଣକୃଷ୍ଣ ଚାହିଁଲା। ଆହୁରି ରହସ୍ୟମୟୀ ମନେ ହୋଇଥିଲା ମିନୁ। ଯେତିକି ଥର ତା’ ସାଙ୍ଗରେ ପ୍ରାଣକୃଷ୍ଣର ଦେଖା ହେଉଛି, ସେତେ ଥର ତା’ ବାବଦରେ ନୂଆ ନୂଆ ରହସ୍ୟ ଉଦ୍‌ଘାଟିତ ହେଉଛି। ଇଏ କ’ଣ କେବଳ ଗୋଟେ ବେଶ୍ୟା!

ମିନୁ ଶବକୁ ଭ୍ୟାନ୍ ଭିତରେ ଧରି ବସିଲା। ଡାକ୍ତରଖାନାର ବେହେରା ଓ ପିଅନଙ୍କ ଖର୍ଚ୍ଚ ଭରଣା କଲା। ରୋଗୀର ଯାହା ହେବାର ହୋଇଯାଉ, ସେମାନେ ବିନା ପଇସାରେ କିଛି କାମ କରିବେ ନାହିଁ।

ପ୍ରାଣକୃଷ୍ଣର ଇଚ୍ଛା ଥିଲା ମିନୁ ପାଖେ ପାଖେ ରହି ସାହାଯ୍ୟ କରିବ। କିନ୍ତୁ ଗୋଟେ ବେଶ୍ୟା ସାଙ୍ଗରେ ତ ଏତେ ବେଶି ମିଳାମିଶା କରାଯାଏନା। କନେଷ୍ଟବଳକୁ ଡାକି ସେ ମିନୁକୁ ସାହାଯ୍ୟ କରିବାକୁ ନିର୍ଦ୍ଦେଶ ଦେଲା ଓ ତା’ ଜିପ୍‌ରେ ବସି ଫେରିଗଲା।

ମିନୁ ଏଣେତେଣେ ଚାହିଁ କାହାକୁ ଖୋଜି ହେଉଥିଲା । କାହାକୁ ଜଣକୁ କୁହନ୍ତା, ନବଘନକୁ ଟିକେ ଡାକିଦେବାପାଇଁ । କିନ୍ତୁ କାହାକୁ କହିବ ? ବେଶ୍ୟା କୋଠିକୁ ଯିବାପାଇଁ କାହାକୁ ଅନୁରୋଧ କରିବା ଯେ ଅପରାଧ ! ସରୁ ରାସ୍ତା କଡ଼ର କଣ୍ଟା ଗଛ, ନର୍ଦ୍ଦମା ଓ ସହର ଯାକର ପରିତ୍ୟକ୍ତ ଅଳିଆ ଆବର୍ଜନାର କୁଢ଼ ସେପଟକୁ ସେଇ ରଙ୍ଗଛଡ଼ା ଦି' ମହଲା କୋଠାଟି ଆଡ଼େ କେହି ଦିନ ଆଲୁଅରେ ସିଧାସଳଖ ଚାହାଁନ୍ତି ନାହିଁ । ରାତିଟାରେ ବା କାହାକୁ ସେ ପଠେଇବ ?

ପୋଲିସ କନେଷ୍ଟବଲଟି ଆଡ଼େ ଚାହିଁଲା ମିନୁ । ପୋଲିସ୍ ବେଶରେ ଥିଲେ ବି ଲୋକଟାର ବେକ, କପାଳ ଓ ବାହୁରେ ତିଳକ ଚିତା ସେ ଦେଖିପାରୁଥିଲା । ଲୋକଟାର ବେକରେ ତିନି ପରସ୍ତ ତୁଳସୀମାଳ । ଯାକୁ ତ ଅନ୍ତତଃ ବେଶ୍ୟାବାଡ଼ିକୁ ଯିବାପାଇଁ କୁହାଯାଇ ପାରିବ ନାହିଁ ।

କିନ୍ତୁ ଏକଲା ସେ ସବୁତକ କାମ କେମିତି କରିବ ? ମିନୁ ଭିତରେ ଭିତରେ ଅସହାୟ ହୋଇପଡ଼ିଲା । ତା'ର ଛୋଟ ମନିପର୍ସରୁ କୋଡ଼ିଏ ଟଙ୍କିଆ ନୋଟ ବାହାର କରି ସେ କନେଷ୍ଟବଲକୁ ଦେଲା, "ଟିକେ ନବଘନକୁ ଖବର ଦେବେ । ସେ ଆସନ୍ତା ।''

କୋଡ଼ିଏ ଟଙ୍କିଆ ନୋଟ୍‌ଟି ପ୍ରଥମେ ପକେଟ୍‌ରେ ପୂରେଇସାରି କନେଷ୍ଟବଲ କହିଲା, "ସାର୍‌ଙ୍କ କେସ୍ ଏଇଟା । ମୁଁ ଏ ବାବଦରେ କାହାଠୁ ଅଧଲାଟାଏ ବି ନେବିନାହିଁ । ତମେ ଏଇଠି ଅପେକ୍ଷାକର । ମୁଁ ଦେଖେ !"

କନେଷ୍ଟବଲଟି ସାଇକେଲ ପିଠିରେ ବସି ଅଦୃଶ୍ୟ ହୋଇଗଲା ।

ରାତି ଆଠଟାରୁ ବେଶୀ ହେବ । ସମୁଦ୍ର କୂଳ ମଶାଣି ନିର୍ଜନ ଦିଶୁଛି । ପୁଲିସ ଭ୍ୟାନ୍ ଚମ୍ପାର ଶବକୁ ବାଲିରେ ଶୁଆଇ ଦେଇ ଚାଲିଯାଇଛି । ଚମ୍ପାର ଦେହ ଉପରେ ଢଙ୍କାଯାଇଥିବା ଧଳାଚାଦରଟା ଫୁଲି ଫୁଲି ଉଠୁଛି । ଯେକୌଣସି ମୁହୂର୍ତ୍ତରେ ସେ ଚାଦରଟି ଉଡ଼ିଯିବ । ଚମ୍ପାର ଗୋରା ମୁହଁଟା ତା' ଭିତରୁ ଜହ୍ନ ପରି ଚହଟି ଉଠିବ । କିନ୍ତୁ ଚମ୍ପା ତ ଆଉ ଉଠି ବସିବ ନାହିଁ !

ସମୁଦ୍ରକୂଳର ପବନ ମିନୁକୁ ଅସ୍ତବ୍ୟସ୍ତ କରିପକାଉଥିଲା । ମଶାଣିର ମଝିରେ ଗୋଟାଏ ସଦ୍ୟ ଚିତାରୁ ତଥାପି ଧୂଆଁ ଓ ପାଉଁଶ ଉଡ଼ି ବୁଲୁଥିଲା ଅପନ୍ତରା ପଡ଼ିଆରେ । ମୃତ ଲୋକଟିର ସାଙ୍ଗରେ ଆସିଥିବା ଆଟିକା, କୋକେଇ ଓ ମସିଣା ପ୍ରଭୃତି ପଡ଼ିରହିଥିଲା । ସମ୍ପର୍କୀୟମାନେ କେହି କୋଉଠି ନ ଥିଲେ ।

ମୃତ୍ୟୁ ସହିତ ମିନୁର ପରିଚୟ ନିବିଡ଼ । ପିଲାଦିନୁ ବାପାକୁ ହରେଇଛି ! ବଡ଼ ହେଲାପରେ ହରେଇଛି ବୋଉକୁ । କିନ୍ତୁ ସେସବୁ ସମୟରେ ଶୋକର ଆଘାତ ତାକୁ ମଶାଣିର ନିର୍ଜନତାକୁ ନିରୀକ୍ଷଣ କରିବାର ମାନସିକତା ଦେଇ ନାହିଁ । ଚମ୍ପାର ମୃତ୍ୟୁ

ତାକୁ ହଠାତ୍ ମୃତ୍ୟୁମନସ୍କ କରିଦେଇଥିଲା। ତା' ଭିତରର କୋଉଟା କେଜାଣି ମରି ଯାଉଥିଲା। ଲାଗୁଥିଲା ସତେକି ଚମ୍ପା ନୁହେଁ ତା' ନିଜର ମୁର୍ଦ୍ଦାର ଶୋଇଛି ସମୁଦ୍ର ବାଲିରେ।

କେଡ଼େ ଅର୍କ୍ଷିତ ଏ ମଣିଷ! କେତେ ଅନ୍ତଃସାର ମଣିଷର ଗର୍ବ ଓ ଅହଙ୍କାର! ତା'ର ଇଚ୍ଛା ହେଉଥିଲା ସିଏ ବି ସେହି ମୁହୂର୍ତ୍ତରେ ମରି ଯାଆନ୍ତା। ଅନେକ ବର୍ଷ ବଞ୍ଚି ସାରିଲାଣି। ତା'ର ନା ଅଛି ଭବିଷ୍ୟତ ନା ବର୍ତ୍ତମାନ! ସିଏ ବଞ୍ଚିଲେ କି ମରିଲେ ଏ ସହରର କିଛି ଯାଏଆସେ ନାହିଁ, ଯେମିତି ଚମ୍ପା ମଲାପରେ ବି ଏଠି କିଛି କୋଉଠି ଅଟକି ଯିବ ନାହିଁ।

ଦୂରରୁ ସାଇକେଲ୍‌ଟେ ମଶାଣି ଆଡ଼େ ଆସୁଥିଲା। ନବଘନ ଆସୁଥିବ ବୋଧହୁଏ।

●

ମଶାଣି କାମ ସାରି ଫେରିବାବେଳକୁ ରାତି ବାରଟା ବାଜିଲାଣି। ଚିତା ନିଆଁ ପାଖେ ଛିଡ଼ାହୋଇ ମିନୁ ସିଝି ଯାଇଥିଲା। ତା'ପରେ ଅବେଳା ଗାଧୁଆ। ଗରମ ଓ ଥଣ୍ଡା ଭିତରେ ସେ ସମ୍ପୂର୍ଣ୍ଣ ଅବସନ୍ନ ହୋଇଯାଇଥିଲା। ଆଣ୍ଠୁ ପାଖରୁ ତା' ଗୋଡ଼ ଯୋଡ଼ିକ ଆଉ ବିଲ୍‌କୁଲ୍ ଉଠୁ ନ ଥିଲେ।

ନବଘନ ବି ଥକି ପଡ଼ିଥିଲା। ତା' ପାଇଁ ମିନୁ ଭିତରେ ସହାନୁଭୂତି ସୃଷ୍ଟିହେଲା। ସମସ୍ତେ ନବଘନକୁ ମାଇଚିଆ, ମାଇପି ବୋଲକରା କହି ଥଟ୍ଟା ଟାପରା କରନ୍ତି। ସେ ପୁରୁଷଙ୍କ ସାଙ୍ଗରେ ମିଶିପାରେ ନାହିଁ କି ନାରୀମାନଙ୍କ ସାଙ୍ଗରେ ମିଶେ ନାହିଁ। ଦୁଇଆଡୁ ଉପେକ୍ଷିତ ତା'ର ଜୀବନ ଗୋଟେ ତ୍ରିଶଙ୍କୁର ଜୀବନ। ଯେମିତି ବେଶ୍ୟା ନାରୀମାନଙ୍କ ଗହଣରେ ସମ୍ମାନ ପାଏ ନାହିଁ ସେମିତି ନବଘନ ପୁରୁଷଙ୍କ ସମାଜରେ ଆଦର ପାଏ ନାହିଁ। ତଥାପି କାମ ପଡ଼ିଲେ ସମସ୍ତେ ନବଘନକୁ ଲୋଡ଼ନ୍ତି। ତାକୁ ପାଞ୍ଚ ଦଶ ଟଙ୍କା ଦେଇ ତା'ଠୁଁ କାମ କରେଇ ନିଅନ୍ତି।

ଏଇ ନବଘନ ଗୋଟେ ଅସ୍ୱସ୍ତିକର ଜୀବନକୁ ନେଇ କୋଠିରେ ପଡ଼ିରହିଥାଏ। ସେ ଯୋଉ ଦୁର୍ବଳତା ପାଇଁ ସବୁତକ ଅପମାନ, ଲାଞ୍ଛନା ଓ ଉପେକ୍ଷା ବରଦାସ୍ତ କରୁଥାଏ ସେ ଗୁଡ଼ାକ ପାଇଁ ସେ ଆଦୌ ଦାୟୀ ନୁହେଁ। ତା'ର ବେଶପୋଷାକ ବଡ଼ ବିଚିତ୍ର। ଠାଣୀବାଣୀ ମଧ୍ୟ ବିଚିତ୍ର। କଥା କହିବା ଓ ଚାଲିବାର ଢଙ୍ଗ ଅଦ୍ଭୁତ।

କିନ୍ତୁ ମିନୁ ନବଘନକୁ ପରିହାସ କରେ ନାହିଁ। ସମଗ୍ର ସଂସାର ଦ୍ୱାରା ଉପହସିତ ତା' ପରି ଗୋଟେ ଚରିତ୍ର ଆଉ କାହାକୁ ପରିହାସ କରିପାରନ୍ତା ନାହିଁ।

ମଶାଣିରୁ ଫେରିବା ବାଟରେ ମିନୁ ଓ ନବଘନ ଆଶା କରୁଥିଲେ ଚମ୍ପା ମୃତ୍ୟୁର ଦୁଃଖରେ କୋଠିଟା ଆଜି ଶୂନ୍‌ଶାନ୍ ହୋଇ ପଡ଼ିଥିବ। ସଞ୍ଜବେଳେ ପୋଲିସ୍ ନିଜେ ଆସି ଖବରଟା ଦେଇଯାଇ ଥିବାରୁ କାହାକୁ ଆଉ କଥାଟା ଅଜଣା ନ ଥିବ। ଚମ୍ପାର ମାତାଲ ବାପ ଚମ୍ପାକୁ ଦଲାଲ ହାତରେ ଟେକିଦେଇ ଯିବା ଦିନୁ ଏଇ କୋଠିଟା ଇ ତ

ଥିଲା ତା'ର ଘର ସଂସାର। ଏଇଠି ସେ ନାଚୁଥିଲା, ଗାଉଥିଲା, ହସୁଥିଲା, କାନ୍ଦୁଥିଲା। ଏଇ କୋଠିପାଇଁ ଅର୍ଥ ଉପାର୍ଜନ କରୁଥିଲା, ନିଜେ ବଞ୍ଚୁଥିଲା।

କୋଠି ପାଖ ହୋଇ ଆସିଲାରୁ ମିନୁର ଆଶା ପବନରେ ମିଳେଇଗଲା। ଶୂନ୍‌ଶାନ୍ ହୋଇପଡ଼ି ନାହିଁ କୋଠି। କେହି କାନ୍ଦୁ ନାହିଁ କି କେହି କାହାକୁ ପ୍ରବୋଧନା ଦେଉ ନାହିଁ। ଘର ଗୁଡ଼ାକ ଯେମିତି ବ୍ୟସ୍ତ ଓ ଚଞ୍ଚଳ ଦିଶିବା କଥା ଠିକ୍ ସେମିତି ଦିଶୁଛନ୍ତି। ଦୁଆର ପାଖରେ ତିନି ଚାରିଟା ରିକ୍ସା ଛିଡ଼ା ହୋଇଛନ୍ତି। ଦୂରଛଡ଼ା ମଦ ଦୋକାନ ଓ ତେଲଭାଜି ଦୋକାନକୁ ଗ୍ରାହକମାନେ ଯା-ଆସ କରୁଛନ୍ତି। କୋଉଠି କିଛି ଅଭାବ ରହି ନାହିଁ।

ମିନୁର ମନ ବିଷଣ୍ଣ ହୋଇପଡ଼ିଲା।

ଏତେ ହସ, ଏତେ କୋଳାହଳ ଓ ଏତେ ବ୍ୟସ୍ତତା ଭିତରେ ବି ସେ ସମ୍ପୂର୍ଣ୍ଣ ନିଃସଙ୍ଗ ପାଲଟି ଯାଉଥିଲା। ଏଣେତେଣେ ଚାହିଁ ବଡ଼ ବିକଳ ଭଙ୍ଗୀରେ ସେ ଖୋଜୁଥିଲା ଏତେ ଟିକେ କାରୁଣ୍ୟ। ଅଶ୍ଳୀଳ ଇସାରା, ଚାପାହସ, ଅସଂଲଗ୍ନ ପ୍ରଳାପ ଓ ବେପାରୀ ମୂଲଚାଲ ଭିତରେ କୋଉଠି ଏତେଟିକେ ଦୀର୍ଘଶ୍ୱାସ ସେ ଅନୁଭବ କରୁ ନ ଥିଲା। ମଦ, ସିଗ୍ରେଟ, ବିଡ଼ି, ଜର୍ଦ୍ଦା ପାନ, ଶସ୍ତା ଅତର, ଫୁଲ ଓ ଲୋଚାକୋଚା ନୋଟ୍‌ର ଗନ୍ଧ ଭିତରେ କାହିଁ କୋଉଠି ସେ ଟୋପାଏ ଲୁହ ଖୋଜି ପାଉ ନ ଥିଲା। ଏତେ ଅଲୋଡ଼ା, ଏତେ ନିଉଛୁଣା ବେଶ୍ୟାର ଜୀବନ! ଯାହାପାଇଁ ଟେନାଏ ଦୀର୍ଘଶ୍ୱାସ କି ଦି' ବୁନ୍ଦା ଲୁହ ମଧ୍ୟ ମିଳେ ନାହିଁ!

ତା' ନିଜର ଜୀବନ ଆଉଥରେ ଅର୍ଥଶୂନ୍ୟ ଓ ଅଦରକାରୀ ହୋଇ ତାଆରି ସାମ୍ନାରେ ଉଭା ହୋଇଥିଲା। ଚମ୍ପା ଜାଗାରେ ସେ ନିଜେ ମରିଯାଇଥିଲେ ବି କୋଠିଟା ଠିକ୍ ଆଜି ପରି ଗହଳ ଚହଳରେ ଫାଟି ପଡୁଥାନ୍ତା। ବାହାରକୁ ସନ୍ଦିଗ୍ଧ ଗମ୍ଭୀରା ଓ ଭିତରେ ଗୋଟେ ଗୋରୁହାଟର ଚେହେରା ପିନ୍ଧିଥିବା ଏଇ କୋଠିଟାର କୌଣସି କୋଣରେ କିଛି ଇ ଅଭାବ ଅନୁଭୂତ ହୋଇ ନ ଥାନ୍ତା।

ମିନୁ କାନ୍ଦି ପକେଇଲା। କିନ୍ତୁ କାହିଁକି ସେ କାନ୍ଦୁଥିଲା ସେ କଥା ସେ ଠିକ୍ ଠିକ୍ ଜାଣିପାରୁ ନ ଥିଲା। ତାକୁ ଲାଗୁଥିଲା ଦିନେ ସେ ବି ମରି ଯିବ। ତା'ର ସଦ୍ୟମୃତ ଶରୀରଟା ପଡ଼ିରହିଥିବ ଅପନ୍ତରା ଭୂଇଁରେ। କେହି ତାକୁ ଦୟା କରି ତା'ର ମଲାଦେହଟାକୁ ନେଇ ମଶାଣିରେ ଫୋପାଡ଼ି ଦେଲେ ଫୋପାଡ଼ି ଦେବ, ନ ହେଲେ ବିକିଦେବ ହାଡ଼ ବେପାରୀ ହାତରେ। କ୍ଷଣକ ପାଇଁ ତା' ନିଜଠାରୁ ଚମ୍ପା ଭାଗ୍ୟବାନ ବୋଲି ମିନୁର ମନେ ହେଲା। ଚମ୍ପା ପାଇଁ ମିନୁ କି ନବଘନ ଅନ୍ତତଃ ଥିଲେ। ତା' ପାଇଁ କେହି ନାହିଁ, କେହି ଜଣେ ବି ତା'ର ନିଜର ହୋଇ ନାହିଁ।

ଜୀବନର ଏହି ଅର୍ଥହୀନତା ତାକୁ ଭୟଙ୍କର ଭୂତଟେ ହୋଇ ଗୋଡ଼େଇ ଆସୁଥିଲା। ତା'ର ଶୈଶବ, କୈଶୋର ଓ ଯୌବନ ସବୁ ତୁଚ୍ଛାତିତୁଚ୍ଛ ମନେହେଉଥିଲା। ତା'ର ମନେ ହେଲା, ପ୍ରକୃତରେ ତା'ର କେହି ନାହିଁ। କାହାର ଅଦୃଶ୍ୟ ହାତପାପୁଲିର ମୁଠାଏ ବାଲି ପରି ତା'ର ଜୀବନ। ତା' ଅଲକ୍ଷ୍ୟରେ ସେହି ଅଦୃଶ୍ୟ ପାପୁଲିରୁ ଜୀବନର ବାଲି ଝରି ଝରି ଯାଉଛି। ସେ ସେଇ ବାଲି ଝରିବା ସାଙ୍ଗରେ ମରି ମରି ଚାଲିଛି। ଏଇ ଯେ ମୁହୂର୍ତ୍ତଟି ବିତିଗଲା ଆକାଶର ବିଦାୟୀ ତାରା ସାଙ୍ଗରେ, ଗଙ୍ଗଶିଉଳି ଢେଙ୍ଗର ହୁଗୁଳା ଫୁଲ ପରି ଝଡ଼ି ଖସିପଡ଼ିଲା, ସେ ଆଉ ଫେରିବ ନାହିଁ। ଯୋଉଦିନ ସବୁ ବାଲି ଖସି ପଡ଼ିବ ସେଦିନ ମିନୁ ମରିଯିବ। ତା'ର ଅଲୋଡ଼ା ଶବ ପଡ଼ିଥିବ କୋଉ ଅପନ୍ତରାରେ। ବିଲୁଆ, କୁକୁର, ଶାଗୁଣା ଓ କାଉଙ୍କ ମେଳରେ ଫରକଟା ହୋଇ ପଡ଼ିଥିବ ତା'ର ମୁର୍ଦ୍ଦାର।

ହଠାତ୍ ବଞ୍ଚି ରହିବାଟା ତାକୁ ଖୁବ୍ ଲୋଭନୀୟ ମନେହେଲା। ଏହା ଆଗରୁ କୌଣସି ଦିନ ଜୀବନ ତା' ପାଖରେ ଏତେ ମହାର୍ଘ ମନେ ହୋଇ ନ ଥିଲା। ସେ ଭିତରେ ଭିତରେ ମୃତ୍ୟୁକୁ ଭୟ କରି ବସିଲା। ଭୟ କରିବାକୁ ଆରମ୍ଭ କରିଥିଲା ତା'ର ନିର୍ଜୀବ ଶରୀରଟା ଦିନେ ପରିତ୍ୟକ୍ତ ହୋଇ ମଶାଣି ପଡ଼ିଆରେ ପଡ଼ିରହିବାର ଆଶଙ୍କାକୁ।

କୋଠି, କାନ୍ଥ ପାଚିରି, ଘର, ପରଦା, ବିଛଣା, ତକିଆ, ଆଲୁଅ, ପଙ୍ଖା ସମସ୍ତଙ୍କ ଉପରେ ମିନୁର ଅଭିମାନ ହେଉଥିଲା। ବଡ଼ ଦିଦି, ମାଲତୀ, ଲଛମୀ, ସାବିତ୍ରୀ, ପ୍ରାଣକୃଷ୍ଣ ଏପରିକି ନବଘନ ଉପରେ ମଧ୍ୟ ତା'ର ରାଗ ହେଉଥିଲା। ଏଇ କୋଠି ବାହାରେ, ପାଚେରି ଓ ତା' ସେପଟ ନାଳ ପାର ହେଲେ ଆରମ୍ଭ ହେବ ଯେଉଁ କଲୋନି, ସେହି କଲୋନିର ମଣିଷମାନଙ୍କ ଉପରେ, ତାଙ୍କର ସବୁବେଳେ ବ୍ୟସ୍ତ ସ୍ତ୍ରୀ ଓ ଆମର କିଏ କ'ଣ କରିବ ଭାବୁଥିବା ପିଲାମାନଙ୍କ ଉପରେ ତା'ର ଈର୍ଷା ହେଉଥିଲା। ନିରସ୍ତ ହୋଇ ସେ ମୁଣ୍ଡ ତଳକୁ କରି ବସିପଡ଼ିଲା।

ସେତିକିବେଳେ ଶାବନା ରଙ୍ଗର ବୁଢ଼ାଟେ ମିନୁର ଘରର ପରଦା ଆଡ଼େଇ ଭିତରକୁ ପଶି ଆସୁଥିଲା। ଲୋକଟାର ପାଦ ଠିକ୍ ଠିକ୍ ପଡୁ ନ ଥିଲା। ତା' ଓଠ ଦି' କଡ଼ରୁ ପାନପିକ ବୋହିପଡୁଥିଲା। ତା'ର ସଫା ଇସ୍ତିକରା ପଞ୍ଜାବିର ଛାତିଉପରେ ଦି' ଜାଗା ପାନ ଛେପ ପଡ଼ି ବିଚିତ୍ର ଦିଶୁଥିଲା। ମିନୁର ଦୃଷ୍ଟି ଆକର୍ଷଣ କରିବାପାଇଁ ସେ ଗଳାଖଙ୍କାରି ସାରି ତା'ର ଘାଗଡ଼ା ଗଳାରେ ଡାକିଲା, "ହୁଁ, ଭିତରକୁ ଆସିବି ?"

ମିନୁ ଲୋକଟାକୁ ଚାହିଁଲା। ବୟସ ପଚାଶରୁ ଅଧିକ ହେବ। ପେଟଟି ଆଗକୁ ବାହାରି ପଡ଼ିଛି। ଆଖି ଯୋଡ଼ିକ ଲାଲ ଲାଲ।

ସେ କିଛି ନ କହି ନିରବ ରହିଲା। ଲୋକଟା ଖୁବ୍ ଉତ୍ତେଜିତ ହୋଇପଡ଼ିଥିଲା। ତା'ର ପ୍ରୟୋଜନ ଥିଲା ସାଙ୍ଗେ ସାଙ୍ଗେ ଗାଧୁଆକୁଣ୍ଡ ଭିତରକୁ ଡେଇଁବା ପର ମିନୁ ଉପରକୁ କୁଦି ପଡ଼ିବା। ସେ ଆଉଟିକେ ଆଗେଇ ଆସିଲା।

ମିନୁ ଆଖି ଲୁହ ପୋଛିଦେଲା। ଏବେ ବି ମଶାଣି ପଡ଼ିଆରେ ଧଳା ଚାଦର ଘୋଡ଼ି ହୋଇ ପଡ଼ିଥିବା ଚମ୍ପାର ଶେତା ମୁହଁଟା ତା' ଆଖିଆଗରେ ଲାଖି ରହିଥିଲା। ପବନ ବାଜି ଧଳା ଚାଦରଟା ଫର୍‌ଫର୍ ହୋଇ ଉଡୁଥିଲା। ଯେକୌଣସି ମୁହୂର୍ତ୍ତରେ ଯେମିତି ଚଦରଟା ହଟିଯିବ ଓ ତା' କୋଳରୁ ଚମ୍ପାର ହସ ହସ ମୁହଁଟି ଜହ୍ନପରି ଝଟକି ଉଠିବ।

କିନ୍ତୁ ମଳାଜହ୍ନର ମୁହଁ କେତେ କରୁଣ! କେତେ ବିକଳ ଦିଶେ ତା'ର ସେ ଅନୁଜ୍ଜ୍ୱଳ ଚେହେରା!

ଲୁହ ଓ କୋହର ପୃଥିବୀରୁ, ମଶାଣିର ଚିତା ଓ ବିକ୍ଷିପ୍ତ ହୋଇ ପଡ଼ିଥିବା କଲା, ଆଟିକା ଓ ଖପୁରୀ ହାଡ଼ରୁ, ଡାକ୍ତରଖାନା ଦୁଆରେ ଅର୍ଦ୍ଧିତ ଅବସ୍ଥାରେ ପଡ଼ିଥିବା ଓ ବୁଜୁଳାଟିଏ ପରି ଦିଶୁଥିବା ଚମ୍ପାର ମୁର୍ଦ୍ଦାରଠାରୁ ମିନୁ ଆଦୌ ଫେରି ପାରିନଥିଲା। ତା'ର ଉପଲବ୍ଧି ହୋଇଥିଲା ଏ ସବୁ ମିଛ; ଏ ଫୁଲ, ଏ ବିଛଣା, ଏ ଟଙ୍କା ପଇସା ସବୁ ମିଛ, ସବୁ ମିଛ।

ତା' ଆଖରେ ଥିଲା ଅବିଶ୍ୱାସ ଓ ଘୃଣାର ନିଆଁ ଝୁଲ। ଲୋକଟା କିନ୍ତୁ ସେହିପରି ଛିଡ଼ା ହୋଇଥିଲା। ପକେଟ୍‌ରୁ ଆଉ ଖଣ୍ଡିଏ ସିଗ୍ରେଟ ବାହାର କରି ନିଆଁ ଲଗଉ ଲଗଉ କ'ଣ ଗୁଣୁଗୁଣଉଥିଲା।

ମିନୁ ଉଠିପଡ଼ିଲା ଓ ଲୋକଟିକୁ ସମ୍ପୂର୍ଣ୍ଣ ନିର୍ବାକ୍ କରିଦେଇ ତା' ସାମ୍ନାରେ ସମ୍ପୂର୍ଣ୍ଣ ଉଲଗ୍ନ ହୋଇ ପଡ଼ିଲା। ଏତେ କମ୍ ସମୟ ଭିତରେ ସେ ଉଲଗ୍ନ ହୋଇ ପଡ଼ିଥିଲା ଯେ ଲୋକଟି କବାଟ ଆଉଜେଇବାକୁ କିମ୍ବା ଆଲୁଅ ଲିଭେଇବାକୁ ମଧ୍ୟ ସମୟ ପାଇ ନ ଥିଲା।

ମିନୁର ଦେହସାରା ଚକଡ଼ା ଚକଡ଼ା ହୋଇ କ୍ଷତ ଚିହ୍ନ। ବାଁ ପଟ ଜଂଘରେ ଅରାଏ ମାଂସ ପୋଡ଼ିଯାଇ ଦିଶୁଛି ବୀଭତ୍ସ। ଲୋକଟି ଥରେ ମିନୁକୁ ଓ ଥରେ ବାହାରକୁ ଚାହିଁ ଯେମିତି ଆସିଥିଲା ସେମିତି ଫେରିଗଲା। ମିନୁ ଧଡ଼କରି କବାଟଟା ବନ୍ଦ କରିଦେଇ ଲାଇଟ୍ ଲିଭେଇଦେଲା ଓ ଖଟ ଉପରେ ମୁହଁ ମାଡ଼ି ଶୋଇଗଲା। ଶିଡ଼ିର ପାହାଚରେ ଲୋକଟିର ଓହ୍ଲେଇ ଯିବାର ପାଦଶବ୍ଦ ଶୁଣିପାରୁଥିଲା ମିନୁ। ସମ୍ଭବତଃ ଲୋକଟି ତାକୁ ପାଗଳୀ ଭାବି ଡରିଯାଇଥିଲା।

ଘର ଭିତରେ କେବଳ ଅନ୍ଧାର ଓ ଫୁଙ୍ଗୁଳା ମିନୁ। ତା'ର ଲୁହ ଓ ଦୀର୍ଘଶ୍ୱାସ।

ଗୋଟେ ବେଶ୍ୟାର କ'ଣ ଏତେଟିକେ ସ୍ୱାଧୀନତା ନାହିଁ ଚିହ୍ନା ଝିଅଟିର ମୃତ୍ୟୁରେ ଶୋକ ପାଳିବା ପାଇଁ? ଏତିକି ଟିକିଏ ନିର୍ଜନତା ନାହିଁ ତା' ଭାଗ୍ୟରେ! ଦି' ଚାରି ଅସରା କାନ୍ଦିବା ପାଇଁ? ସେ କ'ଣ ଗୋଟେ ଚବିଶ ଘଣ୍ଟିଆ ମାଂସର କଣ୍ଢେଇ! ଯିଏ ଯେଉଁଠି ଓ ଯେତେବେଳେ ଚାହିଁବ ତାକୁ ନେଇ ଖେଳି ପାରିବ? ମଶାଣିରୁ ଫେରିଥାଉ କି ମନ୍ଦିରରୁ, ମୃତ୍ୟୁପାଖରୁ ହେଉକି ଦୁର୍ଘଟଣା ପାଖରୁ - ସେ କଥା କେହି ଚିନ୍ତା ଇ କରିବେ ନାହିଁ!

●

ଠିକ୍ ପାଞ୍ଚଟା ବେଳକୁ ନିଦ ଭାଙ୍ଗିଗଲା ମିନୁର। ଗୋଟେ ଭୟଙ୍କର ସ୍ୱପ୍ନ ଦେଖି ତା'ର ନିଦ ଭାଙ୍ଗିଗଲା। ବଜାର ରାସ୍ତାରେ ସେ ଫେରୁଛି। ହଠାତ୍ ତାକୁ ଦେଖି ପକଉଛି ସେହି ବତିଶକଳା ଗୁଣିଆ। ଗୁଣିଆ ହାତରେ ଉତ୍ତପ୍ତ ଲୁହା ଖଡ଼ିକା ଓ ତା' ପଛେ ପଛେ ଦାମୋଦର। ସେମାନେ ତାକୁ ଗୋଡ଼ଉଛନ୍ତି। ମିନୁ ଭିଡ଼ କାଟି କାଟି ଧାଉଁଛି ପ୍ରାଣ ବିକଳରେ। କଣ୍ଟ ଝଣ୍ଟା, ଗେଙ୍ଗୁଟି ଓ ଇଟା ବାଜି ତା' ପାଦ ଲହୁଲୁହାଣ ହୋଇଯାଇଥିଲେ ବି ସେ ଧାଉଁଛି। ତା' ହାତରୁ ଜିନିଷପତ୍ର ଗୁଡ଼ା ଖସିପଡ଼ି ଚାରିକଡ଼େ ବିଞ୍ଚି ହୋଇ ପଡୁଛି।

ନିଦ ଭାଙ୍ଗି ଯାଇଥିଲା ମିନୁର। ସେ ଧୀରେ ବିଛଣାରୁ ଉଠିପଡ଼ି ଲୁଗାପଟା ପିନ୍ଧି ବାରନ୍ଦାକୁ ଆସିଲା। ଚାରିଆଡ଼ ଶୂନ୍‌ଶାନ୍। ଏହି ସମୟରେ ଏଠି କେହି ଉଠନ୍ତି ନାହିଁ। ଉଠିଲା ବେଳକୁ ଦିନ ଦଶ କି ଏଗାର। ଭିତରେ ପଙ୍ଖା ଘୂରୁଛି। ତା'ର ସାଇଁ ସାଇଁ ଶବ୍ଦ ହଜିଯାଉଛି ସମୁଦ୍ରର ଗର୍ଜନ ଭିତରେ। ମିନୁ ଧୀର ପାଦରେ ଶିଡ଼ି ପର୍ଯ୍ୟନ୍ତ ଯାଇ ଛାତ ଉପରକୁ ଉଠିଗଲା।

ଏଇଠୁ ଚାହିଁଲେ ସମୁଦ୍ର ସ୍ପଷ୍ଟ ଦିଶେ। ସାମ୍ନାରେ ଦିଇଟି ନଡ଼ିଆଗଛ ଓ ସେହି ଉଚ୍ଚା କୋଠାଟି ଯାହା ସାମାନ୍ୟ କିଛି ପ୍ରତିବନ୍ଧକ ସୃଷ୍ଟି କରନ୍ତି। ମ୍ୟୁନିସିପାଲିଟି ଆଲୁଅ ରାସ୍ତା ବତୀଖୁଣ୍ଟରୁ ଲିଭି ନାହିଁ। ଚାରିଆଡ଼ ଧୂଆଁଳିଆ ଦିଶୁଛି। ସମୁଦ୍ର ଉପରର ଆକାଶ ଦିଶୁଛି ମେଘ ଢାଙ୍କିଲା ପରି। ଖଣ୍ଡ ଖଣ୍ଡ ବାଦଲ ସମୁଦ୍ର ପିଠିରୁ ଜଳକଣା ଧରି ଅଳସ ଗତିରେ ଦୂରେଇ ଦୂରେଇ ଯାଉଛନ୍ତି। ସମୁଦ୍ର ଲହଡ଼ିମାନ ଉଠୁଛି ଉପରକୁ, ବସିପଡ଼ିଥିବା ଓଟ ଦଳଟେ ଏକା ସାଙ୍ଗରେ ଉଠିପଡ଼ି ପୁଣି ଯେମିତି ବସି ଯାଉଛନ୍ତି। ପୁଣି ଉଠୁଛନ୍ତି, ପୁଣି ବସୁଛନ୍ତି। ରାସ୍ତାର ଆଲୁଅ ସେହି ଧୂଆଁଳିଆ ପରିବେଶ ଭିତରେ ଦିଶୁଛି ଦୂରରୁ ଆସୁଥିବା ଶଗଡ଼ିଆ ମାନଙ୍କର ଗୋଟେ ଗୋଟେ ଲଣ୍ଠନ ପରି।

ଖୁବ୍ ଜୋର୍‌ରେ ଥଣ୍ଡା ପବନ ବୋହୁଥିଲା। ସବୁ କିଛି ଉଡ଼େଇ ନେଉଥିଲା ପବନ। ମିନୁର ଶାଢ଼ି, ବ୍ଲାଉଜ ଓ ବ୍ରା, ତା'ର ସାୟା ଓ ଅନ୍ତର୍ବାସ ଭେଦି ସକାଳର ଏହି

ପବନ ତା' ଦେହସାରା ଚରି ଯାଉଥିଲା। ତା'ର ସମସ୍ତ ଅବସନ୍ନତା, ଦୁଶ୍ଚିନ୍ତା ଓ ଭୟ ଉଡ଼େଇ ନେଉଥିଲା ପବନ। ଗୋଟେ ପ୍ରଚଣ୍ଡ ଶକ୍ତିର ଉପସ୍ଥିତି ତାକୁ ଆଉ ସବୁ ଭୟଠୁ ଦୂରେଇ ଆଣି ସାହସୀ ଓ ନିଶ୍ଚିନ୍ତ କରିଦେଉଥିଲା। ଛୋଟ ଛୋଟ ଜଳକଣା ମାନ ଆସି ତା' ଦେହରେ ଜଡ଼େଇ ହୋଇଯାଉଥିଲେ। ସେ ଆଖି ମୁଦି ସେହି ଶୀତଳ ଓ ନିବିଡ଼ ଆଲିଙ୍ଗନକୁ ଅନୁଭବ କରୁଥିଲା।

ଘୁ ଘୁ ହୋଇ ଗର୍ଜୁଥିଲା ସମୁଦ୍ର। ଗୋଟାଏ ପବନ ଦମକାରେ ମିନୁର ଶାଢ଼ି କାନି ଉଠିଯାଇ ଫରଫର ହୋଇ ଉଡୁଥିଲା। ମିନୁ ଶାଢ଼ିଟାକୁ ସମ୍ଭାଳିବାକୁ ଯାଇ ଅସ୍ତ -ବ୍ୟସ୍ତ ହୋଇଯାଉଥିଲା। ତାକୁ ଲାଗୁଥିଲା କିଏ ଯେମିତି ଦୁଇହାତରେ ତା'ର ଲୁଗାପଟା ଉଲାରି ପକଉଛି। ସେ ଅଥୟ ହୋଇ କେବଳ ସମୁଦ୍ରକୁ ଦେଖୁଥିଲା।

ସମୁଦ୍ର କୂଳରେ କେହି ନାହାନ୍ତି। ଏତେବେଳେ ଯାଇ ସେ ଘେରାଏ ଘୂରି ଆସି ପାରନ୍ତା। କିନ୍ତୁ କାଳେ ସେଠି କିଏ ତାକୁ ଚିହ୍ନାଲୋକ ଦେଖିପକେଇବ ଏହି ଆଶଙ୍କାରେ ସେ ଯିବାକୁ ଚାହୁଁ ନ ଥିଲା। କେତେଦିନ ହେଲା ତା'ର ଗୋଟେ ଆଶଙ୍କା ହେଉଥିଲା ଯେ ସେ ଯେମିତି ଧରାପଡ଼ି ଯାଇଛି। ତା'ର ଆତ୍ମଗୋପନ ଆଉ ଲୁଚି ରହୁନାହିଁ। ସେ ପୁଣିଥରେ ଯେମିତି ଗୋଟେ ଅଦୃଶ୍ୟ ଜାଲ ଭିତରେ ଛନ୍ଦିପଡ଼ିବାକୁ ଯାଉଛି।

କିନ୍ତୁ କାହାକୁ ଡରୁଥିଲା ମିନୁ ? କାହିଁକି ? ସେ କ'ଣ ଡରୁଥିଲା ଦାମୋଦରକୁ ? ଦାମୋଦର କ'ଣ ଦଶ ବର୍ଷ ପରେ ବି ଖୋଜୁଥିବ ମିନୁକୁ? କାହିଁକି ଖୋଜୁଥିବ ? ତା' ପରି ଗୋଟେ ଅସମର୍ଥ ପୁରୁଷର ଆବଶ୍ୟକ ଥିଲା ବିବାହିତର ସ୍ୱୀକୃତି। ସେ ସ୍ୱୀକୃତି ସେ ବହୁ ଦିନରୁ ସଂଗ୍ରହ କରିସାରିଛି। ପୁଣି ମିନୁ ବେଶ୍ୟା ପାଲଟି ସାରିଛି ବୋଲି ଜାଣିବାପରେ ସେ କ'ଣ ତଥାପି ଆସି ତାକୁ ଘରକୁ ଡାକିନେବ ?

ନା, ଦାମୋଦର ତାକୁ ଖୋଜିବ ନାହିଁ ଆଦୌ। ତାହାହେଲେ କିଏ ଖୋଜିବ ତାକୁ? ସନାତନ, ଟିମା, କରୁଣି ? ତା'ର ଦାଦା କି ଖୁଡ଼ୀ ? ସେମାନେ ଅନେକ ଦୂରରେ। ପନ୍ଦର ବର୍ଷ ବିତିଗଲାଣି ଏହା ଭିତରେ। ସେମାନେ ତାକୁ ବା କାହିଁକି ଖୋଜିବେ ? ପୁଣି ଖୋଜି ପାଇଲେ ବା ଲାଭ କ'ଣ ସେମାନଙ୍କର ?

ମିନୁ ଜାଣିଥିଲା, ସେ ଯେତେ ଅଲୋଡ଼ା, ଅବାଞ୍ଛିତା ହୋଇଥାଉ ପଛକେ ଏ କଥା ସେ ନିଜକୁ ନିଜେ ଶୁଣେଇବ। କିନ୍ତୁ ଆଉ କାହା ପାଟିରୁ ସେ ପଦକ ଶୁଣିଲେ ତାହା ସେ ବରଦାସ୍ତ କରିପାରିବ ନାହିଁ। ବେଶ୍ୟା ହୋଇ ଜିଇଁବାଠାରୁ ବେଶ୍ୟା ସମ୍ବୋଧିତ ହେବା ଢେର କଷ୍ଟ। ଢେର କଷ୍ଟ ଏତେ ଲୋକଙ୍କ ମେଳରେ ଡାଆଣୀ ବୋଲି ବାରିହୋଇ ପଡ଼ିବା। ସେ ହୁଏତ ସେହି ଅପଯଶ ଓ ନିନ୍ଦାକୁ ଆଉ ସହି ପାରିବ ନାହିଁ।

ସେ ଏମିତି ଅଛି, ଭଲ ଅଛି। ତା'ର ଆଉ କୌଣସି ପରିଚୟ ଲୋଡ଼ାନାହିଁ। ପ୍ରୟୋଜନ ନାହିଁ।

ଦିନେ ଜନ୍ମ ହୋଇଥିଲା, ଦିନେ ବି ମରିଯିବ। ତା' ଜନ୍ମ ଆଉ ମରଣର ମଝାମଝି ଏଇ ନିଉଚ୍ଛୁଣା ଜୀବନ, ଜୀବନ ନୁହେଁ ତ ମୁଠାଏ ଦୀର୍ଘଶ୍ୱାସ। ରାସ୍ତାର ଧୂଳିଠାରୁ ଆହୁରି ହୀନ, ମୂଲ୍ୟହୀନ ତା'ର ଜୀବନ। କାହିଁକି ସେ ଜନ୍ମ ହୋଇଥିଲା ? ଜନ୍ମ ହୋଇ ନ ଥିଲେ କାହାର ବା କ'ଣ ହୋଇଯାଇଥାନ୍ତା ? ଏପରିକି ନିଷ୍ଠୁର ବିଧାତାର !

ମିନୁ ପଛକୁ ଫେରି ଚାହିଁଲା। କେମିତି ବିତିଛି ତା'ର ଦିନସବୁ। କେମିତି ପ୍ରତିଟି ସକାଳ ଓ ପ୍ରତିଟି ରାତି ତାକୁ ଭେଟି ଦେଇଛି ଉଷୁମ ଲୁହ ଓ ଦୀର୍ଘଶ୍ୱାସ। ବାରମ୍ବାର ସେ ଲାଞ୍ଛିତା ହୋଇଛି। ପ୍ରତାରିତା ହୋଇଛି। ଅଥଚ ଏତେସବୁ ସତ୍ତ୍ୱେ ଜୀବନ ହାରି ଦେଇ ନାହିଁ। ବଞ୍ଚି ରହିଛି।

ଜୀବନର ଆକର୍ଷଣ ଅଦ୍ଭୁତ ! ସେଇ ଆକର୍ଷଣ ତାକୁ ବାରମ୍ବାର ଫେରେଇଆଣେ ମୃତ୍ୟୁ ପାଖରୁ। ତାହାହେଲେ ଜୀବନ କାହିଁକି ପହଞ୍ଚେଇ ଦିଏନା ଅନୁକମ୍ପା ଦେଖେଇ ସାନ୍ତ୍ୱନା ଓ ସମ୍ଭାବନାର ଦୁଆର ମୁହଁରେ ? କାହିଁକି ତାକୁ ଗୋଟାଏ ଯନ୍ତ୍ରଣାରୁ ଆଉ ଗୋଟିଏ ଓ ସେଇଠୁ ନେଇ ଆଉ ଗୋଟାଏ ନିର୍ଯାତନାର ପିଣ୍ଡାଉପରେ ବାରମ୍ବାର ବସେଇ ଦେଉଥାଏ !

ଗଲା ଦଶ ବର୍ଷ ଭିତରେ ମିନୁ ଅନେକ ସଂସାର ଉଜାଡ଼ିଛି। ହୁଏତ ଜାଣି ଜାଣି ସେଇ ଭଦ୍ରଲୋକମାନଙ୍କୁ ଅଟକେଇ ରଖୁଛି ବିଳମ୍ବ ରାତିଯାଏଁ। ଯାଉ, ତା' ସଂସାର ଯଦି ଭାଙ୍ଗିରୁଜି ଖିନ୍‌ଭିନ୍ ହୋଇଗଲା ସବୁ ସଂସାର ଭାଙ୍ଗିଯାଉ। ଗୋଟି ଗୋଟି କରି ଭାଙ୍ଗିଯାଉ।

କିନ୍ତୁ ଆଜି ସେ ଅନୁଭବ କରୁଛି, ଦିନେ ଯେଉଁଟା ତା' ପାଇଁ ଆଶ୍ୱସ୍ତି ଓ ଆଶ୍ୱାସନା ସେଇଟା ହିଁ ଅଭିଯୋଗ ହୋଇ ତା' ପାଖକୁ ଫେରି ଆସୁଛି। ସେ ଆକ୍ରମଣ କରିବା ବଦଳରେ ନିଜେ ଇ ଆହତ ହୋଇଛି ବାରମ୍ବାର। ଲହୁ ଲୁହାଣ ହୋଇଛି ସେ ନିଜେ। କ୍ଷତ ବିକ୍ଷତ ହୋଇଛି ତା'ର ଦେହ ଏବଂ ଆତ୍ମା।

ଲାଭର ଲାଳସା ତାକୁ କେବଳ ଆଣି ଦେଇଛି ବିକୃତି। ସେ ଆଜି ପର୍ଯ୍ୟନ୍ତ ଭାଙ୍ଗି ଆସିଛି ଘର ଓ ଘରକରଣା। ଉଦ୍ଧତ ସମୁଦ୍ର ଲହରୀ ବେଳାଭୂଇଁର ବାଲିଘର ମାନଙ୍କୁ ଭାଙ୍ଗିଦେଲା ପରି କେତେକେତେ ଘରକରଣା ଭାଙ୍ଗିଦେଇଛି ସେ। ତାକୁ ଲାଗିଲା ସେଇ ଉଜୁଡ଼ା ଘରକରଣାର ଗୋଟେ ଗୋଟେ କୋଣରେ, ତଳକୁ ମୁହଁପୋତି ଛିଡ଼ା ହୋଇଛନ୍ତି ତା'ରି ପରି ଜଣେ ଜଣେ ଅସହାୟା ନାରୀ। ସେମାନେ ଆଙ୍ଗୁଳି ଦେଖେ ତାକୁ ଅଭିଶାପ ଦେଉଛନ୍ତି। ଭର୍ତ୍ସନା କରୁଛନ୍ତି।

ମିନୁ ହୋଇ ସିଏ ଯେଉଁ ଆଘାତ ଦେଇଥିଲା ସେଇ ଆଘାତରେ ଆହତ ହୋଇପଡ଼ିଛି ତା'ର ନାରୀତ୍ୱ। ବେଶ୍ୟା ହୋଇ ସେ ଯେଉଁ ପ୍ରତିଶୋଧ ନେବାକୁ ଚାହିଁଥିଲା ତା'ର ପ୍ରତିଘାତରେ କ୍ଷତବିକ୍ଷତ ହେଉଛି ତା' ନିଜର ବ୍ୟକ୍ତିତ୍ୱ। ତା'ର ସବୁ ଆଘାତ ଅଧିକ ରୁକ୍ଷ ଓ କଠୋର ହୋଇ ଫେରିଆସୁଛି ତା'ରି ପାଖକୁ।

ଏହି ଅନୁଭବ ମିନୁକୁ ପାଗଳ କରିଦେଲା। ତା' କପାଳର ଶିରାଗୁଡ଼ିକ ଟକ୍ ଟକ୍ ହୋଇ ଫୁଟି ଉଠୁଥିଲା। ସକାଳର ଶୀତଳ ପବନ ସତ୍ତ୍ୱେ ତା' ଲଲାଟରେ ବୁନ୍ଦା ବୁନ୍ଦା ଝାଳ ଉକୁଟି ଆସୁଥିଲା। ଆଉ କାହାର ସ୍ୱପ୍ନ ଭାଙ୍ଗିଦେଲେ ଆପଣାର ଭଙ୍ଗା ସ୍ୱପ୍ନ ଯୋଡ଼ିହୋଇଯାଏ ନାହିଁ, ଆଉ କାହାର ମନ ଉଜାଡ଼ି ଦେଲେ ଆପଣାର ମନ ସଜାଡ଼ି ହୁଏ ନାହିଁ। ହଜାରେ ଘରକରଣା ଭାଙ୍ଗିବାର ସଫଳତାକୁ ନେଇ ସୁଦ୍ଧା ନିଜର ଘରକରଣା ଭାଙ୍ଗି ଯାଇଥିବାର ବିଫଳତାକୁ ଭୁଲିଯାଇ ହୁଏ ନାହିଁ।

ତାହାହେଲେ ସିଏ ଏଠି ପଡ଼ି ରହିଛି କାହିଁକି? କେବଳ ଜିଇଁବା ପାଇଁ କ'ଣ ଜିଇଁଛି ସିଏ? ଜିଇଁଛି କେବଳ ପେଟ ପାଇଁ, ପିଠି ପାଇଁ? ନା, ନିଜ ହାତରେ ନିଜ ମୃତ୍ୟୁର ଅଧ୍ୟାୟ ଲେଖିପାରିବ ନାହିଁ ବୋଲି ସେ ବଞ୍ଚି ରହିଛି! ଏ ଧରଣର ବାଧ୍ୟବାଧକତାର ଅର୍ଥ କ'ଣ?

ସେ ନିଜର ଦୁଇ ପାପୁଲିକୁ ଚାହିଁଲା। ତା'ର ଛାତି ଭିତରଟା ହାହାକାର କରିଉଠିଲା। ମିନୁର ମନେହେଉଥିଲା, ତା' ସାମ୍ନାରେ ଗୋଟେ ଚାରି ପାଞ୍ଚ ବର୍ଷର ସାନ ଛୁଆ ତା' ବିଛଣାରେ ବସିଛି। ମିନୁ ପାନିଆଁ, ତେଲ, ପାଉଡର ଓ କଜ୍ଜ୍ୱଳ ଆଣିଲା। ସାନ ପିଲାଟିର ମୁଣ୍ଡରେ ତେଲ ଲଗେଇଦେଲା। ପାନିଆରେ ସଜାଡ଼ି ଦେଲା ତା'ର ଅଲରା ବାଳ। ମୁହଁରେ ପାଉଡର ବୋଳିଦେଲା, କପାଳର ମଝାମଝି ଲଗେଇ ଦେଲା କଳାଟୋପା। ତା'ର ବେଶପୋଷାକକୁ ଚାହିଁ ତା ଛାତି ଭିତରଟା ବତୁରିଗଲା। ସେ ଝାମ୍ପି ଆଣିଲା ପରି ପିଲାଟାକୁ ନିଜ କୋଳ ଭିତରେ ପୂରେଇ ମୁହଁରେ ମୁହଁ ଘଷିଦେଇଗଲା। ତାକୁ ତା' ଛାତି ଉପରେ ଶୁଆଇ କାନ୍ଧ, ପାଦ, ପାପୁଲି ସବୁଠି ଶହ ଶହ ଚୁମା ଆଙ୍କିଦେଲା। କାଳେ କାହାର ଦୃଷ୍ଟି ପଡ଼ିଯିବ ବୋଲି ଛୋଟ ଗୋଟେ କଳାଦାଗ ତା' ଚିବୁକ ତଳକୁ ନେସିଦେଲା।

ମିନୁ ପ୍ରକୃତିସ୍ଥ ହେଲା। ନା, ନାହିଁ। ସେଇ ଗୁଲୁଗୁଲିଆ ସାନପିଲାଟା ତା' ପାଖରେ ନାହିଁ। ଇଏ ତ ତୁଚ୍ଛା ତକିଆଟାଏ। କୋଉଠି ନାହିଁ ତା'ର ନିଜର ଛୁଆ। ଯିଏ ତା'ର ଅନ୍ତଫାଡ଼ି, ତାକୁ ରକ୍ତାକ୍ତ କରି, ତାକୁ ନିଃଶେଷ, ଅବଶ ଓ ବିବଶ କରି ଜନ୍ମ ହୋଇଥାଆନ୍ତା, ଯିଏ ତା'ର ମୂର୍ଚ୍ଛାକୁ ଭାଙ୍ଗି ଦେଇଥାଆନ୍ତା ଆପଣାର କୁଆଁ କୁଆଁ

ରଡ଼ିରେ ସେ ଆସି ନାହିଁ। ତା'ର ସକଳ ଆୟୁଷ ଗୋଟେ ନିର୍ଜଳା ବୈଶାଖ ପରି ବିତିଗଲା। ସେ ରହିଗଲା ଅରାଏ ବନ୍ଧ୍ୟାଭୂଇଁ ହୋଇ।

କି ଲାଭ ଏମିତିକା ଜୀବନରେ ? କି ଲାଭ ? ସେ ତକିଆଟାକୁ ନିଜ କୋଳରୁ ଉଠେଇ ଦୂରକୁ ଫିଙ୍ଗିଦେଲା।

ନବଘନ କେତେବେଳୁ କ'ଣ କହିବ ବୋଲି ହୁଏତ ଅପେକ୍ଷା କରିଥିଲା। ମିନୁର ଏ ଗମ୍ଭୀର ଚେହେରା ଦେଖି ସେ ଭରସି କହିପାରୁ ନ ଥିଲା। କୋଠିରେ ଅନେକ ଲୋକ ଆତଯାତ ହୁଅନ୍ତି। ଏଠୁ ବେଳ ଅବେଳରେ ହୋଟେଲ୍‌କୁ ବି ଯାଆନ୍ତି ଝିଅମାନେ। ନବଘନ ବେଳ ଦେଖି ସେମାନଙ୍କ ସାଙ୍ଗରେ ଥଟ୍ଟା ପରିହାସ କରେ। କିନ୍ତୁ ମିନୁ ସାମ୍ନାରେ ସେପରି ପରିହାସ କରିବାକୁ ତା'ର ସାହସ ହୁଏ। ନାହିଁ। ମିନୁର ମୁହଁକୁ ଚାହିଁଲେ ସେ ସାଙ୍କୁଡ଼ି ହୋଇଯାଏ।

ମିନୁ ଲୋଚାକୋଚା ହୋଇଥିବା ବିଛଣା ସଜାଡୁ ସଜାଡୁ ନବଘନକୁ ଚାହିଁ ପଚାରିଲା, "କ'ଣ ?"

ନବଘନ ସାହସ ଠୁଳ କରି ଭିତରକୁ ଆସିଲା। ଚମ୍ପା ମରିଯିବା ଦିନଠାରୁ ମିନୁ ଦେଈ ପାଖେ କେତେ ନା କେତେ ପରିବର୍ତ୍ତନ ସେ ଲକ୍ଷ୍ୟ କରୁଛି। ଠିକ୍ ସେଇଥିପାଇଁ ତା' ନିଜର ଭୟ ଓ ସଙ୍କୋଚ ଆଗ ଅପେକ୍ଷା ବେଶି ବଢ଼ିଯାଇଛି। କୋଠିରେ ଏତେଗୁଡ଼ିଏ ଲୋକ ତ ଥିଲେ। ବଡ଼ ଦେଈ ପାଖେ ଟଙ୍କା ପଇସାର ବି କ'ଣ ଅଭାବ ଥିଲା ? ଅଥଚ ଜଣେ ହେଲେ କେହି ମଶାଣି ପର୍ଯ୍ୟନ୍ତ ଗଲେ ନାହିଁ। ପୋଲିସ୍ କେସ୍ କହି ସମସ୍ତେ ଗୋଟି ଗୋଟି ହୋଇ ଆଡ଼େଇଗଲେ। ଚାହିଁଥିଲେ ମିନୁ ଦେଈ ବି ଚୁପ୍‌ଚାପ୍ ସେମିତି ଘରେ ରହିଯାଇ ପାରିଥାନ୍ତା। ଚମ୍ପା ବା ତା'ର କିଏ ? ନିଜର ଝିଅ ନା ଭଉଣୀ ନା ସମ୍ପର୍କୀୟା ? ତଥାପି ମିନୁ ଦେଈ ଚମ୍ପାକୁ ଡାକ୍ତରଖାନାରୁ ନେଇ ମଶାଣିରେ ଦାହ କଲା। ପରଦିନ ସକାଳୁ ଯାଇ ପାଉଁଶ ଭିତରୁ ତା'ର ହାଡ଼ ନେଇ ସମୁଦ୍ରରେ ପକେଇଲା। ତା' ପାଇଁ କାନ୍ଦିଲା, ଠାକୁରଙ୍କୁ ପ୍ରାର୍ଥନା କଲା। ଇଏ କ'ଣ କମ୍ ?

ନବଘନ କେତେ ଥର ଭାବେ, ଏ ମିନୁ ଦେଈ କିଏ ? କେଉଁଠି ତା' ଘର ? ସେ ଏଠିକି ଆସିବା ଦିନରୁ ମିନୁକୁ ଦେଖୁଛି। ଦିନକୁ ଦିନ ସେ ଅଧିକ ରହସ୍ୟମୟୀ ହୋଇ ଉଭା ହୋଇଛି ସିନା କୌଣସି ଦିନ କିନ୍ତୁ ତା' ପାଖେ ସେ ରହସ୍ୟ ଫିଟିପାରି ନାହିଁ। ଅନେକ ପ୍ରକାର ଝିଅ ଆସିଛନ୍ତି ଏଠିକି। ତାଙ୍କ ଭିତରୁ କେତେ ତ ଖୁବ୍ ଶସ୍ତା, ହାଲୁକା ! ଭେରସା କଥା କହନ୍ତି। ବେଶ ପୋଷାକରେ କିଛି ବୋଲି ବାଗ ବାଇଶ ନ ଥାଏ। ଦିନଟାରେ ବି ସର୍କସର ଦଉଡ଼ି ଡିଆଁ ଝିଅଙ୍କ ପରି ବେଶପୋଷାକ ହୋଇ ଡିଆଁ

ମାରନ୍ତି। ପାଉଡର ଲିପଷ୍ଟିକ୍ ବୋଲି ସୁନ୍ଦରୀ ଦେଖାହେବା ବଦଳରେ ଅଧିକ ଅସୁନ୍ଦରୀ ଦିଶନ୍ତି। ଦିନରାତି ସେମାନଙ୍କର ପଇସା ଚିନ୍ତା। ଗହଣା, ଶାଢ଼ି ଓ ପୋଷାକ ଚିନ୍ତା। ଏହିସବୁ ଛଡ଼ା ତାଙ୍କ ଜୀବନରେ ଆଉ କୌଣସି କାମ ଯେମିତି ନାହିଁ।

ଏମିତି ପୁଞ୍ଜାଏ ଅଲାଜୁକୀଙ୍କ ମେଳରେ ମିନୁ ଦେଈ ନିଜକୁ କେମିତି ଖାପଖୁଆଇ ଚଳାଏ ? ବେଳେବେଳେ ହାତରେ କିଛି କାମ ନ ଥିବାବେଳେ ନବଘନ ସେଇଆ ଭାବେ। ଶେଷପର୍ଯ୍ୟନ୍ତ କୌଣସି କୂଳ କିନାରା ପାଏନାହିଁ। କେବଳ ଧରିନିଏ, ନିଶ୍ଚୟ ସେମିତି କିଛି ବଡ଼ ଦୁଃଖ ଥିବ। କଳିଜା ଉପରେ ପଥର ରଖି ମିନୁ ଦେଈ ସେଥିପାଇଁ ଏଇଠି ପଡ଼ି ରହିଛି।

ନବଘନ କହିଲା, "ବଡ଼ଦେଈ କହୁଥିଲେ, ତମ କାମ ସରିଲେ ଟିକେ ଯାଇ ଶୁଣି ଆସିବ।"

: ହଉ, ତୁ ଯା। ମୁଁ କାମ ସାରି ଯିବି।

ନବଘନ ଚାଲିଗଲା। ମିନୁ ଲୁଗାପଟା ସଜାଡ଼ି ସାରି ଝରକା ବାଟେ ବାହାରକୁ ଚାହିଁଲା। ପ୍ରାଣକୃଷ୍ଣ ତା' ଜିପ୍‌ରୁ ଓହ୍ଲେଇ କୋଠିକୁ ଆସୁଥିଲା। ପୋଲିସ୍ ପୋଷାକ ଥିଲା ତା' ଦେହରେ।

ସକାଳୁ ସକାଳୁ ପୁଣି ପୋଲିସ୍ କାହିଁକି ଆସିଛି ? ଏଥର ପୁଣି କାହାର ମୃତ୍ୟୁ ଖବର ଧରି ଆସିଛି ପ୍ରାଣକୃଷ୍ଣ ? ଆଶଙ୍କାରେ ମିନୁର ହୃତ୍‌ସ୍ପନ୍ଦନ ବଢ଼ିଗଲା।

ପ୍ରାଣକୃଷ୍ଣ ପୋଲିସ୍ ପୋଷାକରେ ଥିବାବେଳେ ଉପର ମହଲାକୁ ଆସେ ନାହିଁ। ତଳଘରେ ବସି ଯାହାକୁ ଡକେଇବାର କଥା ଡକାଏ। କିନ୍ତୁ ସାଦା ପୋଷାକରେ ଥିବାବେଳେ ତା' କଥା ଅଲଗା। ସିଧା ମିନୁର ଘର ଭିତରକୁ ପଶି ଆସେ। ଯେତିକି ସମୟ ରହେ ମିନୁର ଘର ଭିତରେ ହିଁ ରହେ।

ଆଜି ତାକୁ କେହି ଡକେଇ ନ ପଠେଇଲେ ବି ମିନୁ ଆପେ ଆପେ ତଳକୁ ଓହ୍ଲେଇ ଆସିଲା। ଯଦି କିଛି ଖରାପ ଖବର ଶୁଣିବାର ଥିବ ତାହାହେଲେ ସେଇଟା ଶୀଘ୍ର ଶୁଣିଆସିଲେ ଭଲ। ଏମିତି ଅପେକ୍ଷା କରିବା କଷ୍ଟ।

ପ୍ରାଣକୃଷ୍ଣ ମିନୁକୁ ଦେଖି କହିଲା, "ଗୋଟେ ଇନ୍‌କ୍ୱାରିରେ ଆସିଛି। ମାଲିକାଣୀ କାହାନ୍ତି ?"

ବଡ଼ ଦିଦି ଯୋଡ଼ହସ୍ତରେ ନମସ୍କାର କରୁ କରୁ କହିଲା, "ଆପଣ ବସନ୍ତୁ ସାର୍। ଖବର ଦେଇଥିଲେ ମୁଁ ଥାନାକୁ ଯାଇଥାଆନ୍ତି। ଆପଣ...।" ସେ କଥା ନ ସାରି ମିନୁକୁ ଉଦ୍ଦେଶ୍ୟ କରି କହିଲେ, "ମିନୁ, ନବଘନକୁ କହ। ଥଣ୍ଡା ଆଣି ଦେବ ସାର୍‌ଙ୍କୁ।

ପ୍ରାଣକୃଷ୍ଣ ଆପତ୍ତି କଲା, "ନା, ଥାଉ। ମୁଁ ସାଙ୍ଗେ ସାଙ୍ଗେ ଚାଲିଯିବି। ସାତଦିନ ହେଲା ଗୋଟେ ଯୁବତୀ ଝିଅର ସନ୍ଧାନ ମିଳୁ ନାହିଁ। ପୋଲିସ୍ କେସ୍ ହୋଇଛି। ତମର ଏ କୋଠିକୁ ନେଇ ଆମର ବେଶି ସନ୍ଦେହ। ହୁସିଆର ଥିବ। ପୋଲିସ୍‌କୁ ଲୁଚେଇବାର ଚେଷ୍ଟା କଲେ ଅସୁବିଧା। ସେଇ କଥାଟା ଚେତେଇ ଦେବାକୁ ଆସିଥିଲି।"

ବଡ଼ ଦିଦି ଡରିଯିବା ସ୍ୱରରେ କହିଲା, "ନା ସାର୍, ସେମିତି କେହି ଆମର ଏଠିକି ଆସି ନାହାନ୍ତି। ଆସିଲେ ମୁଁ ନିଶ୍ଚୟ ଆପଣଙ୍କୁ ଜଣେଇବି। ଆମର ଏଠି

କୌଣସି ପ୍ରକାର ବେଆଇନ କାମ..."

: ଥାଇ, ଥାଉ। ସେ ସବୁ ମୋତେ କହିବାକୁ ପଡ଼ିବ ନାହିଁ। ବଡ଼ ଦିଦିକୁ କଥା ସାରିବାକୁ ନ ଦେଇ ପ୍ରାଣକୃଷ୍ଣ କହିଲା। ତା'ପରେ ସେ ଚଉକୀରୁ ଉଠିପଡ଼ିଲା। ମିନୁ ତା' ପଛେ ପଛେ କେଇପାଦ ଗଲା। ପ୍ରାଣକୃଷ୍ଣ ଜିପ୍ ପାଖରୁ ଫେରିପଡ଼ି ମିନୁକୁ କହିଲା, "ତମ ସାଙ୍ଗରେ କଥା ଅଛି। ସନ୍ଧ୍ୟାରେ ଆସିବି।"

ପ୍ରାଣକୃଷ୍ଣକୁ ନେଇ ଜିପ୍ ଚାଲିଗଲା। ମିନୁ ଫେରିପଡ଼ି ଚାହିଁଲା। ବଡ଼ ଦିଦି ମୁହଁରେ ଗୋଟେ ଆତଙ୍କର ଛାଇ। ତାହାହେଲେ କ'ଣ ସେଇ ଝିଅଟି ଏଇଠି ଆସି ରହିଛି ? ବଡ଼ ଦିଦି ପୋଲିସ୍ ପାଖରେ ମିଛ କହିଲା !

ବଡ଼ ଦିଦି ମୁହଁରୁ ଆଉଗୋଟେ ଭାବ ବି ପଢ଼ି ପାରୁଥିଲା ମିନୁ। ପ୍ରାଣକୃଷ୍ଣ ଯେ ତା' ଅପେକ୍ଷା ମିନୁକୁ ବେଶି ଖାତିର କରେ ଏଇଟା ବଡ଼ ଦିଦି ଦେହରେ ଯାଉନାହିଁ। ସେ ମୁହଁ ତଳକୁ କରିନେଲା। ବଡ଼ ଦିଦି କହିଲା, "ମିନୁ! ମୋ କୋଠରିକୁ ଟିକେ ଆସିବୁ ?" ମିନୁ ଉତ୍ତର ଦେଲା, "ଟିକିଏ ଛାଡ଼ି ଯାଉଛି।"

ସନ୍ଧ୍ୟାବେଳେ ପ୍ରାଣକୃଷ୍ଣଙ୍କୁ ମିନୁ ଅପେକ୍ଷା କରୁଥିଲା। ତିନିଟି କାରଣରୁ ତା'ର ଉଦ୍‌ବେଗ ବଢ଼ି ଯାଇଥିଲା। କିଛି ଦିନ ହେଲା ସେ ଅସ୍ୱସ୍ତି ବୋଧ କରୁଥିଲା ଓ ସେଇହେତୁ ଜଣେ କାହା ପାଖରେ ସେ ନିଜର ମନକଥା ଫିଟେଇ କହିବାକୁ ଚାହୁଁଥିଲା। ଦ୍ୱିତୀୟ, କେଉଁ ହତଭାଗିନୀ ଅପହୃତା ହେଇ ଆସିଛି ଓ ତାକୁ ଏ କୋଠିକୁ ଅଣାଯାଇଛି କି ନାହିଁ ସେ ସମ୍ପର୍କରେ ସେ ଟିକେ ଅଧିକା ଜାଣିବାକୁ ଚାହିଁଥିଲା। ପୁଣି ପ୍ରାଣକୃଷ୍ଣ ତାକୁ ଏମିତି କ'ଣ ଜରୁରୀ କଥା କହିବାକୁ ଚାହେଁ ସେ କଥା ଜାଣିବାପାଇଁ ବି ସେ ବ୍ୟସ୍ତ ହୋଇପଡୁଥିଲା।

ଖରାବେଳେ ଗଣ୍ଡେ ଖାଇଦେଲା ପରେ ତାକୁ ଛାଇନିଦ ମାଡ଼ି ଆସିଥିଲା। ରାତିରେ ଆଜିକାଲି ଭଲ ନିଦ ହେଉ ନାହିଁ। ତେଣୁ ଦିନରେ ଘଡ଼ିଏ ଶୋଇପଡ଼ିବାକୁ ମିନୁର ଇଚ୍ଛା ହୁଏ। ବଡ଼ ଦିଦିର ଡାକରା କଥା ମନେପଡ଼ିଲା। ମିନୁ ଅନିଚ୍ଛାରେ ଗଲା। ସବୁଦିନେ ସେଇ ଏକାକଥା- ବ୍ୟବସାୟ କମି କମି ଯାଉଛି। ପୁଲିସ, ମ୍ୟୁନିସିପାଲିଟି, ଅବକାରୀ ବାଲାଙ୍କ ଜୁଲୁମ ବଢ଼ିବଢ଼ି ଚାଲିଛି। ଏଥିରେ ବ୍ୟବସାୟ ଚଳିବ କେମିତି।

ମିନୁ ପାଖରେ ଏସବୁର ଉତ୍ତର ନ ଥାଏ। ସେ ବୁଝେନି ଏତେ ଲୋକ ଥାଉ ଥାଉ ତାଆରି ସାଙ୍ଗରେ ବଡ଼ଦିଦି କାହିଁକି ଏହି ବେପାର ବେଉସା ସମ୍ବନ୍ଧରେ ଆଲୋଚନା କରେ। ଯାହା ହାତରେ କିଛି ବୋଲି କିଛି ହେଲା ନାହିଁ, ସାରା ଦୁନିଆ ଯାହାକୁ ଅର୍ଥହୀନ କହି ଦୂରେଇ ଦେଲା ତା' ହାତରେ କ'ଣ ବା ହୋଇପାରେ ? ମାତ୍ର ବଡ଼ ଦିଦି ମିନୁ ଉପରେ ଭରସା କରେ। ଅସହାୟା ହୋଇ ଯୋଉଦିନ ସେ ଏଠିକି ଚାଲି ଆସିଥିଲା ସେହିଦିନୁ ମିନୁ କୋଠିର ଭଲମନ୍ଦ ବୁଝିବା ଦିଗରେ ସବୁବେଳେ ଆନ୍ତରିକତା ଦେଖେଇ ଆସିଛି। ତା'ର ବୁଦ୍ଧି ଓ କାମକୁ ସମସ୍ତେ ପ୍ରଶଂସା କରନ୍ତି।

ଏ ଧରଣର ଧାରଣା ଅବଶ୍ୟ ସମ୍ପୂର୍ଣ୍ଣ ଭୁଲ ନୁହେଁ। ଯାହାର କିଛି କାମ ନ ଥାଏ ସେ ହାତରେ ଗୋଟାଏ କିଛି କାମ ପାଇଲେ ତାକୁ ମନପ୍ରାଣ ଦେଇ କରିବାକୁ ବାହାରି ପଡ଼େ। ସେଇ କାମରେ ଦିନରାତି ଲାଗିରହେ। ମିନୁ ସେମିତି ଲାଗି ରହୁଥିଲା। କୋଠିର

ଭଲମନ୍ଦ, ଲାଭକ୍ଷତି ସଫେଇ ଓ ମରାମତି ସବୁ କାମ ପାଇଁ ସେ ଆଗକୁ ବାହାରି ପଡୁଥିଲା।

କିନ୍ତୁ କୋଠି ସଜାଡ଼ିବା ପାଇଁ ନା ନିଜର ଅସଜଡ଼ା ଜୀବନକୁ ଭୁଲିଯିବା ପାଇଁ ସେ ଦିନରାତି ନିଜକୁ ବ୍ୟସ୍ତ ରଖୁଥିଲା ସେ କଥା ମିନୁ ଭିନ୍ନ ଆଉ କିଏ ବା ଜାଣେ !

ମାତ୍ର ଆଜି ମିନୁ ମନରେ କୌଣସି ପ୍ରକାର ସ୍ପୃହା ନାହିଁ। ତା' ନିଜର ଜୀବନ ସଜାଡ଼ି ହୋଇ ନାହିଁ, ହେବାର ସମୟ କି ସମ୍ଭାବନା ମଧ୍ୟ ନାହିଁ। ସେ କଥା ଏବେ ଆଉ ସେ ଭାବି ବସେ ନାହିଁ। କେମିତି ଦିନଗୁଡ଼ା ବିତିଯାଆନ୍ତା ଓ ସିଏ ବି ଦିନେ ରାତିରେ ସବୁଦିନ ଶୋଇବାପରି ଶୋଇପଡ଼ନ୍ତା, ଆଉ ସକାଳକୁ ଉଠନ୍ତା ନାହିଁ। ସବୁଦିନ ପାଇଁ ଆଖି ବୁଜି ଦିଅନ୍ତା ମିନୁ।

ବଡ଼ଦିଦି କହିଲା, 'ମୁନସପ ମିଆଁର ମିଜାଜ ଆଜିକାଲି ଭଲ ରହୁ ନାହିଁ। ସବୁବେଳେ ବିରକ୍ତ ହଉଛି। ଫି ମାସ ଲୋକସାନ ହେଉଛି ତା'ର। ସେଥିପାଇଁ ନୂଆ.... ?"

ମିନୁ ଉଠି ପଡ଼ିଲା। ଏ ବାବଦରେ ସେ କିଛି କହିପାରିବ ନାହିଁ। ତା'ର ଆଉ ଧୈର୍ଯ୍ୟ ନାହିଁ। ଅନେକ ଝିଅ ଏଠିକି ଆସି ନିଜ ଜୀବନ ନଷ୍ଟ କରି ସାରିଲେଣି। ଆଉ ସେସବୁର ପୁନରାବୃତ୍ତି ସେ ସହି ପାରିବ ନାହିଁ। ଯିଏ ଯାହା କହୁ ପଛକେ, ସେ ଆଉ ସମର୍ଥନ କରିବ ନାହିଁ। ଚମ୍ପାର ଯେଉଁ ହାଲତ୍ ହେଲା, ଯେମିତି ଛେଉଣ୍ଡ ଛୁଆ ପରି ବିଚାରୀ ନର୍ଦ୍ଦମା କଡ଼ରେ ପଡ଼ି ପଡ଼ି ମଲା, ସେସବୁ ଦେଖିସାରିବା ପରେ ବି ବଡ଼ଦିଦି ଆଉରି ନୂଆ ଝିଅ ଆଣିବାକୁ ସାହସ କରୁଛି !

: ଜୀବନ ସହଜ କଥା ନୁହେଁ ଲୋ ମିନୁ। କେତେ ଘାଟରେ ନେଇ ପାଣି ପିଆଇ ଛାଡ଼ିବ। ଯୁବତୀ ଝିଅ ନ ଆସିଲେ ଏଇ ଦରବୁଢ଼ୀମାନଙ୍କ ପାଖକୁ କିଏ ଆସିବ ?

ମିନୁର ମନ ଘୃଣା ଓ ଅସହାୟତାରେ ଭରିଗଲା। ବଡ଼ ଦିଦି ଠିକ୍ କହୁଛି। ସବୁ ବ୍ୟବସାୟ ପରି ଇଏ ବି ଏକ ବ୍ୟବସାୟ। ଦୋକାନରେ ଯେମିତି ପୁରଣା ମାଲ୍ ସାଙ୍ଗରେ ନୂଆ ମାଲ୍ ଆଣି ରଖିବାକୁ ପଡ଼େ ଏଠି ମଧ୍ୟ ସେମିତି ବିଚାର। ସେ ନିଜେ ବି ଏ ଦୋକାନର ଗୋଟାଏ ମାଲ୍। ତା'ଛଡ଼ା ଆଉ କିଛି ନୁହେଁ। ତା'ର ଦିନେ ଚଢ଼ା ଦର ଥିଲା। ଏବେ ସେ ଦର ଖସି ଖସି ଚାଲିଛି। ଦିନେ ସେ ପୁରୁଣା, ଘଷରା ହୋଇଯିବ। ତାକୁ କେହି ଚାହିଁବେ ନାହିଁ। ସେଦିନ ମିନୁର ବ୍ୟକ୍ତିଗତ ଲାଭ କ'ଣ ହେବ, କ୍ଷତି କ'ଣ ହେବ ସେ ଭିନ୍ନ କଥା। କିନ୍ତୁ କୋଠିର ବେଉସା ତ ସେମିତି ଚଳେ ନାହିଁ!

: ମୁନସଫ ମିଆଁ ଗୋଟେ ନୂଆ ଅଣେଇଛି। ତୁ ତାକୁ ଟିକେ...

ମିନୁ ଚୁପ୍ ରହିଲା, ବଡ଼ ଦିଦି କହିଲା, "ରବିବାର ସଞ୍ଜରେ ମୁନ୍‌ସଫ ମିଆଁ ଓ ତା'ର ଦୋସ୍ତ ଆସିବେ। କ'ଣ କରିବି ? ହୀନିକପାଳ ଜନମ ମୋର। ବାରଲୋକଙ୍କ ବାରକଥା ଶୁଣିବା ଛଡ଼ା ଆଉ ବାଟ ବା କାହିଁ ?"

ମୁନ୍‌ସଫ ମିଆଁକୁ ଦି'ଥର ଭେଟିଛି ମିନୁ। ତା' କଥା ମନେ ପଡ଼ିଲେ ଭୟ ଓ ଆତଙ୍କରେ ମିନୁର ଦେହ ଶୀତେଇ ଉଠେ। ଲୋକଟା ଗୋଟେ ରାକ୍ଷସ। ସବୁବେଳେ ଛୁରୀ ଓ ପିସ୍ତଲ ଧରି ବୁଲୁଥାଏ। ସେଇ ଏବେ ଏ କୋଠିର ମାଲିକ। ଲୋକଟା ବିଷୟରେ ବେଶି କିଛି ଜାଣିବାକୁ ଚାହିଁ ନାହିଁ ସେ। କିନ୍ତୁ ମୁନସଫ ମିଆଁ ଖୁବ୍ ଭୟଙ୍କର ଓ ଦୁର୍ଦ୍ଦାନ୍ତ, ଏକଥା ତାକୁ ଅଛପା ନାହିଁ।

ବଡ଼ ଦିଦି କହିଲା, "ତୁ ଟିକେ ଚିନ୍ତା କର ମିନୁ। କାଲିକି ସେ ଝିଅ ଆସିବ। ତୁ ତାକୁ ବୁଝେଇବୁ। ଏଥିରେ ଆମ ସମସ୍ତଙ୍କର ମଙ୍ଗଳ।" ବଡ଼ ଦିଦି ଉଠି ଚାଲିଗଲା।

ମିନୁକୁ ଲାଗିଲା ବଡ଼ ଦିଦି ତାକୁ ଯେମିତି ପ୍ରଚ୍ଛନ୍ନ ଧମକ ଦେଉଛି। 'ଏଥିରେ ଆମ ସମସ୍ତଙ୍କର ମଙ୍ଗଳ' କହିବା ଭିତରେ ଏ କାମଟା ନ କଲେ ମିନୁର ଅମଙ୍ଗଳ ହୋଇପାରେ ବୋଲି ଆଶଙ୍କାଟିଏ ମଧ୍ୟ ଝୁଲି ରହିଛି।

ମିନୁ ପ୍ରକୃତରେ ଡରିଗଲା। ଯଦି ପ୍ରକୃତରେ ତାକୁ ଏଠୁ ବାହାର କରିଦିଆଯାଏ ତାହାହେଲେ ସେ କ'ଣ କରିବ ? କୁଆଡ଼େ ଯିବ ? ବେଶ୍ୟାକୋଠିରୁ ଯାଇଥିବା ନାରୀର ଆଉ କୋଉଠିକୁ ଯିବାର ବାଟ ନ ଥାଏ। କେହି ତାକୁ ଆଶ୍ରୟ ଦେବେ ନାହିଁ, ତାକୁ ଅନେଇବେ ନାହିଁ। ଯୋଉମାନେ ସହାନୁଭୂତି ଦେଖେଇ ଆହା ଚୁ ଚୁ କରିବେ ସେମାନେ ମଧ୍ୟ ତା'ର ଭଲ ମନ୍ଦ ପଚାରିବେ ନାହିଁ।

ଜୀବନ ସମ୍ବନ୍ଧରେ ଏହି ବିଚିତ୍ର ଅନୁଭବ ମିନୁକୁ ଅବଶ କରିଦେଲା। ଏଇଠି ରହିବାର ଇଚ୍ଛା ନାହିଁ, ଚାଲିଯିବାର ଆଶା ନାହିଁ କି ଚାଲିଗଲେ ଆଉ କୋଉଠି ଆଶ୍ରା ପାଇବାର ସମ୍ଭାବନା ବି ନାହିଁ। ସେମାନେ ସମସ୍ତେ ଜଣେ ଜଣେ ଅମୁହାଁ ଅନ୍ଧଗଳି ଭିତରେ ପଶିଯାଇଥିବା ଗୋଟେ ଗୋଟେ ନିରାଶ୍ରୟ ପ୍ରାଣୀ। ତାଙ୍କର ଜୀବନ ପୋକ ମାଛିର ଜୀବନଠାରୁ ବି ହୀନ।

ନିଜ ଉପରେ ଖୁବ୍ ଅଭିମାନ ଆସିଲା। ଖୁବ୍ ରାଗ ବି। ସେ ବଡ଼ ବଡ଼ ପାହୁଣ୍ଡ ପକେଇ ତା' କୋଠରିକୁ ପଳେଇ ଆସିଲା। ଖଟ ଉପରର ଲୁଗାପଟା ଫିଙ୍ଗିଦେଇ ମୁହଁ ମାଡ଼ି ଶୋଇ ପଡ଼ିଲା।

ଶୋଇ ଶୋଇ ମିନୁ ସ୍ୱପ୍ନ ଦେଖୁଥିଲା ଏଇଠି କୋଉଠି, ପାଖରେ ଖୁବ୍ ଜୋର୍‌ରେ ବାଜା ବାଜୁଛି। ରୋଶଣି ଜଳୁଛି। ଲୋକମାନେ ଖୁସିରେ ନାଚୁଛନ୍ତି। ଚାରିଆଡ଼େ ଫୁଲ ସଜା ହୋଇଛି। ଗୋଟେ ଚକ୍ ଚକ୍ ଗାଡ଼ିରେ ବସିଛି ବର ଓ ତା' ପଛେ ପଛେ

ଦଳେ ବରଯାତ୍ରୀ। ସେମାନେ ଆସି ମିନୁର ଘର ସାମ୍ନାରେ ଛିଡ଼ା ହେଉଛନ୍ତି। କନ୍ୟାପକ୍ଷ ଯାଇ ସେମାନଙ୍କୁ ସଙ୍ଖୋଳି ଆଣୁଛନ୍ତି।

କିଏ ଜଣେ ଆସି ମିନୁ କାନ ପାଖରେ କ'ଣ ଫିସ୍‌ଫିସ୍ କରି କହି ଯାଉଛି। ମିନୁ ଶୁଣିପାରୁ ନାହିଁ। ଚାରିଆଡ଼େ ଯେ ଏତେ ବାଜା, ବାଣ ରୋଶଣି!

ସେ ଉଚ୍ଚ ଗଳାରେ ପଚାରୁଛି "କ'ଣ, କ'ଣ?"

ପାଖରେ ଛିଡ଼ାହୋଇଥିବା ଝିଅଟି ତା' କାନ୍ଧ ହଲେଇ ଦେଇ ଆଉଥରେ କହୁଛି ସେହି କଥା।

ଦୁଆର ମୁହଁରେ ଠକ୍ ଠକ୍ ଶବ୍ଦ। ତା'ପରେ ଜଞ୍ଜିର ଝଣ ଝଣ। ମିନୁର ନିଦ ଭାଙ୍ଗିଗଲା। ଘର ଭିତରଟା ଅନ୍ଧାର। କେମିତି ଗୋଟେ ଖରାପ ଗନ୍ଧ କୋଉଠୁ ଆସୁଛି। ସେ ଉଠିପଡ଼ି ଲୁଗାପଟା ସଜାଡ଼ିନେଲା। ଲାଇଟ୍‌ର ସ୍ୱିଚ୍ ଦେଲା। ପର୍ଦ୍ଦା ଆଡ଼େଇ କବାଟର ହୁକ୍ ଫିଟେଇଲା।

ପ୍ରାଣକୃଷ୍ଣ କେତେ ସମୟ ହେବ କେଜାଣି ବାହାରେ ଛିଡ଼ା ହୋଇଥିଲା। ମିନୁକୁ ଦେଖିଲାକ୍ଷଣି କହିଲା, "ଶୋଇପଡ଼ିଥିଲ କି? ଗୋଟେ କାମ ଥିଲା। ସେଇଥିପାଇଁ...।"

ପ୍ରାଣକୃଷ୍ଣ ସକାଳେ ଆସିଥିବାବେଳେ କହିଯାଇଥିଲା। ମାତ୍ର ମିନୁ ଭୁଲିଯାଇଥିଲା ସେ କଥା। ସେ କହିଲା, "ଭିତରକୁ ଆସନ୍ତୁ। ବସନ୍ତୁ।"

ପ୍ରାଣକୃଷ୍ଣ ପୋଲିସ୍ ପୋଷାକ ପିନ୍ଧି ନ ଥିଲା। ଖଣ୍ଡେ ପତଳା ପଞ୍ଜାବି ଓ ଚୁଡ଼ିଦାର ପିନ୍ଧିଥିଲା। ଖୁବ୍ ଖୁସି ଖୁସି ଜଣାପଡୁଥିଲା ସେ।

ମିନୁ ଦିଇଟା ଧୂପକାଠି ଜଳେଇଦେଲା। ଧୂପର ବାସ୍ନା ଖେଳେଇ ହୋଇଗଲା ସେହି କୋଠରି ଭିତରେ। ଚାରିପଟେ ଧୂପକାଠି ବୁଲେଇ ଆଣିଲା। ଗୋଟାଏ କୋଣରେ ମିନୁ ଠାକୁରମାନଙ୍କ ଫଟୋ ରଖିଥାଏ। ସେଇଠି ଯାଇ ଧୂପଦାନିରେ କାଠି ଦିଇଟି ଖୋସିଦେଇ ପ୍ରାଣକୃଷ୍ଣ ପାଖକୁ ଆସିଲା।

ପ୍ରାଣକୃଷ୍ଣ କହିଲା, "ତମକୁ ଗୋଟେ ଭଲ ଖବର ଦେବି।"

ମିନୁର ଉଦାସ ମୁହଁରେ ଧାରେ ହସ ଖେଳିଗଲା। କି ଭଲ ଖବର ଦେବ ପ୍ରାଣକୃଷ୍ଣ? ଆଉ କୋଉ ଭଲ ଖବରକୁ ବା ଅପେକ୍ଷା ରଖିଛି ସିଏ! ଯାହା ହେବାର କଥା ହୋଇସାରିଛି। ଭଲ ଖବରକୁ ଅପେକ୍ଷା କରିବାର ଜୀବନ ବିତିଯାଇଛି। ଆଉ ଭଲ କ'ଣ?

ପ୍ରାଣକୃଷ୍ଣ ବାଁ ହାତରେ ଧରିଥିଲା ଗୋଟେ ଛୋଟ ପୁଡ଼ିଆ। ପଛପଟେ ଲୁଚେଇ ଧରିଥିଲା। ଏଥର ପୁଡ଼ିଆକୁ ସାମ୍ନାପଟକୁ ଆଣି ମିନୁ ଆଗରେ ଖୋଲି ଧରିଲା। ଲଡୁ

ଥିଲା ସେଥିରେ। ମିନୁ ଆଶ୍ଚର୍ଯ୍ୟ ହୋଇ ଚାହିଁଲା। କ'ଣ ପ୍ରମୋସନ ପାଇଲା କି ପ୍ରାଣକୃଷ୍ଣ !

ପ୍ରାଣକୃଷ୍ଣ କହିଲା, "ନିଅ। ଆଗେ ଲଡୁ ଖାଅ। ମୁଁ କହୁଛି।"

ମିନୁ ଗୋଟାଏ ଲଡୁ ଉଠେଇ ନେଲା। ପ୍ରାଣକୃଷ୍ଣ ପ୍ରକୃତରେ ବହୁତ ଖୁସି ଥିଲା। କାରଣ ଅସମ୍ଭବ ମନେ ହେଉଥିବା କଥାଟା ହିଁ ସମ୍ଭବ ହୋଇଥିଲା। ତା'ର ସ୍ତ୍ରୀ ତା' ପାଖକୁ ଫେରି ଆସିଥିଲା। ଯେତେବେଳେ ସେ ସବୁ ଆଶା ଛାଡ଼ିଦେଇଥିଲା ଓ ଛାଡ଼ପତ୍ର ହିଁ ଶେଷପନ୍ଥା ବୋଲି ସ୍ଥିର କରିନେଇଥିଲା, ସେତିକିବେଳେ ତା' ସ୍ତ୍ରୀ ନିଜର ଭୁଲ୍ ବୁଝି ଫେରି ଆସିଥିଲା।

: ମୁଁ ବହୁତ ଖୁସି। ସେ ଫେରି ଆସିଛି। ଏକଥା କହିବାବେଳେ ପ୍ରାଣକୃଷ୍ଣର ପୁଲିସିଆ ନିଷ୍ଠୁର ଚେହେରା ଯେମିତି କୋଡ଼ିଏ ବାଇଶି ବର୍ଷର ଯୁବକର ମୁହଁ ପରି ଲାଜୁରା ହୋଇଯାଉଥିଲା। ତହିଁରେ ଖୁସି ଖୁସି ଭାବ ନିର୍ଭୁଲ ରୂପେ ପଢ଼ି ହେଉଥିଲା।

ମିନୁ ଗୋଟେ ଦୀର୍ଘଶ୍ୱାସ ନେଲା। ତା'ର ଆଖି ଛଳଛଳ ହୋଇଗଲା। ଆଶ୍ୱସ୍ତିରେ ନା ଆନନ୍ଦରେ ? ସୁଖରେ ନା ଦୁଃଖରେ ? ପ୍ରାଣକୃଷ୍ଣର ସଂସାର ଯୋଡ଼ିଯିବାର ଖୁସିରେ ନା ପ୍ରାଣକୃଷ୍ଣକୁ ହରେଇବାର ଦୁଃଖରେ ? ନିଜ ସଂସାର ଯୋଡ଼ିବାର ସାମାନ୍ୟତମ ସମ୍ଭାବନା ହରେଇଥିବାର ଅସହାୟତାରେ ନା ଆଉ ଜଣକର ସଂସାର ଯୋଡ଼ିହେବା ଯୋଗୁ ଈର୍ଷାରେ, ଅସୂୟାରେ ? ସେ ଜାଣେ ନାହିଁ।

ପ୍ରାଣକୃଷ୍ଣ ଉଠିବାପାଇଁ ତରତର ହେଉଥିଲା। ମିନୁ ଅଟକଇବାକୁ ଚାହିଁଲା ନାହିଁ। ଏଇ କେତେବର୍ଷ ହେଲା ପ୍ରାଣକୃଷ୍ଣ ସାଙ୍ଗରେ ତା'ର ସମ୍ପର୍କ ଘନିଷ୍ଠ ହୋଇଯାଇଥିଲା। ପ୍ରାଣକୃଷ୍ଣ ତା'ଠାରୁ କ'ଣ ପାଇଛି ନ ପାଇଛି ସେ କଥା ମିନୁ ଚିନ୍ତା କରି ନାହିଁ। ମାତ୍ର ପ୍ରାଣକୃଷ୍ଣ ଯେ ତାକୁ ଦେଇଛି ନିରାପତ୍ତା, ସହାନୁଭୂତି ଓ ବନ୍ଧୁତା, ଏକଥାକୁ ସେ ଅସ୍ୱୀକାର କରିପାରିବ ନାହିଁ।

: ଆପଣ ଯାଆନ୍ତୁ। ମୁଁ ବହୁତ ଖୁସି। ଆମର ତ ନିଉଛୁଣା ଜୀବନ। ନ ହେଲେ ନିଜେ ଯାଇ ତାଙ୍କୁ ସଂଖୋଳି ଆସିଥାନ୍ତି।

ପ୍ରାଣକୃଷ୍ଣ କ'ଣ କହିବ ବୋଲି ତୁଣ୍ଡ ଖୋଲୁଥିଲା, କିନ୍ତୁ ଅଧାବାଟରୁ ରହିଗଲା। କ'ଣ କହିଥାନ୍ତା ପ୍ରାଣକୃଷ୍ଣ ? ବେଶ୍ୟାକୁ କ'ଣ କେହି ଘରକୁ ଆମନ୍ତ୍ରଣ କରେ ? ଗୋଟେ ପୋଲିସ୍ ହିସାବରେ ବେଶ୍ୟାବୃତ୍ତିକୁ ବିରୋଧ କରିବା ପୁଣି ହେଉଛି ପ୍ରାଣକୃଷ୍ଣର କର୍ତ୍ତବ୍ୟ। ସେ କେମିତି ନିଜ ତୁଣ୍ଡରେ ବେଶ୍ୟାକୁ ନିଜର ଘରକୁ ଆମନ୍ତ୍ରଣ କରିବ !

ପ୍ରାଣକୃଷ୍ଣ କହିଲା, "ଗୋଟେ କଥା କହିବି। ଯଦି ତମେ ଭୁଲ୍ ନ ବୁଝିବ ତାହାହେଲେ...।"

ମିନୁ ମୁହଁଟେକି କହିଲା, "ନା, ନା, ଆପଣଙ୍କ କଥାକୁ ମୁଁ କୋଉଦିନ କ'ଣ ଭୁଲ ବୁଝିଛି ?"

: ତମେ ଏଠୁ ଚାଲିଯାଅ। ତମେ କହିବ ତ ମୁଁ ସେ ବିଷୟରେ ଚେଷ୍ଟା କରିବି।

ମିନୁ ଚମକି ପଡ଼ିଲା। ଚମକି ପଡ଼ିଲା ଏଇଥିପାଇଁ ଯେ, ତାକୁ ଦିନେ ଏଠୁ କେହି ଚାଲିଯିବାକୁ ପରାମର୍ଶ ଦେବ, ଏ କଥା ସେ ଭୁଲିଯାଇଥିଲା। ସେ ଚମକି ପଡ଼ିଲା ଏଇଥିପାଇଁ ଯେ ଆଜିପର୍ଯ୍ୟନ୍ତ ଏଠାରେ ତା'ର ଉପସ୍ଥିତିକୁ ଅନୁମୋଦନ କରି ଆସିଥିବା ପ୍ରାଣକୃଷ୍ଣ ହଠାତ୍ କେମିତି ଏଠୁ ଚାଲିଯିବା ପାଇଁ ତାକୁ ପରାମର୍ଶ ଦେଇ ପାରିଲା !

ମିନୁ ଆଉଥରେ ତଳକୁ ମୁହଁ ପୋତିଦେଲା। ପ୍ରାଣକୃଷ୍ଣର ଏହି ପ୍ରସ୍ତାବ ତା'ର ବିତିଥିବା ଜୀବନକୁ ଆହୁରି ତୁଚ୍ଛ ଓ ମୂଲ୍ୟହୀନ କରି ଦେଇଥିଲା। ଆଜି ପ୍ରାଣକୃଷ୍ଣର ଉଜୁଡ଼ା ଘରକରଣା ସଜଡ଼ା ହୋଇଯାଇଛି ! ଆଉ ତା'ର ଲୋଡ଼ାହେବ ନାହିଁ ବେଶ୍ୟା କୋଠରିର ଆତିଥେୟତା। କିନ୍ତୁ ଦିନେ ତା'ର ଏହି ପ୍ରୟୋଜନ ପ୍ରଚୁର। ସେପାଇଁ ସେ ତା'ର ପଦ, ପଦବି ଓ ସମ୍ମାନକୁ ବାଜି ଲଗେଇ ଏଠିକି ଚାଲିଆସୁଥିଲା। ମାତ୍ର ପୃଥିବୀର ସବୁ ପ୍ରାଣକୃଷ୍ଣଙ୍କ ଉଜୁଡ଼ା ଘର ସଜଡ଼ା ହୋଇଯାଇନାହିଁ। ଗୋଟିଏ ପ୍ରାଣକୃଷ୍ଣର ସ୍ତ୍ରୀ ହୁଏତ ଫେରିଆସିଛି। ତା'ରି ପ୍ରୟୋଜନ ଶେଷ ହୋଇଯାଇଛି କୋଠିରୁ। କିନ୍ତୁ ଅନ୍ୟମାନେ ଯେ ତଥାପି ଅଛନ୍ତି। ନୂଆ ନୂଆ ପ୍ରାଣକୃଷ୍ଣ ଆସି ଯୋଡ଼ିହେଉଛନ୍ତି ପୁରୁଣା ପ୍ରାଣକୃଷ୍ଣଙ୍କ ଭିଡ଼ ସାଙ୍ଗରେ।

ମିନୁ କହିଲା, "ଆପଣ ଯାଆନ୍ତୁ। ଆପଣଙ୍କୁ ଆଉଥରେ ଏ ନର୍କକୁ ଆସିବାପାଇଁ ନ ପଡୁ। କିନ୍ତୁ ମୁଁ କୁଆଡ଼େ ଯିବି ? ଯାହାପାଇଁ ସମାଜର ସବୁ ଦ୍ୱାର ରୁଦ୍ଧ, ତା' ପାଇଁ ଏହି ନର୍କର ଖୋଲା ଆକାଶ ଖୁବ୍ ଭଲ।

: କିନ୍ତୁ...।

କିନ୍ତୁ ଫିନ୍ତୁ କିଛି ନୁହେଁ। ଆପଣଙ୍କ ସହାନୁଭୂତି ପାଇଁ ଧନ୍ୟବାଦ। ମାତ୍ର ମୁଁ ଆପଣଙ୍କ ପ୍ରସ୍ତାବ ଗ୍ରହଣ କରି ପାରିଲି ନାହିଁ।

ମିନୁ ଆଗେଇ ଆସି ଦରଜାର କବାଟ ଖୋଲି ଧରିଲା। ପ୍ରାଣକୃଷ୍ଣ ଇସାରା ବୁଝିବାପରି ବୁଲିପଡ଼ି ଫେରିଗଲା। ତା'ର ପାଦ ଶବ୍ଦ ଶିଡ଼ିର ପାହାଚରେ କ୍ରମେ ତଳକୁ ଓହ୍ଲେଇ ଯାଉଥିଲା।

ମିନୁ କବାଟ ବନ୍ଦ କରି ଖଟ ଉପରେ ଆସି ବସିଲା। ହଠାତ୍ ତା'ର କାନ୍ଦିବାକୁ ଇଚ୍ଛା ହେଲା। ମାତ୍ର ପ୍ରଥମଥର ପାଇଁ ସେ ତା'ର କାନ୍ଦିବାର କାରଣ ଖୋଜି ପାଉ ନ ଥିଲା।

ପାଣକୃଷ୍ଣର ପ୍ରସ୍ତାବ ତା' କାନ ପାଖରେ ଲାଗି ରହିଥିଲା । ତା'ର ଭୟ ହେଉଥିଲା, ପୁଣିଥରେ ସେ ଆଶ୍ରୀହୀନ ହୋଇଯାଉନାହିଁ ତ ! ପୁଣିଥରେ ଦିନର ଆଲୁଅରେ ତା'ର ଅଶ୍ଳୀଳ ବ୍ୟକ୍ତିତ୍ୱ ପରସ୍ତ ପରସ୍ତ ହୋଇ ଖୋଲି ଯାଉନାହିଁ ତ !

କୁଆଡ଼େ ଯିବ ସେ ? କିଏ ଗ୍ରହଣ କରିବ ତାକୁ ? ଯୋଉଠିକୁ ଯିବ ସେଠିକାର ଲୋକମାନେ ପଚାରି ବସିବେ ତା'ର ଅତୀତ । କ'ଣ କହିବ ସେ ? ସହାନୁଭୂତି କଣେଇବା ନାଆଁରେ ସେମାନେ ଅଧିକରୁ ଅଧିକ ଖୋଳିତାଡ଼ି ପଚାରିବେ । କ'ଣ କ'ଣ ତାକୁ କରିବାକୁ ପଡୁଥିଲା ବୋଲି ଜାଣିବାକୁ ଚାହିଁବେ । ଜଣେ ନୁହେଁ, ଦି' ଜଣ ନୁହେଁ, ଥରେ ନୁହେଁ ଦି' ଥର ନୁହେଁ, ଶହ ଶହ ଲୋକ ଶହ ଶହ ଥର ତାକୁ ସେଇ ଏକା କଥା ପଚାରିବେ । ଏତେ ଟିକେ ଆଶ୍ରୟ ପାଇଁ ମୂଲ୍ୟ ମାଗିବେ ବରାବର । ସେ କ'ଣ ଏ ସବୁକୁ ବରଦାସ୍ତ କରିପାରିବ ?

ପ୍ରଥମଥର ପାଇଁ ଆଜି ମିନୁର ମନ ଏହି କୋଠି ପ୍ରତି ମମତ୍ୱବୋଧରେ ଓଦା ହୋଇଯାଉଥିଲା । ବାହାରର ନିଷ୍କରୁଣ ପୃଥିବୀ ତୁଳନାରେ ଏହି ଅପରିଷ୍କାର ଓ ଅଶ୍ଳୀଳ ପରିବେଶ ତାକୁ ଅନ୍ତରଙ୍ଗ ଲାଗୁଥିଲା । ଏଠି ତାକୁ କେହି ଚାଲିଯିବାକୁ କହେ ନାହିଁ କେହି ତା' ଇଚ୍ଛା ବିରୁଦ୍ଧରେ ତାକୁ କିଛି ପଚାରି ବସେ ନାହିଁ । ଏଠି ତା'ର ଜୀବନ ଅଲୋଡ଼ା ହୋଇ କାହାର ଅନୁକମ୍ପା ସାମ୍ନାରେ ଆଣ୍ଠୁମାଡ଼ି ବସେ ନାହିଁ ! ହାତ ପତେଇ ମାଗେ ନାହିଁ କାହାର ଦୟା କି କରୁଣା ?

ସେ ଏଇଠି ରହିବ । ସବୁ ପ୍ରାଣକୃଷ୍ଣ ମାନଙ୍କର ଘର ସଜଡ଼ା ହୋଇଯାଇନାହିଁ । ଯେତିକିଟି ଯୋଡ଼ି ହେଉଛି ତା'ର ପାଞ୍ଚଗୁଣା ଭାଙ୍ଗି ପଡୁଛି । ପ୍ରାଣକୃଷ୍ଣ ଏକାକୀ ଫେରିଗଲେ ଯାଉ, ଆଉ ପାଞ୍ଚଜଣ ଆସିବେ । ସେମାନଙ୍କ ପାଇଁ କୋଠି ରହିବ । ସେହି ହତଭାଗ୍ୟମାନଙ୍କର ଲୁହ, କୋହ, ଅଭିମାନ, ଅହଙ୍କାର, ଦୁଃଖ ଓ ସୁଖ ଥିବା ପର୍ଯ୍ୟନ୍ତ ମିନୁ ବଞ୍ଚି ରହିବ ।

ପ୍ରାଣକୃଷ୍ଣ ଚାଲିଯାଇଥିଲା । ତା' ସାଙ୍ଗେ ଦେଖାହେବାର ସମ୍ଭାବନା ବି ହଜିଯାଇଥିଲା । ହଠାତ୍ ମିନୁ ଅନୁଭବ କଲା, ଅଜାଣତରେ ସେ କୋଉଦିନୁ ପ୍ରାଣକୃଷ୍ଣକୁ ଆବଶ୍ୟକଠାରୁ ଅଧିକ ନିଜର ବୋଲି ଭାବି ବସିଥିଲା । ତା' ନ ହୋଇନଥିଲେ ପ୍ରାଣକୃଷ୍ଣର ବିଦାୟକୁ ସେ ନିଜକୁ ଏତେ ଦୁଃଖୀ ଅନୁଭବ କରନ୍ତା କାହିଁକି ? ତା' ଛାତି ଭିତରଟା ଏତେ ଖାଁ ଖାଁ ଲାଗନ୍ତା କାହିଁକି ?

ସମ୍ପର୍କ ଏହିପରି ଶୂନ୍ୟତାର ଦାବି ରଖେ । ଯୋଉ ସମ୍ପର୍କ ଗଢ଼ିହେବା ବେଳେ ଯେତିକି ସୁଖ ଆସିଥାଏ ଛିଡ଼ିଗଲାବେଳେ ସେତିକି ଦୁଃଖ ହୁଏ । ଚେର ଯେତିକି ଭିତରକୁ ଯାଇଥାଏ, ଭିଡ଼ିବାବେଳେ ସେତିକି କଷ୍ଟହୁଏ ।

କିନ୍ତୁ ମିନୁକୁ କିଏ କହିଥିଲା ପ୍ରାଣକୃଷ୍ଣକୁ କି ଆଉ କାହାକୁ ତା'ର ମନ ଦେବାପାଇଁ ? ତା'ର ମନ କିଣିବାପାଇଁ ଏଠିକି ତ କେହି ଆସନ୍ତି ନାହିଁ। ସେ କିଣିବାପାଇଁ ଆସନ୍ତି ଗ୍ରାହକ। ସେଥିପାଇଁ ସେମାନେ ମୂଲ୍ୟ ଦିଅନ୍ତି। ସମୟକୁ ଚାହିଁ ମୂଲ୍ୟ, ସୁଖକୁ ଚାହିଁ ମୂଲ୍ୟ। ମିନୁପାଇଁ ନୁହେଁ, ମନକୁ ଚାହିଁ ନୁହେଁ।

ନିଜକୁ ଦମ୍ଭ କଲା ମିନୁ। ତାକୁ ବଞ୍ଚିବାପାଇଁ ପଡ଼ିବ। ଏଇଠି, ଏଇ କୋଠିରେ। ତା' ପାଇଁ ଆଉ କିଛି ରାସ୍ତା ନାହିଁ। ତା'ର କେହି ନାହିଁ। ସେ ଏଇଠି ରହିବ। କୋଉ ନାରୀ ନିକେତନ କି ଅନାଥ ଆଶ୍ରମକୁ ସେ ଯିବ ନାହିଁ।

ଆଖି କୋଣରେ ଲୁହଟୋପାଟେ ଟଳ ଟଳ ହେଉଛି। ଏଇ ପଡ଼ିଯିବ ! ଧୋଇଦେବ ତା'ର ଶୃଙ୍ଗାରର କଜ୍ଜ୍ୱଳ ରେଖା। ବିବର୍ଣ୍ଣ କରିଦେବ ମିନୁର ଗାଲ ଓ ଓଠ। ସେ ନିଃଶ୍ୱାସ ରୋକି ଲୁହ ଟୋପାକୁ ଅଟକେଇବାକୁ ଚେଷ୍ଟା କଲା। ଲୁଗା କାନିକୁ ଉଠେଇ ଆଣି ଛାପିଦେବାକୁ ଚାହିଁଲା ଆଖି କୋଣରେ।

କିନ୍ତୁ ବହୁତ ବିଳମ୍ବ ହୋଇଯାଇଥିଲା। ନାଚାର ଲୁହ ଟୋପାଟି ଆଖିରୁ ଓହ୍ଲେଇ ଆସି ସାରିଥିଲା।

ମିନୁ ବିବଶ ହୋଇ ବସିପଡ଼ିଲା। ଅଭିମାନ ଓ ଅସହାୟତାରେ ସେ ଦୁଇ ଗାଲ ପୋଛି ପାଉଡରତକ ନିଭେଇଦେଲା। ଜୁଡ଼ାରୁ ଫୁଲହାର ଛିଣ୍ଡେଇ ଫିଙ୍ଗିଦେଲା। ଯାଉ, ସବୁ ଲିଭିଯାଉ, ଛିଣ୍ଡିଯାଉ...।

●

ଗୁରୁବାର ଓ ସଂକ୍ରାନ୍ତି। ଏତେସବୁ ନିର୍ଯାତନା ଓ ଲାଞ୍ଛନା ସତ୍ତ୍ୱେ ମିନୁ ତା' ଭିତରୁ ଦିଅଁଦେବତାଙ୍କ ପ୍ରତି ଭକ୍ତିସମ୍ମାନ ଛାଡ଼ିପାରି ନାହିଁ। କେମିତି ଗୋଟେ ସଂସ୍କାର ହୋଇ, ପାହାଚ ତଳର ନିଦା ନିବୁଜ ପଥର ଖଣ୍ଡେ ପରି ତା' ଛାତି ଭିତରେ ଜମାଟ ବାନ୍ଧିଯାଇଛି। ପୂର୍ଣ୍ଣମୀ, ଅମାବାସ୍ୟା, ଏକାଦଶୀ, ସଂକ୍ରାନ୍ତି, ଏସବୁ ତିଥି ପ୍ରତି ମିନୁ ମନରେ ଅହେତୁକ ଭୟ। ସେଦିନମାନଙ୍କରେ ସେ ଯଥା ସମ୍ଭବ ଚେଷ୍ଟାକରେ ମଦ ଓ ମାଂସଠାରୁ ଦୂରେଇ ରହିବାକୁ। କିନ୍ତୁ ବେଳେ ବେଳେ ସକଳ ପ୍ରଚେଷ୍ଟା ତା'ର ବ୍ୟର୍ଥ ହୁଏ। ଗୋଟେ ପରଜୀବୀ ବେଶ୍ୟାର ବା କେତେ ସ୍ୱାଧୀନତା! ତା'ର ଉପବାସ, ବାରବ୍ରତ ସବୁ ଗୋଟାଏ ମୁହୂର୍ତ୍ତରେ ପଣ୍ଡ ହୋଇଯାଏ।

ଆଜି କିନ୍ତୁ ସକାଳୁ ସକାଳୁ ସେ କୋଠିରୁ ବାହାରି ଆସିଛି। ସମୁଦ୍ର କୂଳେ କୂଳେ ଢେର୍ ସମୟ ବୁଲିବାପରେ ବଜାରକୁ ଆସିଛି। ବେଶି କିଛି କିଣିବାର ନାହିଁ। ତେବେ ବଜାରକୁ ଆସିଥିବା ସବୁ ଲୋକ ତ ଜିନିଷପତ୍ର କିଣାକିଣି କରନ୍ତି ନାହିଁ। କିଣାକିଣି ଗୋଟେ ବାହାନା। ମିନୁର ବେଶି ଦରକାର ନିର୍ଜନତା, ମୁକ୍ତି। କିଛି ଘଣ୍ଟାର ମୁକ୍ତି ଲୋଡ଼ା ତା'ର।

ବାଁ ପାଖ ଦୋକାନରୁ ହାତକାମର କଣ୍ଢେଇ ଓ ମାଳ କିଣୁଥିଲା ଝିଅଟିଏ। ପନ୍ଦର ଷୋଅଳ ବର୍ଷ ବୟସ ହେବ। ଡଉଲ ଡାଉଲ ଚେହେରା, ପୂରିଲା ପୂରିଲା ଗାଲ। ଗୋଟେ ଗୋଲାପୀ ଓ ସବୁଜ ରଙ୍ଗର ଶାଢ଼ି ସେ ପିନ୍ଧିଛି। ତା' ହାତରେ ଚିକ୍ ଚିକ୍ କରୁଛି ଦୋକାନୀର ପଥରବସା ମାଳ।

ମିନୁ ମୁହୂର୍ତ୍ତକ ପାଇଁ ନିଜର ଦୁର୍ଦ୍ଦଶା ଭୁଲିଗଲା। ଝିଅଟି ପାଖରେ ଛିଡ଼ା ହୋଇଛି ତା'ର ମା। ମିନୁ ବୟସର ହେବ। ଗୋଟେ ଦୀର୍ଘଶ୍ୱାସ ଛାତି ଥରେଇ ବାହାରି ଆସି କୋମଳ ଖରାରେ ମିଶିଗଲା। ତା'ର ବି ଝିଅଟେ ଥିଲେ ଏଇ ବୟସର ହୁଅନ୍ତାଣି!

ଝିଅଟି ମୁହଁ ବୁଲେଇଲା ବେଳକୁ ମିନୁ କାହିଁକି କେଜାଣି ନିଜର ମୁହଁ ତଳକୁ

କରିନେଲା। କାହାକୁ ଲୁଚି ଲୁଚି ସେମିତି ଚାହିଁବା ଗୋଟେ ଅପରାଧ ସେଇ ଅପରାଧବୋଧରେ ତା'ର ବ୍ୟକ୍ତିତ୍ୱ ସଙ୍କୁଚିତ ହୋଇଗଲା। ଝିଅଟି ତା' ମା ସାଙ୍ଗରେ ମାଳ କିଣି ଚାଲିଗଲା।

ମୁଣ୍ଡ ଉଠେଇ ଚାହିଁଲା ମିନୁ। ଦୋକାନର ଲୋକଟି ମାଳଗୁଡ଼ିକୁ ନେଇ ଥାକରେ ସଜେଇ ରଖିଛି। ଗୋଟିଏ ମାଳ ବିକିବାପାଇଁ ଲୋକଟିକୁ ଗୁଡ଼ାଏ ମାଳ ଦେଖେଇବାକୁ ପଡ଼ିଥିଲା।

ହଠାତ୍ ଲୋକଟିର ମୁହଁକୁ ଦେଖି ଥ ହୋଇ ମିନୁ ଘଡ଼ିଏ ଛିଡ଼ା ହୋଇଗଲା। ତା' ପାଦତଳର ମାଟି ଧସିଗଲା ପରି ତାକୁ ଲାଗିଲା। ସେ ତରତର ପାଦରେ ଆଗକୁ ଚାଲିବାକୁ ଲାଗିଲା।

ଗୋଟେ ରିକ୍ସାର ହୁଡ଼ ଦେହରେ ଲାଗିଯାଇଥିଲା ମିନୁର ଶାଢ଼ିକାନି। ଝିଙ୍କିନେଲା ବେଳକୁ ଫଡ୍ କରି ଚିରିଗଲା ଲୁଗାଟା। ମିନୁର କିନ୍ତୁ ସେଥିପ୍ରତି ନଜର ନ ଥିଲା। ସେ ଆଗକୁ ଆଗକୁ ଚାଲିଥିଲା। ତା'ର ମନେହେଉଥିଲା ପଛରୁ ଯେମିତି କେହିଜଣେ ତା' ଲୁଗା ଧରି ଝିଙ୍କୁଛି।

କିନ୍ତୁ କିଏ ସେ?

ସେ କରୁଣି।

ଆଖଡ଼ା ଘରର ସେହି ଆଠ ନଅବର୍ଷର ପିଲାଟି ଏବେ ଦିଶୁଥିଲା ଗୋଟେ ନିଦା ମଣିଷ ପରି। ଯେମିତି ଦ୍ରୁତ ପାଦରେ ଆଗେଇ ଯାଇଥିଲା ସେମିତି ଫେରିଆସିଲା ମିନୁ। ଚୁଡ଼ି ଓ ମାଳ ଦୋକାନ ସାମ୍ନାରେ ଯାଇ ସେ ନିରବରେ ଛିଡ଼ା ହେଲା।

କରୁଣି ପଚାରିଲା, "ଚୁଡ଼ି ନେବେ?"

ମିନୁ କିଛି ଉତ୍ତର ଦେଇପାରିଲା ନାହିଁ। ସବୁଯାକ କୋହ ଏକାସାଙ୍ଗରେ ବାହାରି ଆସିବାକୁ ପରସ୍ପର ମଧ୍ୟରେ ଲଢ଼େଇ କରୁଥିଲେ। ତା' ପାଟିରୁ ଶବ୍ଦଟେ ବି ବାହାରିଲା ନାହିଁ।

କରୁଣି ମିନୁକୁ ଚାହିଁଦେଇ ଚମକି ପଡ଼ିଲା।

ବଡ଼ ପାଟିରେ ଡାକିଲା, "ମିନୁ ଦେଈ!" ମିନୁ ଆଖିର ଲୁହ ଓ ଛାତିର କୋହକୁ ଚାପିଧରି ମୁଣ୍ଡ ହଲେଇ କହିଲା, "ହଁ, ହଁ ରେ।"

କରୁଣି ତା' ଦୋକାନରୁ ଓହ୍ଲେଇ ଆସିଲା। ପାଦ ଛୁଇଁ ପ୍ରଣାମ କରିବାକୁ ନୋଇଁ ପଡ଼ିଲା। ମିନୁ ନିଜର ପାଦଯୋଡ଼ିକ ଦୂରକୁ ଘୁଞ୍ଚେଇ ଆଣିଲା। "ଛୁଉଁନା, ଛୁଉଁନା ମୋତେ କରୁଣି। ମୋର ପାପ ହେବ।"

କରୁଣିକୁ ଚାହିଁଲା ମିନୁ। କାହିଁ କେତେଦୂରରେ ସେମାନଙ୍କର କଇଁଆ, ଚାକୁଣ୍ଡା

ଓ ବାଉଁଶବଣ ଘେରା ଗାଁ । କେତେବର୍ଷ ତଳେ ପୁଞ୍ଜାଏ ଡେମ୍ଫଭଙ୍ଗା କପ୍ ଧରି ଆଖଡ଼ା ଘରେ ଏପଟ ସେପଟ ହେଉଥାଏ ପିଲାଟି । ସେଇ ଏ କରୁଣି ।

କରୁଣି ଆଖିରେ ବିସ୍ମୟ, "ତମେ ଏଠି କେମିତି ?" ମିନୁ ଆଖିରେ ପ୍ରଶ୍ନ "ତୁ ଏଠି କେବେଠୁ ?"

କିନ୍ତୁ କେହି କାହାକୁ ପଚାରିପାରୁ ନାହାନ୍ତି । ପଚିଶ ବର୍ଷର କଥାଗୁଡ଼ା ପଦକରେ କହି ହୁଅନ୍ତା କି ? ଚିତ୍ର ପରି ଆଖି ଆଗରେ ନାଚି ଉଠି ଯାଆନ୍ତା କି ଏହିସବୁ ବର୍ଷମାନଙ୍କର ଘଟଣା !

କରୁଣି କହିଲା, "ରୁହ ମିନୁ ଦେଈ । ମୁଁ ଦୋକାନ ବନ୍ଦ କରିଦେଇ ଆସେ । ମୋ ବସାକୁ ଯିବା ।"

ମିନୁ ବି ଚାହୁଁଥିଲା ଟିକେ ନିର୍ଜନତା ବଜାର ଭିତରେ ସେ ସହଜ ହୋଇପାରୁ ନଥିଲା । ତା'ର ଭୟ ହେଉଥିଲା ତାକୁ କାଳେ କିଏ ଦେଖିଦେବ । ଚିହ୍ନି ପକେଇବ । କରୁଣି ସାମ୍ନାରେ ତା'ର ପରିଚୟ ଭାଙ୍ଗି ଚୂନାଚୂନା ହୋଇଯିବ ।

କରୁଣି ଦୋକାନ ବନ୍ଦ କରିବାକୁ ଗଲା । ମିନୁ କରୁଣିକୁ ଚାହିଁ ଚାହିଁ ଭାବୁଥିଲା, ସେ କରୁଣି ସାମ୍ନାକୁ ଆସି ଭୁଲ୍ କରିଛି ନା ଠିକ୍ କରିଛି । ଏତେଗୁଡ଼ାଏ ବର୍ଷ ତ ସେ ଆତ୍ମ ନିର୍ବାସନରେ ବିତେଇ ଦେଇଥିଲା । ଆଜି ହଠାତ୍ ପୁଣି କାହା ସାମ୍ନାରେ ଆସି ପରିଚୟ ଦେବାପାଇଁ ତାକୁ କିଏ ବା ବାଧ୍ୟ କଲା ?

ମାତ୍ର ଭିତରେ ଭିତରେ ଅତୀତର ସ୍ମୃତିମାନେ ତାକୁ ଜାବୁଡ଼ି ଧରୁଥିଲେ । ସେ ସେଇ ସ୍ମୃତିମାନଙ୍କର ଆଲିଙ୍ଗନରୁ ନିଜକୁ ମୁକ୍ତ କରିପାରୁ ନ ଥିଲା ।

କରୁଣି ଆସିଲା । ତା' ମୁହଁରେ ବ୍ୟସ୍ତଭାବ । କହିଲା, "ଆସ ମିନୁଦେଈ, ଆଗ ମୋଡ଼ରେ ମୋ ବସା ।"

ଚାଳିଶ ପଚାଶ ହାତ ଛାଡ଼ି ବାଁ କଡ଼କୁ ଗୋଟେ ନୁଆଁଣିଆ ରାସ୍ତା । ସେଇ ରାସ୍ତାର ଡାହାଣକୁ ଗୋଟେ ଗଳି । କରୁଣି ଗୋଟେ ଟିଣ ଫାଟକ ଖୋଲି ମିନୁକୁ କହିଲା, "ଆସ ।"

କରୁଣି ଫାଟକ ବନ୍ଦ କରି ମିନୁର ପଛେ ପଛେ ଆସିଲା । ଗୋଟେ କୋଠାଘରର ପଛକୁ ବଖରାଏ ଆଜବେଷ୍ଟସ ଘର । ଦୁଆରେ ତାଲା ପଡ଼ିଥିଲା । କରୁଣି ତାଲା ଖୋଲି ଭିତରକୁ ପଶିଲା । ଝରକା ଖୋଲିଦେଲା । ଦଉଡ଼ି ଖଟ ଉପରେ ବିପର୍ଯ୍ୟସ୍ତ ହୋଇ ପଡ଼ିଥିବା ତା'ର ଲୁଗାପଟା ସଜାଡ଼ି ଝାଡ଼ି ଝୁଡ଼ି ଦେଲା ।

: ଏଇଠି ବସ ମିନୁଦେଈ । ମୁଁ ଆସୁଛି ।

କରୁଣିର ବ୍ୟସ୍ତତା ଦେଖି ମିନୁ ଆହୁରି ତରଳି ଯାଉଥିଲା । କ'ଣ ବା ସମ୍ପର୍କ

କରୁଣି ସାଙ୍ଗେ ତା'ର? ଗାଁର ପଡ଼ିଶା ପିଲା। ମା ପେଟର ଭାଇ ତ ନୁହେଁ! ଅଥଚ ନିଜର ହୋଇ ଯେଉଁମାନେ, ସେମାନେ ଦିନେଅଧେ ପଚାରିଲେ ନାହିଁ। ପର ଛୁଆଟା କେତେ ବ୍ୟସ୍ତ ନ ହେଉଛି?

କରୁଣି ଗୋଟେ ଠୁଙ୍ଗାରେ ଚାରିଟା ସିଙ୍ଗଡ଼ା ଓ ଛେନାଗଜା ଧରିଆସିଲା। ଖଟିଆତଳୁ ଗୋଟେ ରସ ପ୍ଲେଟ୍ ବାହାର କରି ସେଇଥିରେ ସେଗୁଡ଼ିକ ଥୋଇଲା। ସୁରେଇରୁ ପାଣି ଢାଳି ଗିଲାସରେ ରଖି କହିଲା, "ନିଅ ମିନୁଦେଇ, ଖାଅ।"

ମିନୁ ହସି ହସି ବାରଣ କଲା, "ଆଜି ଏକାଦଶୀ। ମୁଁ ଏସବୁ ଖାଇବି ନାହିଁ। ତୁ ଖା। ମୁଁ ଏଇଠି ବସିଛି।

କରୁଣି ବ୍ୟସ୍ତ ହୋଇପଡ଼ିଲା, "ତାହାହେଲେ ମୁଁ କଦଳୀ, ସେଓ ନେଇ ଆସୁଛି....।"

ମିନୁ କହିଲା, "ଆରେ, ନା, ନା। ତୁ ବସ। ମୁଁ ଏଇ ମିଠାରୁ ବରଂ ଗୋଟେ ଖାଉଛି।"

: ନାଇଁ ନାଇଁ, ଦିଇଟା ଯାକ ତମର।

: ହଉ।

କରୁଣି ସିଙ୍ଗଡ଼ାରୁ ଗୋଟେ ପାଟିରେ ପୂରଉ ପୂରଉ କହିଲା, "ତମେ ଆଗେ କୁହ।"

ମିନୁ ଗୋଟେ ଦୀର୍ଘଶ୍ୱାସ ନେଲା। ଗିଲାସରୁ ପାଣି ପିଇଲା ଓ କହିଲା "ତୁ ଆଗେ କହ। ମାଷ୍ଟ୍ରଙ୍କ କଥା ତ ଶୁଣିଥିଲି। ଶୁକଦେବ କ'ଣ କରୁଛନ୍ତି?"

କରୁଣି ଗମ୍ଭୀର ହୋଇଗଲା। ସେ କଥା ତମକୁ କହି ଲାଭ କ'ଣ? ତମେ ଥିବାବେଳେ ତ ଭାଉଜ ବାପଘର ଚାଲିଯାଇଥିଲେ। ସେ ଆଉ ଫେରିଲେ ନାହିଁ। ଶୁକ ଭାଇ ଏବେ କଲିକତାରେ ବେପାର କରୁଛନ୍ତି। ଗାଁ ସହ ତାଙ୍କର ସମ୍ପର୍କ ନାହିଁ କହିଲେ ଚଳେ। ତାଙ୍କ ବାପାଙ୍କ ଶୁଦ୍ଧି ବେଳକୁ ଥରେ ଯାହା ଆସିଥିଲେ...."

: ରତ୍ନାକର ମଉସା?

: ହଁ। ସେ ସାତଆଠବର୍ଷ ତଳୁ ଚାଲିଗଲେଣି। ମିନୁ ଭାଙ୍ଗି ପଡ଼ିଲା। ଜଳିଲା ସଳିତାଟି ପବନରେ ଲିଭିଗଲା ଅବା! ସେ କାନ୍ଥକୁ ଆଉଜି ଦୀର୍ଘଶ୍ୱାସ ନେଲା।

: ତମେ ଚାଲିଆସିଲ। ତମର ଘରବାଡ଼ିକୁ ତମ ଦାଦା ମାଡ଼ି ବସିଲେ। ଘରଡିହ ଉପରେ ବାଇଗଣ ଲଗେଇଲେ ସେ। ବାରପ୍ରକାର କଥା କହି ଗାଳିମନ୍ଦ କରନ୍ତି।

: କିନ୍ତୁ କାହିଁକି? ମୁଁ ତାଙ୍କର କ'ଣ କଲି...?

: ତମେ ଯେ ଶାଶୂଘରୁ ପଳେଇ ଆସିଲ, ସେଥିପାଇଁ ତାଙ୍କର ରାଗ।

: ଛାଡ଼ ଛାଡ଼ ସେ କଥା । ତୁ କହ । ଟିମା ଭାଇ, ସୁରଭାଇ ଏମାନେ ସବୁ କ'ଣ କରୁଛନ୍ତି ?

: ଟିମା ଭାଇଙ୍କୁ ଯକ୍ଷ୍ମା ହୋଇଗଲା । ସେ ଟି.ବି ହସ୍‌ପିଟାଲରେ ପହଞ୍ଚିଲା ବେଳକୁ ତାଙ୍କ ଅବସ୍ଥା ବାରଣା ଚାରଣା ହୋଇଥିଲା । ଏବେ ଔଷଧ ଖାଇ ବଞ୍ଚିଛନ୍ତି ଯେ, ସେ ମରିବା ସାଙ୍ଗରେ ସମାନ ।

ମିନୁ ଆଖିରୁ ଦି' ଟୋପା ତତଲା ଲୁହ ବୋହି ଆସିଲା । ଆଖି ଆଗରେ ଗୋଟେ ସୁଦର୍ଶନ ଯୁବକର ଚେହେରା ନାଚି ଉଠିଲା । ଟିମା ଭାଇକୁ ଯକ୍ଷ୍ମା ହୋଇଗଲା.. ?

: ସୁରଭାଇ ତ ପାଗଳା ଲୋକ । ଗୀତ ଗାଇବା ସଉକ ଛାଡ଼ିପାରନ୍ତେ କି ? କିନ୍ତୁ ତାଙ୍କର ସଂସାର ବଢ଼ିଲା । ତିନି ତିନିଟି ଝିଅ ହେଲାପରେ ତାଙ୍କ ମା ସୁରଭାଇଙ୍କ ସ୍ତ୍ରୀଙ୍କୁ ବାର ଗଞ୍ଜଣା ଦେଲେ । ମୁଁ ଶୁଣୁଛି, ସେ କୁଆଡ଼େ ତାଙ୍କ ପିଲା କବିଲା ନେଇ କଟକ ଜିଲ୍ଲାରେ କୋଉ ଇଟାଖୁଲାରେ ଅଛନ୍ତି । ଢେର ଦିନ ହେଲା ମୋର ତାଙ୍କ ସାଙ୍ଗେ ଦେଖା ହୋଇ ନାହିଁ ।

ମିନୁର ଆଉ କିଛି ଶୁଣିବାକୁ ଧୈର୍ଯ୍ୟ ନ ଥିଲା । ଏହିସବୁ ଶୁଣିବାପାଇଁ କ'ଣ ସେ ଫେରି ଆସିଥିଲା କରୁଣିର ଦୋକାନକୁ ? ଏହିସବୁ ଶୁଣିବାପାଇଁ କ'ଣ ଛାତି ଭିତରେ ପଚିଶ ବର୍ଷର ସ୍ମୃତିକୁ ଲାଳନ ପାଳନ କରି ଆସିଥିଲା ସେ ? କ'ଣ ସବୁ ହୋଇଗଲା ଏଇମାନଙ୍କର ? ସତରେ ସେ ଡାଆଣୀ । ତା' ଦୃଷ୍ଟି ପଡ଼ିଥିବା କୌଣସି ଲୋକ ଶାନ୍ତିରେ ରହନ୍ତା ନାହିଁ ।

ଗୋଟେ ହୀନ ଅପରାଧବୋଧରେ ସେ ବତୁରି ଯାଉଥିଲା । କରୁଣି ଗାଁର ଗୋଟିଏ ଗୋଟିଏ କଥା କହି ଚାଲିଥିଲା । କୀର୍ତ୍ତନ ଏବେ ଗାଁରେ ଚାଟଶାଳୀଟେ ଖୋଲି ପିଲାଙ୍କୁ ପଢ଼ଉଛି । ଆଖଡ଼ା ଘରଟା ହୋଇଛି ଭୂତଖାନା ।

: ଭୂତଖାନା ?

: ହଁ, ତମ ଦାଦା ଆଉ ଶୁକଦେବଙ୍କ ବାପାହେରିକା ଥରେ ସଞ୍ଜବେଳେ ସେ ଘରଟା ଭାଙ୍ଗିବେ ବୋଲି ଆସିଥିଲେ । ଗୋଟେ ଭୂତ ବାହାରି ତାଙ୍କୁ ସେଇଠି ଗୋଡ଼େଇଲା । ସେମାନେ ଜୀବନ ବିକଳରେ ଦଉଡ଼ି ଦଉଡ଼ି ପଳେଇ ଆସିଲେ । ସେଇଦିନୁ ଆଉ ଯାଇ ନାହାନ୍ତି ।

: ସତ କହୁଛୁ ?

: ମୋ ରାଣ ମିନୁଦେଈ । କିନ୍ତୁ ଛପର ତ ହେଲାନାହିଁ । ଚାଳ ଶେଣି ସବୁ ଭାଙ୍ଗିଗଲା । ଏବେ ସେଇଟା ଗୋଟେ ଉଇ ହୁଙ୍କା ପରି ଯାହା ପଡ଼ିରହିଛି । ତମ

ସାହିଲୋକେ କୁହନ୍ତି, ରାତିରେ କୁଆଡ଼େ ସେଠୁ ଢୋଲ ହାର୍ମୋନିୟମ ଶବ୍ଦ ଶୁଭେ। ମୁଁ ଶୁଣିନାହିଁ କିନ୍ତୁ...।

ଏତେ ଦୁଃଖରେ ବି ମିନୁ କରୁଣିର ସରଳତାରେ ହସି ପକେଇଲା। ଟିକିଏ ବି ବଦଳି ନାହିଁ କରୁଣି। ଯେମିତି ଥିଲା ସେମିତି ଅଛି।

ବହୁତ ସମୟ ଧରି ଗପିଥିଲା କରୁଣି। ସେ ଗିଲାସରୁ ପାଣି ମୁନ୍ଦେ ପିଇ କହିଲା, "କିନ୍ତୁ ତମେ ଏଠି କ'ଣ କରୁଛ ମିନୁଦେଈ। ଆମେ ଭାବିଥିଲୁ..."

: ମରିଗଲିଣି, ନୁହେଁ?- କରୁଣି ଓଠରୁ କଥା ଛଡ଼େଇ ଆଣି ମିନୁ କହିଲା।

ମିନୁର ଆଖରେ ତା' ଆଖି କାଳେ ମିଶିଯିବ, ସେଥିପାଇଁ କରୁଣି ବାହାରକୁ ଚାହିଁଲା।

ମିନୁ ଉଠିଲା। କହିଲା, "ବଞ୍ଚିଛି, ମରିଛି ବି। ତୁ ଯାହା ଭାବୁଛୁ ଭାବ, କିନ୍ତୁ ତୋତେ ମୋ ରାଣ କରୁଣି, ମୋ ସାଙ୍ଗେ ଦେଖା ହୋଇଥିଲା ବୋଲି କାହାକୁ କହିବୁ ନାହିଁ। ମୁଁ ରବିବାର ଦିନ ଆସି ସବୁ କହିବି।"

କିନ୍ତୁ କରୁଣି ଏତିକିରେ ସନ୍ତୁଷ୍ଟ ହେବା ଭଳି ପିଲା ନ ଥିଲା। ସେ ଉଠିପଡ଼ି କହିଲା, "ତମକୁ ବି ମୋ ରାଣ ମିନୁଦେଈ, ପଚିଶ ବର୍ଷ ପରେ ଦେଖା। କୁହ, ତମେ କେଉଁଠି ଅଛ? କ'ଣ କରୁଛ?"

ମିନୁ ସ୍ଥିର ହୋଇଗଲା। କ'ଣ କହିବ ସେ? କ'ଣ ତା'ର ପରିଚୟ? ସତ କଥାଟା ଯେ ସେ କେବେ ବି କହିପାରିବ ନାହିଁ!

ସେ କରୁଣିର ପ୍ରଶ୍ନକୁ ବାଆଁରେଇ ଯିବାପାଇଁ କହିଲା, "ତୁ କହ, କେବେଠୁ ଏଠି ଆସି ଦୋକାନ ଦେଲୁଣି। ବିକ୍ରିଟିକ୍ରି ଭଲ ହେଉଛି ନା? ବାହାଚୁରା ହେଲୁଣି ନା ନାହିଁ..."

କରୁଣି କହିଲା, "ରୁହ, ରୁହ। ଏକାଥରେ ଏତେଗୁଡ଼ା ପ୍ରଶ୍ନର କି ଉତ୍ତର ଦେବି? ଛଅ ମାସ ହୋଇ ଗଲାଣି ଏଇ ଦୋକାନ ଦେବା। ଆଉ ବାହାଘର କଥା କହିଲ ଯେ...."

: କ'ଣ?

: ଯୋଗାଡ଼ ଚାଲିଛି। ତମକୁ ଖବର ଦେବିନାହିଁ କି?

ଏତେ ଦୁଃଖରେ ବି କରୁଣି ମୁହଁରୁ ଲାଜୁରା କଥା ପଦକ ଶୁଣି ମିନୁ ଖୁସିହେଲା। ଭଉଣୀ ସୁଲଭ ଅଧିକାରରେ କହିଲା, "ମରିଥିଲେ ତ ଆଉ କେଉଁ ଜନ୍ମ ନେଇ ସାରିନ୍ତିଣି। ଭାରି ଖବର ଦେଲାବାଲା!"

କରୁଣି କିଛି କହିଲା ନାହିଁ।

ମିନୁ ଘର ବାହାରକୁ ଆସିଲା । କହିଲା, "ତୁ ଥା, ମୁଁ ଦେଉଳ ଆଡ଼େ ଟିକେ ଯାଇ ଚାଲିଯିବି । ମୋ ସାଙ୍ଗରେ ଆସିବା ଦରକାର ନାହିଁ ।"

କରୁଣି ମାନିଲା ନାହିଁ । କହିଲା "ଚାଲ, ତମକୁ ରିକ୍ସାରେ ବସେଇ ଫେରିଆସିବି ।"

ରାସ୍ତା ମୁଣ୍ଡରେ ରିକ୍ସାଟେ ଦେଖି କରୁଣି ତାକୁ ଡାକିଲା । ମିନୁ ମୁଣ୍ଡର ଓଢ଼ଣାଟିକୁ ଆଉ ଟିକେ ତଳକୁ କରିଦେଲା । କରୁଣି ସାମ୍ନାରେ ତାକୁ କେହି ଚିହ୍ନିଦେଲେ ସେ ଲାଜରେ ମୁହଁ ଦେଖେଇ ପାରିବ ନାହିଁ । କରୁଣି କ'ଣ ଭାବିବ !

ନିଜର ଆତ୍ମପରିଚୟ ତାକୁ କୌଣସି ଦିନ ଏତେ ଅସ୍ୱସ୍ତିକର ମନେ ହୋଇ ନ ଥିଲା । ସେ ଯେତେଶୀଘ୍ର ସମ୍ଭବ କରୁଣିଠାରୁ ନିରାପଦ ଦୂରତ୍ୱକୁ ଚାଲିଯିବାକୁ ଚାହୁଁଥିଲା ।

ପୋଲିସ ଜିପ୍‌ଟେ ସାଏଁ କରି ତା' ଆଗ ଦେଇ ଚାଲିଗଲା । ମିନୁର ଛାତି ଭିତର ଧକ୍ ଧକ୍ କରି ଉଠିଲା । ରକ୍ଷା, ତାକୁ କେହି ଦେଖି ନାହିଁ ।

ରିକ୍ସାରେ ବସିବାକ୍ଷଣି ସେ ରିକ୍ସାବାଲାକୁ ହୁଡ୍ ଟେକିଦେବାକୁ କହି ଧୀରେ କହିଲା, "ଚାଲ ।''

ଗଡ଼ାଣି ରାସ୍ତାରେ ରିକ୍ସା ଗଡ଼ିଚାଲିଲା ।

କୋଠିରେ ପହଞ୍ଚିଲା କ୍ଷଣି ମିନୁ ତରତର ପାଦରେ ତା' କୋଠରି ଭିତରେ ପଶିଯାଇ ଭିତରୁ କବାଟ କିଳି ଦେଲା । ତା'ର ଭୟ ହେଉଥିଲା କାଳେ ତା' ପଛେ ପଛେ ତାକୁ କେହି ଅନୁସରଣ କରୁଥିବ । ଘର ଭିତରେ ପଶିସାରି ସେ ଟିକିଏ ଦମ୍ ନେଲା । ଘରୁ ବାହାରି ଗଲାବେଳେ ସେ ଭାବିଥିଲା, ବୁଲିବାଲି ସଞ୍ଜବେଳକୁ ଫେରିବ । କିନ୍ତୁ ଏବେ ମାତ୍ର ଦିନ ବାରଟା ବାଜିଛି ।

ଝରକା ବାଟଦେଇ ସମୁଦ୍ରକୁ ଚାହିଁଲା ମିନୁ । ସମୁଦ୍ର ପିଠି ଉପରେ ଦିପହରର ଖରା ବାପ ପିଠିରେ ଗେହ୍ଲା ପୁଅ ଲାଉ ହେଲାପରି ଓହଳି ରହିଛି । ଚିକ୍ ଚିକ୍ କରୁଛି ଦୂରର ଅନୁଚ୍ଚ ଲହରୀ ମାଳା ।

କରୁଣି ସାଙ୍ଗେ ଦେଖାହେବା ପରଠୁ ସେ ଅନୁଭବ କରୁଛି ତା' ଭିତରେ ଭିତରେ କୋଉଠି କ'ଣ ସବୁ ଭାଙ୍ଗିରୁଜି ଯାଉଛି । ଏତେଦିନ ଧରି ତା' ସ୍ମୃତିରେ ଯୋଉମାନେ ସଜୀବ ଓ ସତେଜ ହୋଇଥିଲେ ସେମାନେ ହଠାତ୍ ବୃଦ୍ଧ ଓ ମୁମୂର୍ଷୁ ପାଲଟି ଯାଉଛନ୍ତି । ଯୋଉଗୁଡ଼ିକ ସୁନ୍ଦର ଓ ଆକର୍ଷଣୀୟ ହୋଇ ରହିଥିଲେ ସେମାନେ କୁତ୍ସିତ ଓ ଅନାକର୍ଷଣୀୟ ପାଲଟି ଯାଇଛନ୍ତି ।

ସ୍ମୃତିର ଚିତ୍ରମାନେ କେତେ ସୁନ୍ଦର ଥିଲେ ! ଭଲଥିଲା; ସେ ଦୂରକୁ

ଚାଲିଆସିଥିଲା; ଛାଡ଼ିଆସିଥିଲା ତା'ର ଗାଁ, ମାମୁଘର ଓ ଶାଶୂଘର। ଗାଁର ଆଖଡ଼ା ଘର, ଆଖଡ଼ାଘରର ସବୁ ସାଙ୍ଗ ସଙ୍ଗାତ। ଆଶା ବାନ୍ଧିଥିଲା, ସବୁ ଠିକ୍‌ଠାକ୍ ଥିବେ। ପୁଣିଥରେ ଆଖଡ଼ାଘରେ ଆଖଡ଼ା ଜମିଥିବ। ଆଉଥରେ ଢୋଲକି, ହାର୍ମୋନିୟମ ଶବ୍ଦରେ ମୁଖରିତ ହୋଇଉଠିଥିବ ସେଇ ବଖୁରିକିଆ ଘର ଖଣ୍ଡିକ।

କିନ୍ତୁ ସେମିତି ହୋଇନାହିଁ। ମିନୁ ଯାହା ଚାହେଁ, ସେମିତି ଘଟଣାମାନେ ଘଟନ୍ତି ନାହିଁ। ବରଂ ଓଲଟା ବାଟରେ ହିଁ ସେମାନେ ଘଟନ୍ତି। ନହେଲେ ଯେମିତି ମିନୁ ଯଥେଷ୍ଟ ଯନ୍ତ୍ରଣା ପାଆନ୍ତା ନାହିଁ!

ତା' ମନ ଭିତରେ ଗୋଟେ ଅନୂଢ଼ା କିଶୋରୀ ବିକଳରେ କାନ୍ଦି ଉଠିଥିଲା। ସେଇ ଘରଟା ଭିତରେ ଦରାଣ୍ଡି ହେଉଥିଲା ସ୍ମୃତିର ଟୁକୁଡ଼ାମାନଙ୍କୁ। ଆଉଥରେ ସଜେଇବାକୁ ଚାହୁଁଥିଲା ଯାହା ଯେମିତି ଥିଲା ସେଇ ଭଙ୍ଗୀରେ।

ଯୋଉ ଗାଁ ତାକୁ ଅପବାଦ ଛଡ଼ା ଆଉ କିଛି ଦେଇନାହିଁ ସେଇ ଗାଁ ପାଇଁ ତା'ର ମନ ଏବେ ଝୁରିହେଉଥିଲା। ସେ ଝୁରି ହେଉଥିଲା ସେଇ ଗାଁର ତୋଟା, ପୋଖରୀ, ସ୍କୁଲ ପଡ଼ିଆ, ଆଖଡ଼ା ଘର ଓ ବିତିଥିବା ବୟସମାନଙ୍କ ପାଇଁ।

କିନ୍ତୁ ତା' ପାଦରେ ଦିଇଟି ଅଦୃଶ୍ୟ ଶକ୍ତ ଶିକୁଳି ତାକୁ ଗୋଟେ ପଥର ଖୁଣ୍ଟରେ ବାନ୍ଧି ଦେଇଥିଲା। ସେଇ ଶିକୁଳି ଭାଙ୍ଗି, ସେ ପଥରର ବାରଣକୁ ଡେଇଁ ସେ କୌଣସି ଦିନ ଗାଁକୁ ଯାଇପାରିବ ନାହିଁ।

କରୁଣି ଠିକ୍ କହିଥିଲା, ସେ ମରିଯାଇଛି। ତା'ର ନିଜର ଅଲକ୍ଷ୍ୟରେ ସେ କୋଉଦିନ ମରିଯାଇଛି।

ସେ ମନକୁ ଦମ୍ଭକଲା। ଯେତେସବୁ ଆବେଗ, ଭାବପ୍ରବଣତା ସବୁକୁ ଗୋଟେଇ ଗାଟେଇ ଫିଙ୍ଗି ଦେଲା। ସେ ଯଦି ଗାଁ ପାଇଁ ମରିଯାଇଛି, ଗାଁ ବି ତା' ପାଇଁ ମରିଯାଇଛି। ସମ୍ପର୍କ ଏକ ପାକ୍ଷିକ ନୁହେଁ। ଯାହା ଅବଶେଷ ରହିଛି ସେଇ ତା'ର ଜୀବନ; ନିଉଛୁଣା, ଅଲୋଡ଼ା ହେଉ ପଛେ ସେଇ ତା'ର, ଗୋଟାପଣେ ତା'ର। ତା'ରି ଲୁହ, ତା'ରି କୋହ, ତାଆରି ଲାଞ୍ଛନା, ନିର୍ଯାତନା ସବୁ ତା'ର। ସେ ତାକୁ ଇ ନେଇ ବଞ୍ଚିବ।

ଖଟ ଉପରେ ଅସାଡ଼ ହୋଇ ଲୋଟି ପଡ଼ିଲା ମିନୁ। ତା' ଭିତରେ ଗୋଟେ ବିକ୍ଷୁବ୍ଧ ଝଡ଼। ନିଜକୁ ନିଜ ଭିତରେ କାବୁ କରି ନ ରଖିଲେ ସେ ଝଡ଼ ତାକୁ କୁଆଡ଼େ ନାହିଁ କୁଆଡ଼େ ଉଡ଼େଇ ନେବ।

ମିନୁ ଉଠି ପଡ଼ିଲା। ଘରର ସେଇ କୋଣକୁ ପାଦ ଘୋଷାରି ଘୋଷାରି ଗଲା, ଯୋଉଠି କେତେ ପ୍ରକାର ଠାକୁର ଠାକୁରାଣୀଙ୍କ ଫଟୋ ସେ ପଟାଟେ ପକେଇ ତା'

ଉପରେ ରଖିଛି । କାନ୍ଥରେ ମୁଣ୍ଡ ଛୁଆଇଁ ଅଳି କଲାପରି କହିଲା, "ମୋତେ ଶକ୍ତି ଦିଅ ଠାକୁରେ, ଶକ୍ତି ଦିଅ ।"

ନିଜର କଣ୍ଠସ୍ୱର ତାକୁ କେତେ ଦିନ ହେବ ଏତେ ବିକଳ ଶୁଭି ନ ଥିଲା । ମିନୁ ଆଖିରୁ ଲୁହ ପୋଛି ଦେଇ ପୁଣି ତା' ଖଟ ପାଖକୁ ଫେରି ଆସିଲା ।

●

ପରମ ମଣ୍ଡଳକୁ ଦେଖିଲା କ୍ଷଣି ମିନୁ ଗୋଟେ କିଛି ଦୁର୍ଘଟଣାର ଆଶଙ୍କା କରି ବସିଲା। ଲୋକଟା ସାଙ୍ଗରେ କିଛି ନା କିଛି ଅଘଟଣ ସବୁବେଳେ ବୁଲୁଥାଏ। ତା'ର କଥା ଆଉ କାର୍ଯ୍ୟ- ଏ ଦିଇଟା ଭିତରେ ଆଦୌ ସାମଞ୍ଜସ୍ୟ ନ ଥାଏ। ମୁହଁରେ ଖୁବ୍ ମିଠା ମିଠା କଥା କହେ ପରମ ମଣ୍ଡଳ। ଆତ୍ମୀୟ ଆତ୍ମୀୟ ଲାଗେ ତା'ର ବ୍ୟବହାର। କିନ୍ତୁ ସେ କାହାର ଆତ୍ମୀୟ ନୁହେଁ। ଏପରିକି ନିଜ ପାଖେ ବି ସେ ସମ୍ପୂର୍ଣ୍ଣ ନିଜର ହୋଇପାରୁଥିବ କି ନାହିଁ, ସେ ନେଇ ମିନୁର ସନ୍ଦେହ।

ପରମ ମଣ୍ଡଳ ପରି ଲୋକମାନେ କୋଠିର ବଡ଼ ପୃଷ୍ଠପୋଷକ। ଏମାନଙ୍କ ଖାତିର୍ ଏଠି ପ୍ରଚୁର। ନିଜ ଜୀବନକୁ ବାଜି ଲଗେଇ ସେମାନେ କାମ କରନ୍ତି। ଲାଭ ପାଆନ୍ତି ନିଶ୍ଚୟ, କିନ୍ତୁ ବିପଦର ଆଶଙ୍କାଟା ଲାଭ ଅପେକ୍ଷା ବେଶି।

ମଣ୍ଡଳ ଗୋଟେ ଦଲାଲ୍। ଝିଅ ଓ ଗରାଖ ଯୋଗାଡ଼ କରି କୋଠିରେ ପହଞ୍ଚେଇ ଦେବା ତା'ର କାମ। ସେ ବାବଦକୁ ମଣ୍ଡଳ ନିଏ ମୋଟା କମିଶନ। ଜିନିଷକୁ ଚାହିଁ ଦର। କୋଠିରେ ଆଣି ପହଞ୍ଚାଇବା ପର୍ଯ୍ୟନ୍ତ ସେଇଟା ତା' ଦାୟିତ୍ୱ। ତା'ପରେ ସେ ଦାୟିତ୍ୱମୁକ୍ତ।

ହଠାତ୍ ପରମ ମଣ୍ଡଳ ଏଠି ସକାଳୁ ସକାଳୁ କାହିଁକି ? ମିନୁ କୌତୂହଳୀ ହୋଇପଡ଼ିଲା।

ପରମ ମଣ୍ଡଳ କୋଠିଯାଏ ଆସିଲା। ଦରଜଳା ସିଗ୍ରେଟକୁ ଫିଙ୍ଗି ଦେଇ ତା' ଉପରେ ଜୋତା ମକଚି ଦେଲା ଓ ତା'ପରେ ଶିଡ଼ିରେ ଚଟି ଘୋଷାରି ଉପରକୁ ଉଠି ଆସିଲା। ସେ ବଡ଼ ଦିଦିର କୋଠରି ଯାଏ ଯିବ। ମିନୁ ଚାଲିଲା ଚାଲିଲା ହୋଇ ସେହି କୋଠରି ପର୍ଯ୍ୟନ୍ତ ଗଲା।

ବଡ଼ ଦିଦିକୁ କ'ଣ ଗୋଟେ ବୁଝେଇବାପାଇଁ ଚାହୁଁଥିଲା ପରମ ମଣ୍ଡଳ। ମିନୁ କାନ ଡେରିଲା।

: ତୋତେ ଏମିତିକା କାମ କରିବାକୁ କିଏ କହିଥିଲା ? - ବଡ଼ ଦିଦି ପଚାରୁଥିଲା।

: କିନ୍ତୁ ଏ ମାଲ୍‌ଟା ଖୁବ୍ ବଢ଼ିଆ । ମଣ୍ଡଳର ଉତ୍ତର ।

: ହଁ ଯେ, ପୁଲିସ ମାମଲା ହୋଇଗଲେ ତୁ ଯାଇ ଚକି ପେଷିବୁ । ତୋ ସାଙ୍ଗରେ ମୋତେ ବି ଭିଡ଼ିବୁ । ସେ ବଜ୍ଜାତ ଇନିସ୍‌ପେକ୍ଟର ଖଣ୍ଡକ ବେଶି...

: ପୁଲିସ ଜାଣିବ କେମିତି ? ଆଉ ମାସେ ପନ୍ଦରଦିନ ପରେ ଯେତେବେଳେ ଜାଣିବ, ସେତେବେଳକୁ ଏ ମାଲ୍ ପୁରୁଣା ହେଇଯିବଣି । ଆଉ ତାକୁ କିଏ ନେବ ଯେ ? ...ତା' ଘରଲୋକ ବି ପଚାରିବେ ନାହିଁ । – ମଣ୍ଡଳ କହୁ କହୁ ହସି ପକେଇଲା ।

: ଫାଲତୁ କଥା । ବଡ଼ ଦିଦି ଚିଡ଼ିଗଲା । ତୋତେ କହିଥିଲି ରାଜିରୁଜା କରି, ବୁଝେଇ ସୁଝେଇ ଆଣିବୁ । ଆଉ ଦୁଇ ତିନି ଶହ ଅଧିକା ଲାଗିଥିଲେ ବି କିଛି କଥା ନ ଥିଲା । କିନ୍ତୁ ତୁ ତାକୁ ମିଛି କହି....

: ଶୁଣ, ଶୁଣ ମୁଁ କହିସାରେ । ଟୋକୀଟାର ଚାକିରି ଦରକାର ଥିଲା । ପାଠଶାଠ ପଢ଼ିଛି । ମୁଁ ଦେଖିଲି ଏଇ କଥାଟା ସହଜ । ଯେମିତି କହିଲି, ଚାକିରି ଯୋଗାଡ଼ କରିଦେବି, ସେମିତି ସେ ରାଜି ହୋଇଗଲା....

: ନା, ନା, ବଡ଼ ଖତରନାକ୍ କାମ । ସେ ଇନିସ୍‌ପେକ୍ଟରଟା ଏଠିକି ବରାବର ଯା' ଆସ କରୁଛି । ବଡ଼ ଅସୁବିଧା ହେବ ।

: ଡରିବାର କିଛି ନାହିଁ । ଦିନେ ଦି' ଦିନରେ ସବୁ ସେ ବୁଝିଯିବ । ତା'ଛଡ଼ା ଗୋଟାଏ ମାସରେ ତମର କେତେ ଲାଭ ହେବ ହିସାବ କରିଛଟି ?

ବଡ଼ ଦିଦି ପ୍ରସନ୍ନ ଦିଶିଲା । ଲାଭର ଆଶାଟା ତାକୁ ଖୁସି କରିଦେଉଥିଲା । ସେ ନିଜର ଖୁସିକୁ ଲୁଚେଇ ରଖି କହିଲା, "ଠିକ୍ ଅଛି । ତୁ ସେ ଖୋସାମତିଆ କଥା କହନା ।"

: ମୁଁ ଯିବି ବଡ଼ ଦିଦି ! ରବିବାର ସଞ୍ଜରେ ମୁନସଫ ମିଆଁ ଆସିବ । ମୋ କଥାଟା...

ବଡ଼ ଦିଦି ପାନ ପିକ ପକେଇବାପାଇଁ ବାହାରକୁ ଆସୁଥିଲା । ମିନୁ ତରତରରେ ସେଠୁ ଚାଲିଆସିଲା । ତା'ର ଜାଣିବାକୁ ବାକି ରହିଲା ନାହିଁ ଯେ ପରମ ମଣ୍ଡଳ ପୁଣି ଗୋଟେ ଝିଅକୁ ମିଛ ସତ କହି ଏଠିକି ଧରି ଆଣିଛି । ରବିବାର ଦିନ ମୁନସଫ ମିଆଁ ଆସି ସେ ଝିଅଟାର ଇଜ୍ଜତ୍ ଲୁଟିବ ।

ହେ ଭଗବାନ୍ ! ମିନୁ ମନକୁ ମନ ଉଚ୍ଚାରଣ କଲା ଓ ନିଜ କୋଠରିକୁ ପଳେଇ ଆସିଲା । ଅଚିହ୍ନା ଝିଅଟି ପାଇଁ ତା'ର ମନ ଭିତରେ ସହାନୁଭୂତି ଜାଗି ଉଠୁଥିଲା ।

କିନ୍ତୁ ମିନୁ ବା କରିପାରିବ କ'ଣ ? ଏଠିକି ଆସିବାର ରାସ୍ତା ଯେତେ ସହଜ,

ଏଠୁ ଯିବାର ରାସ୍ତା ସେତେ ସହଜ ନୁହେଁ। ମୁନସଫ ମିଆଁ ଦଲାଲ ଓ ଦରୱାନ ମାନଙ୍କୁ ପୋଷିଛି। ସେମାନେ ଖୁବ୍ ଭୟଙ୍କର ମଣିଷ। ପାତାଳ ଭିତରେ ଲୁଚିଲେ ବି ସେମାନେ ଖୋଜି ବାହାର କରିଆଣିବେ।

କିନ୍ତୁ ମିନୁ ଏ ଘଟଣାଟିକୁ ନେଇ ଏତେ ବ୍ୟସ୍ତ ହେଉଥିଲା କାହିଁକି ? କୋଉ ନୂଆ କଥା ଏଠି ଏମିତି ଘଟିବାକୁ ଯାଉଛି କି ! ଅତୀତରେ ଏମିତି ବହୁ ଯୁବତୀ ଝିଅ ଏଠିକି ଆସିଛନ୍ତି। କେହି କେହି ସପ୍ତାହେ ଦି' ସପ୍ତାହ ଖୁବ୍ ପ୍ରତିରୋଧ କରିଛନ୍ତି। ମାତ୍ର ତା'ପରେ ପରିସ୍ଥିତିର ଚାପରେ ହେଉ ବା ଟଙ୍କା ପଇସାର ମୋହରେ ହେଉ ଶେଷକୁ ସେମାନେ ଏହାକୁ ଗ୍ରହଣ କରି ନେଇଛନ୍ତି।

ନାରୀର ଜୀବନ ପଥର ତଳ ଘାସବୁଦାର ଜୀବନ ପରି। ବଡ଼ କଷ୍ଟରେ ବିତେ ଏ ଜୀବନ। ପରର ଆହା ଚୁ-ଚୁ, ସହାନୁଭୂତି, ଦୟାକୁ ଆଶ୍ରାକରି ସେ ବଞ୍ଚେ। ବାପଘର, ଶାଶୁଘର, ମହିଳା ନିକେତନ, ବେଶ୍ୟାଘର ସବୁଠି ସେଇ ଦୟା, ଅନୁଗ୍ରହ। ଦିନରେ ଦି' ବେଳା ଭାତ ଓ ପାଞ୍ଚହାତ ଶାଢ଼ି ଖଣ୍ଡକର ଗୁଜୁରାଣ ପୁଣି କେତେ ମହଙ୍ଗା !

ଗେଣ୍ଡାପରି ନାରୀର ଜୀବନ, ଧୀରେ ଧୀରେ ଘୁଷୁରୁଥାଏ। କିଏ ପାଦରେ ଫିଙ୍ଗିଦିଏ, କାଠି କେଞ୍ଚି ଉପରୁ ଖସେଇଦିଏ ତଳକୁ, କିଏ ଚିତ୍ କରି ଶୁଆଇଦେଇ ମୁଣ୍ଡରେ ଦିଏ ଗୋଇଠାଏ, ଗେଣ୍ଡା କିଛି କରିପାରେ ନାହିଁ। ପାଣିଧାରକୁ ଖୋଜି ଖୋଜି ଚାଲିଥାଏ। ଜୀବନ ସରିଯାଏ, ଆଶ୍ରା ମିଳେନାହିଁ।

ଆଜି ଶନିବାର। କାଲି ହେବ ରବିବାର। ମୁନସଫ ମିଆଁ କୋଉ ନାମୀ ଗରାଖକୁ ଧରି ଆସିବ। କୋଉ ଠିକାଦାର କି ଅଫିସର। ଏଇଠି ତାକୁ ଖୁଆଇ ପିଆଇ ଖୁସି କରେଇବ। ତା'ଠୁ କାମ କରେଇ ନେବ ଏତକ ଭେଟି ଦେଇ। ମୁନସଫ ମିଆଁର ଅଫିସର ମହଲରେ ଖୁବ୍ ଖାତିର। ସରକାରୀ ଅନାବାଦି, ଗୋଚର ଜମିଠୁ ନେଇ ରାସ୍ତାପାଖ ଖାଲୁଆ ଜମି ଜବରଦଖଲ ତା'ର ବେପାର। ପ୍ରଥମେ ଜମି ଘେରେଇ ରଖିବ। ତା'ପରେ ସେଠି ଆରମ୍ଭ କରିବ ଗ୍ୟାରେଜ୍ ନ ହେଲେ ଢାବା। କ୍ରମେ କ୍ରମେ ସେ ଜମିକୁ ନିଜ ନାଁରେ କରେଇନେବ। ଚଢ଼ାଦରରେ ବିକି ଦେବ ଅନ୍ୟ କାହାକୁ।

ମିନୁ ଏସବୁ ବଡ଼ ବଡ଼ କାରବାର କଥା କିଛି ବୁଝେ ନାହିଁ। ତା'ର ବୁଝିବାର ଆଗ୍ରହ ନ ଥାଏ। କେବଳ ସେ ଜାଣେ, ମୁନସଫ ମିଆଁ ଗୋଟେ ଦୁର୍ଦ୍ଦାନ୍ତ ଲୋକ। ତା' ପାଖେ ନୀତି ନିୟମ, ଧର୍ମ କର୍ମର କିଛି ଅର୍ଥ ନାହିଁ।

ମିନୁ ଅବଶ ହୋଇପଡ଼ିଲା। ଏମିତି ଅବଶ ହୋଇପଡ଼ିଥିଲା ତା' ମାଆ ମରିଯିବା ଦିନ। ଅବଶ ହୋଇପଡ଼ିଥିଲା ଆଖଡ଼ାଘର ସହ ସବୁ ସମ୍ପର୍କ ଛିନ୍ନ ହୋଇଯିବାପରେ।

ଅବଶ ହୋଇପଡ଼ିଥିଲା ଗୁଣିଆମାନଙ୍କ ଅତ୍ୟାଚାର ସହି ସହି ଅଥୟ ହୋଇଗଲା ପରେ। ସେଇ ବିବଶତା ତାକୁ ଆଣି ପହଞ୍ଚେଇ ଦେଇଥିଲା ଏଇଠି; ଏଇ ମାଂସ ବଜାରରେ, ଯୋଉଠି କଞ୍ଚା ମାଂସର ଦର ଭିନ୍ନ ଆଉ କେହି କିଛି ବୁଝେ ନାହିଁ। ଯୋଉଠି ମନ, ବିବେକ, ଆତ୍ମା ଏସବୁର କିଛି ବୋଲି କିଛି ଅର୍ଥ ନାହିଁ।

ଦଶ ବର୍ଷ। ଦୀର୍ଘ ଦଶ ବର୍ଷ ବିତିଗଲାଣି ଏହା ଭିତରେ। କେତେ ସହସ୍ରଥର ସମୁଦ୍ରରେ ଜୁଆର ଉଠି ଫେରିଗଲାଣି। କେତେ ସହସ୍ର ଥର ସୂର୍ଯ୍ୟ, ଚନ୍ଦ୍ର ଉଦୟ ହୋଇ ପୁଣି ଅସ୍ତ ହୋଇଗଲେଣି। ତା'ର ଯୌବନ ଶିଥିଳ ହୋଇ ଗଲାଣି। ଦେହ ଓ ମନ ହୋଇ ଆସିଲାଣି କ୍ଳାନ୍ତ। ଲାଗୁଛି ଗୋଟେ ଯୁଗ ଯେମିତି ବିତିଗଲାଣି ଏଇ ଚୂନଛଡ଼ା ପୁରୁଣା ଦୋତାଲା କୋଠାଘର ଭିତରେ।

ମିନୁ ଉଠିଲା। ଚମ୍ପା ରହୁଥିବା ଘରେ ନୂଆ ଝିଅଟି ଆସି ରହୁଛି। ପରମ ମଣ୍ଡଳ ତାକୁ ଭୁଲେଇ ଭାଲେଇ ଧରି ଆଣିଛି। ତା' ପାଇଁ ଚାକିରି ଯୋଗାଡ଼ କରିଦେବ କହି ତାକୁ ନେଇ ଆସିଛି ଏହି ନର୍କକୁ। ସେଇ ହେଉଛି ଏ ଦୋକାନର ନୂଆ ମାଲ୍। ସେ ଝିଅ ନୁହେଁ, ନାରୀ ନୁହେଁ, ମଣିଷ ନୁହେଁ, ମାଲ୍। ଯେମିତି ପରିବା ଦୋକାନର ଆଳୁ, କଖାରୁ, ଭୁଷାମାଲ ଦୋକାନର ଚାଉଳ, ଗହମ, ସେମିତି ଏଇ ମାଂସ ବଜାରର ନୂଆ ମାଲ୍। ନୂଆକୁ ଦେଖି ଗରାଖମାନେ ଆସିବେ। ଦର ବୁଝିବେ। କିଛି କିଛି ପୁରୁଣା ମାଲ୍ ବି ବିକ୍ରିହେଇଯିବେ ଏହି ମଉକାରେ।

ଏଇ ଘରଟାକୁ ଦେଖିଲାକ୍ଷଣି ବୈରାଗ୍ୟ ଓ ବିତୃଷ୍ଣାର ଗୋଟେ କମ୍ବଳ ତା'ର ପାଦରୁ କପାଳ ପର୍ଯ୍ୟନ୍ତ କିଏ ଜଣେ ଘୋଡ଼େଇ ଦିଏ। ଗୋଟେ ଚାପା କୋହର ଉଚ୍ଛ୍ୱାସ ସେ ଅନୁଭବ କରେ ଠିକ୍ ତା' ବେକତଳକୁ। ହାହାକାର କରି ଉଠେ ମନଟା ବି-ଚା-ରୀ ଚମ୍ପା! କେତେ ହସୁଥିଲା, କେତେ ନାଚୁଥିଲା। କେତେ କେତେ ସ୍ୱପ୍ନ ଦେଖି ନ ଥିଲା!

କବାଟଟା ବାହାରପଟୁ ଦିଆହେଇଛି। ମିନୁର ସର୍ବାଙ୍ଗ ରାଗରେ ଜଳିଗଲା। ଇଏ କି ପ୍ରକାର ନିର୍ଦ୍ଦୟତା? ମଣିଷ କ'ଣ ଛେଳି, ମେଣ୍ଢା କି କୁକୁଡ଼ାଠାରୁ ବି ହୀନ? ଏମାନଙ୍କର ସିନା ଗୋଡ଼ହାତ ବାନ୍ଧି ପକେଇ ଦିଆଯାଏ ଅନ୍ଧାର ଘରେ। କୁଆଡ଼େ ଯାଇପାରିବେ ନାହିଁ। ହଲଚଲ ହୋଇପାରିବେ ନାହିଁ। ସେଇଠି ପଡ଼ି କୁଁ କୁଁ ହେଉଥିବେ ଓ ଦରକାର ବେଳେ ମରାଯିବେ। କିନ୍ତୁ ମଣିଷ କ'ଣ ଖାଲି ଗୋଟେ ପଶୁ?

କେଁ କରି ଗୋଟେ ଶବ୍ଦ ହେଲା। କବାଟ ଖୋଲିଦେଲା ମିନୁ। ଧାରେ ଖରା ତା' ପଛେ ପଛେ ପଶିଗଲା ଘର ଭିତରକୁ। ସତର ଅଠର ବର୍ଷର ଝିଅଟେ। ନିସ୍ତେଜ ହୋଇ ବସିରହିଛି କାନ୍ଥକୁ ଆଉଜି। ଖଟ ଉପରେ ବି ବସିନାହିଁ। କାନ୍ଥ ଦେହରେ

ତା'ର ମୁଣ୍ଡଟି ଯେମିତି କେହି ଗୋଟାଏ ପଟକୁ ଢଳେଇ କଣ୍ଟା ବାଡ଼େଇ ଦେଇଛି। ଖୁବ୍ ପାଖକୁ ଯାଇ ନ ଦେଖିଲେ ଝିଅଟି ଜିଇଁଛି କି ମରିଛି ଜାଣି ହେଉ ନାହିଁ।

ମିନୁ ଚଞ୍ଚଳ ହୋଇପଡ଼ିଲା। ଖଟ ଉପରେ ପାଣି ମଗ୍ ଓ ଗିଲାସ। ସେଥିରୁ ପାଣି ଗିଲାସେ ଅଜାଡ଼ି ଝିଅଟି ପାଖରେ ନେଇ ଧରିଲା। ଝିଅଟି ଡବ ଡବ ଆଖିରେ ଚାହିଁଲା ମିନୁକୁ। ମିନୁ ନିରବରେ ଆଖି ତଳକୁ କରି କହିଲା, "ପିଇ ଦେ।"

ଝିଅଟି ଢକ ଢକ କରି ଗିଲାସଯାକ ପାଣି ସାଙ୍ଗେ ସାଙ୍ଗେ ପିଇଦେଲା। ଶେଷରେ ସତେ କି ଆଉଟୁ ପାଉଟୁ ହେଉଥିଲା ସିଏ। ମିନୁ ଆଉ ଗିଲାସେ ପାଣି ନେଇ ଦେଲା। ଝିଅଟାର ଲୁଗାପଟା ଝାଳରେ ବୁଡ଼ି ଯାଇଥାଏ। ତା' କପାଳସାରା ଝାଳ ବୁନ୍ଦା। କୋଉଦିନୁ ଘର ଛାଡ଼ିଲାଣି କେଜାଣି। ତା'ର ଲୁଗାପଟା ଦେଖିଲେ ତିନିଚାରିଦିନ ହେଲା ସେ ପୋଷାକ ବଦଳେଇ ନ ଥିବା ଜାଣିହେଉଛି।

ମିନୁ କହିଲା, "ଏଇ ଝରକା ପାଖରେ ଆସି ବସ। ମୁଁ ଲୁଗା ଆଣିଦେଉଛି, ବଦଳେଇ ଦେବୁ।"

ଝିଅଟି ଏଥର ସାହସ ପାଇଲା ବୋଧ ହୁଏ। ମିନୁର ଗୋଡ଼କୁ ଜାବୁଡ଼ି ଧରି ଡାକିଲା, "ମା!"

ମା! କିଏ କାହାର ମା? ମିନୁ ପୁଣି ମା! ମିନୁ ଅଟକିଗଲା। ତଳକୁ ଚାହିଁଲା। ଝିଅଟି ତା'ର ଦୁଇ ଗୋଡ଼କୁ ଜାବୁଡ଼ି ଧରି ଚଟାଣ ଉପରେ ଲୋଟି ଯାଇଛି। ସେ ଦିଶୁଛି ଦେଉଳ ସାମ୍ନାରେ ଅଧିଆ ପଡ଼ିଥିବା ଗୋଟେ ନିଆଶ୍ରୀ ପରି।

କେତେଥର ଏହି ମା ଶବ୍ଦ ଶୁଣିଛି ମିନୁ ଜୀବନରେ। ହାଟରେ ବଜାରରେ, କୋଠିର ଚାକରାଣୀ ତୁଣ୍ଡରେ, ଅଚିହ୍ନା ବୁଢ଼ା ବୁଢ଼ୀଙ୍କ ମେଳରେ ସେ ଶୁଣିଛି ଏଇ ମା ଶବ୍ଦ। କିନ୍ତୁ ସେଠି ମା ଶବ୍ଦ କେବଳ ଗୋଟେ ସମ୍ବୋଧନ। ତା'ଠୁ ଅଧିକ କିଛି ନୁହେଁ। କିନ୍ତୁ ଏଇ ନିଆଶ୍ରୀ ଝିଅର ମା ଡାକ ତାକୁ ସବୁରିଠୁ ଅଲଗା ଶୁଭୁଛି କାହିଁକି? କାହିଁକି ଏ ମା ଡାକ ତାକୁ ଦୁର୍ବଳ କରିଦେଉଛି!

ଅନେକ ବାର ଏମିତି ଡାକ ପଦୁଟେ ଶୁଣିବାପାଇଁ ଉଚ୍ଚାଟ ହୋଇ ରହିଥାଏ ମିନୁ। କେହି ଜଣେ ଡାକନ୍ତା ମା, ମା! ତା'ର ରକ୍ତ, ମାଂସ, ହାଡ଼, ଅସ୍ଥି ଓ ମଜ୍ଜା ସବୁ ତରଳି ଯାଆନ୍ତା। ତା'ର ମନ, ଆତ୍ମା ପୂରିଉଠନ୍ତା ଅବରୁଦ୍ଧ ବାତ୍ସଲ୍ୟର ଗଙ୍ଗା ଜଳରେ। ଗୋଟେ ମୁହୂର୍ତ୍ତ ପାଇଁ ସେ ଭୁଲିଯାଆନ୍ତା ତା' ଜୀବନର ଯେତେସବୁ ଲାଞ୍ଛନା, ନିର୍ଯାତନା ଓ ଆତ୍ମଦହନ। ତା'ର ଜନ୍ମ ସାର୍ଥକ ହୋଇଯାଆନ୍ତା।

କେତେଥର ମିନୁ ସ୍ୱପ୍ନ ଦେଖିଛି ଗୋଟେ ସାନ ଛୁଆକୁ। ସ୍ୱପ୍ନରେ ବୋକ ଦେଇଛି ତା' ଗାଲର ପତଳା ଚମ ଉପରେ। ନେସି ଦେଇଛି କଜ୍ଜଳ ଓ ପାଉଡର। ମା

ଡାକ ପଦକ ଶୁଣିବା ପାଇଁ ତା' ଆଡ଼ିକି କାନ ପାଖେଇ ନେଇଛି। ଡାକ୍‌ରେ ଧନ! ମା, ମା, ମା।'

କିନ୍ତୁ ତାକୁ ମା ବୋଲି କେହି ଡାକି ନାହିଁ। କାହା ବେକର ହଳଦୀମଖା ଗନ୍ଧ ତାକୁ ଆମୋଦିତ କରିନି। କୁନି ଛୁଆର ଆମ୍ବିଳା ଓଠ ଛୁଇଁ ଯାଇ ନାହିଁ ତା'ର ଗାଲ ଓ ଚିବୁକ। ତା'ର କାନ ଉଚାଟ ହୋଇ ରହି ଫେରି ଆସିଛି। ସେ ନିସ୍ତେଜ ହୋଇ କେବଳ ରାତି ପରେ ରାତି ବିତେଇଛି।

ନିଜର ଦୁର୍ଦ୍ଦଶା କଥା ମନେ ପଡ଼ିଲେ ପିଲାଦିନର ଗୋଟେ ଭୟଙ୍କର ଦୃଶ୍ୟ ମନେପଡ଼ିଯାଏ ମିନୁର। ସେତେବେଳେ ସେ ଖୁବ୍ ସାନ ହୋଇଥିଲା। ରହୁଥିଲା ମାମୁ ଘର ଗାଁ ମଧୁପୁରରେ। ମାମୁଘର ହରିଜନ ସାହିକୁ ବୁଲିଯାଇଥିଲା ଦିନେ ଖରାବେଳେ। ତୋଟାପାଖ ଛାଇରେ ସେ ଓ ତା'ର ସାଙ୍ଗ ବୁଲୁଥିଲେ।

ଗୋଟେ ଘୁଷୁରିଆ ସାତଆଠଟା ଘୁଷୁରି ଆଡ଼େଇ ଆଡ଼େଇ ଆସୁଥିଲା ସେପଟୁ। ତା' ପଛେ ପଛେ ତିରିଶ ବତିଶ ଜଣ ଲୋକ। ଘୁଷୁରିଆ ଗୋଟେ ନାଳ ପାଖରେ ଛିଡ଼ାହେଲା। ବର୍ଷା ପାଣିରେ ନାଳ ଭର୍ତ୍ତି ହୋଇ ଯାଇଥାଏ। କୂଳ ଚାଲ ଛିଣ୍ଡିଲା। ଘୁଷୁରିମାନଙ୍କୁ ସେ ଆଡ଼େଇଦେଲା ନାଳ ଭିତରକୁ। ପଲକଯାକ ଘୁଷୁରି ପହଁରି ପହଁରି ନାଳ ପାରହେବାକୁ ଗଡ଼ିପଡ଼ିଲେ।

କୂଳରେ ଛିଡ଼ା ହୋଇଥିବା ଘୁଷୁରିଆ ତା' କମରରେ ଗାମୁଛା କଷିଦେଲା। ସବାଶେଷରେ ଯାଉଥିବା ଗୋଟେ ଘୁଷୁରି ଉପରକୁ ସେ କୁଦା ମାରିଲା। ତା'ର ପଛଗୋଡ଼ ଯୋଡ଼ିକୁ ଧରି ଟେକିଦେଲା। ଘୁଷୁରିର ନାକପାଟି ମୁହଁ ସମେତ ପୂରା ମୁଣ୍ଡଟା ବୁଡ଼ି ରହିଥାଏ ନାଳ ପାଣି ଭିତରେ। ସେ ଗାଁ ଗାଁ ହୋଇ ରଡ଼ି ଛାଡୁଥାଏ ବିକଳରେ। କିନ୍ତୁ ଘୁଷୁରିଆ ଛାଡୁ ନ ଥାଏ। ତାକୁ ଆହୁରି ଜୋରରେ ଭିଡ଼ି ଧରି ପାଣିରେ ବୁଡ଼ଉଥାଏ।

ମିନୁର ଦେହ ହାତ ବଗଡ଼ାପତ୍ର ପରି ଥରିଉଠିଥିଲା। ଧାଇଁ ଧାଇଁ ସେ ପଳେଇ ଆସିଥିଲା ଘରକୁ। ଆଈର କୋଳ ଭିତରେ ଆସି ମୁହଁ ଗୁଞ୍ଜି ଦେଇଥିଲା।

ବେଳେବେଳେ ସେହି ଘୁଷୁରିଆର ଚେହେରା ମିନୁ ଆଖି ସାମ୍ନାରେ ଭାସିଯାଏ। ବିଚରା ଘୁଷୁରିଟା ସେଇ ମଣିଷକୁ ତା'ର ଅନ୍ନଦାତା ଭାବି କେତେଥର କୃତଜ୍ଞତା ଜଣେଇ ନ ଥିବ! କିନ୍ତୁ ତା'ର ଲାଳନ ପାଳନ ପଛରେ ଯେ କିଛି ବୋଲି କିଛି ଆନ୍ତରିକତା ନାହିଁ, କେବଳ ଅଛି ଧୂର୍ତ୍ତ ବେପାରୀ ପଣିଆ, ସେ କଥା ଘୁଷୁରି ତ ବୁଝନ୍ତା ନାହିଁ। ପାଣିଭିତରେ ଗୋଟେ ଜିଅନ୍ତା ଜୀବକୁ ବୁଡ଼େଇ, ତାକୁ ଅଣନିଃଶ୍ୱାସୀ କରି ମାରିଦେଉଥିବାର ସେ ନୃଶଂସ ଦୃଶ୍ୟଟା ଚେଷ୍ଟାକରି ମଧ୍ୟ ମିନୁ ତା' ଆଖି ସାମ୍ନାରୁ

ହଟେଇଦେଇ ପାରେ ନାହିଁ। ତାକୁ ଲାଗେ କ୍ରମେ କ୍ରମେ ସେଇ ଘୁଷୁରିଆମାନଙ୍କର ସଂଖ୍ୟା ବଢ଼ି ବଢ଼ି ଚାଲିଛି। କମି କମି ଯାଉଛି ନିରୀହ ଘୁଷୁରିମାନଙ୍କର ସଂଖ୍ୟା।

ସେ ବସିପଡ଼ିଲା। ଝିଅଟି ତଥାପି ତା'ର ଗୋଡ଼କୁ ଛାଡ଼ି ନାହିଁ। ମିନୁ ଧୀର ସ୍ୱରରେ ପଚାରିଲା, "ତୋ ନାଁ କ'ଣ ?"

: ଅରୁନ୍ଧତୀ।

ଅରୁନ୍ଧତୀ ? ମିନୁ ମନେ ମନେ ହସିଲା, ବେଶ୍ୟାଘରକୁ ଧରାହୋଇ ଆସିଥିବା ଝିଅର ନାଁ ପୁଣି ଅରୁନ୍ଧତୀ !

ଗଳା ନରମ କରି ସେ ପୁଣି କହିଲା, "ତୋର ଅସୁବିଧା କ'ଣ ? ତୋତେ ଭଲ ଖାଇବାକୁ ପିନ୍ଧିବାକୁ ମିଳିବ। ଯାହା ଚାହିଁବୁ ତାହା କରିବୁ। ଅୟସ, ଫୂର୍ତ୍ତି କୋଉଥିରେ କିଛି ଊଣା ହେବନାହିଁ। ଯାହା ଚାହିଁବୁ ତାହା ଆସି ତୋ ପାଦପାଖେ ହାଜର ହେବ...।"

: ମୋତେ ସେ କଥା କୁହନା, ମୁଁ ହାତ ଯୋଡୁଛି, ପାଦତଳେ ପଡୁଛି। ମା ! ମୋତେ ସେ କଥା କୁହନା, ମୁଁ ହାତଯୋଡୁଛି, ପାଦତଳେ ପଡୁଛି ମୋତେ ବଞ୍ଚାଅ ମା। ମୋ ବାପା ବୋଉ ପାଗଳ ହୋଇଯିବେଣି। ମୋତେ ବଞ୍ଚାଅ ମା। ମୋତେ ଛାଡ଼ିଦିଅ। ମୁଁ ସାରାଜୀବନ ତମର ଋଣ...।

ମିନୁ ଯେମିତି ଏହି ମୁହୂର୍ତ୍ତରେ ପାଗଳୀ ହୋଇଯିବ। ଏହି ମୁହୂର୍ତ୍ତରେ ଉନ୍ମାଦିନୀ ହୋଇଯିବ ସେ ! ସେ ଶୁଣିପାରିବ ନାହିଁ ଝିଅଟାର ଏ ବିକଳ ଚିତ୍କାର। ପ୍ରଥମ ମା ସମ୍ବୋଧନରେ ଏତେ ଅସହାୟତା।

ସେ ବସିପଡ଼ି ଅରୁନ୍ଧତୀର ଦୁଇ ଆଖିରୁ ନିଗିଡ଼ି ଆସୁଥିବା ଲୁହତକ ପୋଛିଦେଲା। ତା'ର ମୁଣ୍ଡବାଳ ସାଉଁଳିଦେଲା। "ଠାକୁରଙ୍କୁ ଡାକ୍। ତାଙ୍କ ଛଡ଼ା ତୋତେ ଆଉ କେହି ସାହାଯ୍ୟ କରିପାରିବେ ନାହିଁ। ଯିଏ ଯାହା କହୁଛି ଶୁଣିଯାଆ। ରାତିକି ଆସିବି।"

ମିନୁ ଅରୁନ୍ଧତୀକୁ ଛାଡ଼ି ଚାଲିଆସିଲା। ବାହାରପଟକୁ ଆସି ପୁଣି ପୂର୍ବପରି କବାଟ ଲଗେଇ ଦେଲା।

ଦିନର ଉଜ୍ଜ୍ୱଳ ଖରା ଚାରିଆଡ଼େ ଖେଳେଇହୋଇ ପଡ଼ିଚି। ଅଥଚ ଘରଟା ଭିତରେ କେତେ ଅନ୍ଧାର !!

●

ଅରୁନ୍ଧତୀର ପାଖରୁ ଫେରିବାପରେ ମିନୁ ଆହୁରି ବିମର୍ଷ ହୋଇପଡ଼ିଲା। ତା' ପାଇଁ ସେ କ'ଣ କରିପାରିବ ନ କରିପାରିବ ସେନେଇ ସେ ଦ୍ୱନ୍ଦ୍ୱରେ ପଡ଼ିଥିଲା। କୋଠୀର ଭଲ ମନ୍ଦରେ ବଡ଼ଦିଦି ତା' କଥା ଅବଶ୍ୟ ଶୁଣେ। କିନ୍ତୁ ଅରୁନ୍ଧତୀକୁ ଛାଡ଼ିଦେବା କଥା କହିଲେ ସିଏ କଦାପି ଶୁଣିବ ନାହିଁ। ଓଲଟି ମିନୁକୁ ସନ୍ଦେହ କରିବ। ମିନୁ ହୁଏତ ପୋଲିସ୍ ସାଙ୍ଗରେ ହାତ ମିଳେଇଛି ବୋଲି ସେ ଅଭିଯୋଗ କରିବ।

କିନ୍ତୁ ମିନୁ କ'ଣ ସତରେ ପୋଲିସ୍ ସାଙ୍ଗରେ ହାତ ମିଳେଇଛି। ନା, ସେ ତ ପ୍ରାଣକୃଷ୍ଣର ପ୍ରସ୍ତାବକୁ ପ୍ରତ୍ୟାଖ୍ୟାନ କରିଦେଇଛି। ଦୟା, ଅନୁକମ୍ପାକୁ ଆଡ଼େଇ ଦେଇଛି। ମାତ୍ର ମଣିଷ ପଣିଆର ଆବେଦନକୁ ମିନୁ ଏଡ଼େଇ ପାରିବ କେମିତି ?

ତା' ଭିତରୁ କେହି କହୁଥିଲା, ଆଗରୁ ବି ଅନେକ ଝିଅ ଆସିଛନ୍ତି। ଚାଲିଯିବାପାଇଁ ଅନୁନୟ ବିନୟ କରି କହିଛନ୍ତି। କିନ୍ତୁ ସେଦିନ ମିନୁ ତ ହସ୍ତକ୍ଷେପ କରିନାହିଁ। ଏ କୋଠି, ହେଉପଛେ ଅଶ୍ଳୀଳତାର ମେଲା ମୁକୁଳା ବିଜ୍ଞାପନ, ଏଇଟି ଥିଲା ବୋଲି ତ ଦିନେ ସବୁଆଡୁ ଠୋକର ଖାଇ ଖାଇ ହତାଶ ହୋଇପଡ଼ିଥିବା ମିନୁ ଆସି ଆଶ୍ରା ନେଇଥିଲା। ସେମିତି ଅନେକ ହତଭାଗିନୀ ଆସି ପହଞ୍ଚିଛନ୍ତି, ଆଶ୍ରା ନେଇଛନ୍ତି। ଆଜି ଅରୁନ୍ଧତୀକୁ ଏଠୁ ମୁକୁଳେଇ ଦେବାର ଚିନ୍ତା କୋଠିକୁ ଭାଙ୍ଗିରୁଜି ସର୍ବସ୍ୱାନ୍ତ କରିଦେବାର ଗୋଟେ ଯୋଜନା। ସେ ଯୋଜନାରେ ଯଦି ମିନୁ ସାମିଲ ହେଉଥାଏ ତାହାହେଲେ ସେଇଟା ହେବ ବିଶ୍ୱାସଘାତକତା। ଖାଦକର ପକ୍ଷ ସ୍ୱୀକାର କରୁଥିବା ବ୍ୟକ୍ତି ଖାଦ୍ୟର ପକ୍ଷକୁ ସମର୍ଥନ କରି ନ ପାରେ। ଏଇ ଅନ୍ତର୍ଦ୍ୱନ୍ଦ୍ୱ କେବଳ ଅକୃତଜ୍ଞମାନଙ୍କୁ ହିଁ ସାଜେ।

କିନ୍ତୁ ଅରୁନ୍ଧତୀ ଯେ ତାକୁ ମା ବୋଲି ଡାକିଛି ! ତା'ର ଗୋଡ଼ ଧରି ବିକଳ ହୋଇ ତା'ର ଏ ଦୁଃସମୟରେ ତାକୁ ଟିକେ ସାହାଯ୍ୟ କରିବାକୁ ଗୁହାରି କରିଛି। ସେ ଡାକକୁ ସେ ଏଡ଼ିଯିବ କେମିତି ? ଯଦି ଅରୁନ୍ଧତୀ ସତକୁ ସତ ତା' ଝିଅ ହୋଇଥାଆନ୍ତା ! ତାହାହେଲେ କ'ଣ ସେ ତାକୁ ଏଡ଼େଇ ଆସି ପାରି ଥାଆନ୍ତା। ନିଜର ଜୀବନ

ବିନିମୟରେ ତାକୁ ଏ ଅନ୍ଧାର ଘରୁ ଉଦ୍ଧାର କରିବାପାଇଁ ତା'ର ବଳ ବୁଦ୍ଧି ସବୁ ସେ ଖଟେଇ ନ ଥାନ୍ତା !

ମିନୁ ନିଜକୁ ଦୃଢ଼ କଲା। ସେ ମିନୁ ନୁହେଁ, ସେ ବେଶ୍ୟା ନୁହେଁ, ସେ କାହାର ଝିଅ କିମ୍ବା କାହାର ବୋହୂ ନୁହେଁ। ସେ ଗୋଟେ ନାରୀ। କେବଳ ନାରୀ। ଅରୁନ୍ଧତୀ ସହିତ ତା'ର ସେଇ ସମ୍ବନ୍ଧ। ସେ ଆଉଗୋଟେ ନାରୀକୁ ଚଟାଣ ଉପରେ ଲୋଟିବାର କି ବେଶ୍ୟାର ଭାଗ୍ୟ ନେଇ ବଞ୍ଚିବାର ଦେଖିବ ନାହିଁ। ଆଉ ଗୋଟେ ନାରୀକୁ ତା'ପରି ଅନ୍ଧାର ଘରେ ପଚି ଶଢ଼ି ଯିବାର ଦୁର୍ଭାଗ୍ୟକୁ ସେ ସହିପାରିବ ନାହିଁ।

କିନ୍ତୁ ବଡ଼ ଦିଦିର ସତର୍କ ଆଖି, ମୁନସଫ୍ ମିଆଁର ଭଡ଼ାଟିଆ ଗୁଣ୍ଡା, ଦଲାଲ, ଏଠିକାର ଦରଓ୍ୱାନ ଓ ଅନ୍ୟମାନଙ୍କ ଦୃଷ୍ଟି ଆଢ଼େଇ ସେ ଅରୁନ୍ଧତୀକୁ ଲୁଚେଇବ କୋଉଠି ? ଦିନରେ ବାହାର ଲୋକ ଦେଖିବେ, ରାତିରେ ଏଠି ଭିଡ଼ ଭଡ଼କା। କୋଉ ସମୟ ତା' ପାଇଁ ଅନୁକୂଳ ହୋଇପାରିବ, ମିନୁ ସ୍ଥିର କରିପାରୁ ନ ଥିଲା।

ସେ ଝରକା ରେଲିଂ ଦେଇ ବାହାରକୁ ଚାହିଁଲା। କୋଠି ପଛପଟେ ଗୋଟେ ସରୁ ନଳା, ଅପରିଷ୍କାର ପାଣି, ଭଙ୍ଗା ବୋତଲ, ଅଣ୍ଡା ଚୋପା, ପରିତ୍ୟକ୍ତ ତୁଳା, କନା ଓ ସିଗାରେଟ୍ ଖୋଳ। ଗୋଟାଏ ପରିତ୍ୟକ୍ତ ଗର୍ଭ ନିରୋଧକ ବେଲୁନ ପରି ପବନରେ ଫୁଲିଉଠି କାହା ଭୀରୁ ପୌରୁଷର ଅଶ୍ଳୀଳ ବିଜ୍ଞାପନ କରୁଛି। ଆଉ ଟିକିଏ ଦୂରଛଡ଼ା ହୋଇ କଣ୍ଟାବୁଦା। ତା'ପରେ ତାରବାଡ଼ ଓ ସେପଟକୁ ପାଦଚଲା ରାସ୍ତା। ମିନୁ ହତାଶ ହୋଇପଡ଼ିଲା। ଏ ବାଟେ ବାହାରି ଯାଇପାରିବାର ରାସ୍ତା ବନ୍ଦ।

ସେ କବାଟ ଖୋଲି ବାରନ୍ଦାକୁ ଆସିଲା। ମାତ୍ର ବାରନ୍ଦାରେ ପରମ ମଣ୍ଡଳ ଓ ମୁନସଫ ମିଆଁ ଉଭୟଙ୍କୁ ଦେଖି ସେ ପୁଣି ଭିତରକୁ ଚାଲିଆସିଲା। ମୁନସଫ ମିଆଁ ଆସି ମିନୁର କବାଟ ଠକ୍ ଠକ୍ କଲା।

ମିନୁ ଦେହରୁ ଗୋଟାପଣେ ଝାଳ ବୋହିଗଲା। ଅନେକ ଦିନ ହେଲା ସେ ଲୋକଟାର ସାମ୍ନାସାମ୍ନି ହୋଇ ନ ଥିଲା। ଭୟଙ୍କର ଦିଶୁଛି ଲୋକଟିର ଚେହେରା। ସଫା ଇସ୍ତିକରା ପଞ୍ଜାବି ଉପରେ ପେଟଯାଏ ଲମ୍ବିଛି ମୋଟା ସୁନାଚେନ୍। ପାଦରେ ନାଗରା ଜୋତା। ତା' ପଛକୁ ପରମ ମଣ୍ଡଳ।

: କି ଖବର ?

ମୁନସଫ ମିଆଁ ଆଖି ନଚେଇ ମିନୁକୁ ପଚାରିଲା। ତା'ର ସେ ଆଖିଯୋଡ଼ିକ ରାତି ଅନ୍ଧାରରେ ବିଲୁଆର ଆଖି ପରି ଚକ୍ ଚକ୍ କରୁଥିଲା। ମିନୁ କିଛି ସମୟ ପାଇଁ ଡରିଗଲା। ମୁନସଫ୍ ମିଆଁ ଜାଣିପାରିଲା କି ତା' ମନ କଥା ?

ସେ ଛେପ ଢୋକି କହିଲା, 'ଭଲ।'

ମୁନସଫ ମିଆଁ କହିଲା, "ଏଇ ଘରଟା ଭଲ, ଆଜି ତୁ ସେପଟକୁ ଯା। ଏଇଠି ନୂଆ ମାଲ୍ ରହିବ। କି ପରମ!" ପରମ ମଣ୍ଡଳ ଆଗକୁ ଝୁଙ୍କି ପଡ଼ିଲା। ଥରେ ଘରଟାର ଏପଟ ସେପଟ ଚାହିଁ କହିଲା, "ହଁ, ଘରଟା ଭଲ ହେବ।'' "ହଁ। ତୁ ସେପଟକୁ ଯିବୁ। ଦିଦି ସବୁ ବୁଝେଇ ଦେବ। ଚାଲିଲି।" ମୁନ୍‌ସଫ ମିଆଁ ଚାଲିଗଲା।

ସେମାନେ ଯିବାପରେ ମିନୁ ଆସି ଖଟ ଉପରେ ଘଡ଼ିଏ ବସିଲା। କି ଭୟଙ୍କର ଲୋକ ଏମାନେ! ସବୁବେଳେ ନଜର ରଖିଛନ୍ତି। କାଲି ଆସିବା ଲୋକ ଆଜିଠୁ ଆସି ପହରା ଦେଉଛି। ତା' ଲୁଗାପଟା ଝାଳରେ ଓଦା ହୋଇଯାଇଥିଲା। ସେ ଝରକା ପାଖକୁ ଯାଇ ଛିଡ଼ା ହେଲା।

ମୁନସଫ ମିଆଁ ତାକୁ ଏ କୋଠରିଟା ଛାଡ଼ିବାପାଇଁ କହିଗଲା। ଏ କୋଠରିଟା ଅନ୍ୟ କୋଠରିମାନଙ୍କଠାରୁ ପ୍ରଶସ୍ତ। ମିନୁ ନିଜ ହାତରେ ଏଇଟିକୁ ସଜେଇ ରଖିଥାଏ। ଆଜି ତା'ର ଦିନକାଳ ଏଠୁ ସରିଗଲା। ଦିନେ ତା' ପାଇଁ ଆଉ କାହାକୁ ହୁଏତ ଖାଲି କରିବାକୁ ପଡ଼ିଥିଲା ଏ ଘରଟା। ସେଦିନ ତା'ର ଚାହିଦା ଥିଲା। ଆଜି ତା' ବେଳ ଚାଲିଯାଇଛି। ଆଜି ନୂଆ ଯୁବତୀର ସମୟ। ସେ ଆସିବ, ତା' ମାଧ୍ୟମରେ ମୁନ୍‌ସଫର ଉପାର୍ଜନ ବଢ଼ିବ।

କୋଠରିଟା ଛାଡ଼ିଯିବା କଥା ଶୁଣି କାହିଁକି କେଜାଣି ମିନୁକୁ ଟିକେ ଖାଲି ଖାଲି ଲାଗୁଥିଲା। ସେ ଯେମିତି ଘରଟାକୁ ଛାଡ଼ିଯାଉ ନାହିଁ, ଘରଟା ତାକୁ ତଡ଼ି ଦେଉଛି। ଏ ଘର ଭିତରେ ରହିବାପାଇଁ ସେ ଯୋଗ୍ୟ ହୋଇ ଆଉ ରହି ନାହିଁ।

ଅଥଚ ଦିନେ ସେ ଭାବୁଥିଲା ଏହି କୋଠରିଟା ତା'ର। ତା' ନିଜର। ଏହା ଭିତରର ଖଟ, ଛୋଟ କାଠ ଥାକ, ଠାକୁରମାନଙ୍କ ଫଟୋ, ବିଜୁଳି ବଲ୍‌ବ ଓ ପୁରୁଣା ପଙ୍ଖା ଏସବୁ ତା'ର। ସେ ମଲାଯାଏ ଏଇଠି ଏହିମାନଙ୍କ ଗହଣରେ ରହିବ। ମାତ୍ର ଏତେ ଶୀଘ୍ର ତା' ଉପରେ ବସିଯିବ ଅଯୋଗ୍ୟତାର ମୋହର, ସେ ଅଦରକାରୀ ହୋଇପଡ଼ିବ- ସେ କଥା ସେ ଚିନ୍ତାକରିପାରି ନ ଥିଲା। ଏବେ ସେକଥା ଭାବିଲାବେଳକୁ ତାକୁ ଦୁଃଖ ଲାଗିବା ସ୍ୱାଭାବିକ ଥିଲା।

ଏହି ଘରଟା ଭିତରେ କେତେ ଲୁହ, କେତେ କୋହ ସେ ନିଜେ ନିଜକୁ ଭେଟି ନ ଦେଇଛି! କେତେଥର ମୁଣ୍ଡ ନ ପିଟିଛି ଆପଣାର କର୍ମକୁ ନିନ୍ଦି! ତା'ର ଅସଂଖ୍ୟ ଅପୂର୍ଣ୍ଣ ଇଚ୍ଛା, ଅସଂଲଗ୍ନ ସ୍ୱପ୍ନ ଖୁନ୍ଦି ଖାନ୍ଦି ରହିଛନ୍ତି ଏଇ କୋଠରିଟା ଭିତରେ। ତାକୁ ସେ ଛାଡ଼ି ଯିବ କିପରି ?

କିନ୍ତୁ ମିନୁ ଏସବୁ କଥା କାହାକୁ କହିପାରିବ ନାହିଁ। ଏସବୁକୁ କେହି ଶୁଣିବ ନାହିଁ। ସେ ମାନସିକ ଭାବେ ଏ ଘରଟା ଛାଡ଼ିବାପାଇଁ ପ୍ରସ୍ତୁତ ହୋଇଗଲା। ପ୍ରୟୋଜନ

ପଡ଼ିଲେ ଏ କୋଠି ଛାଡ଼ି ସୁଦ୍ଧା ସେ ଚାଲିଯିବ। କିନ୍ତୁ ପ୍ରଥମେ ଅରୁନ୍ଧତୀର ମୁକ୍ତିର କଥା !

ମିନୁ ଉଠି ପଡ଼ିଲା। ବାରନ୍ଦାଦେଇ ନବଘନ ତଳକୁ ଯାଉଥିଲା। ମିନୁ ଡାକିଲା, "ନବଘନ! ନବଘନ, ଟିକେ ଶୁଣିଲୁ।"

ନବଘନ ମିନୁର ଘର ପାରହୋଇ ଆସିଥିଲା। ପଛକୁ ଫେରି ଆସୁ ଆସୁ କହିଲା, "ଆସୁଛି ମିନୁଦେଈ।"

ମିନୁ ପଚାରିଲା, "କ'ଣ ବଜାରକୁ ଯାଉଛୁ କି ?"

ହଁ, କ'ଣ ଦରକାର ଥିଲା କହୁନ।

ମିନୁ ଏପଟ ସେପଟ ଚାହିଁ କହିଲା, "ମୋ ପାଇଁ ଗୋଟେ ଖାତା ଆଉ ଗୋଟେ କଲମ ଆଣି ଦେବୁ। ନେ, ପାଞ୍ଚଟଙ୍କା ରଖ।"

ନବଘନ ମିନୁକୁ ଚାହିଁଲା। ଏଇ ସ୍ତ୍ରୀ ଲୋକଟିକୁ ବୁଝିବାରେ ତା'ର ସବୁଦିନେ ଅସୁବିଧା ହୁଏ। କହିଲା, "କ'ଣ ପାଠ ପଢ଼ିବ କି ମିନୁ ଦେଈ।"

ମିନୁ କିଛି କହିଲା ନାହିଁ। ଆଉ ଏ ବୟସରେ ପାଠ ପଢ଼ି ଲାଭ କ'ଣ ? ଯାହା ପଢ଼ିଥିଲା ସେତକ କୋଉ କାମରେ ଆସିଲା ଯେ ପୁଣି ଏ ଦରବୁଢ଼ୀ ବୟସରେ ପାଠ ପଢ଼ିବ। ଖାଲି ନବଘନକୁ କହିଲା, "ତୁ ଯା। ହିସାବପତ୍ର ଖାତା ସରିଯାଇଛି ତ, ସେପାଇଁ ଦରକାର।''

ନବଘନ ବଜାର ମୁହାଁ ହୋଇ ଚାଲିଗଲା।

•

ମିନୁକୁ ଦେଖିଲା ପରେ ଅରୁନ୍ଧତୀ ଦେହରେ ଜୀବନ ପଶିଲା। ସେ ଗୋଟେ ବନ୍ଦ ଗୁହାଳ ଭିତରେ ଗାଈ କି ଛେଳି ପରି ବନ୍ଧା ହୋଇ ରହିଥିଲା। ଏହି ସପ୍ତାହକ ଭିତରେ ତା' ଆଖିରୁ ଲୁହତକ ସରିଗଲାଣି। ସେ ଖାଉ ନାହିଁ କି ପିଉ ନାହିଁ। କାହାରି କଥା ଶୁଣିବାକୁ ତା'ର ଇଚ୍ଛା ହେଉ ନାହିଁ। ପ୍ରଥମେ ସେ ଜାଣି ନ ଥିଲେ ବି ଏବେ ତାକୁ କାହିଁକି ଏଠିକି ଅଣାଯାଇଛି ସେ ବୁଝିସାରିଛି। ଭୟ ଓ ଆତଙ୍କରେ ତା'ର ଦେହ ମଝିରେ ମଝିରେ ଥରି ଉଠୁଛି। ସେ ସେଭଳି ଭୟଙ୍କର ଦୃଶ୍ୟର କଳ୍ପନା ବି କରିପାରୁ ନାହିଁ।

ଅରୁନ୍ଧତୀର କଥାରୁ ତା' ଗାଁ ଓ ଘର ବାବଦରେ ସବୁକଥା ମିନୁ ଅନୁମାନ କରିପାରୁଥିଲା। ତା'ର ଗାଁ ରେଳଷ୍ଟେସନ ପାଖରେ, ଦୂରରୁ ଛୋଟ ଗୋଟେ କଳାଜାଇ ପରି ଦିଶେ। ସେଇ ଗାଁର ମଝାମଝି ଅରୁନ୍ଧତୀର ଘର। କଞ୍ଚା ଇଟା ଓ ମାଟି ଯୋଡ଼େଇ ଘର, ଉପରେ ଚାଳଛପର। ଚାଳ ଉପରେ କଖାରୁ ଓ ଲାଉ ଲଟା ମାଡ଼ିଛି। କାନ୍ଥରେ ଗୁରୁବାର ମାଣବସାର ଝୋଟି ଆଙ୍କିଛି ତା' ବୋଉ ଅରୁନ୍ଧତୀ। କେବଳ ଫୁଲ ଆଉ ଲଟାଗୁଡ଼ିକ ସଜେଇ ଦେଇଥାଏ। ହାତ ପାପୁଲିର ଆଙ୍ଗୁଳ ଛାପରେ ଆଙ୍କିଥାଏ ଉଛୁଳି ପଡ଼ିଥିବା କଉଡ଼ି ମାଣ। ତା'ର ବୋଉ ଓ ବାପା ଖୁସି ଖୁସି ଆଖିରେ ଅରୁନ୍ଧତୀର ହାତକାମ ଦେଖି ପ୍ରଶଂସା କରନ୍ତି।

ଅରୁନ୍ଧତୀ ସେଦିନ ସକାଳ ଦଶଟା ପୂର୍ବରୁ ବାହାରି ଆସିଥିଲା। ଚଉଁରା ପାଖରେ, ଠାକୁରଘର ଦୁଆରେ, ମଙ୍ଗଳା ମଣ୍ଡପ ପାଖରେ ଠାକୁର ଠାକୁରାଣୀଙ୍କୁ ଗୁହାରି କରିଥିଲା। ତା'ର ଚାକିରି ହେଇଯାଉ। ତା' ବାପା ବୋଉଙ୍କ ସଂସାରର ଦୁଃଖକୁ ସେ ନିଶ୍ଚୟ ଘୁଞ୍ଚେଇଦେବ।

ଅଥଚ ଅରୁନ୍ଧତୀ ଦୁଃଖ ଘୁଞ୍ଚେଇ ପାରିଲାନାହିଁ, ବଢ଼େଇଦେଲା। ତା'ର ବାପା ଏବେ କ'ଣ କରୁଥିବେ! ପାଗଳଙ୍କ ପରି ଏ ଗାଁ, ସେ ଗାଁ, ଥାନା ଓ ଷ୍ଟେସନ ଘୂରି ବୁଲୁଥିବେ। ବୋଉ କାନ୍ଦି କାନ୍ଦି କତରାଲଗା ହେବଣି। ସାନଭାଇ ଗୋଟେ ଛେଉଣ୍ଡ

ଛୁଆ ପରି ଡବ ଡବ ହୋଇ କେବଳ ଯାହା ଘର ବାହାର ହେଉଥିବ..। ଅରୁନ୍ଧତୀର କୋହ ଆଉ ସମ୍ଭଳା ହେଲାନାହିଁ। ସେ ଭୋ-ଭୋ ହୋଇ କାନ୍ଦି ପକେଇଲା। ଏତେ ଦୁଃଖ, ଏତେ ନିର୍ଯାତନା ଥିଲା ତା' ଭାଗ୍ୟରେ!

ମିନୁ ସେସବୁ ଶୁଣି କହିଲା, "ତୁନି ହ ପାଗଳୀ। ମୁଁ ଅଛି, ତୁ ଏତେ ବ୍ୟସ୍ତ କାହିଁକି ହେଉଛୁ? ସବୁ ଠିକ୍ ହୋଇଯିବ।"

ଅରୁନ୍ଧତୀ ବୁଡ଼ି ଯାଉଥିବା ଲୋକ କୁଟାଖିଅକୁ ଆଶ୍ରା କରି ଧରିବା ପରି ମିନୁର ପାଖକୁ ଲାଗିଆସିଲା ଓ ତା' ଛାତିରେ ମୁହଁ ଜାକିଦେଲା।

ଅରୁନ୍ଧତୀର ଅଲରା ବାଳତକ ସାଉଁଳେଇ ଦେଲା ମିନୁ। ତା'ର ଲୁହବୋଳା ମୁହଁରେ ବୋକଟିଏ ଦେଲା। ତା'ର ପିଠି, ହାତ, ନାକ, କାନ ସବୁ ଆଉଁଶିଦେଲା ନିବିଡ଼ ସ୍ନେହରେ। ନିଜର ନଖରେ ବାଳତକ କୁଣ୍ଡେଇଦେଲା ପରି ଅରୁନ୍ଧତୀର ମୁଣ୍ଡ ସାଉଁଳେଇଦେଲା।

ମିନୁ କହିଲା, "ଦେଖ୍, ଯିଏ ଯାହା ପଚାରିଲେ ବି ତୁ ଏ କୋଠିକୁ ଆସିଥିଲୁ ବୋଲି କାହା ଆଗରେ କହିବୁ ନାହିଁ। ଖବରଦାର୍। ସମସ୍ତେ ଛି ଛାକର କରିବେ। ଆଉ ଯାହା ଇଚ୍ଛା କହ, କିନ୍ତୁ ଏ କୋଠି ନାଁ ନୁହେଁ।

ମୁକ୍ତିର ଆଶାରେ ଅରୁନ୍ଧତୀର ଡରକୁଳା ଚେହେରା ବି ଉଜ୍ଜ୍ୱଳି ଉଠିଲା। ମିନୁ ଦରଜା କବାଟ ବନ୍ଦ କରି ତାକୁ ପଶ୍ଚିମପଟ ଝରକା ପାଖକୁ ନେଇ ଖଟ ଉପରେ ବସେଇଲା। ଅରୁନ୍ଧତୀର ମୁଣ୍ଡବାଳ ଖୋଲି କୁଣ୍ଡେଇ ବସିଲା। ତାକୁ ଲାଗୁଥିଲା ସତକୁ ସତ ଆଜି ଅନେକ ଦିନ ପରେ ତା'ର କୋଳ ଯେମିତି ପୂରିଉଠିଛି। ସେ ମା ହୋଇଯାଇଛି। ସ୍ୱପ୍ନ ସବୁ ତା'ର ପୂର୍ଣ୍ଣ ହୋଇଯାଇଛି।

ନିଜ ବୋଉ କଥା ମିନୁର ମନେ ପଡୁଥିଲା! ଆଖଡ଼ାଘରେ ନାଚ ଶିଖିବ ବୋଲି ମିନୁର ଜିଦ୍ ଯାହାର ଦିନରାତି ସବୁକୁ ଅସ୍ୱସ୍ତିକର କରିଦେଉଥିଲା। ବରାବର ରାଗୁଥିଲା ବୋଉ। ଗାଳି ଦେଉଥିଲା। କିନ୍ତୁ ରାତିରେ ମିନୁ ଶୋଇଗଲା ପରେ, ବୋଉ ତା'ର ମୁଣ୍ଡବାଳ ଆଉଁଶି ଦେଉଥିଲା। ଗୋଡ଼ ଓ ପାଦରେ ତେଲ ଲଗେଇ ଘଷି ଦେଉଥିଲା। 'ମୋ ଧନ, ମୋ ସୁନା' କହି ତା' ଗାଲରେ ବୋକ ଦେଇ ଚଦର ଘୋଡ଼େଇ ଦେଉଥିଲା। ସେଇ ହଳଦୀମଖା ଗୋରା ଓ ଉଜ୍ଜ୍ୱଳ ଚେହେରା ଏବେ ମିନୁ ତା' ସାମ୍ନାରେ ଦେଖିପାରୁଥିଲା। ଏତେ ସ୍ପଷ୍ଟ ଓ ସ୍ୱଚ୍ଛନ୍ଦ ଭାବରେ ଆଗରୁ କୌଣସି ଦିନ ବୋଉର ଚେହେରା ସେ ଦେଖିପାରି ନ ଥିଲା। ଆବେଗ ଜଡ଼ିତ ମିନୁ ଅରୁନ୍ଧତୀକୁ ଜଡ଼େଇ ଧରିଲା କୋଳରେ। "ମୁଁ ତୋତେ ମୁକ୍ତି ଦେବି। ନିଶ୍ଚୟ ମୁକ୍ତି ଦେବି। ମୋ ଝିଅ ବେଶ୍ୟା ହେବ ନାହିଁ। ପ୍ରତିଦିନ ଏଠି ଜିଅନ୍ତା ମରଣ ଦଶା ଭୋଗିବ ନାହିଁ....।"

କିନ୍ତୁ କେମିତି ତାକୁ ମୁକ୍ତିଦେବ ମିନୁ ଏ ଦୁର୍ଗ ଭିତରୁ? ତିନିଦିନ ହେଲା ସେ ଅନେକ ପ୍ରକାର ଯୋଜନା କଲାଣି। କିନ୍ତୁ କୌଣସି ପ୍ରକାରେ ତାହା ସଫଳ ହୋଇପାରିନାହିଁ। ଆଜି ସଞ୍ଜବେଳକୁ ମୁନ୍‌ସଫ୍ ମିଆଁ ଆସିବ। ତା' ଆଗରୁ ଯାହା ଯେମିତି କରି ହେଉ ପଛେ ଅରୁନ୍ଧତୀକୁ ଏ ନର୍କରୁ ମୁକୁଳେଇ ଦେବାକୁ ହେବ। ଆଜି ଯଦି ଅରୁନ୍ଧତୀ ଏଠି ରହିଯାଏ, ତାହାହେଲେ ସେ ଆଉ କୌଣସିଦିନ ମୁକ୍ତି ପାଇବ ନାହିଁ। ତା' ଜୀବନର କୌଣସି ଅର୍ଥ ରହିବ ନାହିଁ।

ମିନୁର କଥା ସବୁ ମନଦେଇ ଶୁଣିଥିଲା ଅରୁନ୍ଧତୀ। ମିନୁର ଯୋଜନା ହେଲା କୌଣସିମତେ ଯଦି ସେ ଅରୁନ୍ଧତୀକୁ ଥାନା ପର୍ଯ୍ୟନ୍ତ ନେଇ ପ୍ରାଣକୃଷ୍ଣ ଜିମା ଦେଇପାରନ୍ତା ତାହାହେଲେ ପ୍ରାଣକୃଷ୍ଣ ନିଶ୍ଚୟ ତାକୁ ତା' ଗାଁକୁ ପଠେଇ ଦିଅନ୍ତା। ପ୍ରାଣକୃଷ୍ଣ ହିଁ ତା'ର ଶେଷ ଭରସା, ସେ ଜାଣେ ସେ ତାକୁ ନିଶ୍ଚୟ ସାହାଯ୍ୟ କରିବ। କିନ୍ତୁ ପ୍ରାଣକୃଷ୍ଣ ସାଙ୍ଗରେ ଯଦି ଦେଖା ନ ହୁଏ? ତାହାହେଲେ ମିନୁ କ'ଣ କରିବ? ଥାନାବାବୁମାନଙ୍କର ମୁନ୍‌ସଫ ମିଆଁ ସାଙ୍ଗରେ ଭଲ ସମ୍ପର୍କ। ହୁଏତ ସେଇମାନେ ଓଲଟି ମୁନସଫ ମିଆଁକୁ ଜଣେଇଦେବେ। ପୁଣିଥରେ ଅରୁନ୍ଧତୀ ଘୋଷରା ହୋଇ ଥାନାରୁ ଆସିବ ଏଠିକି।

ସେମିତି ନ ହେଉ। ମିନୁ ଈଶ୍ୱରଙ୍କୁ ପ୍ରାର୍ଥନା କଲା। କାଲି ରାତିରେ ବସି ବସି ସେ ପ୍ରାଣକୃଷ୍ଣକୁ ଖଣ୍ଡେ ଚିଠି ଲେଖିଛି। କାକୁତି ମିନତି ହୋଇ ଅରୁନ୍ଧତୀକୁ ନେଇ ତା' ବାପାବୋଉଙ୍କ ଜିମାରେ ଛାଡ଼ି ଆସିବାକୁ ତହିଁରେ କହିଛି।

ଅନେକବାର ବୁଝେଇଛି ଅରୁନ୍ଧତୀକୁ ବି। ଗାଳିଦେଇଛି, ଆକଟ କରିଛି। ଝିଅ ଜନ୍ମ ପାଇଛୁ, ସବୁବେଳେ କାହାରି ନା କାହାରି ଆଙ୍ଗୁଳି ଧରି ଚାଲିବୁ। ଆଙ୍ଗୁଳି ଛାଡ଼ିବା କଷ୍ଟ ନୁହେଁ, ପୁଣି ଥରେ ଖୋଜି ପାଇବା କଷ୍ଟ। କାଚ ଗିଲାସର ଭାଗ୍ୟ ପରି ଝିଅ ପିଲାର ଜୀବନ। ଟିକିଏ ଅଣହୁସିଆରିରେ ଭାଙ୍ଗିଯିବ। ସେ ଏ କୂଳର ହେବ ନାହିଁ କି ସେ କୂଳର ହେବ ନାହିଁ।

ଏଇ ସମାଜ ପୁରୁଷ ଲୋକଙ୍କର। ସେଇମାନେ ଗଢ଼ିଛନ୍ତି ତାଙ୍କ ପାଇଁ। ନାରୀ ସେଠି ଗୋଟେ ଫୁଲଦାନୀ ନ ହେଲେ ପା'ପୋଛ। ସେଇଥିପାଇଁ ସବୁବେଳେ ମୋତେ କାହାରି ନା କାହାରି ଆଶ୍ରାରେ ବଞ୍ଚିବାକୁ ପଡ଼ିବ। ବାପର, ଭାଇର ନ ହେଲେ ସ୍ୱାମୀର! ଅରୁନ୍ଧତୀ ଯେ ଏକଥା ବୁଝୁ ନାହିଁ ନୁହେଁ। ସେ ବୁଝେ। ଅନୁତାପ କରେ। ଆଉଥରେ ନ ଭାବି ନ ଚିନ୍ତି ପଦାକୁ ଗୋଡ଼ କାଢ଼ିବ ନାହିଁ ବୋଲି ପ୍ରତିଜ୍ଞା କରେ।

ମିନୁ ରାଗ ଭୁଲି ମୁକ୍ତିର ଉପାୟ ଚିନ୍ତାକରେ। କେଉଁ ବାଟରେ ସେ ଅରୁନ୍ଧତୀକୁ ଏଠୁ ବିଦା କରିଦେଇ ପାରିବ।

କିଏ ଜଣେ ଦୁଆର ଖଡ଼ଖଡ଼୍ କରୁଥିଲା। ମିନୁ ବିରକ୍ତ ହୋଇଉଠିଲା। ମଣିଷର ନିଜର ହୋଇ ଚିରୁଡ଼ାଏ ସମୟ ନାହିଁ। ସେ ଦୁଆର ଖୋଲିବାକୁ ଯାଉ ଯାଉ ଅରୁନ୍ଧତୀକୁ କହିଗଲା, ତୁ ଥା, ମୁଁ ଯାଇ ଦେଖେ।

କବାଟ ଆଉଜେଇ ଆଣି ମିନୁ ବାହାରକୁ ଆସିଲା। ଚନ୍ଦ୍ରକଳା ଛିଡ଼ାହେଇଥିଲା ବାରନ୍ଦାରେ। ମିନୁ ଚିଡ଼ିଯାଇ ପଚାରିଲା, "କ'ଣ ?"

ବଡ଼ ଦିଦି ପଠେଇଲେ। ନିଅ, ତାକୁ ପିନ୍ଧେଇ ଦେବ। ମିନୁର ପ୍ରତିକ୍ରିୟା ଜାଣିବାକୁ ଅପେକ୍ଷା ନ କରି ଚନ୍ଦ୍ରକଳା ତା' ହାତରେ ପୁଡ଼ିଆଟିଏ ଧରେଇ ଦେଇ ଚାଲିଗଲା। ମିନୁ ଦେହରେ କିଏ ଯେମିତି ବିଜୁଳି ଆଘାତ ଦେଇଗଲା। ଜାଣିପାରିଲା, ସମୟ ହେଇଗଲାଣି। ଆଉ ମାତ୍ର ଦୁଇ ତିନି ଘଣ୍ଟାର ମହଲତ। ତା'ପରେ ଯୋଜନା କି ଚିନ୍ତା କରିବାର ଆଉ କିଛି ଅର୍ଥ ରହିବ ନାହିଁ।

ସେ ପୁଡ଼ିଆଟାକୁ ଖଟ ଉପରେ ଫିଙ୍ଗିଦେଇ ଶିଡ଼ିପାଖରେ କିଛି ସମୟ ଛିଡ଼ା ହେଲା। ତଳକୁ ନ ଯାଇ ଛାତ ଉପରକୁ ଉଠିଗଲା।

ଏଇଠୁ ସମୁଦ୍ର ପରିଷ୍କାର ଦିଶେ। ସହରର ଉଚ୍ଚା ନଡ଼ିଆଗଛ ଓ କୋଠାମାନଙ୍କର ଛାତ ବି ଦିଶେ ବେଶ୍ ପରିଷ୍କାର। ସଞ୍ଜ ହୋଇଗଲାଣି। ରାସ୍ତାର ଲାଇଟ୍ ଆଉ ଟିକକରେ ଜଳି ଉଠିବ। ମିନୁର ଛାତି ଉଠୁଛି ପଡୁଛି। ଖୁବ୍ ଡର ଲାଗୁଛି। ଆଗରୁ ସେ ଯେତେଥର ସାହସ ଦେଖେଇଛି। ସେସବୁ ତା' ନିଜ ପାଇଁ। ମାତ୍ର ଆଜି ତା' ନିଜପାଇଁ ଚିନ୍ତା କରିବାର କିଛି ନାହିଁ। ଢେର୍ ପୁରୁଣା ହୋଇଗଲାଣି ଏଇ ତା'ର ଦେହ। କିନ୍ତୁ ଅରୁନ୍ଧତୀ ଯେ ସାନପିଲା। ତା'ର ଲମ୍ବା ଭବିଷ୍ୟତ ଅଛି।

ଆଉଥରେ ନବଘନର କଥା ତା' ମନକୁ ଆସିଲା। ନବଘନ ମାଇଚିଆ ହେଲେ ବି ତା'ର ଗୋଟେ ହୃଦୟ ଥିବା ମିନୁ ଜାଣେ। ପ୍ରାଣକୃଷ୍ଣକୁ ବି ଚିହ୍ନେ ନବଘନ। ଏଠୁ ଚାଲିଗଲା ପରେ ଅରୁନ୍ଧତୀକୁ ସେଇ ହିଁ ଏକା ପ୍ରାଣକୃଷ୍ଣ ପାଖେ ପହଞ୍ଚେଇ ଦେଇପାରିବ। ତା' ନ ହେଲେ ମହରଗରୁ ଯାଇ କାନ୍ତାରରେ ପଡ଼ିବା ସାର ହେବ। ଅରୁନ୍ଧତୀ ଯଦି ନିରାପଦରେ ଯାଇ ତା' ଘରେ ପହଞ୍ଚି ନ ପାରିବା ତାହାହେଲେ ତା'ର ସବୁ ସ୍ୱପ୍ନ ବିଫଳ ହୋଇଯିବ।

ସଫଳତାର ସମ୍ଭାବନାରେ ମିନୁର ଛାତି ହାଲୁକା ଲାଗିଲା। ସେ ତଳକୁ ଓହ୍ଲେଇ ଆସିଲା। କାଁ ଭାଁ ଚାରିପାଞ୍ଚଜଣ ଏପଟ ସେପଟ ହେଉଛନ୍ତି। ସାମ୍ନାର ତେଲଭାଜି ଦୋକାନରେ ଆଞ୍ଚ ଲାଗୁଛି। ସେ କବାଟ ଝରକା ବନ୍ଦ କରି ଦେଇ ଅରୁନ୍ଧତୀକୁ ଡାକିଲା 'ଆ।'

ସମ୍ମୋହିତ ହେଲାପରି ଅରୁନ୍ଧତୀ ଉଠିଆସିଲା। ମିନୁ କହିଲା, "ଏ ପୋଷାକପତ୍ର ଖୋଲିପକା। ନାଇଁ, ନାଇଁ ତୁ ରହ। ଆଗେ ମୁଁ ଏ ନୂଆ ଶାଢ଼ିଟା ପିନ୍ଧିପକାଏ।"

ପୁଡ଼ିଆଟା ଖୋଲିଦେଲା ମିନୁ। ତା’ ଭିତରେ ନୂଆ ଶାଢ଼ି, ନୂଆ ବ୍ଲାଉଜ, ନୂଆ ସାୟା। ମିନୁ କେବଳ ଶାଢ଼ିଟା ପିନ୍ଧିପକେଇଲା। ବ୍ଲାଉଜ ଓ ସାୟାକୁ ସେଇ ପୁଡ଼ିଆ ଭିତରେ ସେମିତି ଗୁଡ଼େଇ ଖଟ ତଳକୁ ଫିଙ୍ଗିଦେଲା।

: ହଁ ହେଇଗଲା। ତୁ ମୋ ଲୁଗାପଟା ପିନ୍ଧିପକା। ଜଲ୍‌ଦି। ଆମ ହାତରେ ସମୟ ନାହିଁ।

ଏ ପ୍ରକାର ପୋଷାକ ପରିବର୍ତ୍ତନର କାରଣ ବୁଝିପାରି ନ ଥିଲା ଅରୁନ୍ଧତୀ। ସେ ଡବ ଡବ ଆଖିରେ ମିନୁକୁ ଚାହିଁଥିଲା।

ମିନୁ କହିଲା, “ଏ ନୂଆଶାଢ଼ି ଆସିଥିଲା ତୋ ପାଇଁ। ତୁ ଯାକୁ ଇ ପିନ୍ଧିଥାଆନ୍ତୁ। ମୁନସଫ ମିଆଁ ପଠେଇଥିଲା ଉପହାର। ହୁଁ!” ଘୃଣାରେ ନାକ ମୋଡ଼ିଦେଲା ମିନୁ।

ଅରୁନ୍ଧତୀ ମିନୁର ପୁରୁଣା ଲୁଗାଟା ପିନ୍ଧିସାରିଥିଲା। ମିନୁ ତାକୁ ଝରକା ପାଖକୁ ନେଇଗଲା। ଦେଖ ଏଇ ରେଲିଂଟା ମୁଁ ଉଠେଇ ଦେବି। ଶାଢ଼ି ଗଣ୍ଠିକୁ ଆଶ୍ରାକରି ତୁ ତଳକୁ ଓହ୍ଲେଇ ସିଧା ପଳେଇବୁ। ଆଗରେ ଯୋଉଠି ଡାକବାକ୍ସଟେ ଦେଖିବୁ ସେଇଠୁ ଡାହାଣହାତି ଥାନା। ପ୍ରାଣକୃଷ୍ଣ ବାବୁ ସେଠାକାର ଇନିସ୍‌ପେକ୍ଟର। ତାଙ୍କୁ ନେଇ ଦେବୁ ଏ ଚିଠି। ବୁଝିଲୁ ?

ଅରୁନ୍ଧତୀ ମୁଣ୍ଡ ଟୁଙ୍ଗାରିଲା। ପଚାରିଲା, “ଆଉ ତମେ... ?”

ମିନୁ ଦୀର୍ଘଶ୍ୱାସ ନେଲା। “ମୁଁ ଆଉ କୁଆଡ଼େ ଯିବି ଲୋ ପାଗଳୀ ? ଚାଳିଶଟା ବର୍ଷ ବିତିଗଲାଣି। ଆଉ କେତେ ଦିନର ଏ ଜୀବନ। ଏଇଠି ପଡ଼ି ପଡ଼ି ବିତିଯିବ। ଛାଡ୍, ଛାଡ୍, ସେ କଥା ଆଲୋଚନା ପାଇଁ ବେଳ ନାହିଁ। ମନେରଖ, ସାହସ ହାରିବୁ ନାହିଁ। ଠାକୁରଙ୍କୁ ଡାକୁଛି, ତୁ ଭଲରେ ଭଲରେ ଯାଇ ତୋ ବାପ ମା ପାଖରେ ପହଞ୍ଚିବୁ।”

ଅରୁନ୍ଧତୀର ଆଖି ଛଳ ଛଳ ହୋଇଉଠିଲା। ସେ ଜାଣିଲା, ମିନୁ ଏବେ ଅରୁନ୍ଧତୀ ସାଜି ଏଇ ଘରେ ବସିବ। ଅରୁନ୍ଧତୀର ମୁକ୍ତି ପାଇଁ ମିନୁ ଦେବ ମୂଲ୍ୟ। ଦୁର୍ଦ୍ଦାନ୍ତ ମଣିଷମାନଙ୍କର ଭୋକ ମେଣ୍ଟେଇବା ପାଇଁ ନିଜକୁ ସେମାନଙ୍କ ଆଗରେ ସମର୍ପଣ କରିଦେବ।

ତା’ର ଇଚ୍ଛା ହେଉଥିଲା ଘଡ଼ିଏ ରହିଯାଆନ୍ତା। ଭଲ କରି ଚିହ୍ନନ୍ତା ଏଇ ନାରୀଟିକୁ। ଶୁଣନ୍ତା ତା’ର କଥା। କାହିଁକି ଏମିତି ଦେବୀଟିଏ ଆସି ନର୍କରେ ଜୀବନ ବିତଉଛି। କୋଉ ଅଭିଶାପର ପ୍ରାୟଶ୍ଚିତ୍ତ ପାଇଁ ନା ତା’ ପରି ହତଭାଗିନୀଙ୍କ ମୁକ୍ତି ପାଇଁ ?

ମିନୁ ପେଟକସ୍‌ରେ ସ୍କ୍ରୁ ବାହାର କରି ଝରକା ରେଲିଂର ଗୋଟାଏ ପାଖ

ଖୋଲିଦେଇ ସାରିଥିଲା । ଶାଢ଼ି ଦି' ଖଣ୍ଡରେ ଗଣ୍ଠି ପକେଇ ଓହଳେଇ ଦେଲା ତଳକୁ । ଖବରଦାର, ସାମ୍ନା ଦେଇ ଯିବୁ ନାହିଁ । କେହି ନା କେହି ଦେଖିଦେବ । ପଛବାଟ ଦେଇ ଯିବୁ । ପିଜୁଳି ଗଛ ସେ ପଟକୁ ଦଶ ପାହୁଣ୍ଡ ଗଲେ ରାସ୍ତା ।

ଅରୁନ୍ଧତୀ ମୁଣ୍ଡ ଟୁଙ୍ଗାରିଲା ।

ମିନୁ କହିଲା, "ମୁଁ ନବଘନକୁ ଖବର ଦେଇ ଆସେ । ତୁ ଭିତରୁ କବାଟ ଆଉଜେଇ ଦେ ।"

ଅରୁନ୍ଧତୀ ଲାଇଟ୍ ଲିଭେଇ ଦେଇ ଅନ୍ଧାରରେ ବସି ରହିଲା । ଗୋଟେ ଗୋଟେ ମୁହୂର୍ତ୍ତ ତାକୁ ଗୋଟେ ଗୋଟେ ଯୁଗପରି ଲାଗୁଛି । ସେ ଆଉଥରେ ମିନୁ ବତେଇଥିବା ରାସ୍ତା ଓ ନକ୍ସାକୁ ମନେ ମନେ ଗୁଣିହେଲା । ତଳକୁ ଓହ୍ଲେଇ ପଛପଟକୁ ଯିବ । ସେଇଠି ପିଜୁଳି ଗଛ ଧାରେ ଧାରେ ବାଟଚଲା ରାସ୍ତା । ବାଟଚଲା ରାସ୍ତା ଆଗକୁ ଯାଇ ବାଁ ପଟକୁ ବାଙ୍କି ଯାଇ ମୁଖ୍ୟରାସ୍ତା ସାଙ୍ଗେ ଯୋଡ଼ି ହେଇଛି । ସେଇଠୁ ସେ ଯିବ ସିଧା ଡାକ ବାକ୍ସ ପର୍ଯ୍ୟନ୍ତ । ସେଇଠୁ ଡାହାଣହାତି ଗଲେ ପଡ଼ିବ ଥାନା । ଥାନାର ପ୍ରାଣକୃଷ୍ଣ ବାବୁଙ୍କୁ ଦେବ ଚିଠିଟା ।

ଅରୁନ୍ଧତୀ ରେଜେଇ ଉପରୁ ଚିଠିଟା ଆଣି ବ୍ଲାଉଜ ଭିତରେ ରଖିଲା । ତା' ଦେହରୁ ଝାଳ ବୋହିଯାଇଛି । ଭୟ ଓ ଉତ୍ତେଜନାରେ ସେ ଅସ୍ଥିର ହୋଇପଡୁଛି ।

ମିନୁ ଆସି ଖଟ ଉପରେ ବସି ପଡ଼ିଲା । ଅରୁନ୍ଧତୀ କବାଟରେ ଜଞ୍ଜିର ଲଗେଇ ସାରି ପଚାରିଲା, "କ'ଣ ହେଲା ?"

: ନବଘନ ନାହିଁ । ତାକୁ କିଏ କୋଉ କାମରେ ପଠେଇଛି ବୋଧହୁଏ । କ'ଣ କରିବି, ବୁଝିପାରୁନାହିଁ ।

ଅରୁନ୍ଧତୀ କହିଲା, "ତମେ ବ୍ୟସ୍ତ ହୁଅନାହିଁ ମା, ମୁଁ ଚାଲିଯିବି । ତମର ଆଶୀର୍ବାଦ ଯେ ଅଛି !"

: ଆଶୀର୍ବାଦ ! ବେଶ୍ୟା ପୁଣି କି ଆଶୀର୍ବାଦ କରିବ ? ମିନୁ ଚାହିଁଲା ଅରୁନ୍ଧତୀକୁ । ମା ହୋଇ ଝିଅକୁ ନୂଆ ଲୁଗା ପିନ୍ଧେଇ ଥାଆନ୍ତା ! ସଜେଇ ଦେଇଥାଆନ୍ତା ତେଲ ପାଉଡରରେ । ମାତ୍ର ସେ ଝିଅଟିର ନୂଆଶାଢ଼ି ପିନ୍ଧି ତାକୁ ପୁରୁଣା ପିନ୍ଧେଇ ଦେଇଛି । ଇଏ ବିଡ଼ମ୍ବନା ଛଡ଼ା ଆଉ କ'ଣ !

ସେ ଉଠିପଡ଼ିଲା । ଖଟ ତଳୁ ଟିଣ ଟ୍ରଙ୍କଟା ଘୋଷାରି ଆଣି ତା' ଭିତରୁ ଯାହାଥିଲା ବାହାର କରି ଆଣିଲା । ଗୋଟେ ପୁଡ଼ିଆ ଭିତରେ ଥିଲା କିଛି ନୋଟ୍, ସରୁ ଦି' ପଟ ସୁନା ଚୁଡ଼ି, ଗୋଟେ ନାକଫୁଲ ଓ ମୁଦି । ତାକୁ ଗୋଟେ ରୁମାଲରେ ଗଣ୍ଠିପକେଇ ବାନ୍ଧିଦେଲା ମିନୁ । ଅରୁନ୍ଧତୀର ଖୋସଣିରେ ଖୋସିଦେଇ କହିଲା, "ଏତକ ରଖ । ଯାକୁ ଛାଡ଼ି ମୋ ପାଖରେ ଆଉ କିଛି ବୋଲି କିଛି ନାହିଁ । ତୋ କାମରେ ଆସିବ ।

ଯଦି ଥାନାରେ ପ୍ରାଣକୃଷ୍ଣ ବାବୁ ନ ଥିବ ତାହାହେଲେ ଆଉ ଯିଏ ଥିବ ତାକୁ ଏ ସବୁତକ ଦେଇଦେବୁ, ଚିଠିଟା ବି। ଚିଠି ନେଇଛୁ?"

: ହଁ?

: କହିବୁ ଏତକ ନିଅ। ମୋତେ ଆମ ଘରକୁ ପଠେଇ ଦିଅ।

ମିନୁର କଣ୍ଠ ବାଷ୍ପାକୁଳ ହୋଇଯାଉଥିଲା। ଆଖିରୁ ତା'ର ଦି' ଧାର ଲୁହ ନିଗିଡ଼ି ଆସିଥିଲା। ଦୁଃଖରେ କି ସୁଖରେ ସେ ଜାଣେ ନାହିଁ। ସେ ଆଉ ଥରେ ଅରୁନ୍ଧତୀକୁ କୋଳକୁ ଭିଡ଼ି ଆଣିଲା। ଜୋର୍‌ରେ ଭିଡ଼ି ଧରିଲା ତାକୁ। ତା' ଓଠରେ, ଗାଲରେ ଓ କପାଳରେ ବୋକ ଦେଲା। ଠାକୁର ଫଟୋ ପାଖକୁ ଯାଇ ଶୁଖିଲା ଚନ୍ଦନ ଟିପେ ଆଣିଲା ଓ ତା' କପାଳରେ ଲଗେଇ ଦେଲା। ତା' ହାତ ଧରି ଝରକା ପାଖକୁ ନେଇଗଲା, "ଏଥର ତୁ ଯା। ଧୀରେ ଧୀରେ ଯିବୁ। ଜମା ଡରିବୁ ନାହିଁ। ମୁଁ ଅଛି। ଠାକୁରଙ୍କର ଆଶୀର୍ବାଦ ଅଛି। ତୁ ନିର୍ବିଘ୍ନରେ ପହଞ୍ଚିଯିବୁ...।"

ଅରୁନ୍ଧତୀ ବୁଲିପଡ଼ିଲା। ନଇଁପଡ଼ି ମିନୁର ପାଦ ଛୁଇଁଲା। ମିନୁର ଏଥର ତରଳିଯିବାର ବେଳ। ଧୂଆଁ ହୋଇ ମିଳେଇ ଯିବାର ମୁହୂର୍ତ୍ତ। ଅନେକ ଚେଷ୍ଟାକରି ସେ ତା' ଆଖିର ଲୁହ ଧାରକୁ ଅଟକେଇ ରଖୁଥିଲା। ଏଇ ବେଳ କାନ୍ଦିବାର ବେଳ ନୁହେଁ। କାନ୍ଦିବାର ବେଳ ଆଗକୁ ବହୁତ ଅଛି।

ଅରୁନ୍ଧତୀ ଝରକା ବାଟେ ଓହ୍ଲେଇଗଲା। ମିନୁ ତଳକୁ ଚାହିଁ ଚାପା ଗଳାରେ କହିଲା, "ଧୀରେ, ଧୀରେ।"

ଜହ୍ନଟା ଠିକ୍ ସେତିକିବେଳେ ଗୋଟେ କଳାବଉଦ ତଳେ ମୁହଁ ଲୁଚେଇ ଦେଇଥିଲା। ମିନୁକୁ ଲାଗିଲା ଈଶ୍ୱର ତା' କାମକୁ ସମର୍ଥନ କରୁଛନ୍ତି। ଆଲୁଅ ଛପେଇ ଦେଉଛନ୍ତି। ଅରୁନ୍ଧତୀ ତଳେ ପହଞ୍ଚି ସାରିଥିଲା। ଭୂଇଁରେ ଲାଗିସାରିଥିଲା ତା' ପାଦ। ମିନୁ ହାତ ହଲେଇଲା, 'ଯା, ଯା, ପଳା...।' ଅରୁନ୍ଧତୀ ଦୂରକୁ ଦୂର ଅପସରି ଯାଉଥିଲା।

ଅନ୍ଧାର ଭିତରେ ଅରୁନ୍ଧତୀର ଛାଇ ସମ୍ପୂର୍ଣ୍ଣ ଅପସରି ଗଲାପରେ ମିନୁ ଦେହରେ ଯାଇ ଜୀବନ ପଶିଲା। ସେ ଖଟ ଉପରେ ଯାଇ ବସିପଡ଼ିଲା। ଛାତିଟା ଧଡ଼ପଡ୍ ହେଉଥିଲା। ଆଶଙ୍କାରେ ତା'ର ହାତ ପାଦ ଝାଳେଇ ଯାଉଥିଲା। ଏମିତି ଦେହ ହାତ ଦିନେ ଝାଳେଇ ଯାଇଥିଲା, ଯୋଉଦିନ ସେ ଧାଇଁ ଧାଇଁ ପଳେଇ ଆସିଥିଲା କଳାପାଟ ଗାଁରୁ। ଆଜି କିନ୍ତୁ ସେ ତା' ନିଜ କଥା ନେଇ କିଛି ଚିନ୍ତା କରୁ ନ ଥିଲା। ତା'ର ଗୋଟାଏ ଭାବନା, ଅରୁନ୍ଧତୀ ଠିକଣା ଜାଗାରେ ଯାଇ ପହଞ୍ଚିଯାଉ। ଅଧବାଟରେ ଧରାପଡ଼ିଗଲେ ମିନୁର ତ ଜୀବନ ଯିବ, ବିଚାରୀ ଅରୁନ୍ଧତୀ ପାଇଁ ମୁକ୍ତିର ରାସ୍ତା ବି ସବୁଦିନ ଲାଗି ବନ୍ଦ ହୋଇଯିବ।

ସେ ମନେ ମନେ ଠାକୁରଙ୍କୁ ଡାକିଲା, "ପିଲାଟାକୁ ତା' ବାପା ମା ପାଖେ ନେଇ ପହଞ୍ଚେଇ ଦିଅ ପ୍ରଭୁ। କ୍ଷୀର ନବାତ ଚଢ଼େଇବି। ନଡ଼ିଆ ଭାଙ୍ଗିବି। ବିଚାରୀକି ସାହା ହୁଅ।"

: ଦରଜା ଖୋଲ୍ ଅନୁ ରାଣୀ ! ଦର୍‌ଜା ଖୋଲ...

: କିଏ ? ମିନୁ ବଡ଼ପାଟିରେ ଚିତ୍କାର କରି ଆସୁଥିଲା। କିନ୍ତୁ ତା'ର ଚେତା ପଶିଲା ଯେ ସେ ଏବେ ମିନୁ ନୁହେଁ। ଅରୁନ୍ଧତୀ। ମିନୁ ବାହାରକୁ ଯାଇଛି। ଏବେ ଏ ଘରେ ସେ ଏକାକୀ, ଅରୁନ୍ଧତୀ। ତାଆର ବୟସ ସତର କି ଅଠର !

ଏଥର କବାଟ ଉପରେ ଆଉଥରେ ଆଘାତ। ମିନୁ ଜାଣିଜାଣି ଦରଜା ଖୋଲିବାରେ ଡେରି କରୁଥିଲା। ଯେତେ ଅଧିକ ସମୟ ସେ ନେଇପାରିବ, ଅରୁନ୍ଧତୀର ମୁକ୍ତି ନେଇ ସେ ସେତିକି ନିଶ୍ଚିତ ହୋଇ ପାରିବ। ପୁଣି ପୁରୁଷଙ୍କୁ ଉଚ୍ଛନ୍ନ ହେବାର ନ ଦେଖିଲେ ମିନୁର ଗରମ ମୁଣ୍ଡ ଥଣ୍ଡା ହୁଏ ନାହିଁ। ସେମାନଙ୍କୁ ତା' ସାମ୍ନାରେ ଅସ୍ଥିର ଏବଂ ଅଧୀର ହେବାର ଦେଖିଲେ ସେଥିରୁ ସେ ଏକପ୍ରକାର ନିଷ୍ଠୁର ଆନନ୍ଦ ପାଏ। କେତେ ହତଭାଗିନୀ ଯେ ପ୍ରତିଦିନ ନିଜ ନିଜର ସ୍ୱାମୀଙ୍କ ହାତରେ ନିର୍ଯାତିତା ନ ହୁଅନ୍ତି ! ଏଇ ପିଠିକୁ ଦଶହାତି ଶାଢ଼ି ଦି'ଖଣ୍ଡ ଓ ପେଟକୁ ଦି'ବେଳା ଭାତ ଏଇତକ ପାଇଁ ସବୁତକ ଲୁହକୁ ଚୁଲିନିଆଁରେ ବାଙ୍ଫକରି ବଞ୍ଚି ରହନ୍ତି ସେମାନେ। ମୁନସଫ ମିଆଁ ଆଉଥରେ ଚଡ଼ାଗଳାରେ ଡାକିଲା, "ଦରଜା ଖୋଲ୍। ମୁଁ ଡାକୁଛି।"

ଘର ଭିତରଟା ଅନ୍ଧାର। ଅନେକବେଳୁ ସେ ଆଲୁଅ ଲିଭେଇଦେଇଥିଲା। ମିନୁ ସବୁତକ ସାହସ ସଂଚୟ କରି କବାଟ ପାଖକୁ ଗଲା ଓ ଧୀରେ କବାଟ ଖୋଲିଦେଲା।

ମୁନ୍‌ସୀ ମିଆଁର ପଛେ ପଛେ ଆଉ ଜଣେ। ଅନ୍ଧାରରେ ମିନୁ ଚିହ୍ନିପାରିଲା ନାହିଁ। ସେ ଲୋକଟି ଯଥାସମ୍ଭବ ନିଜକୁ ସଙ୍କୁଚିତ କରି ରଖୁଥିଲା। ଅରୁନ୍ଧତୀ ଡେଙ୍ଗା ଓ ପତଳା। ମାତ୍ର ମିନୁର ପେଟ ଚାରିପଟେ ଚର୍ବି ଜମିଯାଇଛି। ସେ ମୋଟୀ ଦିଶୁଛି। ହଠାତ୍ ଯଦି ସେ କଥା ଜାଣିପକାଏ ମୁନ୍‌ସୀ ମିଆଁ... ?

ମୁନ୍‌ସୀ ମିଆଁ କବାଟ ଆଉଜେଇ ଦେଲା। ତା' ପାଟିରୁ ବିଦେଶୀ ମଦର ଉତ୍କଟ ଗନ୍ଧ ବାହାରି ଘରସାରା ଖେଳି ଯାଉଛି। ତା' ସାମ୍ନାରେ ରଜନୀଗନ୍ଧା ମାଳର କ୍ଷୀଣ ପ୍ରୟାସ ବ୍ୟର୍ଥ। ମୁନସଫ ମିଆଁର ପାଦ ଟଳୁଛି। ତା'ର କଥାବାର୍ତ୍ତା ଅସଂଲଗ୍ନ। ମିନୁ ଛେପ ଢୋକି ଖଟ ଉପରେ ବସିପଡ଼ିଲା।

: ଘରଟା ଅନ୍ଧାର କାହିଁକି ଅନୁ ରାଣୀ ? କ'ଣ ତୋ ସାମ୍ନାରେ ବିଜଳୀ ଫିକା ପଡ଼ିଯିବ... ଆଁ ? – ତା'ପରେ ହୋ, ହୋ ହୋଇ ହସିଉଠିଲା ମୁନସଫ।

ମିନୁ ଆଲୋକ ଲୋଡୁ ନ ଥିଲା। ସେ କ୍ଷୀଣ ପ୍ରତିବାଦ କଲା, "ନାଇଁ, ଅନ୍ଧାର ଥାଉ।

: ଠିକ୍ ଅଛି, ଠିକ୍ ଅଛି। ଯାହା ତୋର ମର୍ଜି। ମୁନସଫ ମିଆଁ ଆଗେଇ ଆସିଲା।

ମିନୁ ଜାଣିଥିଲା ଏହାପରେ କ'ଣ ହେବ। କୋଠିକୁ ଯେଉଁ ଝିଅମାନେ ଆସନ୍ତି ପ୍ରଥମେ ସେମାନଙ୍କୁ ଭୋଗକରେ ଏଇ ମୁନ୍‌ସଫ ମିଆଁ। ଏ କାରବାରରେ ତା'ର ଏକାଧିପତ୍ୟ।

ଅଥଚ ମୁନସଫ ମିଆଁ ପ୍ରତି ଭଲପାଇବା ତ ଦୂରର କଥା ସାମାନ୍ୟ ଶ୍ରଦ୍ଧା ବି ତା'ର ନ ଥିଲା। ଲୋକଟାକୁ ମନେ ମନେ ବରଂ ସେ ଘୃଣା କରୁଥିଲା। ପରିଣତି ଯାହା ହେଉନା କାହିଁକି, ସେ ସେଥିପାଇଁ ମାନସିକ ପ୍ରସ୍ତୁତି କରି ସାରିଥିଲା।

ମୁନ୍‌ସଫ ମିଆଁ ଗୋଟେ ଡାହାଳ କୁକୁର ପରି ତା' ଉପରକୁ ଝାମ୍ପି ପଡ଼ିଲା। ତା'ର ଦୁଇ ପଞ୍ଝା ଭିତରେ ମିନୁର ଦୁଇ କାନ୍ଧ ପେଶି ହୋଇଯାଉଥିଲା। ମିନୁ ନିଃଶ୍ୱାସ ଚାପିରଖି ସେ କଷ୍ଟତକ ହଜମ କରିନେଲା।

ହଠାତ୍ ମୁନସଫ ମିଆଁ ତା'ର ଛାତି ଓ ଅଣ୍ଟାପାଖରୁ ତା'ର ପଞ୍ଝା ଶିଥିଳ କରି ଆଣିଲା। ମିନୁ ମୁନ୍‌ସଫର ମନୋଭାବ ଧରିପାରିଲା ନାହିଁ। ସେ ଆହୁରି ଡରିଗଲା। ମୁନସଫ ମିଆଁ ପାଦ ଘୋଷାରି ଘୋଷାରି ସୁଇଚବୋର୍ଡ ପାଖକୁ ଯାଇ ସ୍ୱିଚ୍ ଚିପିଦେଲା। ଘରସାରା ଖେଳି ହୋଇଗଲା ଉଜ୍ଜ୍ୱଳ ଆଲୁଅ।

ଏବଂ ସେଇ ଆଲୁଅରେ ଘରର ଗୋଟାଏ କୋଣକୁ ଦୁଇ ପାପୁଲିରେ ମୁହଁ ଘୋଡ଼େଇ ଛିଡ଼ା ହୋଇଥିଲା ମିନୁ। ନୂଆ ଶାଢ଼ିଟା ଅଣ୍ଟାପାଖରୁ ଖସିପଡ଼ି ଚଟାଣରେ ଲୋଟୁଥିଲା।

: ହାରାମଜାଦୀ! ମୋ ସାଙ୍ଗରେ ଧୋକ୍‌କା। ଆଁ, ମୁନସଫ ମିଆଁ ସାଙ୍ଗରେ ବେଇମାନୀ... !

ମୁନସଫ ମିଆଁ ଚିତ୍କାର କରିଉଠିଲା। ତା'ର ସେ ଚିତ୍କାରରେ ରଙ୍ଗଛଡ଼ା ହଳଦିଆ କୋଠାଘରର ଛାତି ଥରିଉଠିଲା। ମିନୁ ଆଉ ଦି' ପାଦ ପଛକୁ ଘୁଞ୍ଚିଗଲା। ମୁନସଫ ମିଆଁ ଉଭୟ ଉତ୍ତେଜନା ଓ ପ୍ରତାରିତ ହୋଇଥିବାର କ୍ରୋଧରେ ଗୋଟାପଣେ ଥରୁଥିଲା। ତା'ର ଦୁଇଆଖି ଘାଇଲା ବାଘର ଆଖିପରି ଦପ୍ ଦପ୍ କରୁଥିଲା। ସେ ଚିତ୍କାର କରିଉଠିଲା, 'ପରମ୍, ହାରାମଜାଦା ପରମ! ଏଠିକି ଆସ୍ ବେ....।'

ପରମ ମଣ୍ଡଳ ବାରନ୍ଦାରେ ଟହଲ ମାରୁଥିଲା। ମୁନସଫ ମିଆଁର ସନ୍ତୋଷ ଓ କରୁଣାରୁ ସେ ଅଧିକ କିଛି ଟଙ୍କା ପାଇବ ବୋଲି ସମ୍ଭବତଃ ଅପେକ୍ଷା କରୁଥିଲା।

ଅରୁନ୍ଧତୀକୁ ଯୋଗାଡ଼ କରି ଆଣିବାରେ ସେ ଯେଉଁ ପରିଶ୍ରମ କରିଥିଲା, ପୋଲିସ୍ ଓ ରେଳବାଇ ଟି.ଟି.ଇ.ଙ୍କୁ ଭୁଆଁ ବୁଲେଇ ତାକୁ ଏଠି ସେ ଆଣି ଯେମିତି ପହଞ୍ଚେଇଥିଲା ସେଥିପାଇଁ କିଛି ଅଧିକ ଟଙ୍କା ପାଇବା ଥିଲା ତା'ର ହକ୍।

ମାତ୍ର ମୁନସଫ ମିଆଁର ଏ ଧରଣର ଚିତ୍କାର ଶୁଣିବା ସେ ଆଶା କରୁ ନ ଥିଲା। ସେ ଆଉଜା କବାଟ ଖୋଲି ଘର ଭିତରକୁ ପଶି ଆସିଲା।

ଏ ମାଇକିନା ମୋ ସାଙ୍ଗରେ ବେଇମାନୀ କରିଛି। ପଚାର ବେ, ଶାଳୀ କୋଉଠି ମୋ ନୂଆ ମାଲ୍ ଛପେଇ ରଖିଛି ?

କିନ୍ତୁ ପରମ ମଣ୍ଡଳ ସେତେବେଳକୁ ଝରକା ରେଲିଂର ଦୁର୍ଦ୍ଦଶା ଦେଖିସାରିଥିଲା। ସେ ଧାଇଁଯାଇ ରେଲିଂରେ ବନ୍ଧା ହୋଇଥିବା ଶାଢ଼ିଟାକୁ ଓଟାରି ଆଣିଲା, ସତେ ଯେମିତି ଶାଢ଼ିର ଅଗରେ ଅରୁନ୍ଧତୀ ଏଯାଏଁ ଝୁଲି ରହିଥିବ !

ଭୟ ଓ ଧରାପଡ଼ିଯିବାର ଗ୍ଲାନିରେ ମିନୁର ଛାତି ଧଡ଼ପଡ଼ ହୋଇ ଉଠିଲା।

ଗୋଟାଏ ମୁହୂର୍ତ୍ତରେ ମୁନସଫ ମିଆଁ ମିନୁର ପ୍ରତାରଣା ବାବଦରେ ସବୁକଥା ଯେମିତି ଜାଣିପାରିଲା। ସେ ଜାଣିପାରିଲା ଯେ ମିନୁ ତାକୁ ପୁଲିସରେ ଧରେଇଦେବା ପାଇଁ ରୀତିମତ ଗୋଟେ ଜାଲ ବିଛେଇ ଦେଇଛି। କ୍ରୋଧ ଓ ଉତ୍ତେଜନାରେ ସେ ଫୁଲି ଉଠିଲା। ସେ ଧାଇଁଯାଇ ତା'ର ପଞ୍ଜାବି ପକେଟ୍‌ରୁ ଗୋଟେ ସ୍ପ୍ରିଙ୍ଗ୍ ଛୁରୀ ବାହାର କରି ଆଣିଲା ଓ ଆଖିପିଛୁଳାକେ ସେଇଟାକୁ ଭୁସିଦେଲା ମିନୁର ତଳିପେଟରେ।

ପରମ ମଣ୍ଡଳର ଆଖି ଛାଏଁ ବୁଜି ହୋଇଗଲା।

ପିଚ୍ ପିଚ୍ ରକ୍ତରେ ଗାଧୋଇ ପଡ଼ିଲା ମିନୁ। ଦୁଇ ହାତରେ ତଳିପେଟକୁ ଚାପି ସେ ଆର୍ତ୍ତନାଦ କରି ଉଠିଲା ଓ ଚଟାଣରେ ଲୋଟିପଡ଼ିଲା।

ମୁନସଫ ମିଆଁ ଓ ପରମ ମଣ୍ଡଳ ଦୁହେଁ ମେଲା ଦରଜା ଦେଇ ଦୌଡ଼ି ପଳେଇ ଯାଇଥିଲେ।

ଯନ୍ତ୍ରଣାରେ ସମଗ୍ର ଅସ୍ତିତ୍ୱ ଖିନ୍‌ଭିନ୍ ହୋଇଯାଉଥିଲା ମିନୁର। ତା'ର ପେଟଟା ସତେ କି ଚିରିହୋଇ ପଡ଼ିଥିଲା। ମାତ୍ର ମିନୁ ସେହି ଅସହ୍ୟ ଯନ୍ତ୍ରଣା ଭିତରେ ବି ନିଜକୁ ଖୁବ୍ ହାଲୁକା ମଣୁଥିଲା। ସେ ଯାହା କରିଛି, ଠିକ୍ କରିଛି। କିଛି ଭୁଲ୍ ସେ କରି ନାହିଁ। ମାଆ ହୋଇ ଝିଅକୁ ସେ ବେଶ୍ୟା ବେଶରେ ସଜେଇ ନାହିଁ।

ସେ ଜାଣିପାରୁଥିଲା ତା'ର ସମୟ ସରି ଯାଇଛି। ତା' ମୃତ୍ୟୁରେ କେହି କାନ୍ଦିବେ ନାହିଁ, ଲୁହ ଢାଳିବେ ନାହିଁ କେହି। ଗୋଟେ କୁକୁର କି ବିଲେଇ ଟ୍ରକ ଚାପାରେ ମରିଗଲା ପରି ସେ ଏଇଠି ଅଲୋଡ଼ା, ଅଖୋଜା ମରିଯିବ।

ତା ପେଟର ଯନ୍ତ୍ରଣା ଖୁବ୍ ବଢ଼ିଯାଇଥିଲା। ସେହି ଯନ୍ତ୍ରଣା କ୍ରମେ ତା'ର ହାତ,

ପାଦ, ଛାତି ଓ ମୁଣ୍ଡଯାଏ ସଂଚରି ଯାଉଥିଲା। ତାକୁ ଲାଗୁଥିଲା ସେ ସତକୁ ସତ ଅରୁନ୍ଧତୀର ମା ହୋଇଯାଇଛି। କୋଉ ମା ବିନା ରକ୍ତକ୍ଷୟରେ କ'ଣ ଝିଅ ଜନ୍ମ କରି ପାରି ଥାଆନ୍ତା !

ମିନୁକୁ ଲାଗୁଥିଲା ଏଇଠି କୋଉଠି ପାଖରେ ଖୁବ୍ ଦ୍ରୁତ ଲୟରେ ଯୋଡ଼ିନାଗରା ଓ ମୃଦଙ୍ଗ ବାଜୁଛି। ଗଙ୍ଗାଧର ମାଷ୍ଟ୍ରଙ୍କ ଢୋଲକି ଯେମିତି ଶୁଭେ ସେମିତି ସେ ଶବ୍ଦ ଶୁଭୁଛି। ଖୁବ୍ ଜୋର୍‌ରେ ବାଜୁଛି ସେ ବାଜା। କେହି ଯେମିତି ପାଗଳ ହୋଇ ବାଜା ବଜଉଛି।

●

ପୋଲିସ୍ ଜିପ୍‌ର ସାଇରନ୍ ଶବ୍ଦରେ କୋଠିଟା ହଠାତ୍ ମୂର୍ଚ୍ଛିତ ହୋଇପଡ଼ିଲା । ଏଭଳି ଅସମୟରେ ପୁଲିସ ଆସିବ ବୋଲି କେହି ଆଶଙ୍କା କରୁ ନ ଥିଲେ । ଗରାଖମାନେ ଯିଏ ଯାହାପାରୁଥିଲା ପିନ୍ଧିପକେଇ ତଳକୁ ଧାଇଁ ପଳଉଥିଲା ।

ପ୍ରାଣକୃଷ୍ଣ ଅରୁନ୍ଧତୀ ପଛେ ପଛେ ଦି'ଜଣ କନେଷ୍ଟବଳ ସିଧା ଆସି ମିନୁର କୋଠରି ପାଖରେ ପହଞ୍ଚିଗଲେ । ଅରୁନ୍ଧତୀ ଆଗକୁ ଧାଇଁଆସି ଦେଖେଇ ଦେଇ କହିଲା, "ଏଇଠି ।"

କବାଟଟା ମେଲା ମୁକୁଳା ଥିଲା । ପ୍ରାଣକୃଷ୍ଣ ଭିତରକୁ ଯାଉ ଯାଉ ହଠାତ୍ ଛିଡ଼ା ହୋଇଗଲା ।

ଅରୁନ୍ଧତୀ ମିନୁ ପାଖକୁ ଯାଇ ଡାକିଲା, "ମା, ମା ।"

ପ୍ରାଣକୃଷ୍ଣ ଦୁଆରବନ୍ଧଯାଏ ଗଡ଼ି ଆସିଥିବା ରକ୍ତର ଧାରକୁ ଦେଖୁଥିଲା । ସାମ୍ନାରେ ମିନୁର ରକ୍ତାକ୍ତ ଶରୀର । ସେ ଧାଇଁଯାଇ ମିନୁର ବାଁ ହାତ ଟେକି ଧରି ଦେଖିଲା ଓ କେଇଟି ମୁହୂର୍ତ୍ତ ପରେ ହାତଟିକୁ ତଳେ ଥୋଇଦେଇ ଉଠିପଡ଼ିଲା ।

ଅରୁନ୍ଧତୀ ଧୈର୍ଯ୍ୟ, ସଙ୍କୋଚ ଓ ଭୟର ବନ୍ଧ ଭାଙ୍ଗିଦେଇ ହଠାତ୍ ଉଚ୍ଚ ସ୍ୱରରେ ଚିତ୍କାର କରି ଉଠିଲା । ତା'ର ସେ କରୁଣ ଚିତ୍କାର ଅନ୍ଧାର ରାତ୍ରିର ନିସ୍ତବ୍ଧତାକୁ ଖିନ୍‌ଭିନ୍ କରିଦେଉଥିଲା ।

■■

BLACK EAGLE BOOKS

www.blackeaglebooks.org
info@blackeaglebooks.org

Black Eagle Books, an independent publisher, was founded as a nonprofit organization in April, 2019. It is our mission to connect and engage the Indian diaspora and the world at large with the best of works of world literature published on a collaborative platform, with special emphasis on foregrounding Contemporary Classics and New Writing.

www.ingramcontent.com/pod-product-compliance
Lightning Source LLC
Chambersburg PA
CBHW050145110726
47898CB00008B/2680
9781645601586